JN085138

100人の作家で知る *A Guidebook to Latin American Literature*

# ラテンアメリカ文学ガイドブック

寺尾隆吉［著］
*Ryukichi Terao*

勉誠出版

# まえがき

二〇一〇年前後からラテンアメリカ文学の翻訳は急速に進んでいる。振り返れば、一九七〇年代に国書刊行会「ラテンアメリカ文学叢書」（全十五タイトル）の刊行が始まって以降、八〇年代の集英社「ラテンアメリカの文学」（全十八タイトル）、九〇年代の現代企画室「ラテンアメリカ文学選集」（全十五タイトル）といったシリーズが企画されたおかげで、それまでも邦訳点数は着実に増えていたが、現代企画室「セルバンテス賞コレクション」の刊行が始まった二〇〇九年から現在までの十年間に、以前とは比較にならないペースでラテンアメリカ文学の新刊・復刊が続いた。松籟社「創造するラテンアメリカ」や水声社「フィクションのエル・ドラード」といったラテンアメリカ文学に特化したシリーズや、現代企画室「ロス・クラシコス」のように「スペイン語圏」という枠組みで古典的名作を刊行する企画が目下進行中のほか、「ボラーニョ・コレクション」を手掛けた白水社を筆頭に、毎年のようにラテンアメリカ文学の作品を刊行する出版社は多い。要因は様々だが、研究者・翻訳者の数は次第に増えているうえ、二〇〇七年に開館したセルバンテス文化センター東京の活動が軌道に乗り始め、スペイン、メキシコ、アルゼンチン、ウルグアイ、チリなどが相次いで翻訳助成金を整備するなど、制度的な支援体制が整ったことは非常に大きい。この文章を書いている二〇一九年十一月の時点でも、ラテンアメリカ文学の傑作とされる作品の翻訳がいくつも進んでおり、今後もラテンアメリカ文学愛好家の選択肢はどんどん広がっていくことだろう。

そんな折に、勉誠出版の編集者から「ラテンアメリカ文学事典」のような本を作れないものかと相談があり、紆余曲折を経て本書の執筆に臨むことになった。とはいえ、最初の懇談から明らかになったことは、出版社の側にも私の側にも、紹介する本のすべてを読者に推薦するようなガイドブックを編む意思はまったくない、という事実だった。これまでの私の「辛口」を評価してくれていた編集者の了解もあり、本書の執筆にあたっては、「何を読むべきか」とともに、「何を読まなくてもいいか」を判断するための情報も盛り込んでいる。最良の読書法とは悪書を読んで時間を無駄にしないことだと論じたのは哲学者のショーペンハウアーだが、世界各地の様々な文学作品が日本語で読めるようになった昨今、読み終わってがっかりするような本を予め避けることができればそれに越したことはない。文学研究に携わる者は、たとえ先行研究や時事批評で酷評されている本であっても、研究上の必要から読まねばならないことが多く、そのせいもあって私は、研究と無関係な読書に際して、読書ガイドや書評で激賞された本や、友人知人から強く勧められた本がつまらなかったりすると、なんとも不快な失望感を味わう。それが「古典的名作」であれば、読み終えた満足感が多少は残るものの、当該作品が一時持て囃されただけですぐに見向きもされなくなったりすると、なおさら不快感が後を引く。こうした経験を踏まえ、本書では、すでに「古典化」している一部の傑作を除いて、安易に作品を称賛することは避け、時に辛辣な表現も辞することなく論評を展開している。そのうえで、作者の文学史的位置づけとその代表作を概略し、研究者としての評価を下すことで、読者に判断の指針を示してみた。執筆にあたっては、文学研究者の観点からできるだけ客観的な記述に努めたつもりだが、当然ながら、そこに私の個人的文学観や主観的感想が投影されていることを否定するつもりはない。

こんな着想からガイドブックを書いてみようと思い至ったのには、それなりの理由がある。確かにラテンアメリカ文学の邦訳が増えていくこと自体は喜ばしいことなのだが、その反面、刊行される作品の「玉石混交」ぶりを前にすると、研究者として当惑を禁じ得ないことがある。出身国でさえほぼ無名という作家の作品が「名作」として翻訳されることがあるばかりか、スペイン語圏では「娯楽」としか見なされていない作品が高尚な「純文学」のように紹介されることも少なくはない。邦訳する作品の選定や宣伝の仕方には出版社ごとの思惑があるものだし、たとえ現地で評価されていない作品でも、日本にそれを楽しむ読者がいればそれでいい、という意見に異論はないが、現地における専門家の評価を読書の参考にしたいという読者の声もよく耳にする。現地で高く評価されている作品や、文学史に名を刻む名作を手に取れば、たとえ読んでつまらなかったとしても、徒労感が避けられるだろう。

このような見地から本書は、スペイン語圏における批評や研究に即して、現時点で文学史的に重要と考えられるラテンアメリカ文学の作家百名を選出し、読者向けに情報を整理することに主眼を置いた。作家選定にあたっては、現在もスペイン語圏各地で読まれ続けているという点に重きを置き、局地的にしか知られていない作家や、すでに忘却の彼方に消えつつある作家は本書の対象とはしなかった。いくつか例を挙げておくと、ジョシュことホセ・ミゲル・サンチェス・ゴメス

（キューバ、一九六九―）やカルロス・バルマセーダ（アルゼンチン、一九五四―）は、それぞれの母国においてさえ、一部の専門家や関係者を除いてまったく名を知られていない。また、エドムンド・デスノエス（キューバ、一九三〇―）やセネル・パス（キューバ、一九五〇―）、マルタ・トラーバ（コロンビア、一九三〇―一九八三）らは、名前だけは今も人々の記憶に残っていても、現在のスペイン語圏でその作品を手に取る読者は極めて少ない。そして最終的に、「ラテンアメリカ文学の特徴を理解するための道標となる」という観点から作家に優先順位をつけ、その人数を百人まで絞り込んだ。ノーベル文学賞詩人ガブリエラ・ミストラル（チリ、一八八九―一九五七）やセベロ・サルドゥイ（キューバ、一九三七―一九九三）など、個人的には興味がある作家でも選から漏れたケースが多少あるものの、おかげで論点が整理され、いたずらに情報ばかり膨らむ事態は避けられたと思う。もちろん私の不注意や無知から見過ごしている作家もいるかもしれないし、異論も多く噴出することだろうが、それを契機に今後新たな議論が展開されれば、さらに大きな実りに繋がることだろう。そのうえで、敢えて「逆編年体」に作家を並べ、二十一世紀から十九世紀へと遡っていく構成をとることで、ラテンアメリカ文学の「現在地」を読者が意識できるよう配慮した。どうしても時代順に文学史の流れをたどりたいという方は、本書を逆向きに読んでいただいてもかまわないし、時系列に沿った拙著『ラテンアメリカ文学入門』（中公新書、二〇一六年）を参照していただければ幸いだ。

選定した百人の作家については、一人ひとりについて、簡潔に伝記的事実をまとめたうえで、文学史的評価のほか、人物像をよく伝える有名な逸話や、作品と深く関わる作者自身の発言等を補足しながら、その生涯を概略した。文学研究において常に重視されてきた十人に関しては、倍量を割いて作家紹介を行っている。『ラテンアメリカ文学入門』からこぼれおちた興味深い裏話も、できるだけ本書に盛り込んだ。それぞれの末尾には、私自身が読者に最もお薦めしたい作品を一作ないし二作選び、そのみどころを簡潔に解説している。作品の評価はすべて原書に対して行っており、今後邦訳が刊行されることに期待を込めて、敢えて邦訳のない作品を選んでいる場合もある。

本書の執筆にあたっては、できるかぎり多くの研究書や論文を参照したほか、『エル・パイース』（スペイン）、『ラ・ナシオン』（アルゼンチン）、『クラリン』（アルゼンチン）、『ラ・ホルナーダ』（メキシコ）といった新聞や、『レトラス・リブレス』（メキシコ）、『ネクソス』（メキシコ）といった雑誌の電子版を利用して情報を収集した。また、個人的に付き合いのある作家や研究者とは常に意見を交換し、独断に陥ることのないよう努めた。参考まで、本書の執筆にあたって重視した文献を以下に挙げておく。


Brushwood, John S. *The Spanish American Novel: A Twentieth-Century Survey*. University of Texas, 2011.

Fornet, Jorge. *Salvar el fuego: notas sobre la nueva narrativa latinoamericana*. UNAM, 2018.

Fuentes, Carlos. *La gran novela latinoamericana*. Alfaguara, 2011.

Lindstrom, Naomi. *Twentieth-Century Spanish American Fiction*. University of Texas, 1994.

Marco, Joaquín. *Literatura hispanoamericana: del modernismo a nuestros días*. Espasa-Calpe, 1987.

Oviedo, José Miguel. *Historia de la literatura hispanoamericana*（1-4）. Alianza, 2012.

Rodríguez Monegal, Emir. *Narradores de esta América*（I, II）. Alfadil, 1992.

Shaw, Donald. *Nueva narrativa hispanoamericana: boom, posboom, posmodernismo*. Cátedra, 2005.

Smith, Verity. (Ed.) *Encyclopedia of Latin American Literature*. Fitzroy Dearborn, 1997.

Villanueva, Darío, José María Viña Liste. *Trayectoria de la novela hispanoamericana actual: del "realismo mágico" a los años ochenta*. Espasa-Calpe, 1991.

# 基礎用語集（情報はいずれも二〇一九年十二月時点、アイウエオ順）

## 1　スペイン語圏の主要新聞雑誌

**『エル・ウニベルサル』**…メキシコの有力新聞（同名の新聞が他国にも存在）。一九一六年創刊。

**『エル・エスペクタドール』**…コロンビアの有力新聞（同名の新聞が他国にも存在）。一八八七年創刊。

**『エル・ナシオナル』**…ベネズエラの有力新聞（同名の新聞が他国にも存在）。一九四三年創刊。

**『エル・パイース』**…スペインの有力新聞。一九七六年創刊。

**『オリヘネス』**…キューバの文芸雑誌。一九四四年創刊。五六年に廃刊。

**『カルテレス』**…キューバの文芸雑誌。一九一九年創刊。二七年に月刊誌から週刊誌に移行。六〇年に廃刊。

**『クラリン』**…アルゼンチンの有力新聞。一九四五年創刊。

**『コンテンポラネオス』**…メキシコの文芸雑誌。一九二八年創刊。三一年に廃刊。

**『スール』**…アルゼンチンの文芸雑誌。一九三一年創刊。九二年に廃刊。

**『ネクソス』**…メキシコの月刊文芸雑誌。一九七八年創刊。

**『ブエルタ』**…メキシコの月刊文芸雑誌。一九七六年創刊。九八年に廃刊。

**『プリメラ・プラナ』**…アルゼンチンの週刊誌。一九六二年創刊。七二年に廃刊。

**『プロア』**…アルゼンチンの文芸雑誌。一九二二年創刊。二五年に廃刊。

**『プロセソ』**…メキシコの有力週刊誌。一九七六年創刊。

**『ボエミア』**…キューバの文化雑誌。一九〇八年創刊。

**『マルチャ』**…ウルグアイの週刊誌。一九三九年創刊。七四年に軍事政権の弾圧により廃刊。

**『マルティン・フィエロ』**…アルゼンチンの文芸雑誌（同名の叙事詩はアルゼンチンの詩人ホセ・エルナンデス作、一八七二年刊行）。一九二四年創刊。二七年に廃刊。

**『メディオ・シグロ』**…メキシコの文芸雑誌。一九五三年にメキシコ国立自治大学法学部が創刊。五七年に廃刊。

**『ラ・ナシオン』**…アルゼンチンの有力新聞。一八七〇年創刊。

**『ラ・プレンサ』**…アルゼンチンの有力新聞（同名の新聞が他国にも存在）。一八六九年創刊。

**『ラ・ホルナーダ』**…メキシコの有力新聞。一九八四年創刊。

**『ラ・ラソン』**…アルゼンチンの有力新聞。一九〇五年創刊。現在は『クラリン』の傘下。

**『レトラス・リブレス』**…メキシコの月刊文芸雑誌。一九九九年創刊。

**『レボルシオン』**…キューバの新聞。一九五九年創刊。

## 2 スペイン語圏の主要出版社、文化機関、文学コレクション

**アナグラマ社**…スペインの出版社。一九六九年にホルヘ・エラルデが創設。現在はフェルトリネッツリの傘下。
**アルファグアラ社**…スペインの大手出版社。一九六四年創業。現在はペンギン・ランダム・ハウスの傘下。
**RBA社**…スペインの出版社。一九八一年に文学代理人カルメン・バルセルスが中心となって創設。
**エメセー社**…アルゼンチンの出版社。一九三九年創業。現在はプラネタ・グループの傘下。
**エラ社**…メキシコの独立系出版社。一九六〇年創業。
**カサ・デ・ラス・アメリカス**…キューバ文化省が管轄する文化機関。一九五九年創設。同名の文学賞と同名の雑誌を六〇年から管轄。
**カテドラ社**…スペインの出版社。一九七三年創業。主に批評版を手掛ける。
**コレクシオン・アルチーボス**…ラテンアメリカとフランスの出版社や大学が協力するラテンアメリカ文学の名作コレクション。一九八八年創設。

**スダメリカーナ社**…アルゼンチンの有力出版社。一九三九年創業。現在はペンギン・ランダム・ハウスの傘下。
**セイス・バラル社**…スペインの出版社。一九一一年創業。現在はプラネタ・グループの傘下。
**トゥスケッツ社**…スペインの出版社。一九六九年創業。現在はプラネタ・グループの傘下。
**ビブリオテカ・アヤクーチョ**…ラテンアメリカ文学の名作コレクション。一九七四年にベネズエラで創設。
**フォンド・デ・クルトゥーラ・エコノミカ社（FCE）**…メキシコの半官半民出版社。一九三四年創業。
**プラネタ社**…スペインの大手出版社。一九四九年創業。
**ホアキン・モルティス社**…メキシコの出版社。一九六二年創業。現在はプラネタ・グループの傘下。
**メキシコ国立芸術院**…メキシコ文化省直属の文化芸術支援機関。一九四七年創設。
**メキシコ作家センター**…メキシコの創作支援組織。一九五一年創設。
**ロサダ社**…アルゼンチンの出版社。一九二八年創業。

## 3　スペイン語圏の主な文学賞

**アストゥリアス皇太子賞（王女賞）**…アストゥリアス皇太子財団が一九八一年に創設した勲章。対象は様々な分野で貢献を果たしたスペイン語圏の団体、個人。王位継承に伴い二〇一五年から王女賞となる。
**アルファグアラ賞**…アルファグアラ社の主催する文学賞。対象は長編小説。一九六五年創設。七二年に廃止された後、九八年に復活。現在の賞金は十七万五千ドル。
**エラルデ賞**…アナグラマ社の主催する文学賞。対象は長編小説。一九八三年創設。現在の賞金は一万八千ユーロ。
**カサ・デ・ラス・アメリカス賞**…キューバのカサ・デ・ラス・アメリカスが授与する文学賞。対象は文学全般。一九六〇年創設。
**スペイン批評賞**…スペイン文芸批評協会が選考する文学賞。対象はスペインで刊行された小説作品。一九五六年創設。賞金はない。
**セルバンテス賞**…スペイン文化省が授与する文学賞。スペイン語圏のノーベル文学賞と言われる。功績のある作家に贈られる。一九七六年創設。現在の賞金は十二万五千ユーロ。

**トゥスケッツ賞**…トゥスケッツ社の主催する文学賞。対象は長編小説。二〇〇五年創設。現在の賞金は一万八千ユーロ。

**ナダル賞**…デスティーノ社の主催する文学賞。一九四五年創設。現在の賞金は一万八千ユーロ。

**ハビエル・ビジャウルティア賞**…メキシコ国立芸術院が中心となって主催する文学賞。対象は文学作品全般。一九五五年創設。

**バルガス・ジョサ賞**…カテドラ・バルガス・ジョサ（スペイン）の主催する文学賞。二〇一四年創設。選考は二年ごと。

**ビブリオテカ・ブレベ賞**…セイス・バラル社の主催する文学賞。対象は長編小説。一九五八年創設。七二年に廃止の後、九九年に復活。現在の賞金は三万ユーロ。

**フアン・ルルフォ賞**…ラジオ・フランス・アンテルナショナルが中心となって主催していた文学賞。一九八二年創設。二〇一二年を最後に中断。

**プラネタ賞**…プラネタ社の主催する文学賞。一九五二年創設。現在の賞金は六十万一千ユーロ。

**マヌエル・ロハス賞**…チリ国立文化芸術会議の主催する文学賞。功績のある小説家に贈られる。二〇一二年創設。

**ロムロ・ガジェゴス賞**…ロムロ・ガジェゴス・ラテンアメリカ研究センター（ベネズエラ政府が管轄）の主催する文学賞。一九六七年創設。選考は二年ごと。現在の賞金は十万ドル。

# 目次

100人の作家で知る

# ラテンアメリカ文学ガイドブック

# サマンタ・シュウェブリン

## Samanta Schweblin（アルゼンチン・1978- ）

【略歴】
一九七八年アルゼンチンのブエノスアイレス生まれ。ブエノスアイレス大学で音響・イメージデザインを専攻した後、短編小説を手掛け、処女短編集『混乱の核』（二〇〇一）で国立芸術財団賞を受賞。二〇〇八年のカサ・デ・ラス・アメリカス賞受賞作となった短編集『口のなかの小鳥たち』（二〇〇九）はアルゼンチンでベストセラーとなり、『救出の距離』（二〇一四）、『七つのからっぽな家』（二〇一五）も好調な売れ行きを示している。二〇一二年にファン・ルルフォ賞受賞。

一般にスペイン語圏では、長編小説に較べて短編集の売り上げは伸びにくく、大手出版社は、たとえ著名作家の作品であれ、出版を尻込みすることが多い。若手有望株と目されるラテンアメリカ作家でも、アルファグアラやセイス・バラルといった、スペインを拠点にする国際的出版社からではなく、自国の比較的マイナーな出版社から短編集を刊行せねばならないことがある。その数少ない例外国と言えるのがアルゼンチンであり、レオポルド・ルゴーネスやホルヘ・ルイス・ボルヘス、フリオ・コルタサルに遡る短編小説の伝統があるおかげで、作家の国籍を問わず、現在でも短編集の売れ行きはいい。そんなアルゼンチンで脚光を浴び、ここ数年ベストセラーを続けているのが、一九七八年生まれの若手女流作家サマンタ・シュウェブリンだ。

「ベストセラー」の仕組みは出版業界の永遠の謎であり、何がヒットするかはまったく予想できないのが常だが、シュウェブリンの出世作『口のなかの小鳥たち』を手にする日本の読者は、なぜこれがアルゼンチンでそれほど売れたのかと首を傾げてしまうかもしれない。ボルヘスのような知性のきらめきもなければ、コルタサルのように個性的な文体の迸りがあるわけでもなく、劇的な展開で「ノックアウト」するような物語でもない。著名批評家の後押しがあったわけでもなく、何がヒットの契機になったのかもよくわからない。二〇〇一年刊行の処女短編集『混乱の核』で国立芸術財団賞を受賞していたとはいえ、〇九年に『口のなかの小鳥たち』を発表した時点でも、シュウェブリンはまったく無名の作家であり、伝統あるカサ・デ・ラス・アメリカス賞を受賞したものの、最初はこの作品に対するアルゼンチン文学界の反応は鈍かった。ところが数年後からにわかに売り上げが伸び始め、二〇一五年に『七つのからっぽな家』（邦訳河出書房新社、二〇一九年）が刊行される頃には、彼女はすっかりベストセラー作家になっていた。

　シュウェブリンの短編小説には、幻想文学に分類できそうな作品も多いが、ルゴーネス、ボルヘス、ビオイ・カサーレス、コルタサルと受け継がれてきたアルゼンチン幻想文学の本流とは完全に一線を画している。現実世界に存在する不思議の探究や、現実と幻想の往来といった要素は彼女の短編には見られず、むしろ肌にまとわりつく感覚や頭から離れないオブセッションを体現したような物語と捉えたほうがいい。その意味で、強いてシュウェブリンの先駆者を探すとすれば、ウルグアイを代表する幻想文学作家フェリスベルト・エルナンデス、そして同じくウルグアイに長く住んだフランス人作家ジュール・シュペルヴィエルが挙げられるだろう。繊細な感受性をもとに、不要な描写を排して感覚的表現を積み重ねるところに、曖昧模糊とした不思議な世界が出来上がっていくが、密かな暴力と抑えられた残虐性に貫かれた物語は、何とも言いようのない不気味な後味を残す。

　現在のところ、その独特の読後感が多くの読者に支持されているようだが、いつも似たような雰囲気を漂わせるシュウェブリンの作品は、単調という批判も免れない。様々な機関から奨学金を受け、メキシコ、イタリア、中国、ドイツと拠点を移しながら、恵まれた環境で創作を続ける彼女は、ベルリン滞在中に執筆した『救出の距離』では初めて中編に取り組み、瀕死の女の声を中心に据えた実験的形式で不穏な物語を展開している。とはいえ、これも一三〇ページにも満たない小品であり、構成の面白さを除けば目新しさは少なく、今後は更なる飛躍を期待したいところだ。

**推薦作**

**『口のなかの小鳥たち』**
(*Pájaros en la boca, 2009*)

十三カ国語に翻訳され、二十カ国で刊行されたシュウェブリンの代表的短編集。時に悪夢と紙一重の不思議な物語が十四作収録されているが、どれも短いうえに、極めて平易な文体で書かれており、文学の初心者でも簡単に読める一冊だろう。最も注目に値するのは表題作「口のなかの小鳥たち」であり、ほかの食事を一切受け付けず、小鳥だけを生きたまま丸飲みにする純真な少女の姿は、人間世界の奥底に潜む闇の部分を垣間見せる。ほかにも、何でもない片田舎の食堂に入った主人公が、妻の死体の脇で途方に暮れる小男と対面し、不条理な会話を交わすという設定の「イルマン」など、掴みどころのない不気味な物語が揃っている。

【邦訳】松本健二訳、東宣出版、二〇一四年

# アレハンドロ・サンブラ

## Alejandro Zambra（チリ・1975- ）

【略歴】

一九七五年チリの首都サンティアゴに生まれる。チリ大学でスペイン語文学を専攻し、九七年に卒業後、マドリードに留学してスペイン語文献学を学ぶ。九八年に処女詩集『無益な湾』を発表、二〇〇六年には中編小説『盆栽』によりチリの年間最優秀小説賞を受賞し、国内外で名を知られる。日本文学通でもあり、最近までディエゴ・ポルタレス大学で文学を講義しながら創作を続けた。二〇一三年短編集『マイドキュメント』を発表。現在はメキシコ在住。

二〇〇三年にロベルト・ボラーニョが急逝して以後の数年間、後継者探しを目論む出版社の意向もあって、スペイン語圏では一九七〇年代生まれの若手作家の動向に注目が集まった。業界最大手のアルファグアラ社が主催する文学賞によって、サンティアゴ・ロンカグリオロ、ファアン・ガブリエル・バスケス、アンドレス・ネウマンといった面々が脚光を浴びるなか、独立系出版社のアナグラマ社（現在はイタリアのフェルトリネッリ社の傘下にある）から待望の新人として売り出されたのが、ボラーニョと同郷のアレハンドロ・サンブラだった。それまでに詩集や短編小説を発表していたとはいえ、チリ国内ですらほぼ無名の作家だったサンブラは、アナグラマ社の名編集者ホルへ・エラルデに見込まれて、中編小説『盆栽』の刊行によって二〇〇六年にメジャーデビューを果たし、現在まで同出版社から定期的に作品を発表し続けている。

若い世代の特徴として挙げられるのは、大学、時には大学院で文学を専攻して深い知識を身に着け、ラテンアメリカ内外の大学で教鞭を執りながら創作に励む作家が多い点だろう。サンブラも例外ではなく、チリ大学で文学を専攻した後にマドリードの大学院で文献学を学び、チリ・カトリック大学で文学博士号を取得、さらに二〇一七年までサンティアゴのディエゴ・ポルタレス大学で文学を講義していた。彼の読書量には目を見張るものがあり、日本文学も含め、世界文学にこれほど精通している作家は少ない。

その反面、文学に専心している分だけ、実世界における経験には乏しく、革命や内戦、軍事独裁政権やゲリラ戦争といった激動の事件に関わった旧世代の作家たちと較べて、新世代の作家たちがずいぶん地味な生活を送っているのも事実だ。創作は必ず実体験を出発点とするというバルガス・ジョサの見解に従えば、彼らはこの点で大きなハンデを負うことになり、実際にテーマ的枯渇で行き詰まってしまう作家も少なくはない。ピノチェト独裁政権の弾圧や抵抗運動を直接経験したわけではないサンブラもこの点は同じで、彼の小説には、社会主義政権の誕生やクーデターといった、ドノソやエドワーズ、さらにはイサベル・アジェンデの小説にも頻出する政治的・社会的動乱は一切現れず、その点でスケールの大きさと迫力に欠けることは否定できない。バスケスやネウマンが時間を遡って歴史にテーマを求め、ロンカグリオロが日本にまで創作のインスピレーションを求める一方で、サンブラはあくまでチリの同時代社会、とりわけ自らの日常を見つめ直し、独自のミニマリズム文学を確立している。ラテンアメリカでも近年流行している盆栽を象徴として、平凡な生活を送る若者たちの内面を掘り下げた『盆栽』は、彼の創作指針を明確に打ち出した作品だったと言えるだろう。

　また、程度の差はあれ、作家志望の学生など、作者と重なり合う人物が主人公や語り手となるのもサンブラの作品の大きな特徴であり、二〇一一年発表の『帰宅の方法』のように、メタフィクション性を前面に打ち出した作品も珍しくはない。二〇一三年に刊行された『マイドキュメント』は、十一の短編を通して、少年時代から現在に至る自分の人生を振り返った自伝的短編集であり、「パソコンの思い出」、「楽しい喫煙時代」など、ごく日常的な事象から物語を作り上げながら深い洞察を導き出した作品も含まれている。とはいえ、全体としては、自分の私生活を切り売りして無理に文学作品を生み出しているような印象は禁じ得ず、今後サンブラが「自分」という限界を乗り越えられるのか、注目されるところだ。

**推薦作**

**『盆栽』**
(*Bonsái*, 2006)

日本文学愛好家の作者が、川端康成をエピグラフに掲げて、まさに盆栽の世話をするように書き上げた中編小説。作家志望のフリオと、どこか影のあるエミリア、文学を通して結びついた二人の若者のはかない愛が、盆栽という象徴を中心に、繊細なタッチで描き出されている。やがて二人は別れ、後に自殺するエミリアの思い出にオマージュを捧げながら「盆栽」というタイトルの小説を書くフリオの悲哀に満ちた姿が、チリのみならず、スペイン語圏全体の若者を強く惹きつけた。ブーム世代のような迫力はなく、ボラーニョのような神秘的雰囲気や哀切にも欠けるが、ミニマリズムの粋を極めた味のある小品と言えるかもしれない。

【邦訳】松本健二訳、白水社、二〇一三年

# フアン・ガブリエル・バスケス

## Juan Gabriel Vásquez（コロンビア・1973- ）

【略歴】
一九七三年コロンビアのボゴタ生まれ。ロサリオ大学で法学を学んだ後、九六年から九八年までフランスのソルボンヌ大学でラテンアメリカ文学を研究。ベルギー滞在を経て、九九年末からバルセロナへ移り、本格的に執筆活動を開始する。〇四年発表の『密告者たち』、〇七年の『コスタグアナ秘史』で二十一世紀のコロンビアを代表する新進作家となり、一一年の『物が落ちる音』でアルファグアラ賞を受賞。一二年以降は祖国に戻って執筆を続けている。

作家の専門職化が着実に進むラテンアメリカ文学にあっても、フアン・ガブリエル・バスケスほど芯の通った知性派は少ない。ソルボンヌ大学では本格的な文学研究に従事し、多くの文学論を残しているほか、E・M・フォースターの『インドへの道』やヴィクトル・ユーゴーの『死刑囚最後の日』など、様々な名作のスペイン語訳を手がけている。評論集『白地図を手にした旅』（二〇一七）に示されているとおり、古今東西の世界文学に通じているばかりか、ラテンアメリカ文学に関する知識も豊富で、ガルシア・マルケスの死後に制作されたドキュメンタリーでは、監修、案内役を務めた。公的私的な場での発言も知性に溢れ、三十代から彼ほど崇高な雰囲気を醸し出した作家は珍しい。文学理論などに精通した作家となると、とかく語りの技法を凝らして実験小説に走りたがるものだが、幸いバスケスの小説は概ね構成が平易であり、文章自体も明解で読みやすい。それでいて扱うテーマは壮大で、ラテンアメリカの社会と歴史をめぐる深い考察と鋭い示唆に富む。そのあたりが二十一世紀のラテンアメリカをリードする作家と目されるゆえんだろう。

バスケスは九〇年代から長編小説を手掛けているが、彼の名を一躍有名にしたのは、二〇〇四年に名門アルファグアラ社から出版された『密告者たち』（邦訳作品社、二〇一七年）だった。一九九〇年代のボゴタで、第一次世界大戦勃発前にコロンビアへやってきたドイツ人女性の伝記を書いたジャーナリストが、父の厳しい叱責を受けるところから始まる物語であり、そこから、激動する一九四〇年代のコロンビアで起こったスパイ事件の真相が明らかになっていく。すでにこの小説に明確に打ち出されていたとおり、バスケスの目は常に祖国コロンビアの歴史に向けられており、忘却の彼方へ追いやられてもおかしくない、「公的歴史」では取り上げられることの少ない人物や事件にスポットを当て、虚実入り混じる物語を作り上げるところに彼の創作の特徴がある。

『コスタグアナ秘史』は、さらにコロンビアの歴史を遡って、十九世紀末から二十世紀初頭にまたがるパナマ地域の動乱を題材に取り上げた意欲作だが、ここでも主人公の役回りを与えられたのは無名の英雄だった。ジョゼフ・コンラッド伝の執筆を依頼されたのを機に、コンラッドやパナマ独立戦争に関する書物を中心として、膨大な数の文献を漁ったバスケスは、二〇〇四年から約二年かけてこの傑作を完成し、ロベルト・ボラーニョ亡き後、ラテンアメリカ文学新世代の旗手となった。

二〇一一年発表のアルファグアラ賞受賞作『物が落ちる音』(邦訳松籟社、二〇一六年)は、商業的には成功したものの、専門家の評判は芳しくなく、また、一三年発表の中編『名声』も彼の力量からすれば迫力に欠ける作品で、一部からは行く末を案じる声も聞かれたが、祖国コロンビアへの帰国後から本格的に取り組んだ長編『廃墟の形』(二〇一五)は、まさに骨太作家の面目躍如だった。自らと重なる作家を語り手に据え、ガルシア・マルケスの回想録『生きて、語り伝える』を出発点に、一九四八年のホルヘ・エリエーセル・ガイタン暗殺、さらに一九一七年のラファエル・ウリベ・ウリベ暗殺という、コロンビア現代史を揺るがした二つの暗殺事件の真相に迫るこの壮大なスケールの物語は、長年にわたり暴力と不正にまみれてきたコロンビア社会を必死で生き抜き、血みどろの歴史を背負ってこれからも生きていこうとする人々へのオマージュだった。間違いなくバスケスは将来のノーベル文学賞候補であり、今から読んでおいて損はない。

**推薦作**

**『コスタグアナ秘史』**

(*Historia secreta de Costaguana*, 2007)

新歴史小説のマンネリ化が顕著になりつつあったゼロ年代後半に発表されたこの小説は、知性派作家の真骨頂であり、歴史という尽きることのない文学的テーマの奥深さを見せつけてくれる。タイトルに示されているとおり、本書の出発点はジョゼフ・コンラッドの傑作『ノストローモ』(一九〇四)にあるが、パナマ独立戦争をめぐる激動の時代を背景に、コンラッドにネタを提供したというコロンビア人ホセ・アルタミラーノの存在を浮かび上がらせながら、公的歴史に残ることのない歴史の裏側を暴き出していく。歴史とフィクションの関係、歴史小説の意義など、様々な問題を考察するのにこれほど素晴らしい題材は他にない。

【邦訳】久野量一訳、水声社、二〇一六年

# ホルヘ・ボルピ

## Jorge Volpi（メキシコ・1968- ）

【略歴】
一九六八年メキシコシティの生まれ。メキシコ国立自治大学で法学と文学を専攻、サラマンカ大学でスペイン語文献学博士号を取得。九三年に処女長編『暗い沈黙にもかかわらず』で文壇に名を知られた後、九六年に同世代の作家たちとともに「クラック宣言」を発表し、新たな文学の創設を目指す。九九年発表の『クリングゾールをさがして』でビブリオテカ・ブレベ賞を受賞、「二十世紀三部作」に着手する。歴史論などのエッセイも多数手掛ける。

ホルヘ・ボルピというと、いわゆる「クラック」を代表する作家の一人と見られがちだが、すでに幾多の小説と評論を発表し終えた今では、次第にその記憶も薄れつつあるかもしれない。そもそも九六年に発表された「クラック宣言」自体、書店等における発表会の代わりに、仲のいい五人の作家がマイナーな雑誌に寄稿した寄せ集めの文集であり、『シュルレアリスム宣言』のような美的・文学的態度の表明ではない。発表当初から文壇で大きな反響があったわけではなく、二十一世紀に入ってボルピやイグナシオ・パディージャが高評価を得て以降、ようやく評論家たちが後付けで注目し始めただけであり、その重要性については明らかな過大評価があった。ブームの世代や「魔術的リアリズム」への反発といった側面を強調する評論家もいるが、実際に読んでみればわかるとおり、「クラック宣言」はそうした要素を前面に打ち出しているわけではない。現にボルピは、ブームの代表格カルロス・フエンテスから賞賛を受けると、即座にこの話題を取り上げて彼に感謝の意を示している。

『クリングゾールをさがして』、『狂気の終わり』（二〇〇三）、『地球ではあるまい』（二〇〇六）から成る「二十世紀三部作」でボルピが文壇に揺るぎない地位を築き終えた今振り返ってみると、「クラック宣言」に垣間見えていた特質のうち、後の彼の創作に重要な指針となったのは、知的エリートによる難解な文学の復権と、ラテンアメリカの地域性を越えたグローバル文学の創設、この二点にあったと考えられるだろう。その意味では、クラックの面々が直接槍玉に挙げたのは、イサベル・アジェンデに代表される「似非魔術的リアリズム」のベストセラー小説であり、概して高度な専門的知識を詰め込んで重厚な虚構世界を作り上げる彼らの小説はむしろ、フエンテスの『テラ・ノストラ』に代表される壮大な実験小説の試みを継承していた。ボルピにおいて特徴的なのは、彼が作品世界からほぼ完全にラテンアメリカ色を消し去っている点だろう。

「二十世紀三部作」を見れば、ボルピが創作に費やす労力と時間、そして物語を編み上げていく巧みな構成力に感服せずにはいられない。文学技法に精通しているのは当然として、物理学や数学、精神分析など、物語の背景となる学問についても、何十作にのぼる学術書を読破して、専門家顔負けの知識を身に着けたうえで、ストーリーの枠組みを入念に設定し、そのなかで魅力的な登場人物を動かして劇的状況を生み出していく。その深い知識とマジシャンのように鮮やかな手さばきは、玄人の読者をうならせるにも十分だろう。だが問題は、そこから展開される形而上学、人間や世界に対する洞察が貧弱すぎる点だろう。ボルピの作品には「ゲーム」という言葉が頻出し、これがしばしばストーリー展開に重要な役割を果たすが、実のところ、彼の小説は高度な知性を駆使したゲームにほかならず、登場人物を動かす作者の手が透けて見えてしまうことが多い。代表作『クリングゾールをさがして』も、壮大なスケールの物語であるわりには、登場人物を衝き動かす感情は概して平凡で、女に騙された男という結末はいかにも尻すぼみと言わざるをえない。ボルピに批判的な批評家たちは、科学などの知識を小説に詰め込む「ハッタリ」をしばしば糾弾するが、それもまんざら成功者への妬み嫉みとばかり言い切れないのは事実だろう。二〇一八年発表の『犯罪小説』は、これまでの路線とうってかわって、メキシコを舞台にしたノンフィクションであり、アルファグアラ賞を受賞したが、これが転機となるのだろうか？

推薦作

**『クリングゾールをさがして』**
(*En busce de Klingsor*, 1999)

女性問題で研究者としての出世コースを外れた物理学者フランシス・ベーコンは、海軍諜報部にスカウトされ、ナチス・ドイツの科学政策の黒幕と目された謎の人物「クリングゾール」についての調査という任務を依頼される。アインシュタイン、ゲーデル、ハイゼンベルクといった科学者や、相対性理論、不確定性原理、量子力学といった二十世紀物理学の理論を取り込み、絶対的確実さを失っていく現代科学の歴史を追いながら、二十世紀の世界史をミステリーの形式で追っていく、スケールの大きな小説。発表から二十年経過した今読むと、読者を煙に巻く衒学がやや鼻につくものの、ラテンアメリカ小説刷新の意気込みが感じられる。

【邦訳】安藤哲行訳、河出書房新社、二〇一五年

# エドムンド・パス・ソルダン

## Edmundo Paz Soldán（ボリビア・1967- ）

【略歴】
一九六七年ボリビアのコチャバンバ生まれ。高校卒業後、ブエノスアイレス留学を経て、サッカー選手としての奨学金を受けて渡米、アラバマ大学で政治学を専攻した。九七年にカリフォルニア大学バークレー校で文学博士号を取得し、現在までコーネル大学で文学講座を担当している。九六年に短編アンソロジー『McOndo』に作品を収録されて名を知られ、テクノスリラーやSFに分類される長編小説や短編集などの発表を続けている。

エドムンド・パス・ソルダンは、脱魔術的リアリズムと脱ラテンアメリカを掲げて新世代を象徴するグループとなったMcOndoの一員と目されることが多いが、同名の短編アンソロジーの出版から二十年以上が経過し、その喧騒もすっかり冷めた今もまだ彼にこの冠を被せ続けるのは気の毒だろう。そもそも、二〇〇四年にアルファグアラ社から再版された初期作品集を見れば明らかなとおり、短編小説家としての彼はウィットやパンチ力に欠け、その文才を十分に発揮できてはいない。ところが、長編小説を手掛ける時の彼は、非凡な構成力を見せつけている。完全に忘却の彼方に追いやられた同志も多いなか、文学不毛の地とされてきたボリビア出身のパス・ソルダンは、少なくとも現在まで様々なスタイルの物語文学を発表し続けており、一定の評価と商業的成功を収めている。

彼が初めてメジャー出版社から作品を出版したのは、McOndoがまだ注目を浴びていた九七年のことだった。それが、コチャバンバの高校時代を題材にした自伝的長編『リオ・フヒティーボ』であり、バルガス・ジョサの『都会と犬ども』にも通じる思春期小説として、今でも手にとる若者は多い。だが、二〇〇〇年発表の『デジタルの夢』以降、パス・ソルダンは、コンピューターが急速に普及する現代社会の状況を踏まえ、「テクノスリラー」の名で呼ばれるジャンルに傾倒していく。そのなかで最も高い評価を受けたのが、ボリビア国民小説賞受賞作となった『チューリングの妄想』（二〇〇三、邦訳現代企画室、二〇一四年）だった。強引な新自由主義の導入により、政治経済的混迷を極めた新世紀のボリビアを背景に、伝統的な反政府デモと現代的なサイバー攻撃を結びつけたこの小説は、当時としては新鮮であり、若者を中心に多くの読者から支持を受けた。だが、いわゆる「時代の最先端」として持て囃される文学作品には往々にして起こるように、発売から十年以上経過した後でテクノスリラーを手に取ってみると、いかにも古めかしく、すっかり歴史的遺品のように見えてしまう。確かにデジタル化の進む現代社会を舞台にはしているものの、パス・ソルダンの小説は本質的に愛と復讐心と感傷を基盤にした通俗的なサスペンスであり、ハッキングやヴァーチャルワールドといった要素はあくまで物語の外枠を飾る要素でしかない。ところが、その外枠が時代遅れになると、物語自体は面白くても、そこから現実味が失われ、ボリビアとまったく関係のない遠い国で起こった出来事のように見えてしまう。ボリビアで伝統的ポピュリズムを背負ったエボ・モラレス政権が誕生したうえ、SNSがアラブの春で重要な役割を果たし、ラテンアメリカの農村部にまでスマートフォンが普及した今となっては、デジタル社会をめぐるパス・ソルダンの予言的ヴィジョンは無残なまでに反証されている。祖国ボリビアでならインパクトのある小説になりえるだろうが、安部公房から伊藤計劃に至る優れたSF文学の伝統を持つ日本の読者を満足させるのは難しいと言わざるをえないだろう。二〇一四年発表の『イリス』もSFに分類される作品だが、作者の求める「政治性」を打ち出すことはできておらず、同様の批判は免れまい。

　パス・ソルダンの新たな可能性が見えたのは、彼のよく知るアメリカ合衆国を舞台とした長編『北』（二〇一一）であり、複数のストーリーを組み合わせる手腕が存分に発揮されているうえ、現代社会への鋭い洞察も垣間見える。まだ試作段階とはいえ、今後の方向性に期待を感じさせる作品と言っていいだろう。

**推薦作**

**『北』**
(*Norte*, 2011)

「レイルロードキラー」の異名で呼ばれた米墨国境地帯の殺人鬼をモデルにしたヘスス、英語ができずに精神病院で半生を過ごすことになる画家マルティン、文学研究を志しながらも挫折し、漫画家を目指すボリビア系少女ミシェル、時代にはずれがあるものの、アメリカ合衆国に移住したラテンアメリカ人という点で共通する三人の命運を同時並行的に辿る意欲的長編。社会に溶け込むことができず、偽りのアイデンティティを被された者たちが、それぞれの形で合衆国への「復讐」を遂げていく。移民排斥を露骨に糾弾するわけではなく、むしろ淡々と進む物語の内側から、現代世界に巣食う病理が浮かび上がってくる。

【邦訳】二〇一九年十二月現在未邦訳

# ロドリゴ・フレサン

## Rodrigo Fresán（アルゼンチン・1963- ）

【略歴】

一九六三年ブエノスアイレスの生まれ。七四年から七九年まで家族とともにベネズエラに亡命。八四年からジャーナリズムに従事し、九一年発表の短編集『アルゼンチン物語』によって一躍若手作家として注目を浴びる。処女長編『エスペラント』（一九九五）、長編第二作『物の速度』（一九九八）を発表した後、九九年にバルセロナへ移る。『エル・パイース』や『レトラス・リブレス』など、スペイン語圏の有力新聞・雑誌に寄稿しながら現在も長編を中心に創作を続けている。

ロドリゴ・フレサンは、ロベルト・ボラーニョに続く世代で、書くことと読むことに最も強い執着心を示した作家だと言えるだろう。現代世界において小説を書くことの意義を追求した巨大長編『創造の部分』（二〇一四）に始まり、創作に向かう作家たちの内面を探求した『夢の部分』（二〇一七）を経て、七〇〇ページに及ぶ最終章『記憶の部分』で二〇一九年に完結した文字通りの「三部作」は、執筆において重要な役割を果たすと作者自ら認める三要素――創造、夢、記憶――を通して「書く」行為の本質を極めようとする試みであると同時に、それを読む読者に対して「読む」ことの意義を突きつける挑発でもある。映画や音楽、コミックや大衆文学への言及を随所に散りばめ、時に現代世界に対する鋭い論考を提起するフレサンの小説は知的刺激に満ちているが、その反面、迸り出る言葉とともに物語は脱線と逸脱を繰り返し、これを退屈と受けとめる読者は少なくないようだ。

衒学と哲学的思索に溢れた作家としては何とも意外なことに、フレサンは創作教室などで作家の指導を受けたことはなく、中等教育すらまともに終えてはいない。本人によれば、難産で何度も死にかけた末に誕生した彼は、「語るために生きる」ことを宿命づけられた作家だった。父がボルヘスやコルタサルの本の表紙を担当したデザイナーだったこともあり、フレサンは幼少期から思う存分読書と物書きに耽ることができたが、大きな転機となったのは、デビュー作『アルゼンチン物語』に収録された一編で挿話として使われた誘拐事件だった。一九七三年、当時十歳だった彼は、反共産主義組織に誘拐され、左翼の運動家だった母が身代わりとして人質となることを条件に、ようやく解放されたのだった。一家はその後揃ってベネズエラに亡命したものの、両親の不仲もあって転校の手続きがうまくいかず、ロドリゴ少年は浪人も同然の状態で数年間を過ごすことになった。学校に通わぬまま、ラジオから流れる音楽に耳を傾け、図書館で小説を読みふけった彼は、サリンジャー、ヴォネガット、ビオイ・カサーレス、コルタサルといった作家や、ビートルズやボブ・ディランの音楽に親しみ、この体験が今も彼の創作の原動力となっている。その後も彼は、十九歳にして一年半にわたってヨーロッパをヒッチハイクで旅する（イギリスのバンド、スーパートランプのスペイン・ツアーに通訳として同行したこともあったという）など、高等教育を受けることなく八三年に帰国し、翌年からジャーナリズム活動を始めた。当初は、様々なペンネームを使って文学とは無縁な穴埋め記事を書いていたが、トマス・エロイ・マルティネスに認められて、有力紙『パヒナ・ドセ』の文化欄担当に抜擢されたところから文学への道が開けた。

『アルゼンチン物語』の成功で注目されて以後のフレサンは、実際に見た夢を頼りに約一週間で書き上げた長編『エスペラント』や、読書を巡る思索に満ちた大作『物の速度』など、実験性の強い作品によって、ラテンアメリカ文学新世代の有望株と目されるようになった。九九年には拠点をバルセロナに移し、ロベルト・ボラーニョと親交を結んだが、少なくとも創作においてその影響はまったく感じられず、相変わらず独自の路線を歩み続けている。同世代の多くの作家たちと違って、歴史にテーマを求めることもなく、SFに走ることもないフレサンは、「書く」行為をテーマに選ぶことで「書けなくなる恐怖」を乗り切り、今は三部作を書き終えた安堵に胸を撫で下ろしているが、気持ちはすでに次回作に向かっているという。

推薦作

**『ケンジントン公園』**
(*Jardines de Kensington*, 2003)

一九六〇年生まれの架空の児童文学作家ピーター・フックを語り手に据えて、『ピーター・パン』の作者ジェイムズ・マシュー・バリーの生涯を再現する異色の長編小説。『ピーター・パン』のモデルになったとされるデイヴィス一家（バリーと一家が出会ったのはロンドンのケンジントン公園）の三男ピーターが、一九六〇年に地下鉄で飛び込み自殺したことを思い起こしながら、フックは眠れぬ夜にバリーの生涯と自らの半生を振り返る。大衆の「幼児化」が取沙汰される二十一世紀の時点から、児童文学が確立したヴィクトリア朝時代と、ロックという「子供の喧嘩」が流行った一九六〇年代を重ね合わせ、死と隣り合わせの幼児期の本質を探る。

【邦訳】二〇一九年十二月現在未邦訳

# ホルヘ・フランコ

## Jorge Franco（コロンビア・1962-）

【略歴】

一九六二年コロンビアのメデジン生まれ。八〇年代にロンドン・フィルム・スクールで映画を、ボゴタのハベリアナ大学で文学を学んだ後、短編集『忌まわしい愛』（一九九六）で文壇の注目を集める。九九年発表の『ロサリオの鋏』は大ベストセラーとなり、スペインでハメット賞を受賞するなど、世界的な反響を得た。その後も首都ボゴタに居を構えて定期的に短編、長編の執筆を続けており、二〇一四年には『外の世界』でアルファグアラ賞を受賞している。

ボラーニョ亡き後、着々と世代交代が進むラテンアメリカ文学界にあって、ここ二十年ほどコロンビア人作家の躍進がめざましい。ファン・ガブリエル・バスケスを筆頭に、フェルナンド・バジェホ、エベリオ・ロセーロ、ラウラ・レストレポ、そしてホルヘ・フランコ。振り返れば、二十世紀後半のコロンビア文学はほぼガブリエル・ガルシア・マルケス一強であり、八〇年代以降は、麻薬マフィアの過激化とゲリラ組織の台頭により、二十年以上も制度的暴力に晒されたことで、執筆・出版活動さえもままならなくなっていた。そんな国から文学が復興したのは、皮肉にも血なまぐさい事件の多発に負うところが大きいかもしれない。暗殺、誘拐、銃撃戦、麻薬取引、人身売買、テロなど、ハリウッド映画の題材にでもなりそうな要素が、作家たちの身の回りにはいくらでも転がっていた。ここに挙げた作家たちはいずれも、何らかの形でそうした要素を創作に取り込み、暴力に蹂躙された祖国の状況と向き合っている。

コロンビア小説復興の先陣を切り、一時は「第二のガルシア・マルケス」とまで持て囃されたホルヘ・フランコがベストセラー作家にのし上がったのも、FARC（コロンビア革命軍）などのゲリラやテロ活動が蔓延して市民生活が恐怖に晒されていた時期のことだった。刹那的な生き方しかできない主人公ロサリオの姿には、暴力に怯えながら日常を過ごす国民の心を捕えるものがあったらしく、『ロサリオの鋏』は世紀末のコロンビアで空前のヒットとなったばかりか、数年後には映画化され、テレビドラマ版までが人気を博する事態となった。ベストセラー小説にありがちな、かなり通俗的なストーリーではあったものの、発売直後にバルガス・ジョサが『エル・パイース』紙に記事を寄せ、この小説に言及したことからホルへ・フランコの名は知的オーラに包まれた。また、この成功によってキューバ最高の文化機関カサ・デ・ラス・アメリカスから文学賞の審査員に選ばれ、さらに、ガルシア・マルケスからキューバの映画学校にゲストとして迎えられたことも、大きな後押しになったと言えるだろう。

　とはいえ、衝撃的なヒットから二十年近く経った今振り返ると、フランコの成功は、ガルシア・マルケスの後継者を待望する読者・批評家に煽られたことによる過剰評価の側面がかなりあったことも否定できない。その後の歩みを見れば、彼がバルガス・ジョサやガルシア・マルケスに比肩するような「知的作家」でないことは明らかだろう。『ロサリオの鋏』でも、コロンビアの暴力的現実を売り物にしているような部分が目につくが、彼の書く小説は、技法的修練や深い思索によって読者を惹きつけているわけではなく、その面白さは、多分にコロンビアという国の特殊な状況に負っている。二〇〇二年に刊行された長編第三弾『パライソ・トラベル』（邦訳河出書房新社、二〇一二年）などはその典型的な例で、コロンビアからアメリカ合衆国に不法入国する主人公二人組という設定がなければ、この小説は単なる凡庸な恋愛物語に成り下がってしまう。また、ドイツ人女性と結婚したメデジンの大富豪の誘拐を物語の中心に据えた『外の世界』（邦訳作品社、二〇一八年）は、警察の捜査に明らかに不自然な点が見られるなど、結末に近づくにつれて構成上の不備を露呈し、図らずも、すでに疑問視されていたアルファグアラ賞の権威を失墜させる形となった。有力出版社の後ろ盾を得て、職業作家として創作に専念できる環境を得たフランコが、今後どんな作風へシフトしていくのかはまだ不透明だ。

**推薦作**

**『ロサリオの鋏』**

(*Rosario Tijeras*, 1999)

麻薬マフィアに牛耳られた危険な町メデジンを舞台に、貧民街出身の破天荒な女ロサリオが繰り返す捨て鉢な冒険を、彼女に思いを寄せる気弱な青年アントニオが語っていく。十三歳で母の恋人に強姦されて以来、マフィアに雇われて命を落とす男を何人も目撃し、付き合った男に不実をはたらかれるたびに、煮沸した銃弾でこれを葬り去るロサリオのキスは、「死の臭いがする」。もちろん彼女の行く末も死でしかありえない。悪趣味なほど暴力をメロドラマ化しているという批判は免れないが、暴力に血塗られた時代のコロンビアを生き抜いた若者たちの心情の一端を鮮明に描き出していることは間違いあるまい。

【邦訳】田村さと子訳、河出書房新社、二〇〇二年

## 【コラム】ラテンアメリカにおける文学賞の功罪

二〇一九年時点でラテンアメリカからは、ガブリエラ・ミストラル、ミゲル・アンヘル・アストゥリアス、パブロ・ネルーダ、ガブリエル・ガルシア・マルケス、オクタビオ・パス、マリオ・バルガス・ジョサ、計六人のノーベル賞作家が誕生しており、現在も、セルヒオ・ラミレスやレオナルド・パドゥーラなど、有力候補の名前が何人かあがっている。また、「スペイン語圏のノーベル文学賞」と呼ばれるセルバンテス賞は、スペイン文化省によって一九七六年に創設されて以来、ほぼ一年ごと交互にスペインとアメリカ大陸の作家に与えられる方式が慣例化しているが、その受賞者リストを見ると、一九七七年のアレホ・カルペンティエールを筆頭に、二十世紀のラテンアメリカ文学を支えてきた重鎮がずらりと並んでいる。一九八二年のノーベル文学賞受賞以降すべての文学賞を辞退したガルシア・マルケスや、ホセ・ドノソとフリオ・コルタサルの名前が抜けているものの、カルロス・フエンテス、バルガス・ジョサ、ギジェルモ・カブレラ・インファンテ、ホルヘ・エドワーズ、セルヒオ・ピトル、エレナ・ポニアトウスカといった「ブーム」の主人公たちや、セルヒオ・ラミレスやフェルナンド・デル・パソといったそれに続く世代の作家がこの栄誉に浴し、ファアン・ヘルマンやゴンサロ・ロハス、ニカノール・パラといった隠れた名詩人まで選ばれているあたりに選考委員会の見識が窺える。これに加えて、ラテンアメリカ各国が独自に制定する「国民文学賞」が存在し、メキシコ（一九三五年創設）、チリ（一九四二年創設）、ベネズエラ（一九四八年創設）などではすでに長い歴史を誇っている。こうした公的性格の文学賞は、概して作品の売り上げとは無関係に作家たちの功績を称えて贈られるものであり、賞金や年金を伴う場合が多いこともあってか、時の政権の利害に左右されることこそあれ、現地における作家の重要性を計る指標として機能することは間違いない。

その一方、出版社が未発表作品を発掘するために賞金を懸けて主催する文学賞も、二十世紀の半ばから創作の活性化に重要な役割を果たしている。一九三九年に始まるフランコ政権下で文学活動が停滞していたこともあり、スペインの出版社はとりわけ新人の発掘に熱心で、デスティーノ社が四四年に創設したナダル賞、プラネタ社が五二年に創設したプラネタ賞などが現在も続いているが、ラテンアメリカ文学の世界的成功にとりわけ重要な役割を果たしたのは、名物編集者カルロス・バラルの肝煎りでセイス・バラル社が五八年に創設したビブリオテカ・ブレベ賞だった。六二年の受賞作はバルガス・ジョサの処女長編『都会と犬ども』であり、賞の審査員だったカルロス・バラルが見逃していれば、この作品はボツ原稿の山に埋もれ、バルガス・ジョサは世に出ていなかったかもしれない。その後も、フエンテスの『脱皮』、カブレラ・インファンテの『TTT』、ドノソの『夜のみだらな鳥』などが受賞作に選ばれ、「ラテンアメリカ文学のブーム」を盛り上げている。

とはいえ、セイス・バラル社が一九七二年に文学賞を休止した事態が示しているとおり、次々と新進作家が現れ、本の売れ行きが堅実に伸びていた七〇年代・八〇年代には、こうした文学賞の社会的反響は限定的で、必ずしも商業的利益に繋がるものではなかった。ところが、出版不況の影が差し始めた九〇年代後半から、俄かに高額賞金を懸けた物々しい文学賞が増え始め、マスコミなどを通じて喧伝されるようになる。アルファグアラ賞が九八年に十七万五千ドルという高額賞金を掲げて復活したのを機に、翌年にはビブリオテカ・ブレベ賞も復活し（賞金三万ユーロ）、二〇〇五年にはトゥスケッツ賞（賞金一万八千ユーロ）、〇七年にはプラネタ＝カサ・デ・アメリカ賞（賞金二十万ドル）が新設された。確かに無名の新人を発掘するケースもなくはないが、受賞者リストを見れば、ポニアトウスカやエドワーズといった大御所を中心に、大半は以前から世界的に名を知られていた作家であることがわかる。出版社の目論見は明らかであり、作家の創作支援に高額を提供するといえば世間的に聞こえはいいが、その実態は単なる宣伝費にほかならず、作者の知名度と受賞作の社会的反響を組み合わせれば確実に十万単位の売り上げ部数を叩き出せるというだけのことだ。文学賞を主催する出版社が、大手新聞社やテレビ局と親密な関係を保っているのは偶然ではない。バルガス・ジョサが自らビブリオテカ・ブレベ賞に応募したのではなく、実はバラルの依頼で原稿を審査に送った事実はよく知られている（その他の怪しい裏操作についても最新の研究で明らかになっている）。近年も事情は同じで、たとえ作品を公募してはいても、出版社が（しばしば代理人を介して）作者に応募を依頼するのは、スペイン語圏における大掛かりな文学賞の常識であり、規定に則って「公式ルート」で送られてくる無名作家の作品の大半は審査員に読まれることさえない。黒い噂の絶えない賞も複数あり、端的に言えば、商業的な文学賞に作品の質保証は求むべくもない。駄作に時間を奪われることなく優れた文学作品に出会いたいと望む読者は、賞など気にすることなく、信頼できる批評家や友人を探し、読書の積み重ねで鑑識眼を磨くしかあるまい。

# フェルナンド・イワサキ

## Fernando Iwasaki（ペルー・1961- ）

【略歴】

一九六一年ペルーのリマ生まれ。父は日系人で、母はイタリア系移民。ペルー・カトリック大学で歴史を学び、卒業後は同大学で八三年から八九年まで歴史学を講義。八五年にスペインのセビージャに留学し、八九年以降は同市近郊に居を定めている。パブロ・デ・オラビデ大学の歴史学博士号を持つ。八七年発表の短編集『ネクタイの三夜』を皮切りに、多くの短編集やルポルタージュ、エッセイを手掛け、スペインやラテンアメリカの有力紙に寄稿を続けている。

フェルナンド・イワサキは、ラテンアメリカ文学で最も成功した日系人作家だろうが、彼の著作に日系人としてのアイデンティティを窺わせる要素は皆無に等しい。移民の家系とはいえ、彼の家族はかなり経済的に恵まれていたらしく、彼自身も、幼少期からカトリック系の私立学校で教育を受けた後、ペルー随一の名門私立大学で歴史学を専攻した。経済破綻による猛烈なインフレで国民生活が大打撃を受けていた八〇年代後半も、ペルー・カトリック大学の教員として比較的恵まれた生活環境に置かれ、セビージャのインディアス古文書館への留学まで経験した。彼の探究の矛先は常にアメリカ大陸とスペインの歴史に向けられており、日系人としてのルーツに興味を覚えることはほとんどなかったようだ。二〇〇三年にスペインの名門アルファグアラ社から刊行された短編集『非公式な奇跡』所収の「戦士の影」では、カワシタという名の日系人を主人公に、日本刀にまつわる物語を展開しているが、歴史家としては致命的と思われるほどの時代錯誤をはらむこの作品は、日本の文化や歴史について、イワサキがラテンアメリカの平均的教養人以上の知識を備えてはいない事実を図らずも露呈させている。もちろんこれは欠点というわけではなく、自らのルーツにこだわることも、また、それをことさらに吹聴することもなく、専門の歴史を中心に、自由な視点で幅広く創作テーマを探究し続けたからこそ、イワサキは作家としての成功を手にできたのだった。

驚異的とも言える彼のテーマ的多様性、そして語り部としての手腕が見て取れるのは、とりわけ短編においてであり、彼自身も短編小説の執筆には並々ならぬ思い入れを抱いている。代表作とされる『悪しき愛の書』（二〇〇一）も、しばしば長編小説と評されるが、実際には一七〇ページにも満たない作品であり、内容的にも形式的にも、同じ主人公をめぐる連作短編集と理解したほうがいい。「長編は常にカロリー超過だが、短編は必要十分なカロリーしか含まない」、「長編には保存料が入っているが、短編は食材のみ」、「長編は腹を満たし、短編は食欲をそそる」といった、食事に準えた比喩表現は、イワサキの創作姿勢の一端を示している。『非公式な奇跡』のようなオーソドックスな短編集はもちろん、『ペルーの異端審問』（一九九四、邦訳新評論、二〇一六年）のような歴史物語集や、『葬式用具』（二〇〇四）のような怪談集でも、幅広い教養と自由な発想に支えられた彼の文才がいかんなく発揮されており、短いスペースのなかで、巧みに知的要素を散りばめながら読者を物語に引き込む能力には卓越したものがある。

　だが、実のところ、その器用さは軽薄さと表裏一体であり、インカ文明の風物やスペインの歴史的事象、ボルヘスやスペイン古典などに言及する博識が、凡庸な内容を補うための衒学にすぎないこともしばしばある。気の利いた言い回しを多用し、時に言葉遊びを繰り出して読者の歓心を買おうとする姿勢は、同国人作家アルフレド・ブライス・エチェニケと共通するようにさえ見える。短編にかぎらず、イワサキの書く文章は、しばしば新聞や雑誌に掲載され、ラテンアメリカ文学アンソロジーなどに収録されることも多いが、そうした事実自体、彼の文学作品が底の浅い読み物の域を出ていないことを如実に物語っている。二〇一二年の初来日以来、彼は自分のルーツへの関心を深め、これをテーマにした長編小説を企画しているというが、これが小説家として一皮剝ける契機になるのか注目したいところだ。

**推薦作**

**『悪しき愛の書』**

(*Libro de mal amor*, 2001)

ファン・ルイスの書いたスペイン文学の古典『良き愛の書』からの引用を散りばめながらも、原典とは逆に、失恋を繰り返すさえない男の女性遍歴を連作短編集の形で綴ったイワサキの代表作。カトリック系の学校で過ごした少年時代、ペルー・カトリック大学在学時代、教員生活、セビージャへの留学など、作者の自伝的要素が下地になっている。七〇年代から八〇年代にかけて、経済危機に苦しむペルー社会を背景に展開する十の失恋譚は、いずれも語り手の軽妙な自虐的ユーモアに貫かれ、その生真面目だが滑稽な姿が読者の共感を呼んだ。深い洞察に富む作品ではないが、その分肩の力を抜いて気楽に読める物語集だろう。

【邦訳】八重樫克彦・八重樫由貴子訳、作品社、二〇一七年

# カルロス・フランツ

## Carlos Franz（チリ・1959- ）

【略歴】
一九五九年スイスのジュネーヴ生まれ。十一歳でチリに渡り、七六年からチリ大学で法学を専攻。ホセ・ドノソの創作教室で学んだ後、八七年から本格的に創作に乗り出し、八八年に処女長編『サンティアゴ・ゼロ』でCICLAラテンアメリカ小説賞受賞。二〇〇〇年からはドイツ、イギリス、メキシコと拠点を換えて創作を続け、二〇〇五年発表の『砂漠』で世界的に名を知られる。最新作『私の目で君自身を見れば』（二〇一五）も大好評を博している。

前世紀末以降のチリ文学といえば、急逝したロベルト・ボラーニョにばかり注目が集まりがちだが、少なくとも批評界で彼よりはるかに高く評価されているのがカルロス・フランツだ。じっくり時間をかけて長編を書くタイプのため、寡作ではあるが、読み応えのある小説を残している。一九八八年に『サンティアゴ・ゼロ』で「チリ文学の有望株」と目されて以来、フランツは、数年間で八カ国語に翻訳されたヒット作『楽園のあった場所』（一九九六）でスペイン語圏全体に名を轟かせ、アルゼンチンの有力紙『ラ・ナシオン』主催の国際文学賞受賞作となった『砂漠』では、マリオ・バルガス・ジョサとカルロス・フエンテスの絶賛を浴びるなど、作品ごとに評価を高めている。最新作『私の目で君自身を見れば』は、ファン・ガブリエル・バスケスの傑作『廃墟の形』を押さえて、二〇一六年度のバルガス・ジョサ文学賞（選考は二年ごと）を受賞し、現代ラテンアメリカ文学を代表する国際的作家としての地位を揺るぎないものにした。

この世代のチリ人作家はとかくピノチェト独裁政権に対する姿勢を問われることになるが、クーデター後も亡命することなくチリに残ったフランツの小説作品には、随所に恐怖政治の暗い影を見て取ることができる。『サンティアゴ・ゼロ』と『吸血鬼との昼食』（二〇〇七）はともに軍政時代に着想された作品であり、「見かけと現実が食い違う」戒厳令下の緊張感を如実に映し出している。『砂漠』は、フランツが本格的に「チリの9・11」（ピノチェト将軍のクーデター）と向き合った小説であり、クーデターの直後に架空の町パンパ・ウンディーダで軍部に凌辱されてドイツに亡命した女性裁判官が、民政移管を経て同じ職に戻るために帰国するという物語だが、この枠組みに、軍政が人の心に残した傷跡や、亡命した者たちの罪悪感が凝縮されている。安易な独裁政権の糾弾に陥ることなく、傷を背負った母と、母に過去を突きつけてくる娘の対立を通して、ピノチェト時代の残した負の遺産と正面から向き合う本書は、苦悩の記憶を風化させることなくどう未来に繋げていくのか、重々しい問いを投げかけている。

偏狭な左翼思想やステレオタイプ化したラテンアメリカ主義とは一線を画して独自の創作を切り開いてきたフランツを支えているのは、社会思想の知識と我慢強い創作、そしてコスモポリタン的感覚だと言えるだろう。十代から作家を志望したにもかかわらず、哲文学部ではなく法学部に進学したことで、法哲学や社会科学の知識を身に着け（『砂漠』の執筆にこれが活かされている）、その後は軍事政権下のサンティアゴで創作教室や文学サークルに通って文学的感性を磨いた。なかでも大きな影響を受けたのは、一九八一年に創作の手ほどきを受けたホセ・ドノソであり、ブーム世代で最も文学的な作家と評された巨匠から、文学への一途な信念を叩き込まれたおかげで、安易に妥協して創作を切り上げることが決してない。また、外交官の息子としてジュネーヴに生まれたフランツは、幼少から外国暮らしを経験して国際感覚を磨いてきたが、二〇〇〇年にベルリンに滞在して以降、イギリス、メキシコなどに作家・教員として滞在したほか、〇六年から一〇年までは在スペイン・チリ大使館の文化担当官を務めた。ここ数年の彼は、こうした海外生活によって世界中の作家、読者を意識して創作に臨むようになっている。スペイン語圏各地の新聞・雑誌に定期的に掲載される彼のエッセイは、常に鋭い観察眼に貫かれており、今後もこれが長編小説で発揮されることは間違いない。

**推薦作**

**『私の目で君自身を見れば』**
(*Si te vieras con mis ojos*, 2015)

独立後間もない動乱期のチリの港町バルパライソを舞台に、現在では忘れ去られた感のある風景画家ルゲンダスと、科学者ダーウィン、そして貴婦人カルメン・アリガダスの三角関係を中心に展開する物語であり、当時の日記や書簡による綿密な時代考証に基づいて書かれた歴史小説ではあるが、作者は史実の枠組みにはまったく囚われていない。むしろ、「恋愛小説は大きな挑戦」と述べる作者が、詩人にとっての愛と科学者にとっての愛をぶつけながら、独自の形而上学的探究を打ち出した作品と言えるだろう。全体の筋自体はメロドラマ的とすら言える愛と憎しみの物語だが、そこから浮かび上がってくる恋愛観は実に奥深い。

**【邦訳】**水声社より邦訳刊行予定

# ロドリゴ・レイ・ローサ

## Rodrigo Rey Rosa（グアテマラ・1958- ）

【略歴】

一九五八年グアテマラシティの生まれ。少年時代からアメリカ大陸やヨーロッパを旅し、七九年には内戦下の祖国を逃れてニューヨークへ渡る。八四年にモロッコのタンジェでポール・ボウルズと親交を結び、彼の手で英訳されて八五年にアメリカ合衆国で刊行された短編集『乞食のナイフ』が一躍脚光を浴びる。九〇年代以降、スペイン語圏でも短編集や中編が出版されている。九三年にグアテマラへ帰国、都市部から離れた自宅で創作と翻訳に専念している。

ロドリゴ・レイ・ローサの成功をポール・ボウルズと切り離して考えることができないのは事実だが、ボウルズの死から二十年以上経った現在では、「ボウルズのお気に入り」というレッテルが、逆に彼に重くのしかかっているようにも見える。グアテマラの裕福な家庭に生まれたレイ・ローサは、十八歳にして一年にわたりヨーロッパを一人で旅した後、いったんグアテマラに戻ったが、内戦下の祖国は文学や映画を楽しめる雰囲気にはなく、七九年にニューヨークへ移り住んだ。映画学校の名門ヴィジュアル・アート・スクールに入学したものの、その授業が好きになれず退学した彼にとって、救いとなったのがボウルズだった。映画学校の入学審査用に英語で書いた短編が高評価を得て、ボウルズの主催する創作ワークショップに参加したレイ・ローサは、若い頃長く中米に滞在してスペイン語を習得していたこの老作家との対面に感激し、彼から様々なことを学んだ。他方、ボウルズはすぐに若きレイ・ローサの才能に惚れ込み、彼がスペイン語で書いた短編の英語訳を自ら買って出た。ボウルズがレイ・ローサを英語圏に売り込む一方で、レイ・ローサはボウルズの作品のスペイン語訳に着手し、二人の緊密な信頼関係は、九九年にボウルズが亡くなるまで揺らぐことはなかった。

ボウルズが英訳した『乞食のナイフ』（スペイン語版は八六年刊行）と『静かな水』（一九八九）に収録された短編は、大半が三ページにも満たない小品であり、夢や幻想を出発点に作り上げた散文詩と言ってもいいだろう。直接モロッコやグアテマラの暴力的現実に触れた作品は一つもないが、表面的なストーリーの奥に恐怖や不安が透けて見えることは多い。こうして文体的修練を積むうちにたどり着いたのが初期の傑作短編「木々の牢獄」（一九九一）であり、軍部の指示する計画に従って政治犯の脳手術を請け負う女医をめぐるこの不気味な寓話は、ビオイ・カサーレスの名作『脱獄計画』に比肩されるなど、スペイン語圏内外で高い評価を受けた。これを機に中編も手掛け始めたレイ・ローサは、沈没船の引き上げ作業を出発点に、狂気の世界を展開する『船の救世主』（一九九三、邦訳現代企画室、二〇〇〇年）などの佳作を経て、初めてモロッコを舞台にした中編『アフリカの海岸』（一九九九、邦訳現代企画室、二〇〇一年）に着手する。フクロウを中心に、様々な人物を翻弄する運命の糸を紡ぎ出したこの物語は、彼の文学キャリアに重要な意味を持った国、モロッコに捧げるオマージュでもあった。

　一九九八年発表の短編集『聖域侵犯』で、まだ暴力時代の爪痕が残るグアテマラの現実に思いを馳せて以降、レイ・ローサは、『馬小屋』（二〇〇六）、『人間的物質』（二〇〇九）と、相次いで祖国を舞台にした中編を発表しているが、万引き癖のある女を主人公にした中編『セベリナ』（二〇一一）では、持ち前の無国籍的雰囲気に回帰した。ロベルト・ボラーニョの高評価に後押しされたこともあって、彼の作品はアルファグアラ社のような有力出版社から刊行され続けているものの、実のところ、今世紀に入ってからの彼は、ボウルズに見いだされた才能を十分に開花させているとは言い難い。翻訳を通して磨き上げた流麗な文体は健在だが、本人も認めるとおり、予め図式を作ることなくその場のインスピレーションに任せて書くタイプのレイ・ローサは、長い小説の構成力に欠け、中編になるとその物語は迫力に乏しい。自らひしひしと感じているという「倦怠」から彼が今後抜け出せるか、注目したいところだ。

**推薦作**

**『聖域侵犯』**

(*Ningún lugar sagrado*, 1998)

本短編集には、一九九七年から九八年にかけてニューヨークで書かれた作品を中心に、九編の短編が収録されているが、アメリカ合衆国だけで起きる出来事を描いた作品より、祖国グアテマラと関係する作品のほうが完成度は高く、秀作は表題作と「ある程度まで」だろう。コロンビアのカリで実践した「オートマティズム的記述の習作」だという「聖域侵犯」は、命からがらグアテマラから逃げてきた亡命者の独白を通して、暴力に脅かされた現実を屈折した形で映し出す。ニューヨークに逃れたグアテマラ人少女が、祖国に残る親友に手紙を宛てる形で進む「ある程度まで」は、見事なアイロニーで両者の立場の違いを浮き彫りにする。

【邦訳】二〇一九年十二月現在未邦訳

# エクトル・アバッド・ファシオリンセ

## Héctor Abad Faciolinse（コロンビア・1958- ）

【略歴】

一九五八年コロンビアのメデジン生まれ。オプス・デイ系の高校に学び、カトリック系のボリバリアナ大学に進学するものの、放校処分を受け、八七年までトリノ大学で文学を学ぶ。同じ年に父が暗殺され、イタリアへ亡命。九二年に帰国して以降は、雑誌の編集やジャーナリズム活動、コラムの執筆などに携わる一方、長編小説の執筆に取り組み、『密かな愛の断章』（一九九八）、『屑』（二〇〇〇）、『忘れ去られる我ら』（二〇〇五）などの作品で注目を集めている。

エクトル・アバッド・ファシオリンセの経歴を知らぬまま彼の初期長編小説を手にする読者は、彼のことを軽薄な作家と勘違いしてしまうかもしれない。二十世紀から二十一世紀に移行する頃のコロンビアでは、政府軍とゲリラと自警団の繰り広げる三つ巴の闘争が激化して、国中で暗殺や誘拐、爆弾などによるテロ行為が横行していた。そんな時代にあって、存在しえない料理も含めた風変わりなレシピ本『悲しい女たちのための料理教本』（一九九六）や、家に籠って官能的物語を語り合いながら愛の遊戯に耽る愛人たちの物語『密かな愛の断章』、二流作家の捨てた原稿を隣人が拾い集めていくという体裁の手法的実験小説『屑』など、社会問題に完全に背を向けた彼の作品は、シリアスな社会小説を好む保守的読者層の反発を招きかねず、実際にアバッドも不謹慎の誹りを受けることがあった。回想録『忘れ去られる我ら』がスペイン語圏全体で大きな成功を収めた際にも、父の死を巧みなマーケティング操作で売り物にしたとして揶揄する声が国内から は上がった。

もちろん、アバッドの成功が引き起こした羨望は、彼の恵まれた境遇とも大きく関係している。メデジンの著名医師を父に持ち、金銭的苦労を知らぬままカトリック系の私立大学に入学、ローマ教皇を侮辱する記事を発表して放校処分になったものの、まずアメリカ合衆国、続いてイタリアに留学し、優秀な成績でトリノ大学を卒業した。八七年、故郷への帰国直後に父が暗殺され、自らも脅迫を受けると、再びイタリアへ逃れて、ヴェローナでウンベルト・エーコやイタロ・カルヴィーノなどのスペイン語訳をこなしながら、文学修業を積んだ。九二年に再帰国して以降のキャリアも順風満帆で、『エル・エスペクタドール』や『セマナ』といったコロンビアの有力な新聞・雑誌に定期的に記事を寄稿する一方、『屑』や『アンゴスタ』(二〇〇四)といった長編小説で国内外の様々な文学賞を受賞したほか、ボストンやベルリンで長期滞在を経験している。二十一世紀に入って以降のアバッドは、教養豊かな作家・ジャーナリストとしてスペイン語圏全体で高い評価を得ているが、その反面、「臆病者」、「鉄面皮」といった口さがない中傷を受けることもあり、持ち前の紳士的で気さくな人柄が否定的に作用することさえあるようだ。

だが、事件から三十年近く経って初めて父の死と向き合って書かれた『忘れ去られる我ら』は、アバッドの真摯な告白であり、そこには、父の思い出を美化する意図も、読者の同情をひこうとする気持ちも、まったく見られない。脅迫を受けて国外へ逃れ、コロンビアの暴力と無縁に執筆活動を続けた自分を「臆病者」、「軽薄」と認めていても、開き直ることもなければ、自己正当化を試みることもない。この作品の成功後も、アンティオキアの農園を舞台にした長編『ラ・オクルタ』(二〇一四)等、自分に素直な創作を続ける彼の姿勢を見て、多くの読者が痛感するのは、暴力の蔓延する時代にあって、「臆病者を貫く」という選択肢の重要さだろう。アバッドにとって、社会問題に背を向けて創作活動に専念することは、亡き父の遺志を汲んで「自分のしたいことをする」ことにほかならず、それこそが父を失った悲しみを乗り越える唯一の手段だったのだ。辛い時代にも、いや、辛い時代だからこそ、人には笑いや癒しが必要なのであり、一見軽薄とも見えるアバッドの小説を手にするコロンビアの多くの読者は、作者の不遇を慮りながらも、心からその軽妙な物語を楽しんでいる。軽薄さの裏側にあるものを見逃してはいけないということだ。

推薦作

**『忘れ去られる我ら』**
(*El olvido que seremos*, 2005)

一九八七年に右派系の自警団によって暗殺された父エクトル・アバッド・ゴメスをめぐる回想録。著名な医師だった父の溺愛を受けた少年時代に始まり、麻薬マフィア、ゲリラ、政府、自警団など、様々な勢力が交錯する暴力時代の犠牲となって父が命を落とすまでのいきさつが鮮やかな筆致で描かれている。左派からも右派からも疎まれ、教会から敵視されながらも、信念と使命感だけを頼りに、生活環境の改善が最良の健康法という立場から貧困問題の解決に尽力した医師の生き様は、国境を越えて多くの人々に感動を与えた。二〇一六年、ゲリラとの和解により、平和への道を歩み出したコロンビアを理解するには必読の書だろう。

【邦訳】二〇一九年十二月現在未邦訳

# エベリオ・ロセーロ

## Evelio Rosero（コロンビア・1958-）

【略歴】
一九五八年コロンビアのボゴタ生まれ。エステルナード大学でジャーナリズムなどを専攻した後、七〇年代後半から短編小説の執筆を開始。八四年から八八年にかけて発表した三部構成の長編『初回』でデビューを果たした後、コロンビアの暴力的現実をテーマに執筆を続ける。二〇〇七年、長編『顔のない軍隊』で第二回トゥスケッツ文学賞を受賞して以降、世界的注目を浴び、その後トゥスケッツ社からコンスタントに中編小説を発表し続けている。

二十一世紀に入って以降コロンビアは、ガルシア・マルケス以来久々に世界的名声を博する作家を次々と輩出しており、フェルナンド・バジェホ、ホルヘ・フランコ、サンティアゴ・ガンボア、フアン・ガブリエル・バスケスらが現在でも世界各地で読まれ続けているが、そのなかで比較的影の薄い存在がエベリオ・ロセーロかもしれない。コロンビア南部ナリーニョ州パストで少年時代を過ごし、首都へ戻ってキリスト教学校に入れられたことで司祭への怒りを植えつけられた後、ロセーロはエステルナード大学でジャーナリズムなどを学んだものの中退、七〇年代末から短編の創作を始めて、ささやかな文学賞をいくつか受賞した。八〇年代はパリやバルセロナで貧乏生活を送りながら、いずれも少年を語り手に据えてパスト時代の体験をフィクション化した三部作『初回』（『ひとりぼっちのマテオ』一九八四、『フリアナが彼らを見る』一九八七、『燃えた男』一九八八）を発表したが、アナグラマ社やプラネタ社といった大手出版社の後押しがあったにもかかわらず、反響には乏しかった。その後も、短編集や児童文学を手掛けるかたわら、『月を知らぬ男』（一九九二）、『ナイフ』（二〇〇〇）、『プルトン』（二〇〇〇）といった中編を刊行し続けたものの、商業的成功とは程遠く、後にトゥスケッツ社から再刊されて（二〇〇九）再評価されることになる『無慈悲な昼食』（邦訳作品社、二〇一二年）も、二〇〇一年の発表当時はコロンビア国内でさえまったく話題にならなかった。ようやくエベリオ・ロセーロの名がスペイン語圏全体に知れ渡るのは、二〇〇六年、スペインの名門トゥスケッツ社の主催するコンクールで、二〇〇ページほどの本格的長編『顔のない軍隊』が大賞を射止めてからだった。コロンビアの愚かしいまでの暴力的現実を見事に描き出した小説として、『顔のない軍隊』はスペイン語圏各地で好評を得たほか、二〇〇九年に刊行された英語版は『インディペンデント』紙の外国小説賞を受賞し、以後ヨーロッパ各地で急速に翻訳が進んでいる。二〇〇七年以降、児童文学を除く彼の「純文学」作品はトゥスケッツ社から再版されており、無名時代の作品も次第に復刊されつつある。

それにもかかわらずスペイン語圏においてロセーロの存在感が薄いのは、入念に構成と文体を練り上げていく彼の小説作品が、ラテンアメリカ文学に多い刺激的な巨大長編とならないせいもあるが、それとともに、公私における彼の言動によるところも大きいようだ。簡単に言えば、ロセーロはメディアへの露出度が極めて低い。『エル・パイース』や『エル・エスペクタドール』といったスペイン語圏の有力な新聞から記事やコラムの執筆依頼を再三にわたり受けながらも、小説創作に専念したいという理由でその大半を拒否し、自ら「嫌い」と公言するインタビューもほとんど受けることがない。近年は、トゥスケッツ社との契約もあり、新作の発表会に現れることも多くなったが、相変わらず人柄は謙虚で、自作の宣伝にもあまり熱心ではない。

二〇一二年に発表した『ボリバルの馬車』は、ラテンアメリカの解放者シモン・ボリバルを主人公に、ガルシア・マルケスの『迷宮の将軍』も意識して書かれた歴史小説であり、神格化された歴史的人物の知られざる姿を暴き出す作品として注目を浴びた。また、二〇一四年発表の『毒殺された法王への祈り』は、ヴァチカンに鋭いメスを入れる問題作だった。残念ながら反響には乏しかったものの、こうしたテーマ的広がりがロセーロの創作に新たな境地を開くのか、目が離せないところだ。

**推薦作**

**『顔のない軍隊』**
(*Los ejércitos*, 2007)

ゲリラと自警団と正規軍、三つ巴の血なまぐさい殺戮合戦が繰り広げられていた二十一世紀初頭のコロンビアを背景に、不条理な暴力に蹂躙されて破滅へ追いやられる架空の田舎町サン・ホセの惨状を一人称体で描き出す本作は、『ペドロ・パラモ』にも通じる鬱屈した雰囲気に貫かれている。近所の女の尻を追い回してしばしば妻に咎められる主人公イスマエルの語りは、最初こそのどかな牧歌的雰囲気を生み出すものの、相次ぐ行方不明者とともにやがて町に恐怖が広がり、正体不明の軍隊の到着とともに事態は急変する。官能から驚愕へと転落する主人公の命運が、暴力のなかで生きる人間の恐怖を生々しく再現している。

**【邦訳】** 八重樫克彦・八重樫由貴子訳、作品社、二〇一一年

# オラシオ・カステジャーノス・モヤ

## Horacio Castellanos Moya（エルサルバドル・1957-）

【略歴】

一九五七年ホンジュラスの首都テグシガルパの生まれ。エルサルバドル国籍。国立エルサルバドル大学で文学を専攻したが、内戦勃発とともに一九七九年にカナダのトロントへ亡命。コスタリカ、メキシコでの滞在を経て、九一年にエルサルバドルへ帰国したものの、九七年、中編『吐き気』を発表した直後に脅迫電話を受けて再び亡命。以後、フランクフルト、ピッツバーグ、アイオワなどで亡命作家として創作を続けている。トゥスケッツ社より多数作品を刊行。

一九七〇年代、八〇年代の激動期を経て、ようやく平和を取り戻し始めた中米では、九〇年代から創作意欲旺盛な作家の活躍が目立つようになった。ホンジュラス生まれのエルサルバドル人作家オラシオ・カステジャーノス・モヤもその一人であり、ニカラグアのセルヒオ・ラミレス、グアテマラのロドリゴ・レイ・ローサと競うようにして、八八年発表の処女作『ディアスポラ』以来、今日まで次々と中長編小説の発表を続けている。何といっても、彼の創作を支えているのは激動の中米現代史を生き抜いた生の体験であり、自らの記憶を様々な文献や証言で補いながら、オラシオは「架空の中米史」を書き続けている。

とはいえ、一九七九年にエルサルバドル内戦を避ける形でカナダのトロントへ逃れて以来、亡命者となったオラシオの作家人生は苦難の連続だった。コスタリカを経てメキシコへ渡ってからは、食い扶持稼ぎの手段としてジャーナリズムに従事し、取材や原稿書きに忙殺されるなかで少しずつ創作を始めたが、まだ本格的な長編に取り組むことはできなかった。九一年、政情の落ち着いたエルサルバドルに帰国し、同じくジャーナリズムの合間を縫うようにして創作を続けたが、九七年、彼の人生を決定的に変える不運に見舞われる。この年発表した中編『吐き気』は、祖国エルサルバドルに嫌気がさしてカナダへの亡命を決めた主人公がバーテンダーに向かって悪態を並べ続けるという内容だが、このアイロニーを理解できない過激な愛国主義者がいたらしく、「殺してやる」という趣旨の脅迫電話を受ける事態となったのだ。やむなくまたもやメキシコシティに逃れたオラシオは、以後祖国での生活を諦め、完全に亡命作家となった。

だが、この後オラシオはいっそう創作に打ち込むようになり、相変わらずジャーナリズムに時間をとられながらも、物語性の高い作品を繰り出すようになった。かつては有力外交官だったものの、権力者の後ろ盾を失って命からがら車でサンサルバドルからメキシコシティへ逃れるアル中気味の男、アルベルト・アラゴンの最期を描いた『お前たちのいないところで』（二〇〇三）は、三〇〇ページ近くに及ぶスケールの大きな長編であり、また、虐殺に遭ったインディオの町について最終報告をまとめる仕事を任された男を主人公にした『無分別』（二〇〇四、邦訳白水社、二〇一二年）は、一五〇ページほどの中編ながら、暴力の歴史が後々まで残す傷痕を浮き彫りにしている。いずれにおいても、繊細さと大胆さを組み合わせるオラシオの文才はいかんなく発揮されており、大作の到来を予感させるには十分だった。

　オラシオが才能を開花させる契機となったのは、二〇〇四年から〇六年までドイツのフランクフルト、次いで〇六年から〇九年までアメリカ合衆国のピッツバーグで受けた亡命作家支援プログラムだった。これで経済的心配のなくなったオラシオは、ジャーナリズムの足枷を逃れて、広い歴史的視野から構想の大きな長編小説に取り組むことができるようになった。その成果が『崩壊』（二〇〇六）と『暴君の記憶』（二〇〇八）であり、現在までこの二作が彼の最高傑作であり続けている。この二作でオラシオは、同じ登場人物を複数の小説に跨って登場させ、個々の作品をより大きな包括的架空世界のなかに位置づける「バルザック」路線を打ち出しており、現在もその作業は続いている。ここ数年は、トゥスケッツ社との出版契約に縛られ、十分に力を発揮できずにいたが、二〇一八年にランダムハウス社から刊行した長編『モロンガ』には、彼の創造の新展開が見えている。

**推薦作**

**『崩壊』**

(*Desmoronamiento*, 2006)

ホンジュラスとエルサルバドルの間で一九六九年に勃発した「サッカー戦争」を中心に、軍部のクーデター、ゲリラ、内戦、暗殺などが繰り返される激動の中米史を背景に、多くの政治家を輩出するホンジュラスの名門ミラ・ブロサ一族が繰り広げる愛憎のドラマ。架空の一家ではあるが、作者の自伝的要素も多く盛り込まれており、サッカー戦争については、少年時代の記憶をそのまま再現した部分もあるという。第一部が戯曲体、第二部が書簡体、第三部はミラ・ブロサ家に仕えた使用人による回想と、様々な語りの形式が用いられているところも面白い。厳しい時代をたくましく生きている人々の姿をじっくり味わうことができる。

**【邦訳】**寺尾隆吉訳、現代企画室、二〇〇九年

# フアン・ビジョーロ

## Juan Villoro（メキシコ・1956- ）

【略歴】
一九五六年メキシコシティの生まれ。父ルイス・ビジョーロはカタルーニャ出身の著名哲学者。ドイツ人学校で学び、メトロポリタン自治大学で社会学を専攻した後、一九七〇年代から新聞、雑誌、教育機関、ラジオなどを舞台に多様な文化活動を展開。サッカー解説者、プロレス評論家としても知られる。九〇年代から本格的に長編小説に取り組み、九一年刊行の『アルゴン発射』を経て、大作『証人』（二〇〇四）でエラルデ賞受賞。劇作家としても活躍している。

「よく学び、よく遊べ」、ラテンアメリカでこれを今日まで見事に実践し続けている作家がフアン・ビジョーロだ。オクタビオ・パス、カルロス・フエンテス、カルロス・モンシバイスなど、二十世紀のメキシコ知識人には、文学はもとより、絵画、音楽、演劇からスポーツや芸能その他、大衆文化を幅広く「学術的」に論じる例が多いが、ビジョーロほどマルチな才能を発揮した作家は少ない。一九七〇年代後半からラジオで文化番組のシナリオ担当やロック音楽の紹介に乗り出したかと思えば、八〇年には処女短編集『航海可能な夜』を発表し、八一年から八四年まで東ドイツのメキシコ大使館で文化担当官を務めた。その一方で、『カンビオ』、『シエンプレ！』、『プエルタ』、『ネクソス』、『プロセソ』といった新聞・雑誌に多様な記事を寄稿、九五年から九八年まで『ラ・ホルナーダ』紙の別冊『週刊ホルナーダ』で編集長を務めたほか、メキシコ国立芸術院やメキシコ国立自治大学などで講演、講義を行うこともある。

また、ビジョーロが少年時代から情熱を注ぎ続けてきたのがサッカーであり、記事の執筆はもちろん、テレビのサッカー番組にゲストとして呼ばれることも多い。九〇年のイタリア大会以来、何度となくワールドカップの取材にあたっており、その記録や独自のサッカー論、マラドーナ伝などは、二〇〇六年『神は丸い』として一冊の本にまとめられた。このほか、九〇年代から現在まで様々な媒体に彼が残した作品をざっと拾ってみると、児童文学、オネッティ論やボラーニョ論のような本格的文芸批評、デジタル文明批判、チリ地震の取材記録、旅行記、日常生活の見聞、戯曲、プロレス論など、極めて多岐にわたる。

とはいえ、こうしてあちこちで才能の片鱗を見せながらも、二十世紀初頭までのビジョーロは代表作なき作家だった。病院を舞台にした処女長編『アルゴン発射』は冗漫な小説であり、その後発表した短編集『眠った寝室』（一九九二）や長編『準備資料』（一九九七）も、それなりの面白さはあれ、彼の素養を考えれば完全に期待外れだった。だが、綿密な調査と時代考証を経て二〇〇四年に発表された長編『証人』は、読者の不安を一気に払拭した。政権交代後のメキシコを舞台に、革命期の動乱まで視野に入れて書かれたこの物語は、カルロス・フエンテスの絶賛を受けるなど、二十一世紀メキシコ文学の傑作として大評判を取り、権威あるエラルデ賞を受賞した。これで「国際的作家」の仲間入りを果たしたビジョーロは、定期的に作品の発表を続けながら、広くスペイン語圏各地の一流新聞・雑誌に寄稿を続けているほか、アメリカ合衆国やヨーロッパを中心に、海外の大学から講師、講演者として招かれることも増えた。

近年ビジョーロは戯曲の執筆や演劇活動にも力を入れており、二〇〇八年初演の『部分的な死』で評価を得た後、一〇年初演の『人生の哲学』は、メキシコのみならずアルゼンチンでもヒットとなった。一人芝居として書かれた『雨についての講演』（二〇一三）は、ラテンアメリカ各地で上演された後、日本でもセルバンテス文化センターで二〇一六年にリーディング上演されている。相変わらず多忙な日々を送るビジョーロだが、彼の最大の魅力は、すべてを楽しそうにこなすその溌剌とした姿だろう。厳粛な面持ちで堅苦しく文学と向き合う作家も多いなか、高尚とされる芸術に向かう時でさえ肩の力を抜いて接する彼の態度は、文学から不必要な重さを取り払ってくれる。今後も、ラテンアメリカ文学の旗手として、彼のような存在は貴重だろう。

**推薦作**

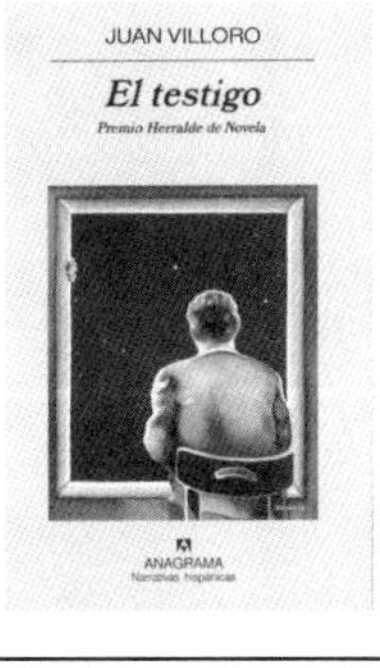

**『証人』**
(*El testigo*, 2004)

イタリア人女性と結婚して長くフランスに住んでいた大学教授フリオ・バルディビエソが、メキシコの国民的詩人ラモン・ロペス・ベラルデに関する研究に乗り出すため、久しぶりにメキシコシティへ戻ったところから物語は始まる。修士論文の剽窃という過去の秘密を旧友に突きつけられ、不本意ながらテレビ業界に巻き込まれた彼は、自らの恥ずべき過去から立ち現われてくる様々な力に翻弄された末、麻薬マフィアの抗争に巻き込まれて重傷を負う。二〇〇〇年の政権交代に伴うカトリックの復興を背景に、革命以後の歴史的展望を踏まえて、転換期に差し掛かった新世紀のメキシコ社会が抱える矛盾を浮き彫りにしている。

【邦訳】水声社より邦訳刊行予定

# レオナルド・パドゥーラ・フエンテス

## Leonardo Padura Fuentes（キューバ・1955- ）

【略歴】

一九五五年ハバナ郊外のマンティージャに生まれる。ハバナ大学で文学を専攻後、八〇年からジャーナリストとして『カイマン・バルブード』などの新聞・雑誌に寄稿。八〇年代半ばから創作を手掛け、マリオ・コンデを主人公とする推理小説シリーズにより人気作家となる。二〇〇二年発表の長編『我が人生の小説』以降、並行して純文学を手掛け、〇九年発表の『犬を愛した男』はスペイン語圏全体で大成功を収めた。十五年にアストゥリアス皇太女賞受賞。

レオナルド・パドゥーラの置かれている状況は、二十一世紀に入ってもカストロ兄弟とともに社会主義体制を維持したキューバの微妙な政治情勢の反映と言えるかもしれない。二〇〇九年に発表された巨大長編『犬を愛した男』は、キューバ人作家の小説としては空前のヒット作となり、版元のトゥスケッツ社がプラネタ・グループに組み込まれて販路を広げたことにも助けられて、スペイン語圏全体で現在も好調な売れ行きを記録している。だが、社会主義革命への強い批判を含んでいるためだろうが、本作のキューバ版は、発禁にこそなってはいないものの、「見えない手」で流通を制限されており、キューバ国内では滅多に現物にお目にかかることもできない。生まれ故郷のマンティージャに現在も居を構えるパドゥーラは、当局から圧力を受けることもなく、シナリオライターの妻ルシア・ロペス・コルとともに、比較的静かな環境で創作を続けており、スペイン政府から与えられたパスポートで自由に海外に渡航できることもあって、現状では海外へ移住する気はないというが、今も様々な形で彼に監視の目が向けられていることは明らかだ。

パドゥーラがジャーナリストから作家へと転じる契機になったのは推理小説の執筆であり、一九九一年発表の『完璧な過去』が国内で成功を収めると、九七年からはトゥスケッツ社と出版契約を結んで「マリオ・コンデ」シリーズの国外での出版に乗り出し、九八年発表の『秋の景色』ではハメット賞も受賞した。カブレラ・インファンテやバルガス・ジョサを発禁にするほど検閲が厳しかった時代、推理小説は多くの作家にとって創作を続けるための抜け道であり、パドゥーラのような作家はこの体裁にさりげなく革命政府批判を盛り込むこともあった。いずれにせよ、『アディオス、ヘミングウェイ』（二〇〇一、邦訳ランダムハウス、二〇〇七年）のように安っぽいドラマもあるとはいえ、二〇〇六年に二度目のハメット賞受賞作となった『昨日の靄』を筆頭に、マリオ・コンデのシリーズは概して面白い読み物であり、キューバ内外にファンも多く、作者には今後も新作を書く予定があるようだ。

　他方、パドゥーラが「純文学」を手掛ける出発点となったのは、キューバの国民的詩人エレディアが遺したという幻の小説を求めて亡命先からキューバへ帰国する男を主人公にした長編『我が人生の小説』（二〇〇二）であり、ここでは、革命政府の抑圧と密告の横行で疑心暗鬼の生活を強いられた時代の状況が鮮明に描き出されている。かつてなら発禁にでもなりかねない内容だったが、ソ連崩壊後の困窮時代を経て言論統制が緩んでいたこともあり、この作品は検閲を逃れて国内外で高い評価を得た。そして、前々から温めてきた企画に着手し、膨大な資料の収集と解読、さらには綿密な時代考証を経たうえで、自国キューバの現状と結びつけるために想像力を駆使して完成したのが、ハバナで生涯を閉じたトロツキーの暗殺者ラモン・メルカデールを主人公とする巨大長編『犬を愛した男』だった。ただし、パドゥーラは、グレアム・グリーンのように、「娯楽物」と「純文学」を完全に書き分けているわけではない。二〇一三年発表の『異端者たち』は、ナチス・ドイツから船で逃れてきたユダヤ人のドラマにマリオ・コンデを登場させており、まさに両者を結合させる試みだったと言えるだろう。また、シリーズの最新作『透明な時間』（二〇一八）では、現代キューバの枠を超えて、ストーリーの一部が中世スペインで展開する。今後も推理小説と純文学の結合からさらに面白い作品が生まれることが期待される。

**推薦作**

**『犬を愛した男』**

(*El hombre que amaba a los perros*, 2009)

タイトルはレイモンド・チャンドラーの短編（邦題「犬が好きだった男」）のスペイン語訳。一九七〇年代、作家になる希望を失ってキューバで苦悩の日々を送っていた主人公が、ハバナ郊外の浜辺でボルゾイを連れた「犬を愛した男」と親しくなり、ソ連を追放されてからのトロツキーと、共産党首脳部にスカウトされてからのラモン・メルカデールの足取りを追い始める。史実の枠組みに時折フィクションを挿し込みながら、トロツキー暗殺に至るまでの道のりを克明に再現し、キューバの現状と照らし合わせることで、共産主義ユートピアの失敗を検証している。スペイン語版だけですでに六十回の増刷を重ねた壮大な歴史小説。

**【邦訳】**寺尾隆吉訳、水声社、二〇一九年

# ロベルト・ボラーニョ

Roberto Bolaño（チリ・1953-2003）

【略歴】

一九五三年チリのサンティアゴ生まれ。首都以外の様々な町で少年時代を過ごした後、六八年からメキシコシティで中等教育を受けるが、翌年退学し、独学で読書と執筆に専念。七三年、一時帰国中に軍事政権に拘束され、祖国を捨てる。メキシコで前衛詩の運動に参加した後、七七年からカタルーニャで詩作を続け、九〇年から物語文学に着手。九七年発表の短編集『通話』に続く長編『野生の探偵たち』（一九九八）で注目を浴びる。二〇〇三年バルセロナで急逝。

「なぜボラーニョがあれほど受けたのだろう？」現在ではようやくこんな問いを発してもバッシングの集中砲火を浴びることも少なくなった。九八年発表の長編小説『野生の探偵たち』（邦訳白水社、二〇一〇年）がロムロ・ガジェゴス賞を受賞し、まさに彗星のごとくラテンアメリカ文学界に現れたボラーニョは、『チリ夜想曲』（二〇〇一、邦訳白水社、二〇一七年）や『アントワープ』（二〇〇三）で評価を固めて後、大作『2666』を完成できぬまま五十歳の若さで急逝すると、たちまちラテンアメリカ文学のジェイムズ・ディーンに祀り上げられた。未完成のまま翌二〇〇四年に出版された『2666』（邦訳白水社、二〇一二年）は、発売後三カ月で二万部を売るヒット作となり、二〇〇八年の英語訳が全米批評家協会賞を受賞するなど大成功を収めると（『タイム』紙には二〇〇八年のベスト・フィクションに選ばれた）、アメリカ合衆国では作家ボラーニョが完全に神格化された。スペイン語圏では次第に「ボラーニョ・フィーバー」が沈静したのに対し、合衆国でその後も長く批評家・研究者が熱烈な賛辞を寄せ続けた背景には、九〇年代以降、ブーム世代の衰えとともに、外国文学のなかで相対的に重要性を失いつつあったラテンアメリカ文学に先行き不安が広がり、ボラーニョを担ぎ上げることで失地回復を図ろうとする集団心理が働いていたことは否定できない。

そもそもボラーニョの出発点は、物語文学ではなく詩にあった。一九七〇年代にはメキシコで時代遅れの前衛詩運動に参加し、しばらく世界を旅した後、七七年以降はバルセロナ近郊で独自の詩作を続けた。物語文学に乗り出す契機となったのは長男ラウタロの誕生であり、ここから安定した収入と出版社との持続的契約を求めたボラーニョは、処女短編集『通話』

（邦訳白水社、二〇一四年）に収録された「センシーニ」に描かれているように、スペイン国内に無数に存在する文学コンクールに次々と短編小説を応募して賞金を稼いだほか、大手出版社にも中編小説の草稿を送った。当初は首尾よく事が運ばなかったものの、『アメリカ大陸のナチ文学』（一九九六、邦訳白水社、二〇一五年）に興味を示した敏腕編集者ホルへ・エラルデが彼に注目し、中編『はるかな星』（一九九六）と『通話』を相次いで手掛けたことで、成功への道が開かれた。スペイン語圏全体に強固な販売網を持ちつつも、エラルデの意向に沿って自由に販売戦略を決めていた独立系出版社アナグラマ社は、さすらいのマージナル作家というイメージを前面に打ち出してボラーニョを売り込み、これが『野生の探偵たち』の成功を後押しした。

　ボラーニョの斬新さは、魔術的リアリズムに代表される「ラテンアメリカらしさ」と一線を画し、六〇年代の熱狂に乗り遅れて夢破れた同世代の人々に共通する悲哀を、わかりやすい標準的な無国籍的スペイン語であっさりと描き出すところにあった。ブームの世代に共通する形式的・文体的刷新とはまったく無縁な反面、明瞭簡潔なスタイルで巧みに感傷とサスペンスを操る彼の作品は、難解なブーム時代の小説にも、イサベル・アジェンデに代表されるベストセラー小説にも馴染めない新興読者層に強く支持された。ボラーニョというと、とかく『野生の探偵たち』や『２６６６』にばかり注目が集まるが、表層的に物語を展開してページばかりを膨らませるこの二作に彼の手腕が発揮されているとは言い難い。フィーバーが冷めつつある今、多くの作家に指摘された「安易に書きすぎる」という批判を踏まえたうえで、冷静な目で彼の短編や中編を再評価する視点が期待される。

**推薦作**

**『はるかな星』**

(*Estrella distante*, 1996)

チリの詩人ラウル・スリータがニューヨークで実践した空中詩に着想を得たとも言われるこの中編は、多くの批評家から絶賛を浴び、現在でもボラーニョの最高傑作と見なす作家は多い。前作『アメリカ大陸のナチ文学』の最終章を引き継ぐ形で、詩作も手掛けた謎のパイロット、カルロス・ビーダーの足取りを、作者のアルター・エゴとも言える語り手アルトゥーロ・ベラーノが追っていく。百ページにも満たない中編だが、クーデター前後の激動のチリを背景に、複数のサブプロットを組み合わせながら、軍事政権に仕えた男の「悪」を探っていく本書は、「モラルの鏡」となって人間世界に潜む闇の深淵を浮き彫りにする。

**【邦訳】** 斎藤文子訳、白水社、二〇一五年

# アルベルト・ルイ・サンチェス

Alberto Ruy Sánchez（メキシコ・1951- ）

【略歴】

一九五一年メキシコシティの生まれ。イベロアメリカーナ大学卒業後、七五年からパリへ留学し、八〇年にパリ第七大学で博士号を取得。ハビエル・ビジャウルティア賞受賞作となった『空気の名前』（一九八七）以降、後に「モガドール五部作」と呼ばれる作品群を中心に、本格的な執筆を始める。多くの小説作品やエッセイを刊行しているほか、『ブエルタ』など有力雑誌の執筆陣に名を連ね、八八年以降は美術雑誌『アルテス・デ・メヒコ』の主筆を務めている。

メキシコ文学随一のダンディ、それがアルベルト・ルイ・サンチェスだろう。甘いマスクもさることながら、執筆や講演の場では、爽やかな弁舌で溢れ出る知性の閃きを見せつけ、作家としてのこれまでの歩みも華やかそのものだ。メキシコシティの名門私立イベロアメリカーナ大学を卒業後、一九七五年から八三年に至るパリ留学中には、ロラン・バルトに師事し、ミシェル・フーコー、ジル・ドゥルーズ、ジャック・ランシエール、アンドレ・シャステル、さらにはミラン・クンデラの講義を受け、美学研究を極めた。

博士の称号とともにメキシコへ帰国すると、直後からオクタビオ・パスの招きで創刊間もない文芸雑誌『ブエルタ』の執筆リーダーとなり、毎月のように文学・芸術関係の記事を寄稿した。八七年には、処女長編『空気の名前』で定評あるハビエル・ビジャウルティア賞を受賞し、まさに順風満帆で作家生活に入った。八八年以降、美術史家の妻マルガリータ・デ・オレジャーナとともに指揮を執る美術雑誌『アルテス・デ・メヒコ』は、ふんだんに写真や画像を盛り込む贅沢な雑誌として人気を博しており、国内外での多くの受賞歴を経て、現在もメキシコを代表する雑誌として刊行され続けている。この雑誌にルイ・サンチェスが定期的に寄稿する記事を読んでいると、様々な分野にまたがる彼の教養の広さと深さをまざまざと見せつけられる。二〇〇〇年にフランス政府から授与された芸術文化勲章（オフィシエ）を筆頭に、彼自身も国内外で様々な文学賞や勲章を授与されており、また、優雅な語り口の講演者として、スペイン語圏はもちろん、アメリカ合衆国やカナダ、ヨーロッパ諸国などで、スペイン語、英語、フランス語で講演をこなしながら、メキシコ文化の普及にも尽力している。二〇〇六年、東京のたばこと塩の博物館で企画されたテキーラ関係の展示に際して、講演者として彼が日本に招待された事実は、その引き出しの多さを雄弁に物語っていると言えるだろう。

ルイ・サンチェスの手掛けた文学作品の大部分は、モロッコ大西洋岸の港町モガドール（現在のエッサウィラ）を舞台としている。フランスへ渡った年に、マルガリータとともに初めてこの町を訪れた彼は、まるで女性の体内に入っていくような感覚に囚われ、愛欲と肉体的快楽の探究という、後の創作において基調となるテーマの萌芽を感じた。八七年に『空気の名前』で初めてこの探究が小説として結実した後、官能性に溢れる彼の文学世界は広がり続け、『水の唇に』（一九九六）、『モガドールの秘密の庭』（二〇〇一）、『九回の驚異』（二〇〇五）、『火の手』（二〇〇七）と、定期的に発表された連作が、現在では「モガドール五部作」と呼ばれている。

ルイ・サンチェスの小説の特徴は、本人自ら認めているとおり、起承転結のある物語を生み出すことではなく、繊細な詩的文体が紡ぎ出すイメージを連ねることで、独特の「雰囲気」を醸し出すところにある。そのため、『空気の名前』のように短くまとまった中編なら味わい深く読むことができるものの、『水の唇に』のように二〇〇ページを超える長編になると、冗漫な印象を免れないことも否定できない。小説作品の舞台もほぼいつもモガドールであり、二、三作読めば、いつも同じその雰囲気に飽きてしまう読者もいるだろう。亡き友に捧げられた『オクタビオ・パス論』（二〇一四）を筆頭に、文芸評論やエッセイでは常に幅広い知性を発揮しているだけに、小説においてもモガドール五部作の殻を打ち破るような作品の執筆を今後は期待したい。

**推薦作**

**『空気の名前』**
(*Los nombres del aire*, 1987)

港町モガドールにあって、死とエロティシズムが交錯する地として設定された浴場を中心舞台に、少女から女へと成長しつつある主人公ファトマの秘めたる内側を描き出した本作は、メキシコ特有の社会問題や歴史的事件といった地域的テーマに縛られていた当時のメキシコ文学には新鮮だったようだ。その分やや過剰評価されている感は否めないが、モガドールに主人公を重ね、感覚的な情景描写に主観的ヴィジョンを投影しながら、繊細なタッチで愛欲のあり方を追究した本作は、ラテンアメリカ文学には稀有の「空気」を備えている。劇的な物語性には乏しいものの、優雅な官能の世界に浸りたい読者にはうってつけだろう。

【邦訳】斎藤文子訳、白水社、二〇一三年

# ラウラ・レストレーポ

## Laura Restrepo（コロンビア・1950- ）

【略歴】
一九五〇年コロンビアのボゴタ生まれ。父とともに世界のあちこちを点々とした後、特別試験により私立アンデス大学哲文学部に入学。在学中からトロツキー主義に共鳴し、卒業後はスペインやアルゼンチンの社会主義政党で活動。八〇年代初頭に帰国して以降、有力雑誌『セマナ』の記者として様々な事件を取材し、八二年には政府とゲリラ組織との和平協定仲介にも関わった。八九年刊行の『情熱の島』以降、定期的に社会派長編小説を発表している。

ラウラ・レストレーポは、危険な政治・社会活動と執筆、そして子育て、このすべてを見事にこなした稀有な作家と言っていいだろう。女流作家に「女性らしい」繊細な物語を求めてしまうのは単なるジェンダー的偏見だろうが、繊細なタッチを備えながらも、時に血なまぐさいまでに衝撃的な事件を大胆に取り上げるところがラウラ・レストレーポの大きな特徴だ。女流作家きっての社会派と言われる彼女の作品世界を支えるのが、八〇年代までにたどってきた数奇なキャリアであることは言うまでもない。学校教育に懐疑的なうえ、放浪癖のあった父に連れられて、まともに正規の教育を受けぬまま、アメリカ合衆国、デンマーク、スペインを点々とした後、十五歳で帰国したレストレーポは、特別な試験を受けて名門私立アンデス大学の哲文学部に合格、在学中から公立の男子校で貧困家庭出身の少年たちを相手に教鞭を執ったことで社会正義に目覚めた。ラテンアメリカ全体でキューバ革命の影響が色濃かった時代であり、やがて彼女は、ブルジョア的価値観に縛られた父に反抗してトロツキー派に与し、社会主義的観点から経済学を学ぶと同時に、男女平等の重要性を強く意識するようになる。

大学卒業後は、スペインへ渡ってポストフランコ体制下で社会労働党に協力し、八〇年代初頭には、身の危険を顧みずブエノスアイレスで軍事独裁政権反対運動に加担した。アルゼンチンで生まれた息子とともにボゴタへ戻った後は、『セマナ』の記者として、暴力の蔓延する危険なコロンビアで、またもや体を張って、麻薬やゲリラ関連を含め、様々な社会問題を取り上げたほか、アメリカ合衆国のグレナダ侵攻や、ニカラグアのサンディニスタ対コントラの戦闘まで取材している。その鋭い論考は政府関係者にも高く評価され、八二年には、当時のベリサリオ・ベタンクール大統領によって、ゲリラ組織「M―19」と「EPL」との和平交渉使節団の一員にまで任命された。
　レストレーポが本格的に創作に着手し、孤島での逃亡生活を強いられた軍士官を主人公にした処女長編『情熱の島』を執筆するのは、和平交渉中に脅迫を受けて、メキシコで亡命生活を送っていた時期のことだった。和平交渉を機にジャーナリズムと距離を置くようになった彼女は、和平成立とともにコロンビアへ帰国してからも小説の執筆を続け、麻薬絡みの殺し合いを続ける二家族の泥沼の抗争を描いた『白日の豹』（一九九三）に続いて、長編第三作『甘い付き添い』（一九九五）で国際的成功を手にする。レストレーポの書く長編はノンフィクションに近く、史実をフィクションで脚色した作品がほとんどだが、この小説も、出発点となったのは、「貧民街に降り立った天使」という、九〇年代にラテンアメリカ各地で見られた宗教的現象だった。取材に送り込まれた女性リポーターと似非天使の恋愛を通して、貧民をひきつける新興宗教の謎に迫るこの作品は、コロンビアでベストセラーとなり、二十カ国語以上に翻訳された。
　アルファグアラ賞受賞作『妄想』（二〇〇四）や、二〇一六年にコロンビアを震撼させた殺人事件を再現した最新作『神聖な者たち』（二〇一八）も含め、これまでレストレーポが書いてきた作品はいずれも通俗小説であり、絶頂期のラテンアメリカ文学のような深みには欠けるが、深刻な社会問題を反映する題材をもとに、事実だけが持ちうるドラマ性を存分に生かして練られたそのストーリーはインパクトに富んでいる。ラテンアメリカの社会的現状を知るためには、彼女の小説ほど優れた教材はないかもしれない。

**推薦作**

**『妄想』**
(*Delirio*, 2004)

スペイン語圏でラウラ・レストレーポの代表作といえば、邦訳のある『サヨナラ―自ら娼婦となった少女』（邦訳現代企画室、二〇一〇年）より、二〇〇四年のアルファグアラ賞受賞作となった本作だろう。通俗小説の域を出ているわけではないが、審査員長を務めたポルトガルのノーベル賞作家ジョゼ・サラマーゴに「脱帽」と言わしめたとおり、複数の語りを同時並行して進めるその構成において、この小説の完成度は高い。数日間の旅行から戻って妻の発狂に直面した元大学教授がその原因を調べ始めるところから、知られざる過去が掘り起こされ、暴力に染まった八〇年代のコロンビアを生きる者たちの人間模様が浮かび上がってくる。

【邦訳】二〇一九年十二月現在未邦訳

# ラウラ・エスキベル

## Laura Esquivel（メキシコ・1950- ）

【略歴】

一九五〇年メキシコシティの生まれ。演劇芸術センターなどで児童向け演劇や児童文学を専攻した後、一九七〇年代からテレビの幼児向け番組の制作に携わる。八〇年代からは映画制作にも関わり、映画化を念頭に置いて書いた処女長編『赤い薔薇ソースの伝説』（一九八九）がベストセラーとなる。児童文学も含め、その後も『欲望ほど速く』（二〇〇一）、『ルピータはアイロン好き』（二〇一一）などの長編を書いている。二〇一五年からは下院議員を務めている。

ラテンアメリカ文学といえば、「ブーム」の時代までは圧倒的に男性優位であり、女流作家で世界的名声を得るケースはほぼ皆無だったが、イサベル・アジェンデの成功以来、形勢は大きく変わっている。一九八〇年代半ばからスペイン語圏の大手出版社は女流作家の発掘に躍起になり、コロンビアのラウラ・レストレーポやキューバのソエ・バルデスのように、すでに知名度のあった作家の売り込みを始めたほか、積極的に新人を起用するようになった。エレナ・ガーロやエレナ・ポニアトウスカなどの存在によって、すでに女流作家が市民権を得ていたメキシコからは、サラ・セフショビッチ、アンヘレス・マストレッタ、マルゴ・グランツといった多様な顔ぶれの新人が登場し、恋愛小説を中心に、八〇年代から九〇年代にかけてのラテンアメリカ文学を盛り上げている。そのなかでもとりわけ大きな商業的成功を収めたのがラウラ・エスキベルであり、八九年発表の処女長編『赤い薔薇ソースの伝説』は、二〇一四年に刊行された二十五周年記念版が何度も増刷されるなど、現在も多くの読者を惹きつけている。他のメキシコ人女流作家と較べて、エスキベルの特徴は、無理に知的オーラを纏おうとすることなく、堂々とベストセラー路線を貫いているところだろう。

七〇年代から幼児向け番組を中心にテレビ制作に関わり、七五年にメキシコ芸能界でも屈指の人気芸人アルフォンソ・アラウと結婚したエスキベルは、その後、シナリオライターの仕事を通して大衆の心を掴む術を身に着けていった。『赤い薔薇ソースの伝説』はそうした修行の賜物だと言えるだろう。連続テレビドラマのような体裁、食欲をそそる料理レシピ、愛と憎しみの交錯する家族ドラマ、革命を背景とした動乱の時代、『精霊たちの家』に倣った表層的な魔術的リアリズムの利用、その他、ベストセラーに不可欠な要素をふんだんに盛り込んだこの小説は、発表当初から好調な売れ行きを示していた。だが、この作品の成功を決定的にしたのは、エスキベル自らが脚本を担当し、名女優レヒーナ・トルネーを迎えて、夫アラウ（二〇一五年に離婚）が九二年に監督して制作した映画版だった。停滞期に差し掛かっていたメキシコ映画界にあって、この愛と感動の物語は驚異的なロングランを記録し、メキシコで最も権威ある映画賞アリエル賞を十部門で受賞したほか、日本も含め、世界各国で上映されて大評判を取った。特にアメリカ合衆国では、映画の公開とほぼ同時にキャロル・クリステンセンによる英訳が刊行され、相乗効果でどちらも大きく売り上げを伸ばした。英語版『赤い薔薇ソースの伝説』は、発行二十万部を超えるヒットとなり、九四年に外国小説として初めてアメリカ・ベストセラーブック賞を受賞している。

　こうしてベストセラー作家の仲間入りを果たしたエスキベルだったが、文壇デビューから三十年近く経過した今振り返ってみると、やはり「一発屋」だった感は否めない。九〇年代に発表したいくつかの小説はいずれも迫力に欠け、二〇〇六年発表の歴史小説『マリンチェ』では多少の評価を得たものの、『ルピータはアイロン好き』で試みた推理小説路線は完全に失敗、二〇一六年発表の『ティタの日記』は『赤い薔薇ソースの伝説』の二番煎じにすぎず、作家としてのキャリアは完全に行き詰っていると言っていいだろう。そのせいもあってか、二〇一五年からは左翼政党「モレナ」選出の下院議員を務めており、ここ数年は執筆より政治活動に打ち込んでいるようだ。

**『赤い薔薇ソースの伝説』**

(*Como agua para chocolate*, 1989)

原題を直訳すれば「ココアを入れるお湯のように」、まさにはらわたが煮えたぎるような状態を指す慣用表現。母の我儘で愛する男との恋を妨げられた主人公の怒りと情熱の深さを表しているのかもしれない。メキシコ革命による動乱を背景に、様々な紆余曲折を乗り越えて愛を成就し、最後に燃え上がって灰となる女の感動的物語は、メキシコ大衆の心を強く捉えた。各章の冒頭に伝統的なメキシコ料理のレシピを配し、そこから物語を展開する構成は、世界的なグルメブームともあいまって、この小説の商業的成功に重要な役割を果たした。文学作品というより、映画と合わせて通俗的娯楽として楽しむべき一冊だろう。

**【邦訳】**西村英一郎訳、世界文化社、一九九三年

# ルイス・セプルベダ

## Luis Sepúlveda（チリ・1949- ）

【略歴】
一九四九年チリのオバジェ生まれ。サンティアゴで初等・中等教育を受け、十五歳で共産党の青年組織に参加。サルバドール・アジェンデ政権に協力するが、七三年のクーデター後に投獄を受け、七七年に亡命。七九年からハンブルクに落ち着く。八二年から八七年まではグリーピースの特派員として世界を回った。八九年刊行の『ラブ・ストーリーを読む老人』がベストセラーとなり、その後も数多くのヒット作を発表している。現在はスペインのヒホン在住。

ラテンアメリカでも、ルイス・セプルベダほど世界各地の秘境で様々な冒険を経てきた作家は例がない。少年時代から調理助手として捕鯨船に乗り込み、一九六九年には奨学金を得てモスクワへ赴いたものの、素行不良で祖国へ追い返された。七〇年にサルバドール・アジェンデ政権が誕生すると、熱狂的にこれを支持して、文化局で出版の仕事をこなしていたが、七三年のクーデター後、二度にわたって投獄を受け、二度ともアムネスティ・インターナショナルの介入で解放された。七七年には、スウェーデンを目指して乗り込んだ飛行機を乗り継ぎ先の空港で勝手に降りて、アルゼンチン、ウルグアイ、ブラジル、パラグアイを放浪し、七九年には作家のホルへ・エンリケ・アドウムを頼ってエクアドルのキトに一時落ち着いたが、そこから七カ月にわたってアンデスやアマゾンでインディオの教育実態を調査する一団に加わった。同年には、サンディニスタを支援する国際義勇軍に加わってニカラグアへ入り、革命成功後はしばらくジャーナリストとして活動した。直後にハンブルクに拠点を移したが、八二年からはグリーンピースの船に乗り込み、約五年間世界の海を旅して回った。こうした旅と冒険の体験は様々な作品に反映されているが、そのなかでも旅行記の色合いが最も強いのは、パタゴニア放浪を中心に、少年時代の思い出話を盛り込んだ自伝的小説『パタゴニア・エクスプレス』（一九九五、邦訳国書刊行会、一九九七年）だろう。

　政治的には、「生まれながらのアカ」を自称しているとおり、共産主義者の家庭に生まれた筋金入りの左翼であり、ラテンアメリカ各地で様々な活動に従事したが、八〇年代以降は、自然保護や動物愛護の運動に力を注いでいる。グリーンピースにも度々協力しているほか、当然ながら捕鯨にも反対の姿勢をとっており、九六年発表の中編『世界の終りの世界』には、違法操業を繰り返す日本の捕鯨船が描かれている。

好調な売れ行きと熱狂的なファンの支えにもかかわらず、概してセプルベダの文学作品に対する専門家の評価が低いのは、時にこうして露骨に自分の信条を表明して、物語をあからさますぎる寓話に変えてしまうからだ。彼の名を世界に知らしめた長編『ラブ・ストーリーを読む老人』も教訓性の強い作品だが、彼の小説のなかで最もスピリチュアル・ブックに近いのは、愛と勇気を前面に打ち出した中編『カモメに飛ぶことを教えた猫』（一九九六、邦訳白水社、一九九八年）だろう。身近な動物を登場人物にして、明瞭簡潔な文章でわかりやすく書かれているため、「八歳から八十八歳までの若者向けの小説」という副題のとおり、老若男女、誰にでも親しみやすい物語に仕上がっており、ヨーロッパを中心に世界各地で大ベストセラーとなったが、見えすいた展開と説教臭さを敬遠する読者も多く、専門家を唸らせるような内容とは程遠い。

スペイン語圏全体に販売網を持つトゥスケッツ社と契約を結んで以降、セプルベダは、無名時代に書いた作品の再版も含め、毎年のように中編小説の発表を続けており、ヨーロッパでの文学賞受賞歴も長い。とはいえ、売り上げ面ですでにかつての勢いはなく、ここ数年に出版された小説では、マンネリ化が目立っている。世紀が変わる頃からは、自作の映画化に際して脚本を担当し、ドキュメンタリーの制作にも関わるなど、映像分野にも活動の範囲を広げているが、ここでもやはりエコロジスト的観点からの教訓がかなりはっきりと打ち出されることが多く、新たな創作の境地を開いているとは言い難い。

**推薦作**

**『ラブ・ストーリーを読む老人』**

(*Un viejo que leía novelas de amor*, 1989)

セプルベダの出世作となった本作は、発売直後こそ売り上げが伸びなかったものの、九二年に刊行されたフランス語版の大ヒットを受けて、スペインのトゥスケッツ社が大規模に再版したことでベストセラーとなり、二〇〇一年にはセプルベダ自身の手による脚本で映画化もされた。出発点は、七七年から七九年まで南米を旅して回った作者のシュアール族との接触だった。アマゾンの奥地で動物や原住民と生活をともにしながら恋愛小説を読みふける老人という設定と、エコロジストらしく自然愛護の精神を前面に打ち出した寓話の組み合わせがヒットの秘訣だろう。娯楽小説の域を出るものではないが、気軽な読み物にはいいだろう。

【邦訳】旦敬介訳、新潮社、一九九八年

# セサル・アイラ

## César Aira（アルゼンチン・1949- ）

【略歴】

一九四九年アルゼンチンのコロネル・プリングルス生まれ。六七年にブエノスアイレスの大学に進学し、法学と文学を学ぶ。七〇年代は三文小説の翻訳家として生計を立てたが、七五年に長編歴史小説『モレイラ』を刊行して以後、次第に創作に転じ、九〇年代からは一年に数冊のペースで中編小説の刊行を続けている。現時点で一〇〇冊以上の小説と評論を刊行。二〇一四年にフランスでロジェ・カイヨワ賞受賞、一六年にフランス政府からシュヴァリエの称号を受けた。

ラテンアメリカ文学でセサル・アイラほど多産な作家はほかにいない。一九七五年刊行の長編『モレイラ』に始まって、二〇一九年十一月時点での最新作『音楽的筆致』まで、彼が発表した文学作品は小説だけで九十作近くに上り、評論やエッセイ集などを含めると、刊行した本の点数は百を超える。その大半が百ページに満たない中編であり、いずれも形式的・文体的意匠のない、平易で標準的なスペイン語で書かれているとはいえ、一年に五作も小説を刊行することがあるのだから尋常ではない。死ぬまで書くことをやめないと言い切っているとおり、アイラは書くことに専心した作家であり（毎朝カフェへ行って一定時間手書きで執筆する）、興味のある国にタダで旅行する以外の目的で講演や文学イベントへの参加を引き受けることはなく、国内でインタビューに応じることは皆無に等しい。一九七〇年代には、食い扶持稼ぎのためスティーヴン・キングなどの売れ線小説を大量に翻訳していたこともあり（吉村昭の『破船』や『仮釈放』まで英語版からスペイン語訳している）、イメージを正確に伝える術を身に着けていたことが彼にとっては大きな利点となった。明瞭簡潔な文体も翻訳業の副産物だろうが、本人によればこれは、「バロック的想像力」が突飛すぎて、単純な文章で表現しければ収拾がつかなくなるからだという。確かに彼の小説は、脱線に脱線を重ね、思いもよらぬ方向へ物語が進んでいくため、どんな結末に行き着くのか最後まで予想できない。出世作となった『わたしの物語』（一九九三、邦訳松籟社、二〇一二年）にしても、自らを女と見なす少年が父に連れられてアイスクリームを食べるところから、殺人あり、入院あり、誘拐ありの末、仰天の顛末に至る。彼自身、結末をつけるのが面倒になって投げ出すこともあると告白しているとおり、尻すぼみに終わる作品も多い。徒歩でピザの宅配を行う老夫婦を取り上げた『正夢』（二〇〇一）や、中国人スーパーでお釣りがないためガラクタを買う場面から展開する『大理石』（二〇〇六）などは、冒頭の奇抜な設定のほうが結末よりはるかに面白い。

　そもそも、文学の「レディ・メイド」と称されることもあるアイラの小説は、制度化された公的文学への愚弄であり、その内容を正面から議論することに大きな意味はない。正統派の技巧で爆発的想像力をはためかせるダリの芸術を称揚し、セサル・バジェホの『トリルセ』に散見する意味不明の言葉に魅了されるアイラは、まさに現代小説のアヴァンギャルドであり、意図的な軽薄さによって文学の因襲を覆すことで作品を作り上げる。代表作『文学会議』（一九九七）を筆頭に、ロムロ・ガジェゴス賞の最終候補に残った『バラモ』（二〇〇二）、作家という職業のあり方を問う『パルメニデス』（二〇〇六）など、作家や詩人を主人公とする作品が多いのは偶然ではない。ボルヘスの継承者を自任するアイラは、「文学の機能」に興味があると述べたうえで、自らの小説作品を「文学のメカニズムで遊ぶ」「大人のための文学的遊戯」と定義している。これを戯言として一蹴するのも問題だが、ナラトロジーの理論や文学理論を適応して真面目にアイラの作品を分析することもまた馬鹿げている（現に彼はそのような文学研究を軽蔑する）。アイラは、イサベル・アジェンデのような快楽提供型の作家を愛好する読者を「卑屈な読者」として退けつつ、自分の作品を手にする読者を「贅沢な読者」と定義する。彼の小説は、ゆとりのある贅沢な読者だけが十分に享授できる贅沢にほかならない。

**推薦作**

**『文学会議』**
(*El congreso de literatura*, 1997)

ベネズエラのアンデス地域に位置する小都市メリダで、国立ロス・アンデス大学が二年に一度主催する文学シンポジウムに登壇者として参加したセサル・アイラが、その時の体験を出発点に書き上げたドタバタ物語。作家でもあり、科学者でもある主人公「セサル・アイラ」は、文学会議に現れたラテンアメリカの模範的知識人「カルロス・フエンテス」をクローン化するため、機械仕掛けの蜂を作り出し、彼の細胞を入手しようとするが、そこから次々と生まれてきたのは、人間とおよそかけ離れた不気味な物体だった……これこそ真面目に文学を議論する学術的空間を利用した文学への愚弄であり、読者への挑発にほかならない。

**【邦訳】** 柳原孝敦訳、新潮社、二〇一五年

# ジョコンダ・ベリ

## Gioconda Belli（ニカラグア・1948- ）

【略歴】

一九四八年ニカラグアのマナグア生まれ。マドリードで高校を卒業した後、フィラデルフィアでジャーナリズムを専攻。帰国後の七〇年からサンディニスタ民族解放戦線に協力を始め、様々な国の支援を取りつける。七八年に一時メキシコに亡命するが、サンディニスタ革命成立後は政府の要職をこなし、並行して詩や小説の執筆を進めた。八八年発表の処女長編『住まれた女』の成功で世界に名を知られ、その後も長編や詩、自叙伝の執筆を続けている。

ラテンアメリカ文学で女流作家というと、イサベル・アジェンデやラウラ・エスキベルのインパクトが強烈だったせいか、通俗的な物語で読者をひきつけるベストセラー作家を想起しがちだが、そんななかで、独自の「純文学」路線を貫き続ける貴重な存在がジョコンダ・ベリだろう。父は企業家、母は劇団のオーナーという比較的裕福な家庭に生まれた彼女は、初等教育をマナグアで受けた後、中等教育をマドリードの宗教学校で、大学教育をフィラデルフィアで受けるなど、若くから国際的感覚を養った。長年ニカラグアを牛耳っていたソモサ一族の独裁体制には、六〇年代後半から明確に反対の姿勢を示しており、七〇年に正式にサンディニスタ民族解放戦線に加わると、英語力や国際経験を買われて、武器調達や支持拡大に向けた広報活動のために、何度もヨーロッパやラテンアメリカ諸国に派遣された。当然ながら身を危険に晒すことも多く、七〇年代後半にはメキシコで亡命生活を強いられることになった。革命成功後は、ダニエル・オルテガ政権で要職を歴任し、八六年以降、政治の第一線からは身を退いたものの、九四年に離党するまでサンディニスタを支持し続けた。

ニカラグアに生まれたことと女性に生まれたことが自分の人生を決定づけた、と述べたこともあるとおり、一九七〇年頃から、政治活動と並行して詩作を手掛けたベリにとって、創作の永遠のテーマは祖国と女性だった。三度の結婚を経験し、時に過激なフェミニズム発言も辞さない彼女は、私生活でも豪快で情熱的な女性として知られているが、詩作においても大胆な表現を次々と繰り出している。まだ女流詩人そのものが珍しかった七〇年代のラテンアメリカにあって、男に捧げる愛情や、女性の官能と性欲を露骨なほど剥き出しにしたベリの詩は「革命的」

という評判をとり、七八年発表の詩集『火の線』は、キューバのカサ・デ・ラス・アメリカス賞詩部門の受賞作となった。八〇年代に入ってからは、同じように女性の肉体を前面に打ち出した詩作を続けて、詩人としての国際的名声を高めていく一方、政治の現場では、革命における女性の役割の重要性を声高に唱えている。

八六年に政治から身を退いて処女長編の執筆に取り掛かって以降、ベリの創作の中心は詩から散文へと移っている。ゲリラ時代の経験をもとに、性の肉体的喜びと政治意識に目覚めた女性の成長を描く『住まれた女』は、ヨーロッパやラテンアメリカで好評を博し、ドイツでは権威ある文学賞を受賞してベストセラーになるなど、大成功を収めた。この小説で初めて登場した架空の国ファグアス（もちろんニカラグアがモデル）は、その後も繰り返し彼女の小説に現れ、ユートピアの追求をテーマにした『ワスララ』（一九九六）や、二〇一〇年に発表されてラテンアメリカで大きな話題を呼んだ問題作『女の国』もこの国を舞台としている。とはいえ、政治色の濃い物語ばかりでなく、ビブリオテカ・ブレベ賞受賞作となった『掌のなかの無限』（二〇〇八）のように、幻想性に満ちた童話的小説も手掛けている。また、二〇〇一年発表の自伝『私の肌の下の国――愛と戦争の記憶』では、妻として、母として、革命家として夢を追い求めて闘った約三十年間の思い出が詩的な文体で綴られており、女性として自由と幸福を勝ち取るための道筋を女性読者に向けて示す形となった。激動の時代を生き抜いた後に、実体験を反映させながら創作を続けるジョコンダ・ベリの著作や発言には重みがあり、今度も「問題作」の発表が期待される。

推薦作

**『女の国』**

(*El país de las mujeres*, 2010)

架空の国ファグアスでビアアナ・サンソン率いる「エロチック左翼党」が総選挙に勝利して政権を握ったところから、男女平等の実現を目指して、男性の一時的完全公職追放を含む過激な改革が始まる。強いリーダーシップで政権の舵取りを担ってきたサンソン大統領が演説中に暴漢に狙撃され、ファグアスに激震が走る。国全体が大統領の様態を見守るなか、閣僚や反対派、一般庶民、様々な登場人物が、それぞれの視点から改革の過程と意義を振り返る。コメディタッチの物語から、マチスモを引きずるラテンアメリカの深刻な社会問題を浮き彫りにする快作であり、二〇一〇年の「対岸イスパノアメリカ小説賞」を受賞している。

【邦訳】二〇一九年十二月現在未邦訳

# レイナルド・アレナス

## Reinaldo Arenas（キューバ・1943-1990）

【略歴】
一九四三年キューバ東部オリエンテ州の生まれ。六〇年にハバナに移り、大学卒業後国立図書館に勤務。処女長編『夜明け前のセレスティーノ』（一九六七）で注目されたものの、同性愛を理由に迫害を受けて投獄され、八〇年にマリエル港からアメリカ合衆国に亡命した。フランスで出版された『めくるめく世界』（一九六九）によりブームに合流、亡命後は自伝的五部作「ペンタゴニア」の執筆を続けた。八七年にエイズを発病、九〇年にニューヨークで自殺した。

キューバのカストロ体制に迫害された数多い作家のなかでも、レイナルド・アレナスほど壮絶な人生を送った者は珍しい。田舎町の生まれながらも、十代からバティスタ独裁政権転覆運動に加担、革命成功後はハバナ大学に学び、国立図書館に職を得て創作にいそしむうちに、キューバ作家芸術家協会に才能を認められて、六七年には処女長編『夜明け前のセレスティーノ』（邦訳国書刊行会、二〇〇二年）の出版にこぎつけたものの、同性愛を公言していたことですぐに当局からマークされた。キューバで出版の道を断たれた彼は、草稿を友人に託して国外へ送ることを決め、その結果フランスで出版された長編第二作『めくるめく世界』（一九六九、邦訳国書刊行会、一九八九年）は、メディシス賞を受賞するなど大成功を収めたが、これにより監視の目はさらに厳しくなった。六八年からは編集者などの仕事をしていたものの、パディージャ事件を経て作家に対する弾圧が厳しくなっていた七四年に初めて投獄を受け、出獄の後、何度か出国を試みたが失敗、悪名高いモーロ刑務所で拷問を受けたうえ、七六年まで重犯罪者との共棲を余儀なくされた。八〇年に政府から出国を認められると、マリエル港からマイアミに亡命したが、ここにも安住の地はなく、八七年にエイズを発病、最初は闘病に臨んだものの、最後は苦しみに耐えられず、薬物の服用で自殺した。こうしたいきさつは、九二年に死後発表され、二〇〇〇年に映画化された自伝『夜になるまえに』（邦訳国書刊行会、二〇〇一年）に克明に記されており、そのおぞましい内容は世界に衝撃を与えた。自伝の最後には、遺書代わりに友人たちに宛てた手紙が収録されており、そこでアレナスは、自らが味わった苦悩の全責任をカストロに押しつけている。

こうして様々な迫害に遭いな

がらも、アレナスは頑強に抵抗を続け、性と創作の快楽の追求を生涯やめなかった。言語的実験に溢れるカーニバル的長編『夏の色』（一九九一）において、何度逮捕監禁と原稿没収を受けても小説の執筆を続け、夜の街へ繰り出しては男を漁る登場人物「レイナルド」は、まさに作家レイナルド・アレナスの生き様そのものだったと言えるだろう。そしてその彼が、創作において、少なくとも六〇年代半ば以降、自らの最重要作品として、全精力を注いで取り組んだのが、苦悩の五部作「ペンタゴニア」――『夜明け前のセレスティーノ』、『真っ白いスカンクどもの館』（一九八〇）、『ふたたび海』（一九八二）、『夏の色』、『襲撃』（一九九一）――だった。五部作の完成過程も、まさに苦悩と受難の連続であり、『ふたたび海』は、六〇年代後半から七〇年代初頭にかけて何度か原稿を没収、破棄された末、亡命後の八二年によようやく完成した。最終作『襲撃』は一九七四年に書き終えられ、その後国外へ持ち出されていたが、その仕上げに取り掛かった八八年には、すでにエイズの進行で余命いくばくもなく、最も長い『夏の色』を完成できるか微妙な状態になっていた。この頃の彼は、十年近く前に不遇のままハバナで亡くなった盟友ビルヒリオ・ピニェーラの遺影にすがりつき、作品を完成させるため、あと三年だけ生きさせてほしいと必死に頼み込んでいたという。この祈りが通じたのか、友人たちの助力もあって、アレナスは自殺する直前に五部作を完成させ、翌九一年に最後の二作が日の目を見た。現在、アレナスと言えば、『夜になるまえに』にばかり注目が集まりがちだが、「ペンタゴニア」こそキューバの自由を追い求めた男の魂の叫びであり、キューバの開放路線が進む今こそ、その文学的表象をじっくり味わいたいものだ。

推薦作

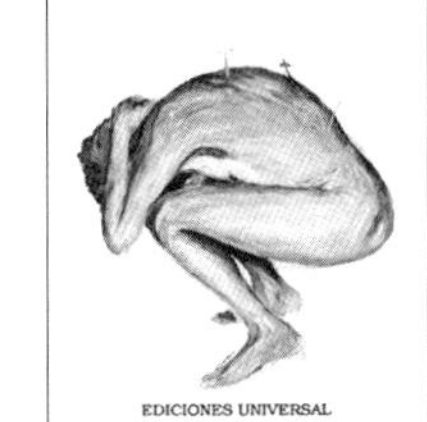


**『襲撃』**
(*El asalto*, 1991)

「ペンタゴニア」の最後を飾る本作は、作者自ら「二十世紀に書かれた最も壮絶な本」と称したとおり、キューバのユートピア幻想を打ち砕く衝撃の寓話だった。舞台は、超厳帥の支配するディストピア的国家であり、囁きを禁じられた国民は、個を殺して体制に奉仕することだけを強要される。そんな体制に順応しきった語り手は、隣人たちを次々と密告して奈落の底に突き落としながら、憎き母を探して国内を旅し続ける。不気味な地獄絵図が続いた後に至る驚きの結末には、キューバにもアメリカ合衆国にも安住の地を見出すことのできなかった同性愛作家の憎しみと絶望のすべてが投影されていると言えるだろう。

**【邦訳】** 山辺弦訳、水声社、二〇一六年

# ノルベルト・フエンテス

## Norberto Fuentes（キューバ・1943- ）

【略歴】
一九四三年キューバのハバナ生まれ。六〇年代半ばから『オイ』、『グランマ』などの新聞で記者を務める。六八年に短編集『コンダードの罪人たち』でカサ・デ・ラス・アメリカス賞を受賞。「パディージャ事件」で公職を解かれた後、八四年発表の評伝『ヘミングウェイ――キューバの日々』でフィデル・カストロに評価されるも、後に対立、九四年にガルシア・マルケスの協力を得て出国した。その後はアメリカ合衆国からカストロ体制批判を続けている。

キューバ革命政府に人生を翻弄された作家は数知れないが、ノルベルト・フエンテスは数奇な運命を辿った末に自らの使命を正面から受け止め、現在も抵抗を続けている。革命の熱気に溢れる一九六〇年代には、共産党の機関紙『グランマ』などで活躍したものの、作家や知識人への風当たりが強くなり始めていた六八年、カサ・デ・ラス・アメリカス賞受賞作となった『コンダードの罪人たち』がフィデル・カストロの逆鱗に触れる。エスカンブライ地域で展開していた反カストロ・ゲリラへの掃討作戦をスケッチのような短編集にまとめた本作に、なぜ「反革命」のレッテルが貼られたのかはいまだよくわからないが、カストロは作者の面前でこの本を壁に叩きつけ、以後しばらくノルベルトは文字通り「罪人」扱いされることになった。「パディージャ事件」に際しては、ホセ・レサマ・リマやビルヒリオ・ピニェーラとともに、彼も「反革命的姿勢」を告発され、自己批判を迫られることになった。告発を受けた者の大半が甘んじて自己批判を受け入れるなか、フエンテスだけは、かつての親友エベルト・パディージャに毅然とした態度で反旗を翻し、自分は革命支持の姿勢を貫いているとして、反省声明の発表を拒否した。

これが功を奏したのか、フエンテスはカストロから贖罪のチャンスを与えられる。それが、ヘミングウェイが二十年以上過ごしたハバナ郊外、フィンカ・ビヒアの邸宅に残された蔵書や書簡の整理、調査、そしてヘミングウェイのキューバ時代にスポットを当てた伝記の執筆だった。文学者とジャーナリストの才能を併せ持っていたフエンテスは、敏腕を発揮して見事にその任務を果たし、ガルシア・マルケスの序文付きで刊行された評伝『ヘミングウェイ――キューバの日々』は、多くの言語に翻訳されるなど、大成功を収めた。これでフエンテスは、「罪人」からカストロ兄弟お気に入りのジャーナリストに抜擢され、八〇年代以降、キューバ国内における取材のみならず、首脳たちの海外渡航にもしばしば同行するようになったほか、特派員として何度もアンゴラでキューバ部隊に帯同している。

　だが、「御用作家」の地位は長くは続かない。八九年、いわゆる「一号訴訟」により、彼と親しかった内務省の大佐アントニオ・デ・ラ・グアルディアと、ゲリラ時代からのカストロの盟友アルナルド・オチョア・サンチェス将軍が、麻薬売買に関わった嫌疑で処刑されると、自らも一時拘束されたノルベルトは、以後体制と完全に袂を分かった。九三年には筏で出国を試みるものの失敗、翌九四年、ガルシア・マルケスやウィリアム・ケネディ、フェリペ・ゴンサーレスらの支援を得て、ようやくアメリカ合衆国に逃れて亡命者となった。

　その後のノルベルトは、近くからカストロを観察し、多くの国家機密を握った元腹心の地位を活かして、闇に包まれたキューバの内情を暴露する著作を発表し続けている。「一号訴訟」の内幕を暴いた『キューバの甘き戦士たち』（一九九九）もそれなりの反響を呼んだが、二〇〇四年発表の第一部『他者の楽園』と〇七年発表の第二部『不十分な絶対権力』から成る『フィデル・カストロ自伝』の内容はさらに衝撃的であり、直後に英訳されてアメリカ合衆国で物議を醸した。著作以外の言動でも、彼の反カストロ的姿勢は徹底しており、恩人とも言えるガルシア・マルケスに対してさえ、糾弾の言葉を向けることがある。すでに七十を過ぎているものの、現在でもノルベルト・フエンテスは自称「最後の造反者」の立場を崩してはない。

推薦作

NORBERTO FUENTES
Hemingway en Cuba
PROLOGO DE
Gabriel García Márquez

**『ヘミングウェイ――キューバの日々』**

(*Hemingway en Cuba*, 1984)

フィデル・カストロの命を受けて、キューバ時代のヘミングウェイの研究調査に乗り出したフエンテスが、七年を費やして完成した評伝。フィンカ・ビヒアに残された蔵書や書類を徹底的に分析したうえで、未公開の写真や書簡を収録している。カストロのような要人たちへのインタビューのみならず、ヘミングウェイと接触のあった庶民の証言も丁寧に拾いながら、使用人たちから「パパ」と呼ばれていた巨匠の素顔を生き生きと再現する。ノルベルト自身による作品分析や人物分析も鋭い。キューバに都合の悪いことは一切書かれておらず、全面的に信用できるわけではないが、ヘミングウェイの愛読者には必携の一冊だろう。

【邦訳】宮下嶺夫訳、晶文社、一九八八年

# フェルナンド・バジェホ

## Fernando Vallejo（コロンビア・1942-）

【略歴】
一九四二年コロンビアのメデジン生まれ。ハベリアナ大学卒業後ヨーロッパへ渡り、イタリアで映画撮影技法を学ぶ。七一年にメキシコシティに落ち着き、八〇年代から本格的に創作を開始。九四年発表の『殺し屋たちの聖母』で注目を浴びた後、二〇〇一年発表の『崖っぷち』でロムロ・ガジェゴス賞を受賞。著名詩人の伝記も手掛けている。〇七年にコロンビア国籍を放棄してメキシコ国籍を取得。その過激な言動はスペイン語圏全体に物議を醸し続けている。

ラテンアメリカ文学にも挑発的な作家は多いが、フェルナンド・バジェホほど人騒がせな作家は他に見当たらない。メデジンの名門家の出身であり、古典文学から現代映画まで幅広い教養を備えた作家として、二〇一二年には『フォーリン・ポリシー』誌に「イベロアメリカで最も影響力のある知識人十人」の一人に選ばれているが、実際のところ彼の影響力は、作品よりその言動に負うところが大きい。かねてから同性愛者を公言し、過激な無神論と反キリスト教、反出生主義、祖国コロンビアへの嫌悪を口にしていたバジェホは、九四年刊行の長編小説『殺し屋たちの聖母』、とりわけバジェホ自身が脚本を担当したその映画版（一九九九）の成功によって世界的に名を知られた後、歯止めの聞かない傍若無人ぶりで何度も物議を醸している。二〇〇一年刊行の長編『崖っぷち』により権威あるロムロ・ガジェゴス賞を受賞すると、受賞演説で当時のベネズエラ大統領ウーゴ・チャベスやラテンアメリカ独立の父シモン・ボリバルはもとより、ロムロ・ガジェゴスにまで軽蔑を露わにし、あらゆる人種とその営為を否定した挙句（日本人を「大きく美しいクジラとは比較にならぬ、チビで醜く黄色く残酷な小人」と呼んだ）、賞金全額（十万ドル）を動物愛護団体に寄付すると発表した。その後、アルバロ・ウリベを大統領に選んだ祖国を「大間抜けの国」と罵ったうえで、二〇〇七年にはコロンビア国籍を放棄し、一九七一年以来住んでいるメキシコの国籍を取得した。にもかかわらず、その数年後には、コロンビアへ帰国して生まれ故郷で死にたいと表明したのだから、彼を目の敵にするラテンアメリカ人が多いのは当然だろう。ここ数年過激な言動はやや鳴りを潜めているが、人間全体への憎悪は相変わらずで、その危険な刃を逃れるものといえば、ごく一部の文学作品と、動物（ハベリアナ大学では生物学を専攻）ぐらいしかない。

だが、憎悪と偏愛に歪んだ視点を持ち、唾棄すべき側面も多いとはいえ、文学研究者としての素養や作家としての文才まで頭ごなしに否定すべきでないことは、彼の残した文法的研究や詩人伝が示すとおりだろう。五百ページを超える研究書『ロゴイ——文学的言語の文法』（一九八三）は、ガルシア・マルケスの『百年の孤独』も含め、様々な例を引き合いに出しながら詩的文体と修辞を分析した書であり、言語学者にとっても参考になる部分は多い。また、バジェホと同じアンティオキア州の出身で、同じく破天荒な同性愛詩人ポルフィリオ・バルバ＝ハコブの生涯を再現した『伝達者』（一九九一）もさることながら、コロンビアの国民的詩人ホセ・アスンシオン・シルバの伝記『黒い蝶』（一九九五）は、遺族から提供を受けた資料も含め、綿密な時代考証と文献調査に基づいて詩人の生涯を再現しており、伝記作家が一人称体で調査・執筆過程についてコメントを挟むという手法的実験の当否はさておき、学術的価値は大きい。物語文学に関しては、自らの軌跡をたどる自伝的五部作、『青い日々』（一九八五）、『秘密の火』（一九八七）、『ローマへの道』（一九八八）、『怠惰な日々』（一九八九）、『亡霊の間で』（一九九三）が出世作ではあるが、バジェホの本領が最も発揮されたのは『殺し屋たちの聖母』と『崖っぷち』の二作だった。麻薬マフィア、ゲリラ組織、自警団、そして政府軍、様々な勢力の衝突により、コロンビアの現実が地獄の様相を呈するにつれてバジェホの呪詛が激しさを増す事実は注目に値する。文章の表面に現れる彼の憎悪は、実は歪んだ愛の裏返しにほかならないのだ。

**推薦作**

**『崖っぷち』**
(*El desbarrancadero*, 2001)

セサル・アイラの『バラモ』を抑えてロムロ・ガジェゴス賞に輝いたバジェホの代表作だが、オラシオ・カステジャーノス・モヤの『吐き気』よりさらに激しい罵詈雑言に満ちた小説であり、母親、ローマ法王、祖国コロンビア、その他あらゆる因襲に向けられた罵倒の言葉で埋め尽くされている。重病の弟に付き添うため、久々に祖国へ戻った語り手は、エイズを患って瀕死の状態にある弟を見つめながら、無力な自分に対する絶望の淵から怒りの雄叫びを上げ続ける。物語から溢れ出る憎しみに拒絶反応を示す読者は多いだろうが、その激しい絶望は希望の歪んだ発露であり、テクストの裏側にまで思いを馳せる価値はあるだろう。

【邦訳】久野量一訳、松籟社、二〇一一年

# セルヒオ・ラミレス

## Sergio Ramírez（ニカラグア・1942- ）

【略歴】

一九四二年ニカラグアのマサテペ生まれ。六四年にレオン国立大学法学部を卒業後、コスタリカでジャーナリズム活動や教育職に従事。七三年から七五年までベルリンに留学後、反ソモサ独裁組織サンディニスタ民族解放戦線を支援。サンディニスタ革命政権では、文化大臣、副大統領を歴任し、ダニエル・オルテガ大統領を支えた。九六年にサンディニスタ刷新運動を率いて大統領選挙に出馬するも敗北、以後は創作に専念する。二〇一七年セルバンテス賞受賞。

政治に首を突っ込む作家はラテンアメリカに多いが、セルヒオ・ラミレスほど深く、そして長期間にわたって政治に関わり、なおかつ政治に毒されることなく創作を続けることのできた例は珍しい。彼が政治活動への参加を決めたのは一九七四年、サンディニスタのゲリラが、独裁者の娘を含む十人余りの要人を人質にして大臣邸に立てこもった、通称「クリスマス作戦」のニュースを留学先のベルリンで聞いた時だった。これ以後、一九三三年からニカラグアに独裁体制を敷いていたソモサ一族と戦う決意を固めたラミレスは、七七年から隣国コスタリカで文民として「十二人組」に名を連ね、サンディニスタの支援に乗り出した。七九年にサンディニスタ革命が成立して以降は、まず文化大臣、さらに副大統領として、アメリカ合衆国の介入により常時危機に晒されていたダニエル・オルテガの政権を支えた。九〇年の大統領選挙でビオレタ・バリオス・デ・チャモロに敗れ、下野してからもサンディニスタの一員として様々な政治活動に携わったが、九五年にオルテガと袂を分かち、サンディニスタ刷新運動を率いて九六年の大統領選挙に出馬するに至った。こうした一連の政治経験の大部分は、一九九九年刊行の回想録『さらば、仲間たちよ』に詳しく記されている。

だが、こうして政治活動に時間を取られながらもラミレスは、反独裁ゲリラ活動をテーマにした『血に怯えたか？』（一九七七）、血なまぐさい殺人事件を題材にした大作『天罰』（一九八八）、ソモサ独裁政権下の小村を舞台にした『仮面舞踏会』（一九九五）など、定期的に意欲的長編を発表し続け、スペイン語圏のみならず、ヨーロッパ各地で着々と評価を高めていった。九六年の大統領選挙で敗れて以後は、ニカラグア内外の新聞・雑誌に政治的論考を発表することはあるものの、直接的な政治活動からは完全に身を引き、いっそう本格的に創作に取り組んだ。とりわけ彼の名声を高めたのは、九八年、第一回アルファグアラ文学賞を受賞した傑作長編『海がきれいだね、マルガリータ』だった。タイトルにも使われたルベン・ダリオの有名な詩をライトモチーフに、詩人の最期と、五六年のアナスタシオ・ソモサ・ガルシア暗殺事件を組み合わせたこの小説は、作家としてのラミレスの手腕を世界に知らしめるに十分だった。これに続く二〇〇二年発表の『ただ影だけ』は、史実とフィクションをぶつけながら想像力でニカラグア現代史を再構築する壮大な試みであり、これもスペイン語圏各地で高い評価を得た。まさに、「剣をペンに換える」ことで掴んだ成功と言えるだろう。

　二〇〇六年、相変わらずサンディニスタを率いるオルテガが、茶番にも等しい法改正によって大統領に返り咲いて以降、ラミレスは、ジョコンダ・ベリらとともに、ジャーナリズムなどを通じて、かつての盟友の権威主義的体質や、政権内にはびこる腐敗と暴力の実態を告発している。マナグアの自宅には二十四時間体制で警護がつくなど、常に身の危険に晒されているが、紙媒体とWEBの両方で発行される文化雑誌『カラトゥラ』の編集長を務めるほか、ツィッターやフェイスブックを通じて発言を繰り返し、積極的な活動を続けている。二〇一七年のセルバンテス賞受賞に際しても、母国の置かれた惨状を世界に向けて訴えかけた。

　こうした活動に時間を取られるせいか、『空が泣いている』（二〇〇八）、『逃げる女』（二〇一一）など、ここ十年ほどの長編はやや迫力に欠けるものの、政治に邪魔されることなく再び落ちついた創作に戻る日が来てほしいものだ。

推薦作

**『ただ影だけ』**

(*Sombras nada más*, 2002)

迫りくるゲリラ部隊を前に、現金を詰めたアタッシュケースをしっかり握りしめて海岸を走る男。この実話を出発点に、腐敗したソモサ独裁政権の内情や、ゲリラ戦士たちの戦いぶりを交錯させながら、二十 世紀の時点からサンディニスタ革命前夜のニカラグア史を再現する壮大なスケールの歴史小説。調書、インタビュー、手紙、メールなど、もっともらしい資料を随所に挟みながら、作者は巧みに真実にフィクションを滑り込ませ、モデルとなったソモサの腹心コルネリオ・ヒュックから、主人公アリリオ・マルティニカの転落の人生を構築する。歴史がフィクションに取って代わられる過程を生々しく読者に突きつけてくる傑作。

【邦訳】寺尾隆吉訳、水声社、二〇一三年

# イサベル・アジェンデ

## Isabel Allende（チリ・1942- ）

【略歴】

一九四二年ペルーのリマでチリ人外交官の娘として生まれる。ボリビアなどでの滞在を経て、五九年チリに落ち着き、国際連合食料農業機関に勤務。六二年に結婚、二児の母となる。七三年のクーデターを機にカラカスへ逃れ、ジャーナリズムをこなしつつ執筆活動を開始。八二年発表の『精霊たちの家』で成功を収める。八八年からカリフォルニアに居を定め、二〇一五年に二十作目の長編『日本人の恋びと』を発表するなど、ベストセラー作家の地位を現在も維持している。

文芸批評家ハロルド・ブルームに酷評され、同国人作家ロベルト・ボラーニョらに軽蔑された今では、イサベル・アジェンデを安易なステレオタイプに頼るベストセラー作家と評価したところで、それ自体がすでにステレオタイプにしかならないが、少なくとも九〇年代初頭までは、『精霊たちの家』を『百年の孤独』や『ラ・カテドラルでの対話』に比肩する小説と見なす文芸批評家が跡を絶たず、博士論文のテーマに選ぶ文学研究者まで現れたのだから、今振り返れば驚きとしか言いようがない。ラテンアメリカ文学のブームが沈静化し、ヒーロー不在となっていたところに、突如として未曾有のベストセラー作品が現れたせいで、批評家の鑑識眼も狂ってしまったということだろう。また、敏腕代理人カルメン・バルセルスの庇護を受けたこともあって、イサベル・アジェンデは自作の売り込みに長けており、サルバドール・アジェンデ大統領との親戚関係、クーデター後の亡命、国民投票参加のためのチリ帰国（八八年）、娘パウラの早すぎる死（九二年）など、私生活における様々な体験を巧みに利用して、自らの文学世界に知的オーラを被せていたという事情もある。

そもそもアジェンデは、ジャーナリズムの経験こそあれ、体系的な文学教育も受けたことがなければ、世界文学の名作を読み漁る読書体験も備えていなかったのだから、祖国から祖父危篤の知らせを聞いて、強い愛情とともに必死で小説を書き始めたとはいえ、それが深遠な文学作品となって結実するはずはなかった。『精霊たちの家』が『百年の孤独』の構造をそっくりそのまま稚拙になぞっていることは明らかであり、語りの視点操作やストーリー展開にも多くの欠陥が目につくが、それでもこの作品は、現在までに全世界で累計三千万部以上を売るベストセラーとなったのだから、むしろ彼女の文才と想像力に敬服せざるをえない。ブーム時代の難解な文学作品についていけない新興読者層に対し、販路拡大を追求する出版社が巧妙な宣伝で売り込みをかけた結果起こった奇跡だったとはいえ、アジェンデの成功は、スペイン語圏における文学市場を飛躍的に拡大し、「楽しむ読書」という選択肢を人々に提供した点で、大きな歴史的意義を持ったと言えるだろう。

　軍事政権下の行方不明者を取り上げた長編第二作『愛と影』（一九八四）や短編集『エバ・ルーナのお話』（一九八九、邦訳国書刊行会、一九九五年）までは、知的な「純文学」の作家を気取っていたアジェンデだが、九〇年代後半以降は、むしろ積極的に商業的ベストセラー作家の役回りを引き受けているようにさえ見える。転機となったのは、亡き娘に捧げた自伝的小説『パウラ』（一九九四、邦訳国書刊行会、二〇〇二年）であり、世界中で多くの読者を感動させたこの小説以後、彼女は「感傷、サスペンス、超自然的要素」というベストセラーの定式を突き進んでいる。おかげでかえって「エンターテイメント」という彼女の作品の特質が一般読者や批評家の目にも明らかになり、二〇一一年、『幸福な娘』（一九九九）、『セピア色の肖像』（二〇〇〇）とともに、『精霊たちの家』が「意図せぬ三部作」の一部として刊行されると、この作品は完全に純文学の性格を失った。かつての勢いこそ多少衰えたとはいえ、現在でもアジェンデの作品は、刊行とともにスペイン語圏各地の書店で平積みにされて飛ぶように売れていくが、もはやそこに「文学性」を求める読者は皆無に等しい。純粋な気持ちで本を手に取って、あとは物語の流れに身を任せていればそれでいいということだろう。

**推薦作**

**『精霊たちの家』**
(*La casa de los espiritus*, 1982)

十九世紀の末からピノチェトの軍事政権に至る約百年のチリ現代史を背景に、トゥルエバ一族四代の盛衰を辿るスケールの大きな物語であり、超能力を備える娘クララを中心として、ところどころに魔術的リアリズムを意識した超自然的要素が散りばめられている。わざとらしいハッピーエンドは、エステバン・ガルシアの悪事を不問に付し、軍事政権を正当化しているように見えるが、一般読者には反ピノチェトの物語と受け止められたようだ。ガルシア・マルケスやバルガス・ジョサのレベルには遠く及ばないものの、作者は天賦の語り部の才を発揮して面白い逸話を次々と繰り出しており、気軽な読書にはもってこいだろう。

**【邦訳】**木村榮一訳、河出文庫、二〇一七年

# アリエル・ドルフマン
## Ariel Dorfman（チリ・1942- ）

【略歴】
一九四二年アルゼンチンのユダヤ系家庭に生まれる。幼少時代をニューヨークで過ごした後、家族とともに五四年にチリに渡り、チリ大学で比較文学を専攻、カリフォルニア大学バークレー校で文学修士号を取得。アジェンデ政権に参画したものの、七三年のクーデターでオランダへ亡命、八五年からは合衆国のデューク大学で教鞭を執る。小説や戯曲のみならず、文学研究、文化論、政治論など様々な著作を残しており、現在も活動を続けている。

マリオ・ベネデッティやエドゥアルド・ガレアーノが他界し、エルネスト・カルデナルもほぼ活動を停止した現在、かつてラテンアメリカで幅を利かせた扇動的左翼の影響力は確実に低下しているが、歪曲や誇張があるとはいえ、彼らの著作から学ぶべきことが依然として多いことは忘れてはならない。その代表的な例と言えるのが、アリエル・ドルフマンがベルギーの社会学者アルマン・マトゥラールとともに書いた論考『ドナルド・ダックを読む』（一九七一、邦訳晶文社、一九八四年）だろう。ウォルト・ディズニーのコミックに、帝国主義による第三世界の経済的支配と資本主義体制における貧民の搾取を正当化する構図を見出し、「ディズニー化とは金銭化にほかならない」とまで断言したこの挑発的な論考は、サルバドール・アジェンデ政権下のチリで発表されて瞬く間にスペイン語圏でベストセラーとなり、世界の主要言語に次々と翻訳された。ディズニー帝国に対する過激な批判を前面に打ち出した本書を前に、訴訟問題を恐れた合衆国の出版社が刊行を尻込みしたのも当然だろう。解釈に恣意的な部分があるとはいえ、いわゆる大衆文化を無批判に受け入れる人々に対する警鐘として、この本の持つ意義は現在でも非常に大きい。

　亡命生活に入った七三年以降も、ドルフマンは、ラテンアメリカ文学論や文化論、政治論など様々なエッセイを発表して高い評価を得ているが、皮肉なことに、本人が最も力を入れているはずの物語文学の分野においては、芳しい成果を残せていない。社会主義、反帝国主義のイデオロギーが先行しすぎて教条的になりがちなうえ、過剰に言葉を注ぎ込む癖があるせいで、語りが冗漫になってしまう。暗殺と拷問の時代を生き抜いたマヌエル・センデロの生涯をその曾孫が語るという体裁の長編『マヌエル・センデロの最後の歌』（一九八七、邦訳現代企画室、一九九三年）はその典型的な例で、斬新な時間構成や魔術的リアリズムの雰囲気など、面白い要素は多々含んでいるものの、描写や状況説明が回りくどく、不必要に長い印象は拭えない。これは、幼少時代をニューヨークで過ごし、その後何度もアメリカ合衆国に滞在したドルフマンが、少なくとも書くことに関してはスペイン語より英語を得意としていた事実と無縁ではないだろう。スペイン語で文学作品を執筆する時の彼は、十分にすべてを表現しきれていないような感覚を抜けられないらしく、微に入り細を穿ちながら書き進めることがある。軍事政権の検閲をかいくぐるため、当初は偽名を使って、チリとまったく関係のないヨーロッパの国を舞台に、行方不明者の家族の悲哀を描いた中編『未亡人たち』（一九七八）もその例外ではなく、緩慢な物語展開が作品の効果を減じていることは否定できない。むしろドルフマンの文才が最も発揮されたのは、英語で執筆した戯曲『死と乙女』（一九九一）だろう。拷問と強姦の記憶を隠したまま夫と暮らす女を主人公にしたこの小品は、九二年にローレンス・オリヴィエ賞を受賞した後、アメリカ合衆国やチリはもちろん、日本も含め、世界各地で何度も上演されたほか、九四年にはロマン・ポランスキーによって映画化されている。

　近年のドルフマンの活動で注目に値するのは、何といっても二編の回想録『南に向かい、北を求めて』（一九九八）と『夢と裏切り者の間』（二〇一一）だろう。生粋の左翼知識人として、さらには、激動の時代の生き証人として、スペイン語でも英語でも証言を残すことのできるドルフマンの存在は貴重であり、今後も執筆活動を続けてほしいものだ。

**推薦作**

**『南に向かい、北を求めて』**

(*Rumbo al sur, deseando el norte*, 1998)

一九七三年九月十一日のピノチェトによるクーデターを出発点に、英語とスペイン語、帝国主義のアメリカ合衆国とその支配下に置かれたラテンアメリカ、両極の間を揺れ動き続けたドルフマンがその半生を振り返る自伝。熱狂的にアジェンデ政権に協力した後、クーデター直後の動乱を逃れて亡命するまでのいきさつを生々しく描き出すとともに、帰国子女のコンプレックスを乗り越えて作家としての道を切り開く過程を鮮やかに再現している。自己正当化ともとれるほどくどくど自らの振る舞いに後づけの説明をつけるきらいはあるが、戦闘的左翼の生き様を伝える貴重な資料と言えるだろう。

【邦訳】飯島みどり訳、岩波書店、二〇一六年

# リカルド・ピグリア

## Ricardo Piglia（アルゼンチン・1940-2017）

【略歴】
一九四〇年アルゼンチンのアドロゲ生まれ。若くからアルゼンチン文学や英米文学に親しみ、ラプラタ大学で歴史学を専攻しつつ、一九六〇年代から創作に着手。処女短編集『ハウラリオ』（一九六七）以降、雑誌や書籍の編集などをこなしながら、『人工呼吸』（一九八〇）、『燃やされた現ナマ』（一九九七）などの長編や文学評論を執筆。七〇年代からアメリカ合衆国の大学で文学を講義。二〇一〇年刊行の『夜の標的』でロムロ・ガジェゴス賞受賞。二〇一七年ブエノスアイレスで没。

ラテンアメリカのなかでも博識な作家の多いアルゼンチンにあって、広く深い知識と洞察力を備え、創作のみならず、文学研究や出版活動、映画やドキュメンタリー制作でも才能を発揮したリカルド・ピグリアの存在は傑出している。少年時代から、マセドニオ・フェルナンデス、ホルヘ・ルイス・ボルヘス、ロベルト・アルルト、フリオ・コルタサルといったアルゼンチンを代表する作家はもちろん、フォークナーやヘミングウェイなどを中心に、広く世界文学を吸収したピグリアは、大学では歴史学を専攻したものの、常に文学に情熱を捧げ、一九六〇年代から本格的に短編小説の執筆を始めた。権威あるカサ・デ・ラス・アメリカス賞を受賞した処女短編集『ハウラリオ』にもその才能の片鱗は見えており、史実とフィクションを巧みに織り交ぜながら、独特の思索を引き出している。

卒業後、一時大学で教鞭をとったものの、六六年にその職を退くと、ピグリアは出版業界に活動の舞台を移した。ホルヘ・アルバレス社での勤務を経て、六九年に新興のティエンポ・コンテンポラネオ社から「暗黒シリーズ」の編纂を任された彼は、チャンドラーやハメット、チェイスといった作家の推理小説を次々と翻訳出版している。後には、フォリオス社から盟友サエールの傑作『孤児』を刊行するなど、同国人作家への貢献も大きい。その一方で、ピグリアは断続的に短編小説の発表を続けながら、アルゼンチン文学について、文学研究者も顔負けの鋭い論考を積極的に展開し、国外、特にアメリカ合衆国の大学から講師としてたびたび招かれるようになった。七〇年代半ばから八〇年代にかけて、カリフォルニア大学やコロンビア大学などで文学を講義した後、最終的にはプリンストン大学の教授となり、二〇一一年までその職を務めている。彼の批評活動の粋を極めたのが、八六年発表の評論集『批評とフィクション』であり、現在までアルゼンチン文学研究者の必携書となっている。

とはいえ、作家としてのピグリアの名声を決定づけたのは、八〇年発表の長編『人工呼吸』だろう。博識を駆使して謎の世界へ読者を誘うこの小説は、アルゼンチンの無名出版社から刊行されたにもかかわらず、国境を越えてスペイン語圏全体で高い評価を受け、ボルヘスの流れを汲む作家としてピグリアは一躍有名になった。九〇年代に入ると、相変わらず精力的に批評活動を続けながら、『不在の都市』（一九九二）や『燃やされた現ナマ』といった意欲的長編を大手出版社から刊行し、ピグリアは大御所の地位へと登りつめていった。九七年のプラネタ賞受賞に際しては、出版社との契約が訴訟問題にまで発展し、彼のキャリアに汚点がついたようにも見えたが、二〇一〇年発表の『夜の標的』がロムロ・ガジェゴス賞を受賞すると、スペイン批評賞、ホセ・マリア・アルゲダス賞、マヌエル・ロハス賞など、次々と栄誉が舞い込み、晩年の生活に花を添えた。そして二〇一五年からは、ピグリアが十六歳から書き続けてきた日記の編纂が始まった。第一部『修業時代』（二〇一五）と第二部『幸福な日々』（二〇一六）の刊行を終えた後、二〇一七年一月にピグリア自身は亡くなったが、難病をおして原稿のチェックを重ねていたおかげで、すでに出版の準備は整っており、二〇一七年中に『人生の一日』が刊行されて、『エミリオ・レンシの日記』全三巻が出揃った。彼の内面生活を伝えるばかりか、アルゼンチンの文壇や出版界の裏側まで暴き出すその内容は非常に興味深く、今後のアルゼンチン文学研究には貴重な資料となるだろう。

**推薦作**

RICARDO PIGLIA
*Respiración artificial*
ANAGRAMA
Narrativas hispánicas

**『人工呼吸』**

(*Respiración artificial*, 1980)

歴史小説とも推理小説とも政治小説とも文芸評論ともつかない、アルゼンチン文学らしい得体の知れないハイブリッド小説とでも形容すればいいだろうか。親戚にあたる二人の人物に注目して十九世紀半ばから一九六〇年代までのアルゼンチン政治史を再構築しようとするエミリオ・レンシと叔父マルセロ・マッジに、ゴンブローヴィッチをモデルにしたポーランド人タルデフスキを絡ませ、ボルヘスやアルルトといった著名アルゼンチン人作家はもちろん、ヒトラーやカフカにまで言及しながら、壮大な物語を作り上げていく。偽の引用も含め、読者を煙に巻く様々な仕掛けの裏側に、恐怖に満ちた軍事政権の存在が透けて見える。

【邦訳】大西亮訳、水声社、二〇一五年

# エドゥアルド・ガレアーノ

## Eduardo Galeano（ウルグアイ・1940-2015）

**【略歴】**

一九四〇年ウルグアイのモンテビデオ生まれ。若くから卓越した文才を発揮してジャーナリズムで活躍し、六一年から六四年まで文化誌『マルチャ』の編集長、六四年から六六年まで『エポカ』紙の主筆を務めた。軍事政権を避けて七三年にブエノスアイレス、七六年にバルセロナへ亡命、八五年の民政移管とともに母国へ帰国。スペイン語圏各地の新聞雑誌に寄稿する傍ら、膨大な数の評論、小説、詩などを残している。二〇一五年にモンテビデオで没。

エドゥアルド・ガレアーノはラテンアメリカの戦闘的左翼反帝国主義知識人の代表であり、ファン・カルロス・オネッティやマリオ・ベネデッティ、アンヘル・ラマらと並んで、ウルグアイの伝説的文化雑誌『マルチャ』（一九三九～七四）からラテンアメリカへ、さらには世界へと羽ばたいた作家の一人だった。二〇一五年に亡くなるまで彼は、搾取・権力乱用の告発と社会的弱者の擁護という立場を貫き通し、著作や新聞雑誌への寄稿のみならず、講演やシンポジウムの場でも、しばしば辛辣な言葉で特権階級や帝国主義の糾弾を続けた。当然ながら政府と対立することも多く、一九七三年から八五年まで亡命生活を余儀なくされ、コノスールで軍事政権が続く間、彼の著作はあちこちで発禁処分を受けた。誇張と扇動の行き過ぎが批判されることはあったものの、軍事政権下で発生した行方不明者及びその遺族への支援、民政移管後の軍政関係者に対する責任追及などにおいて彼の果たした役割は大きい。気性の荒いところはあるが、普段の人柄は気さくで、晩年までモンテビデオ旧市街のバー「エル・ブラシレーロ」をオフィス代わりにして、友人知人と仕事の話や世間話に耽っていたという。

十代からジャーナリズムに寄稿を始め、二十代で名門雑誌・新聞の首脳部に入るなど、早熟な作家だったガレアーノは、難解な政治社会問題を取り上げる場合でも、ウィットの利いた言い回しや鮮やかな詩的表現を散りばめて読者を惹きつける才能に恵まれていた。軽妙さと辛辣さを織り交ぜつつも深刻な問題を浮き彫りにするそのスタイルは、サッカー論『スタジアムの神と悪魔』（一九九五、邦訳現代企画室、一九九八年）でも存分に発揮されており、サッカーファンならずとも面白く読める名著に仕上がっている。ユーモラスな挿話とともにその起源からサッカーとワールドカップの歴史を辿る試みではあるが、マラドーナなどの名選手を引き合いに出しながら、過剰な商業化がスポーツに引き起こす歪みを糾弾することも忘れてはいない。だが、その反面、イデオロギー的信念が先行しすぎるせいか、小説やノンフィクションの分野では彼の作品は文学的魅力に乏しく、文学研究などで彼の名前が取り沙汰されることは少ない。カサ・デ・ラス・アメリカス賞受賞作となった『我らが歌』（一九七五）や『愛と戦争の日々』（一九七八）は、明らかに反独裁政権の武装闘争に肩入れしすぎており、晩年に編纂された短編小説アンソロジーや極小短編集などは、逆に素朴すぎて読み応えに欠けると言わざるをえない。

　ガレアーノの残した最良の成果が二冊の歴史的エッセイ、『収奪された大地』（一九七一、邦訳藤原書店、一九九七年）と『火の記憶』（一九八二〜八六）であることは、衆目の一致するところだろう。「発展が不平等を発展させる」という視点から、コロンブスのアメリカ大陸到達に遡るラテンアメリカの搾取の歴史を論じた前者は、キューバ革命によって勢いを強めていた左翼に強く支持され、三十万部を超える売り上げを記録した。帝国主義に対する糾弾が行き過ぎて史実を歪曲しているという指摘も多く、歴史書としては不備の多い作品だが、その筆致は鬼気迫り、この本を読んで社会不正の現実に目を覚ます若者は現在も多い。二十一世紀に入り、社会主義体制の衰退とともに左翼思想はかつての勢いを失っているが、二〇〇九年には、時のベネズエラ大統領ウーゴ・チャベスがサミットの場でバラク・オバマにこの本を手渡すなど、かつて第三世界の雄と崇められたガレアーノの思想はいまだ根強い影響力を持ち続けている。

**推薦作**

**『火の記憶』**

(*Memoria del fuego*, 1982 ~ 86)

「誕生」（一九八二）、「風の世紀」（一九八四）、「顔と仮面」（一九八六）の三部からなる本書は、持ち前の詩的文才によって反帝国主義的歴史観を見事に結実させたガレアーノの最高傑作と言えるだろう。古代インディオ文明から現代に至るまでのアメリカ大陸の歴史を編年体で辿る形になっているが、作者自ら歴史の勉強が嫌いだったと言っているとおり、堅苦しい歴史記述は一切なく、一ページに満たない逸話や伝説、口承などを次々と収録する形で進んでいく。虚実織り交ぜた記録のため、「公的歴史」の理解に供するものではないが、ユーモアに満ちた面白い読み物であり、敗者の視点から「私的歴史」を捉え直す助けとなる作品。

**【邦訳】**飯島みどり訳、みすず書房、二〇〇〇〜二〇一一年

# グスタボ・サインス

## Gustavo Sainz（メキシコ・1940-2015）

【略歴】
一九四〇年メキシコシティの生まれ。メキシコ国立自治大学で法学や文学を専攻した後、メキシコ作家センターの奨学金を受け、六五年発表の処女長編『ガサポ』により「オンダ文学」の旗手として若者に支持される。七四年発表の長編第三作『パラシオ・デ・イエロの王女』でビジャウルティア賞受賞。七〇年代から国立芸術院などで文化事業に関わり、多くの出版社で顧問役をこなした。晩年はアメリカ合衆国で教鞭を執り、二〇一五年にアラバマで没した。

「オンダ」はメキシコ一九六〇年代の若者文化を象徴する言葉だが、幸か不幸か、グスタボ・サインスは七十五歳で亡くなるまで「オンダ文学の作家」と呼ばれ続けた。六〇年代に世界各地で隆盛を極めた若者文化の例にたがわず、オンダ（「波」）も、ロック、ドラッグ、フリーセックス、オカルティズム、ヒッピー文化、抗議デモ、その他様々な要素が混ざり合って生まれた過渡的社会現象だったが、メキシコ文学には豊かな実りをもたらしている。同じくオンダ文学の代表格とされるホセ・アグスティンやパルメニデス・ガルシア・サルダーニャと較べても、サインスは文学的素養に恵まれており、オンダの隆盛が去った後も長い間著名作家としての権威を保った。ラテンアメリカでずば抜けて文学教育が進んでいたメキシコでは、六〇年代以降、文壇の主流は文学部出身者で占められるようになっており、サインスも国立自治大学の哲文学部在学中から創作を始めている。周りにはボヘミアンも多かったようだが、彼は酒やドラッグに溺れることもなく、読書や映画・演劇・音楽の鑑賞に励み、六二年に得たメキシコ作家センターの奨学金を無駄にすることなく、着実に文学技法を身に着けた。二〇一五年にアメリカ合衆国で亡くなった際、遺品として残された蔵書は七万五千冊に上ったというから、どれほど勉強熱心な作家だったかわかるだろう。

出世作となった『ガサポ』には、都市生活の描写と広範な口語表現の取り込みというオンダ文学を特徴づける要素が明確に見えている。ホセ・レブエルタス、アグスティン・ヤニェス、カルロス・フエンテスなど、難解な文章を書く作家にうんざりし始めていた当時の若者にとって、自分たちが普段話しているのと同じ言葉で書かれた読みやすい都市小説は大きな魅力となり、中編『墓』（一九六四）ですでに脚光を浴びていたホセ・アグスティンとともに、サインスは一部から強く支持された。だが、当時のメキシコでは、サルバドール・エリソンドやビセンテ・レニェーロらによる形式的実験の小説が持て囃されていたこともあり、文学に造詣の深いサインスの興味は、その後手法的実験に向かう。そして、作家志望の若者を主人公にしたメタフィクション的小説『執拗な円環の日々』（一九六九）を経て、口語体と手法的実験を組み合わせた意欲作が『パラシオ・デ・イエロの王女』だった。彼自身がカフェで何度も必死に聞き耳を立てて再現したというブルジョア子女の語りが、凝った断片的形式のなかで再現されていくこの風刺小説は、権威あるビジャウルティア賞を受賞し、これでサインスは文壇に不動の地位を得ることになる。

　だが、作家としてのサインスのキャリアは事実上これで終わった。オンダの流行が廃れ、実験小説が読者に敬遠され始めると、当初から内容に乏しかった彼の小説は完全に魅力を失った。七〇年代後半以降、サインスは「自由な若者」どころか、「教養ある文化人」として、文部省や国立芸術院のような公的文化機関、グリハルボ社やホアキン・モルティス社といった有力出版社、そしてメキシコとアメリカ合衆国の著名大学で、その知識と行動力を発揮した。反対派文化人を寛容に抱き込むメキシコ政府や、ブーム以降ラテンアメリカの作家を積極的に招聘するようになった合衆国の大学に助けられ、サインスは両国で快適な暮らしを送ることができた。アラバマで過ごした晩年はアルツハイマーを患ったが、読書とも映画とも無縁なままゲームに耽る若者への不平を最期までこぼし続けていたという。

**推薦作**

Gustavo Sainz
Gazapo
serie del volador

**『ガサポ』**
（*Gazapo*, 1965）

若者たちの担うオンダ文学の代表作とされた本作も、今やメキシコ文学の古典と評されることさえある。原題は「ものすごいウサギ」だったが、出版の前にジョン・アップダイクの『走れ、ウサギ』が出回ったため、「子ウサギ」を意味する「ガサポ」にタイトルが変わったという。平凡な中流家庭出身の少年メネラオが、独り暮らし同然のぼろアパートでジセラを口説いていくラブストーリーを中心に、なかなか性関係までいかないブルボとナカル、逆にやりたい放題のマウリシオとビキーナなど、他のカップルの動向を織り交ぜながら、思春期の暮らしを再現していく。六〇年代初頭のメキシコシティを偲ばせる貴重な資料ではあるだろう。

**【邦訳】**平田渡訳、現代企画室、一九九三年

# マリオ・レブレーロ

## Mario Levrero（ウルグアイ・1940-2004）

【略歴】
一九四〇年ウルグアイの首都モンテビデオの生まれ。六〇年代後半からマイナーな文芸雑誌に寄稿。中編『場所』（一九八二）でラプラタ地域の文学マニアに注目される。写真、娯楽雑誌の編集、コミックのシナリオ執筆、クロスワードパズルの制作など、多様な分野で異彩を放った。晩年には創作教室を開いて後進の指導にもあたっている。二〇〇四年モンテビデオで没したが、死後発表された長編『輝かしい小説』（二〇〇五）が高い評価を受け、著作の再版が始まった。

ラテンアメリカ文学のなかでもウルグアイは奇才の国として知られる。十九世紀以降、『マルドロールの歌』のロートレアモン伯爵、独特の幻想的短編小説を残したジュール・シュペルヴィエル、そしてフェリスベルト・エルナンデスとファン・カルロス・オネッティ、いずれもリアリズムの規範から外れた特異な文学世界を生み出している。二十一世紀に入って急速に評価を高めるマリオ・レブレーロも、ウルグアイ奇人作家列伝に名を連ねる存在だ。

世界的にレブレーロの名が知られる直接の契機となったのは、グッゲンハイム財団の奨学金受給期間（二〇〇〇〜〇一）に執筆され、二〇〇五年に業界大手のアルファグアラ社から死後出版された長編『輝かしい小説』だった。それまでウルグアイ国内ですら無名だったレブレーロは、この予想外の成功によってスペイン語圏全体から注目を浴び、ランダムハウス・モンダドリ社などが、それまで世に知られぬまま埋もれていた中長編小説の再版に乗り出す事態となった。死後ようやく脚光を浴びる作家は、一九六〇年代以前のラテンアメリカでなら珍しくはないが、多国籍出版社や文学賞が定着した九〇年代以降となると、ほとんど例がない。自作の宣伝にまったく無頓着だったオネッティですら、晩年には名声の恩恵に与り、セルバンテス賞まで受賞したというのに、一九八〇年代前半にすでに主要作品を書き終えていたレブレーロは、世間的には無名のまま、一部に熱狂的ファンを持つだけのカルト的作家として静かに生涯の幕を閉じている。

もちろんこれは、名声を嫌う彼の性格とも大きく関係している。レブレーロは自他ともに認める「アマチュア作家」であり、何かのオブセッションにとりつかれて、いてもたってもいられない状態にならないかぎり、文学作品を執筆することはない。自作の売り込みに長けた作家も多いなか、大手出版社にコネを求めることもなく、宣伝活動にもまったく無関心だった彼の作品は、多くの場合弱小出版社から初版千部以下で発表されて、ほとんど市場に出回ることなく倉庫に埋もれた。当然ながら創作に専念することはできず、晩年にやや収入が安定するまで、ジャーナリズムへの寄稿のほか、ブエノスアイレスやモンテビデオで、娯楽雑誌の編集やクロスワードパズルの制作などをこなしながら糊口を凌ぐ生活を長期間送った。

　レブレーロが最も活発に執筆を行ったのは、一九六〇年代後半から七〇年代前半にかけてであり、「地下室」や「空き家」といった傑作短編のほか、後に「意図せぬ三部作」と称されて高い評価を受ける三篇の中編小説、『都市』（一九七〇）、『場所』（一九八二年に雑誌『ペンドゥロ』第六号に掲載）、『パリ』（一九八〇）をこの時期に書き上げている。カフカの影響を受けて世界の不条理を追究し、夢を題材に無意識の世界を探りながら執筆していたこの時期のレブレーロは、ひとたび作品の構想を得ると、書き終えるまで夢中で創作に没頭し、一五〇ページほどの中編を二週間程度で書き上げていたという。そこに展開されるのは、初期の安部公房を思わせるような奇想天外なフィクションであり、重々しく息苦しい雰囲気がありながらも、読み始めればやめられない軽妙な物語の面白さに貫かれている。このなかで最もよく売れた『場所』ですら、生前はほとんど世に知られることはなかったが、二〇〇八年にランダムハウス・モンダドリ社が「意図せぬ三部作」をまとめて廉価版でスペイン語圏全体に向けて売り出すと、その売り上げは飛躍的に伸び始め、現在では世界各地で翻訳が進んでいる。

**推薦作**

**『場所』**
(*El lugar*, 1982)

バス停に向かって歩いていたはずの男が、目を覚ましてみると、真っ暗闇に包まれた部屋にいる。起き上がって部屋を出ると、ドアの向こうにまた同じような部屋がある。進めども進めども似たような部屋ばかりが続き、決して後戻りすることを許さないこの不思議な「場所」から脱出するため、様々な人々との奇妙な出会いを重ねながら主人公は悪戦苦闘を続けるが、やがて、そもそもなぜこの場所から出ねばならないのか、そんな実存主義的問いに苛まれていく。悪夢のような状況に出口はあるのか？　決して進むことをやめない主人公の冒険が、不条理な現代世界に生きる人間の実態を暴き出し、生きる意味の探究と重なっている。

【邦訳】寺尾隆吉訳、水声社、二〇一七年

# ホセ・エミリオ・パチェーコ

## José Emilio Pacheco（メキシコ・1939-2014）

【略歴】

一九三九年メキシコシティの生まれ。一九五〇年代半ばから様々な文芸雑誌や新聞にエッセイや書評を寄稿し、五八年にメキシコ国立自治大学法学部を中退して以降、執筆活動に専念。六三年刊行の処女詩集『夜の要素』以来、詩人として高く評価されたほか、実験的長編『君は遠く死ぬ』（一九六七）、中編『砂漠の戦い』（一九八一）などの小説作品を発表し、晩年までメキシコ内外の新聞に寄稿を続けた。二〇〇九年にセルバンテス賞受賞。二〇一四年にメキシコシティで没。

一九五三年創刊の文芸雑誌『メディオ・シグロ（半世紀）』にちなんで「半世紀世代」と呼ばれた作家たちの顔ぶれを見ると、カルロス・フエンテスを筆頭に、サルバドール・エリソンド、セルヒオ・ピトル、ホルヘ・イバルグエンゴイティアなど、一九六〇年代から八〇年代に至るメキシコ文学の黄金時代を支えた面々がずらりと並ぶが、ホセ・エミリオ・パチェーコほど長期間にわたってコンスタントにマルチな才能を発揮し、ウィットに富んだ文章でメキシコ文壇を盛り上げ続けた作家は少ない。十六歳の若さで学生雑誌や地方新聞に文学記事を書き始めると、すぐにその鋭い鑑識眼を買われて『メディオ・シグロ』、『ウニベルシダッド・デ・メヒコ』、『シエンプレ！』といった有力新聞・雑誌に寄稿するようになり、フエンテスの処女長編『澄みわたる大地』にいち早く注目するなど、書評や評論で鋭い鑑識眼を示した。その一方で、五八年に短編集『メデューサの血』、六三年に詩集『夜の要素』を発表したほか、六七年には、手法的実験小説の潮流に乗った斬新な形式の長編小説『君は遠く死ぬ』を発表し、創作においても早くから型にはまらないその才能の片鱗を見せている。

その後もパチェーコは、一九七六年発表の短編集『快楽の原則』（ビジャウルティア賞受賞）、メキシコ文学史に残る傑作中編『砂漠の戦い』など、物語文学においても優れた作品を残しているが、散文に関するかぎり、彼がその文才を最も発揮したのは新聞のコラムの執筆だった。一九七三年八月五日に『ディオラマ』紙上で始まった「インベンタリオ（目録）」は、メキシコシティの日常生活から欧米の文学・芸術まで幅広いテーマを縦横無尽に取り上げ、辛辣な警句や軽快なユーモアで知識人層をひきつけた。メキシコのジャーナリズムによくある編集部の内紛に伴い、七六年に「インベンタリオ」は左翼系の有力雑誌『プロセソ』に鞍替えを余儀なくされるが、読者の支持はまったく離れず、二〇一四年に亡くなるまで四十年近くも続く長寿コラムとなった（二〇一七年にアンソロジーが三巻本で刊行）。また、複数の教育機関で歴史的研究に従事していたパチェーコは、様々な媒体を通じてその学術的成果を発表している。

だが、パチェーコが生涯を通じて精力を注ぎ続け、そしておそらく最も楽しんでいたのは詩作だろう。二〇〇九年にメキシコの名門フォンド・デ・クルトゥーラ・エコノミカ社から刊行された『全詩集』を紐解いてみると、時に政治批判や社会不正の糾弾が現れることはあるものの、概して彼の詩は日常生活に根差しており、その基調をなすテーマは、時の流れへの意識とはかない生に向けた感慨、そして苦難に満ちた現代社会における詩の存在意義の探究であることが見えてくる。といっても、問題の山積する社会に絶望しているわけではなく、そんな社会において、与えられた限りある生を存分に楽しもうという前向きな姿が窺える。

二〇〇九年にセルバンテス賞を受賞して以後、晩年のパチェーコはメキシコ文学の重鎮的存在となったが、公私を問わず、彼の振る舞いは謙虚そのものだった。インタビュアー等に「ラテンアメリカ最高の詩人の一人」と評されることでもあれば、同じメキシコシティのコンデサ区に住んでいたアルゼンチンの詩人ファン・ヘルマンの名前を持ち出し、「私はこの界隈最高の詩人ですらありません」と答えていた。パチェーコが亡くなったのは敬愛するヘルマンの死の二週間後であり、そのヘルマンに捧げた追悼が「インベンタリオ」の最終回となった。

**推薦作**

**『砂漠の戦い』**
(*Las batallas en el desierto*, 1981)

ナショナリズム路線の修正に伴ってアメリカ文化が着々と浸透するなか、急速な拡大を続けていた一九五〇年初頭のメキシコシティを舞台に展開するせつない恋の物語は、今もメキシコ人の心を捕えて離さない。友人の母を愛してしまった少年カルリートスの姿を通して、パチェーコは、後戻りのできない変化の渦中にあったメキシコシティをノスタルジックに描き出している。わずか五十ページほどの小編だが、ボレロの名曲「オブセッション」の調べと、会話体を取り込んだ軽快な文体に乗せて、主人公と同じく思春期真っただ中にあったメキシコシティが生き生きと再現され、失われた過去に哀愁のオマージュを捧げている。

**【邦訳】** 安藤哲行訳、『ラテンアメリカ五人集』集英社文庫、二〇一一年

# アルフレド・ブライス・エチェニケ

## Alfredo Bryce Echenique（ペルー・1939- ）

【略歴】

一九三九年ペルーのリマ生まれ。大統領も輩出した名門銀行家一族の出身。カトリック系の学校や英国学校で教育を受けた後、国立サン・マルコス大学で法学と文学を学ぶ。六四年にパリ留学に旅立って以来、ヨーロッパ各地を旅行。八五年から九七年までスペインに滞在した後、ペルーに帰国。七〇年発表の処女長編『ジュリアスの世界』で高い評価を受け、その後も小説やエッセイの執筆を続けていたが、二〇〇九年、剽窃疑惑により有罪判決を受けている。

二〇〇九年に発覚したブライス・エチェニケの剽窃事件ほど無様な醜聞はラテンアメリカ文学でも珍しい。ペルーの司法により賠償金支払いを命じられる対象となった十七の新聞・雑誌記事のほか、三十以上の事例が確認され、そのほとんどが他人の文章をほぼ一字一句変えぬまま自分の名前で出すという、悪質極まりない手口だった。

一九八〇年代半ばまで、彼の作家キャリアはまさに順風満帆だった。カトリック系や英国系の名門学校で義務教育と中等教育を受け、幼い頃から英語、フランス語に親しみ、サン・マルコス大学では法学と文学を専攻、マリオ・バルガス・ジョサの文学講座にも出席した。六四年にはパリのソルボンヌ大学に留学、イタリア、ギリシア、ドイツなどを旅して回った後、六〇年代後半にはパリに落ち着いて創作に励み、短編集『閉じた菜園』（一九六八）を経て、自伝的処女長編『ジュリアスの世界』の成功で華々しく文壇にデビューした。口語体を取り込んだ読みやすい文章と、時折見せる鋭いアイロニー、そして幅広い知識と見聞を支えにしたウィットは、当時としては新鮮で、ブーム世代の難解な文学に食傷気味だった読者はこれに飛びついた。また、貴族階級への批判を打ち出したことで、裕福な家庭の安穏とした雰囲気を嫌う反逆児のオーラを纏い、依然として左翼が幅を利かせていた当時の知識人層から支持を受けたことも大きい。七二年には若くしてペルー国民文学賞を受賞、新進気鋭のラテンアメリカ作家として、フランスの様々な大学で教員職を得たほか、世界各地から講演の依頼が届いた。さらに、名物編集者カルロス・バラルと、ブームを支えた敏腕代理人カルメン・バルセルスの寵愛を受けたほか、バルガス・ジョサと敵対していた文芸批評家フリオ・オルテガも彼に肩入れした。
だが、今振り返れば、こうした過剰な評価が結果的にブライス・エチェニケの慢心を引き起こしたとしか言いようがない。七四年に短編集『幸せ、ハ、ハ』、七七年に長編第二作『幾たびもペドロ』（邦訳集英社、一九八三年）を発表した後、八一年にはスペインのアリアンサ社から『全短編集』を刊行するなど、その後もブライスの勢いは止まらず、作家志望の青年を主人公にした自伝的連作『マルティン・ロマーニャの大げさな人生』（一九八一）と『カディスのオクタビアについて話す男』（一九八五）で彼のキャリアは頂点を迎える。

だが、すでに後者において、自らの実体験を私小説風に切り売りする創作が行き詰まっていたことは明らかであり、冗漫な中身を軽妙な言葉遊びでごまかす部分が目についていた。ただでさえ大酒飲みで規律に欠けるブライスは、この頃から、授業や講演の場でも、ろくに内容を準備することなく、物真似などのおふざけでその場を凌ぐことが多くなった。他方、一九七〇年、ベラスコ・アルバラード軍事独裁政権によって、一族が所有していたペルー国際銀行が国有化されると、放蕩生活の後ろ盾だった資産の大部分が失われた。作家としての収入が安定しているうちはそれでもなんとかなっていたものの、九〇年代以降は、『反回想』（一九九三）など、相変わらず私生活を切り売りするだけの作品に飽きた読者は急速に離れていった。文献調査や取材で新たな創作の題材を探す根気に欠けるブライスは、新聞・雑誌への寄稿から得る収入を頼みにするようになったが、これもネタ切れになった結果、とうとう剽窃に手を染めた。かつてそのアイロニーで時代の寵児となった作家が反面教師になってしまうとは、なんとも皮肉な話と言わざるをえない。

推薦作

**『ジュリアスの世界』**

(*Un mundo para Julius*, 1970)

リマのサラベリー通りの大邸宅を舞台に、多感な少年ジュリアスの視点から、イギリス系貴族的家庭の一見優雅で幸福な生活を鮮やかに描き出した自伝的小説。未亡人となった後に成金男と付き合い始める母スーザン、病死する妹シンティア、子守役の女ビルマに手を出す兄サンティアゴらによって織りなされる退廃的な家族模様が、ゴルフとパーティ三昧の貴族的生活を通して浮かびあがってくる。家庭内やアメリカ系カトリック学校で、混血の家政婦や貧民層出身の同級生と接触を重ねるうちに、ジュリアス少年は次第に社会の抱える矛盾に目を開かされる。その見事なアイロニーが、作家として慢心する前のブライスの文才を偲ばせる。

【邦訳】二〇一九年十二月現在未邦訳

# ルイサ・バレンスエラ

## Luisa Valenzuela（アルゼンチン・1938- ）

【略歴】
一九三八年ブエノスアイレス生まれ。文学に理解のある家庭で育ち、十代から新聞・雑誌に寄稿、二十歳から創作を手掛ける。五八年に結婚を機にパリに移り住んで以来、ヨーロッパとアメリカ大陸の諸都市を転々としながら創作とジャーナリズム活動を続ける。三十作以上の長編小説、短編集、エッセイ集を刊行しているほか、奨学金獲得や文学賞受賞多数。八九年以降はブエノスアイレスに居を定めているが、現在まで精力的に世界を飛び回っている。

ルイサ・バレンスエラは、現代ラテンアメリカ女流文学の旗手とも言える存在であり、すでに半世紀を越えたその長いキャリアを通じて、長編、短編、エッセイの執筆やジャーナリズムへの寄稿を続けているほか、フルブライトやグッゲンハイムなど、獲得した奨学金や研究・執筆助成金は数多く、現在に至るまで、世界各地で講演やワークショップや授業をこなしながら、大学をはじめとする教育機関の要職や、文学賞の審査員などを歴任している。文学賞の受賞歴も豊富で、数カ国語に翻訳された長編『アルゼンチン暗黒小説』（一九九〇）を中心に、文学作品に対する評価も高いが、女流作家として傑出した彼女のステータスは、出身家庭や長期に及ぶ海外生活も含め、恵まれた環境に負うところも大きい。また、一九七六年に始まる軍事評議会による弾圧の時代を経験した後、ニューヨークで八二年に人権擁護団体のフェローに選出されたのを機に、日本を含む世界各地で、ラテンアメリカにおける軍事政権の弾圧の実態を告発する啓発活動を今も精力的に続けており、ガレアーノやコルタサルらと並ぶ親キューバ派人道的左翼社会運動家作家としても名を知られている。

バレンスエラの母ルイサ・メルセデス・レビンソンは作家であり、幼少時代から彼女の家には、ボルヘスやビオイ・カサーレス、サバトといった一流の作家が出入りしていた。国立図書館ではボルヘスと職をともにし、五八年に弱冠二十歳で名門文芸雑誌『フィクション』に処女短編を発表したかと思えば、結婚を機にパリへ拠点を移すと、今度は雑誌『テル・ケル』のグループや「ヌーヴォー・ロマン」の作家たちとも親交を持った。六一年の帰国後は、有力紙『ラ・ナシオン』や名門雑誌『クリシス』の執筆者としてラテンアメリカ各地を飛び回ることになり、作家としての名声を手にしつつあった七〇年代には、活動範囲がヨーロッパやアメリカ大陸を越えて、オセアニアやアフリカにまで広がった。いわゆる「ブーム」の時代と重なったこともあって、この間彼女はラテンアメリカ文学の有力作家たちと公私にわたって交友を深め、その体験は、後に執筆した回想録『交差点――コルタサルとフエンテス』（二〇一四）に活かされている。八〇年代以降、作家として、社会運動家として、そしてフェミニズムの理論家として、彼女は膨大な数の都市を訪れており、これほど勢力旺盛な女流作家はラテンアメリカに例を見ない。

　バレンスエラの創作は、女性的感性を中心に据えてマチスモ批判と権威主義的政治体制批判を繰り出しながら、これを言語的刷新と結び付けていくところに特徴がある。研ぎ澄まされた言語感覚に根差す詩的文体は、ともすれば読者を辟易とさせてしまうが、特に暴力をテーマとした短編小説においてその効果は絶大で、独特の鬱屈した雰囲気を醸し出している。とはいえ、講演活動や移動に時間を取られすぎてじっくり創作に取り組むことができないせいか、中編や長編になるとバレンスエラの作品世界は深みに欠け、単調な言語的実験に終始している感は否めない。これはエッセイや回想録についても同じで、とかく思い込みが先行する彼女の文章は、挑発的な表現で読者を煽ることはあるものの、長い時間をかけて練り上げた精神的鍛錬の成果とは言い難い。『交差点』にしても、実体験から得たせっかくの貴重な情報を十分に活かしてはおらず、ラテンアメリカ文学研究者や文学ファンには不満の残る内容となった。まずは、短編小説のアンソロジーなどから味わってみるべき作家だと言えるだろう。

**推薦作**

**『武器の交換』**
(*Cambio de armas*, 1982)

一九七九年に軍政を逃れてニューヨークへ移り住んだバレンスエラがニューハンプシャーの出版社から刊行した短編集だが、いずれの作品も七七年前後に書き上げられており、七六年に始まる軍事政権下の恐怖生活を如実に映し出している。女性の視点を中心に据えて、五感、とりわけ触感に訴える繊細な描写を駆使することで、暗殺や誘拐の危険に怯える人々の生活が不気味なほど生々しく再現される。最も出来がいいのは、作者本人すら人に見せる勇気がなかったという表題作「武器の交換」であり、記憶を喪失して部屋に閉じ込められたラウラの姿は、封印しようとしてもできない深い傷を負ったアルゼンチン女性を体現している。

**【邦訳】**斎藤文子訳、現代企画室、一九九〇年

# フアン・ホセ・サエール

## Juan José Saer（アルゼンチン・1937-2005）

【略歴】
一九三七年アルゼンチンのサンタフェ州セロディーノの生まれ。シリア系移民の息子。五九年ロサリオ大学で哲学を専攻したが、後に中退し、ジャーナリズムなどをこなしつつ創作に着手。六八年に奨学金を得てパリへ留学、ヌーヴォー・ロマンに影響を受ける。七〇年代以降はレンヌ大学などで文学を講義しながら本格的に長編小説執筆に着手、八三年発表の『孤児』や八六年発表の『グロサ』で注目され、『好機』（一九八七）でナダル賞を受賞。二〇〇五年パリで没。

フアン・ホセ・サエールはアルゼンチン文学最高のマージナル作家だろう。リカルド・ピグリアに絶賛され、著名批評家ベアトリス・サルロに「ボルヘスに次ぐ偉大な作家」と評価されながらも、生涯名声とは無縁で、ブームとともに作品の売り上げを飛躍的に伸ばすアルゼンチン人作家も多いなか、著作の売り込みに力を注ぐこともなかった。にもかかわらず、死後十年以上経過した現在でも、スペイン語圏各地で彼の主要作品が次々と再版され、地味ながらコンスタントに売れ続けているのは、ひとえにその文学的特質の賜物だろう。二〇一六年には、傑作長編の一つ『見事な檸檬の木』（一九七四）が、名監督グスタボ・フォンタンの手で映画化されるなど、サエール文学への興味は尽きていない。

十九世紀から今日に至るまで、アルゼンチン文学の主流はブエノスアイレスの文壇にあり、首都やその近郊の出身か、若くから首都へ出てきた者でなければ、作家として身を立てることは難しいが、サエールは首都から遠いサンタフェ州の出身であり、生涯首都に拠点を置くことはなかった。地理的に不利な条件にありながらもサエールは、州都サンタフェ市で詩人のウーゴ・ゴラやファン・L・オルティスらと親交を結び、尊敬するボルヘスを手本に、手探りで創作を始めた。一九五〇年代後半から地元の新聞などに寄稿し続けた短編は、六〇年に『その地にて』として単行本にまとめられ、その後もサエールは、『棒と骨』（一九六五）、『場所の統一』（一九六七）、二作の短編集を発表している。だが、才能の開花が見えたのは、処女長編『祈り』（一九六四）に続く長編第二作『傷痕』（一九六九、邦訳水声社、二〇一七年）だった。窓から身を投げた妻殺しの容疑者を出発点に、自堕落な母を持つ新聞記者、バカラ賭博で身を滅ぼす弁護士、オスカー・ワイルドの翻訳にのめり込む判事、四人の登場人物を巧みに絡ませたこの小説は、売れ行きこそ伸びなかったものの、批評家から高い評価を受けた。

『傷痕』が首都の有力出版社スダメリカーナ社から刊行されたこともあり、ブエノスアイレスの文壇へ乗り込むには絶好の機会だったはずだが、六八年に奨学金を得てフランスへ渡っていたサエールは、同国人作家と付き合うこともなく、作品の宣伝とも無縁のまま、マイペースで文学研究と執筆を続けた。彼の独自性の一端を示すのが、当時すでにアルゼンチンでもラテンアメリカでも愚弄の対象になっていたヌーヴォー・ロマンの作家たち、とりわけロブ・グリエと親交を持ち、その文学観を積極的に吸収したことだろう。こうしてサエールは、マージナルな立場を貫き通すことで、ラテンアメリカ文学に唯一無二の文体と作品世界を手にしたのだった。

彼の文学の中軸は、『傷痕』と同じく故郷サンタフェを舞台にした物語群であり、『見事な檸檬の木』や『グロサ』といった傑作が残っているが、生前の彼にささやかな名声をもたらしたのは、三作の歴史小説、『孤児』、『好機』（一九八七）、『雲』（一九九七）だった。現代ラテンアメリカの歴史小説といえば、著名な歴史的人物や史事の再解釈が主流だが、ここでもサエールは異彩を放っている。彼が過去を必要としたのは、創作の支えとなる特異な形而上学が現代世界の枠に収まらなかったからであり、過去に舞台を移して初めて彼は、時間や記憶をめぐる思索を存分に展開することができた。なかでも最高傑作は『孤児』であり、ドラマ性に富む物語の裏側に深い哲学的探求を秘めたこの作品は、今でもスペイン語圏全体で絶賛を浴び続けている。

**推薦作**

**『孤児』**

(*El entenado*, 1983)

アルゼンチンの歴史書に収録された、フランシスコ・デル・プエルトなる大航海時代の船乗りに関するわずか十四行の記述を出発点に書かれた異色の歴史小説。ラプラタ川を遡った後、陸地の探険に乗り出した船員たちは、原住民の襲撃にあって全滅するが、名もなき孤児だった主人公だけは命を救われ、仲間たちの死体が饗宴で貪り食われた後、インディオ集落で十年以上の歳月を過ごす。ヨーロッパに戻った主人公は、紆余曲折を経た後にスペインの田舎町で隠棲生活を始め、折に触れてこの体験を思い起こす。彼の思索を読む読者は、記憶と記録、史実と空想、知覚と意識、様々な哲学的問題に思いを巡らすことになるだろう。

【邦訳】寺尾隆吉訳、水声社、二〇一三年

# マリオ・バルガス・ジョサ

## Mario Vargas Llosa（ペルー・1936-）

【略歴】

一九三六年ペルーのアレキパ生まれ。サン・マルコス大学で文学を学んだ後、五八年にマドリードへ留学、パリへ移って創作に打ち込む。六二年に『都会と犬ども』でビブリオテカ・ブレベ賞を受賞してデビューを果たし、六六年発表の『緑の家』でロムロ・ガジェゴス賞を受賞。その後『ラ・カテドラルでの対話』（一九六九）や『パンタレオン大尉と女たち』（一九七三）により世界的名声を獲得、七六年から三年間国際ペンクラブの会長を務める。八七年に政治活動に乗り出し、九〇年の大統領選挙に立候補して敗北。以後、『チボの狂宴』（二〇〇〇）など、定期的に長編やエッセイを発表している。九四年セルバンテス賞、二〇一〇年ノーベル文学賞受賞。

「文学と結婚した作家」とは、オネッティがバルガス・ジョサを評して言った言葉だが、『都会と犬ども』（一九六三）で成功を収めて以来、小説、エッセイ、文学論、回想録、戯曲などを織り交ぜながら、これほど膨大な量の作品を現在までコンスタントに書き続けているラテンアメリカ作家はほかに見当たらない。現時点での最新長編『強硬時代』（二〇一九）まで、長編小説だけでもその数は十九に上り、その多くが五百ページを超える。これだけでも驚異だが、さらに目を見張らずにいられないのは、優れた鑑識眼と分析能力に支えられた高度な文学論であり、こと作家論に関しては、七一年刊行のガルシア・マルケス論（『神殺しの物語』）に始まって、フロベール論（『果てしなき饗宴』一九七五、邦訳筑摩書房、一九八八年）、ホセ・マリア・アルゲダス論（『時代遅れのユートピア』一九九六）、ヴィクトル・ユーゴー論（『不可能の誘惑』二〇〇四）を経て、ファン・カルロス・オネッティ論（『フィクションへの旅』二〇〇八）まで、専門的研究者でさえたじたじとなるほど完成度の高い評伝を残している。創作と文学論の支えとなる理念——世界は不完全であり、その不満を埋めるために小説が存在する——はかつても今も変わっておらず、抵抗と自由への手引きとなる文学の役割に対する信念も揺るぎない。

二〇一〇年のノーベル文学賞受賞に際し、その理由として挙げられたのは、権力に抵抗して挫折する個人の姿を鮮やかに描き出したことだったが、これは、少なくとも『チボの狂宴』（邦訳作品社、二〇一〇年）に至るまでのバルガス・ジョサ文学の本質を言い当てていると言っていい。サン・マルコス大学入学直後から、『ラ・カテドラルでの対話』にも現れる共産党の下部組織「カウイデ」に参加したバルガス・ジョサは、マルクス主義に傾倒するとともに、独裁政権転覆運動にも加担し、同作の登場人物カヨ・ミエルダのモデルとなった独裁者の腹心エスパルサ・サニャルトゥに脅しをかけられたこともある。共産党の窮屈な組織に閉口してすぐに離党するものの、左翼への肩入れは変わらず、キューバ革命勃発に際しては、パリから熱烈にカストロ体制への支持を表明し、六〇年代を通じて何度もハバナを訪れている。

父親に無理強いされて中学二年間を過ごしたレオンシオ・プラド軍人学校を舞台とする処女長編『都会と犬ども』（邦訳新潮社、二〇一〇年）も、教員たちの振りかざす権力に抗して正義を求める少年の物語であり、そこには後々までバルガス・ジョサ文学の基調となる要素の萌芽がすでに見えている。内容的には、権力の腐敗、不正への抵抗、形式的には、めまぐるしく人称の入れ替わる錯綜した語り、頻繁な場面転換などだが、何よりも大きな特質は、難解なテーマと複雑な構造にもかかわらず、物語がスリルとサスペンスに満ち溢れており、読者を飽きさせないところにある。トルストイやユーゴー、そしてフォークナーやマルローを愛読したバルガス・ジョサは、小説の面白さが魅力あるストーリー展開にあるという持論を現在も曲げていない。

文学観や創作理念が一貫している反面、政治思想に関しては、七〇年代初頭から変化の兆しを見せ、それが最終的に彼を大統領選挙へと駆り立てることになる。一時は、キューバ革命に始まる社会改革の流れを文学と連動させることまで考えていたバルガス・ジョサだったが、カストロ体制下の硬直が目につき始めた六〇年代末から疑念が芽生え、七一年のパディージャ事件を機に、言論の自由を蹂躙するキューバ政府に決然と反旗を翻した。社会主義に失望してイデオロギー的空白に陥った彼が、次に自らの拠り所として探求し始めたのが自由と民主主義の理念であり、最新評論『部族の呼びかけ』（二〇一八）でも論じられているとおり、バーリン、フリードマン、ハイエク、その他様々な思想家の著作を貪欲に吸収して、自分なりの自由民主主義論を磨き上げていった。

八四年発表の長編『マイタの物語』（邦訳水声社、二〇一八年）には、自由と民主主義の擁護と同時に、ラテンアメリカ各地でのさばり続ける左翼知識人への批判が明確に見えており、これと前後して、相変わらず親カストロ派だったベネデッティと激論を戦わせることもあった。盟友コルタサルやガルシア・マルケス、カルペンティエールらとは疎遠になり、多くの作家・知識人から厳しい批判を浴びながらも、バルガス・ジョサは自由主義の道を貫き、アラン・ガルシア政権によって崩壊の崖っぷちに晒された祖国を救えるのは自分しかいないという判断から、「モビミエント・リベルタッド（自由運動）」を率いて九〇年の大統領選挙に打って出ることになる。権謀術数の渦巻く政界で、利権に群がる政治家たちを抑えつけながら、テロの危険も顧みず選挙戦を戦い抜いた後、泡沫候補だったアルベルト・フジモリに敗れた顛末は、『水を得た魚』（一九九三、邦訳水声社、二〇一六年）に詳細に記されている。

　以後バルガス・ジョサは政治活動から完全に手を引いたが、政治的発言は続けており、相変わらず左翼政権やポピュリズム政権を厳しく批判している。他方、創作意欲は衰えを知らず、『アンデスのリトゥーマ』（一九九三、邦訳岩波書店、二〇一二年）でアンデス地方のシリアスな社会問題を取り上げたかと思えば、選挙戦中に『継母礼賛』（一九八八、邦訳中公文庫、二〇一二年）で取り組んだエロティシズムのテーマを『ドン・リゴベルトの手帖』（一九九七、邦訳中公文庫、二〇一二年）で発展させるなど、新たな路線の開拓にも余念がない。ただ、トルヒージョ独裁政権下のドミニカ共和国を描き出した『チボの狂宴』以後は、ゴーギャンとフローラ・トリスタンを主人公にした『楽園への道』（二〇〇三、邦訳河出文庫、二〇一七年）や、アイルランドの人権運動家ロジャー・ケースメントを主人公にした『ケルト人の夢』（二〇一〇）など、十分にフィクション化しないまま史実を題材として利用する小説が増えていることは事実であり、往年のバルガス・ジョサを知る読者には物足りないかもしれない。

　身の危険を承知で大統領選挙に打って出た事実が如実に示すとおり、バルガス・ジョサには、現実世界で小説のような冒険を体験して、生活を文学に近づけようとするようなところがある。五八年のアマゾン探検に着想を得て後に『緑の家』を執筆して以来、創作の取材とあらば、砂漠地帯でもジャングルでも乗り込んでいくし、都市のスラムを恐れることもない。七六年に公衆の面前でガルシア・マルケスの顔面にパンチをお見舞いした逸話は、今でもラテンアメリカ文学界の語り草となっている。私生活でも、『フリアとシナリオライター』（一九七七、邦訳国書刊行会、二〇〇四年）に描かれたとおり、十九歳にして十歳年上の親戚と駆け落ちして結婚したかと思えば、その約十年後には離婚して、高校時代にピウラで同じ家に住んでいた従妹パトリシア・ジョサと結婚し、八十歳を迎えた二〇一六年には、またもや離婚してフリオ・イグレシアスの元妻イサベル・プレイスラーと同棲を始めた。こうした私生活のドタバタが創作の糧となっているのであれば、それもご愛嬌というところだろうか。

推薦作

**『ラ・カテドラルでの対話』**
(*Conversación en La Catedral*, 1969)

汚職の横行と反対派への弾圧に支えられたオドリア独裁政権下、「ペルーはいつ狂ったのか?」という問いを出発点に、「ラ・カテドラル」という名のバーで交わされる対話のうちに、闘争と挫折の壮大な物語が紡ぎ出されていく。独裁政権に寄生して甘い汁を吸うブルジョア家庭に生まれたサバリータは、大学進学とともに政治意識に芽生え、親族の意向に逆らって共産党系の反独裁運動に身を投じるが、抵抗と逃亡と転落を繰り返すうちに、父をめぐる重大な秘密を突き止める。一見錯綜した語りとともに作り上げられていく小説の構造は形式美の粋を極めており、独裁政権下に置かれた社会の全体像を鮮明に浮き彫りにする。

【邦訳】旦敬介訳、岩波文庫、二〇一八年

推薦作

**『世界終末戦争』**
(*La guerra del fin del mundo*, 1981)

一九七〇年代末、映画のシナリオ執筆に際して取材に訪れたブラジル北東部の砂漠地帯に刺激されてバルガス・ジョサが着手した野心作。ペルー以外の国を舞台に彼が小説を書くのは初めてのこと。一八九七年、謎の救世主アントニオ・コンセジェイロに率いられた貧農と政府軍が壮絶な戦闘を繰り広げたカヌードス戦争の史実に沿って、宗教的狂信、貧困、軍国主義、権力闘争、政治腐敗など、現代ラテンアメリカに通じる様々な要素が複雑に絡み合う物語が展開する。反乱の首謀者、大農園主、三文ジャーナリスト、政府軍など、いくつもの視点から再現されていく事件の向こう側に、ラテンアメリカ社会が抱える深い闇が浮かび上がる。

【邦訳】旦敬介訳、新潮社、二〇一〇年

## 【コラム】ラテンアメリカ文学と文学エージェント

二〇一五年九月二十一日、スペインの有力紙はバルセロナ在住の文学代理人カルメン・バルセルスが前日に亡くなったことを一斉に報じたが、作家でも批評家でも編集者でもない一介のエージェントの死がこれほど大きく取り上げられること自体、彼女が残した功績の大きさを雄弁に物語っていた。その恰幅のいい体格と底なしの包容力から、ガブリエル・ガルシア・マルケスの短編小説にちなんで「ママ・グランデ」とも呼ばれたバルセルスの存在なしには、「ラテンアメリカ文学のブーム」がこれほど世界的に沸騰することはなかったかもしれない。

一九三〇年、カタルーニャ北部の人口五十人にも満たない小村サンタ・フェ・デ・セガラに生まれた彼女は、四六年にバルセロナへ移った後、五〇年代からスペイン人作家との交流を深め、六〇年にルーマニア人作家ヴィンティラ・ホリアから文学代理店を引き継いで以来、少しずつ文壇に名を知られるようになった。その直後に、ブームを支えた名物編集者で、バルセロナの出版社セイス・バラルのトップにいたカルロス・バラルからラテンアメリカ作家のマネージメントを依頼され、これが彼女の人生を決定的に変えた。以後、彼女と代理人契約を結んだ作家といえば、ガルシア・マルケスを筆頭に、マリオ・バルガス・ジョサ、フリオ・コルタサル、カルロス・フエンテス、パブロ・ネルーダ、ホセ・ドノソ、アルバロ・ムティス、アルフレド・ブライス・エチェニケ、イサベル・アジェンデ、ギジェルモ・カブレラ・インファンテ、ロドリゴ・フレサンなど、錚々たる顔ぶれが並び、彼女はその生涯に、二百人以上の作家をめぐって、五万件以上の契約を成立させたという。バルセルスの死後も、カルメン・バルセルス・エージェンシーはバルセロナで営業を続けている。

バルガス・ジョサによれば、バルセルスの功績は、「文学エージェントの真の機能は、出版社に対して作者の代理となることにあるという事実を見出した」点にある。それ以前は、いったん出版社が原稿料を支払って作品を刊行すれば、どれだけ売り上げが出ようとも作家に利益が還元されることはないというのが出版業界の常識だったが、バルセルスは、印税の保障はもちろん、出版契約の有効年数と対象地域を制限することで、作家たちの収入を確保した。当然ながら出版社からの反発は大きく、露骨な嫌がらせをされることもしばしばあったようだが、ブームの主人公たちがこぞってこの涙もろい代理人を支持し続けたこともあって、今ではすっかりこの「バルセルス方式」が世界文学のスタンダードになっている。『百年の孤独』の刊行以前に当時まだ無名だったガルシア・マルケスの翻訳契約をいくつも取りつけていた事実が示すとおり、バルセルスはスペイン語圏内外への作品の売り込みにも長けていたが、自分の見込んだ作家たちに対して彼女が注ぐ愛情には並々ならぬものがあった。一九六〇年代後半にロンドンで地味な教員生活を送っていたバルガス・ジョサに対しては、「授業は即刻やめて、執筆に専念しなさい」と諭してバルセロナに呼び寄せ、嫉妬心と虚栄心から度々難題を突きつけてくるドノソに対しては、時に精神カウンセラーの役回りをこなしながら、実入りのいい仕事を世話して執筆時間を確保できるよう気を配った。それでいてバルセルスは、「沈黙は金」をわきまえた職業人であり、守秘義務を厳格に守るばかりか、作家たちの私生活について口外することもなければ、有名作家との付き合いをひけらかすこともなく、インタビューに応じることすら皆無だった。作家たちと気さくに接してはいても、自らを脇役と心得て節度を守る、これが彼女の流儀だった。ある時ガルシア・マルケスに「僕のこと好きかい、カルメン?」と訊かれて、「それは答えられないわ、だってあなたは我が社の収入の三六・二%なのよ」と答えたという逸話は、今も文壇の語り草になっている。

現在のスペイン語圏では、バルセルスから事務所を引き継いだエージェントたちのほか、マリア・リンチやギジェルモ・シャベルソン、シルビア・ブストスといった面々が名を知られている。ただ、近年では、ロベルト・ボラーニョのように、アメリカ合衆国出身の世界的文学代理人アンドリュー・ワイリーと直接契約を結ぶケースもあり、契約形態は多様化している(ワイリー・エージェンシーは、バルセルスの亡くなる前年の二〇一四年、カルメン・バルセルス・エージェンシーと業務提携を結んでいる)。また、出版社がマネージャーの役回りを兼ねたエージェントを作家に付けるケースもあり、キューバのように海外への渡航が制限される国の作家が国外で出版活動を進めるためには、この方式が大きな後押しとなっている。二十一世紀に入ってスペイン語圏全体で売り上げを伸ばしたレオナルド・パドゥーラの成功は、トゥスケッツ社とそのエージェントに負うところが大きい。

出版社の足元を見るような交渉の仕方や、文学賞における裏取引の横行など、エージェントの権限が強化されると弊害も様々あるようだが、今後のラテンアメリカにおいても、作家の世界進出に文学代理人の支援が欠かせないことは間違いない。

# フェルナンド・デル・パソ

## Fernando del Paso（メキシコ・1935-2018）

【略歴】
一九三五年メキシコシティの生まれ。幼少から絵画と文学に興味を示し、両分野で卓越した才能を発揮した。最初医学を志したものの、後に文学を専攻、一九五五年から広告代理店に勤務しながら執筆を開始。六七年刊行の処女長編『ホセ・トリゴ』で一躍有名になり、七七年の『メキシコのパリヌールス』、八七年の『帝国の動向』でも好評を博す。六九年から九二年までアイオワ、ロンドン、パリなどに滞在。二〇一五年セルバンテス賞受賞。一八年にグアダラハラで没。

「作家は書いたことばかりでなく、書かなかったことからも評価される」、フェルナンド・デル・パソはこのエルネスト・サバトの言葉を地で行く作家と言えるだろう。創作意欲旺盛な作家の多いラテンアメリカ文学にあって、デル・パソほど寡作の作家は珍しい。納得いくまで必要事項を綿密に調べ上げた後、入念に推敲を重ねたうえでなければ小説を出版することはないし、短編小説をほとんど発表していないことからもわかるとおり、全身全霊をかけて取り組む壮大な構想の小説以外は書こうとしない。

鉄道労働者のストライキを取り上げた処女長編『ホセ・トリゴ』の執筆に際しては、メキシコの鉄道網や労働組合の組織はおろか、レールや枕木についてまで仔細に調べ上げたという。この作品がビジャウルティア賞を受賞し、デル・パソは華々しく文壇にデビューするが、慌てて次回作に取り組むこともなければ、メキシコの文学界で名声に甘んじることもなく、創作に専念するため、フォード財団から奨学金を受けてアメリカ合衆国のアイオワへ発った。七一年にはグッゲンハイム財団の奨学金を得てロンドンへ移り、時にはBBCのラジオ放送でプロデューサーやアナウンサーの仕事をこなすことはあったものの、「医者を目指していた青春時代の体験に根差すピカレスク小説」と自ら評した長編第二作『メキシコのパリヌールス』の執筆に打ち込むことになる。最終的に約十年の歳月を費やして完成したこの小説は、八二年のロムロ・ガジェゴス賞を受賞し、バルガス・ジョサ、ガルシア・マルケス、カルロス・フエンテスという錚々たる歴代の受賞者と肩を並べたが、それでもデル・パソはマイペースを崩さなかった。

少年時代から興味を抱き続けてきたというメキシコ皇帝マクシ

ミリアンを主人公に据えた長編第三作『帝国の動向』は、それまでの二作をはるかに上回る壮大なスケールの歴史小説であり、八五年に在フランス・メキシコ大使館文化担当官の職を引き受けてパリに拠点を移してからも、ヨーロッパ各地を巡りながら、執筆に向けて徹底した取材と文献調査を行った。最終的にこの小説が発表されるのは、前作の刊行からまたもや十年が経過した後の八七年だったが、売り上げ面で大きな成功を収めたのみならず、ラテンアメリカの有力作家・批評家から絶賛を浴びたことで、小説家デル・パソの地位は揺るぎないものとなった。

　八九年に長い外国生活を終えてメキシコに帰国し、グアダラハラ郊外に居を定めて以降は、劇作やエッセイを手掛けるなど、やや軽い作品も書くようになったが、相変わらず首都の文壇とは一線を画して、何事にも縛られることなく批判精神を発揮し、自由に創作を展開した。スリラー仕立ての長編第四作『素晴らしき六七年――犯罪の記録』（一九九五）や、詩集『空中の城』（二〇〇二）などは、かつての長編に較べれば迫力に欠けるものの、その文体は往年の輝きを失っていない。

　二〇一〇年以降は、アルフォンソ・レジェス賞やセルバンテス賞、ソル・フアナ・イネス・デ・ラ・クルス勲章など、次々と国際的栄誉を手にしており、フエンテスやホセ・エミリオ・パチェーコ、エレナ・ポニアトウスカと並び、一九五三年創刊の文芸雑誌にちなんで「半世紀世代」と呼ばれた世代の一員として、一時代を築いた作家の満足感とともに静かな余生を送った。亡くなる前の数年間は、病状の悪化が伝えられたが、それでも新聞やテレビを通じてメキシコ政治の現状を追い続け、政府に向けて辛辣な批判の声を上げることもしばしばだった。

**推薦作**

**『帝国の動向』**
(*Noticias del Imperio*, 1987)

ナポレオン三世の権力を頼みに、ハプスブルク家のマクシミリアンを皇帝として樹立されたメキシコ第二帝政（一八六四〜六七）の盛衰をたどった七百ページの巨大歴史小説。刊行後十年で二十回の増刷を重ねる大ヒットとなったほか、雑誌『ネクソス』が二〇〇七年にラテンアメリカの有力作家を対象に実施したアンケートでは、直近三十年間で最高のメキシコ小説という評価を受けている。十年に及ぶ綿密な文献調査を支えに、史実をたどりながら、想像力によって歴史的人物の内側に探りを入れている。圧巻はメキシコからヨーロッパへの帰路に発狂した王妃シャルロットの独白であり、これが壮大な物語を一つに繋ぎ合せている。

**【邦訳】**寺尾隆吉訳、水声社、二〇二〇年刊行予定

# トマス・エロイ・マルティネス

## Tomás Eloy Martínez（アルゼンチン・1934-2010）

【略歴】

一九三四年アルゼンチンのトゥクマン生まれ。トゥクマン大学で文学を専攻後、ジャーナリズムに従事、一九五〇年代後半から六〇年代末に国内の有力紙に記事を寄稿。七五年に極右テロ組織の脅しを受けて亡命、カラカスで記者となる。八四年からはアメリカ合衆国の大学で教鞭を執る。九一年に帰国後もジャーナリズム活動を続ける一方、長編小説の執筆に力を入れ、『小説ペロン』（一九八五）や『サンタ・エビータ』（一九九五）を刊行。二〇一〇年ブエノスアイレスで没。

トマス・エロイ・マルティネスは、ジャーナリズムの枠に収まり切らなかった作家の典型であり、ジャーナリズム自体のあり方を刷新すると同時に、ジャーナリズムにフィクションを持ち込んで壮大な構想の長編小説を残している。一九五〇年代初頭、大学在学中に故郷トゥクマンで新聞社に勤めて以来、亡くなるまで、アルゼンチンの有力新聞『ラ・ナシオン』や、大きな発行部数を誇った週刊誌『プリメラ・プラナ』を筆頭に、亡命先となったベネズエラの『エル・ナシオナル』、さらにはスペインの『エル・パイース』、そして『ニューヨーク・タイムズ』など、世界各地の一流新聞・雑誌に精力的に寄稿を続けたほか、メキシコの『シグロ・ベインティウノ』紙などの創刊にも関わったマルティネスは、時に「想像力を禁じられる」ラテンアメリカで、ジャーナリストとして働くことの困難を身に染みてよく知っていた。とりわけ、検閲の厳しい軍事独裁政権下で報道に携わるとなれば、「ただ事実を伝えるだけではそれを貧弱化することにしかならない」。そこから彼が模索した道は、ジャーナリズムに小説的な語りを持ち込み、時に想像力を駆使しながら空白を埋めて臨場感を引き立てることだった。『トレリューによる情熱』（一九七四）などの証言的ルポルタージュや、『アルゼンチンの夢』（二〇〇二）といったクロニカを残しているほか、『死という常套句』（一九七九）のように、ジャーナリズムとフィクションの境界を曖昧にする作品も残している。

九〇年代のマルティネスは、志を同じくしていたガルシア・マルケスが「イベロアメリカのニュージャーナリズム」を掲げて財団（FNPI、通称ガボ財団）を立ち上げた際、その編集部に加わった。ニュージャージーの大学で教鞭を執るなど、若者の指導にも熱心で、彼の遺志を継いで二〇一〇年にブエノスアイレスに設立された「トマス・エロイ・マルティネス財団」は、作家やジャーナリズムを志す若者に重要な修練と活動の場を提供し続けている。

ガルシア・マルケスに高く評価された処女作『聖性』（一九六九）や『主人の手』（一九九一）のように、幻想性に富む作品も残しているとはいえ、マルティネスの本領が最も発揮されたのは、ジャーナリズムにフィクションを盛り込んだ長編小説だろう。二〇〇二年度アルファグアラ賞受賞作となった『王女の飛翔』も、九〇年代のメネム政権の腐敗を糾弾するジャーナリストを主人公にしているが、ストーリー展開が不自然で迫力に欠けるこの作品は、受賞をめぐる疑惑まで引き起こすなど、むしろキャリアの汚点となってしまった感が否めない。ラテンアメリカ文学史に燦然と輝くマルティネスの名作は、二十世紀、さらには二十一世紀に入ってもアルゼンチンに重い呪縛としてのしかかる「ペロニズム」にまつわる二作、『小説ペロン』と『サンタ・エビータ』だ。『小説ペロン』は、スペインに亡命中のファン・ドミンゴ・ペロン元大統領から作者自身がとったインタビューを出発点とする作品であり、一九七三年、大衆の期待を一身に背負って、後妻イサベル・マルティネスとともにペロンがアルゼンチンへ帰国して以降の激動を再現しながら、権力をめぐる権謀術数を暴き出している。また、アルゼンチン貧民層にとっての聖母エバ・ペロン（ペロン元大統領の前妻）の生前と死後を組み合わせて二十世紀アルゼンチンの歴史をたどった『サンタ・エビータ』は、ペロニズムの魔力を象徴的に再現しており、「エビータ」を主人公にした通俗的なミュージカルや安易な映画との格の違いを見せつけている。

**推薦作**

**『サンタ・エビータ』**
(*Santa Evita*, 1995)

発売直後からアルゼンチンでベストセラーとなり、世界二十五カ国以上で翻訳された歴史小説の傑作。相次ぐクーデターと軍事政権に翻弄される二十世紀アルゼンチン史を背景に、三十三歳の若さで急逝したファン・ドミンゴ・ペロン将軍のファースト・レディ、「エビータ」の防腐死体をめぐって、現実とフィクションを交錯させたグロテスクな物語が展開される。ペロニズムを忌み嫌う人々とエビータの熱狂的崇拝者が衝突し、防腐死体の命運が二転三転するうちに、多くの登場人物が狂気へと追いやられていく。現在に至るまでエビータがアルゼンチンにおいて持ち続ける恐ろしい魔力をまざまざと見せつけてくる。

**【邦訳】** 旦敬介訳、文藝春秋、一九九七年

# セルヒオ・ピトル

## Sergio Pitol（メキシコ・1933-2018）

【略歴】
一九三三年メキシコ、ベラクルス州の小村生まれ。十六歳でメキシコシティに転居し、メキシコ国立自治大学法学部で学ぶ。五〇年代末に短編小説の創作を開始し、長編小説、エッセイ、翻訳、回想録など、様々な著作を発表した。六〇年に外務省に加わって以降、ワルシャワ、ブダペスト、モスクワ、ベオグラードなど多くの国で外交職をこなすなど、海外生活は二十年以上に及び、翻訳書も多数。二〇〇五年セルバンテス賞受賞。二〇一八年にハラパで没。

作家といえば風変わりな人物が多いもので、メキシコ文学もその例外ではないが、なかでもとりわけエキセントリックだったのがセルヒオ・ピトルだろう。といっても、彼は自ら追い求めてエキセントリックな作家になったわけではない。四歳で両親を失い、祖母や家政婦の話を聞きながら少年時代を過ごした彼は、大学で法学を専攻したものの、まったく興味を抱くことができず、哲文学部の授業や、国立学院でアルフォンソ・レジェスの文学講義に顔を出すようになった。メキシコ文学に変革が起こりつつあった一九五〇年代、ピトルはフアン・ガルシア・ポンセやサルバドール・エリソンドといった若手作家と親交を深め、後には、ほぼ同世代のホセ・エミリオ・パチェーコやカルロス・モンシバイスと揺るぎない友情を結んだ。五九年、少年時代に聞いた話をもとに書いた短編小説をまとめて、『囲われた時』のタイトルで出版する頃までは、メキシコ人作家にありがちなキャリアをたどっていたが、「すべてに嫌気がさして」一九六一年、ヨーロッパへの渡航を決めたところから彼の運命は激変する。数カ月だけヨーロッパを回るつもりが、足掛け二八年という長期に及ぶ海外生活となったのだ。

ピトルは自身の外国生活を、一九六一年から七二年までと、七二年から八八年までの二つの時期に分けている。第一期はローマ、北京、ブリストル、バルセロナなどを転々とし、大学で教鞭を執ることもあれば、出版社で編集作業に携わることもあったが、基本的には自由気ままな生活であり、ヘンリー・ジェイムズやジョゼフ・コンラッド、ジェーン・オースティンらの作品も含め、三十冊近い文学作品のスペイン語訳を行った。この時期のピトルは、創作においては短編小説しか書いておらず、『みんなの地獄』（一九六五）など四作の短編集を発表しているが、翻訳を通じて小説の文体や構造をつまびらかに学びとったことで、自らも長編を手掛ける気になったという。一九七二年以降は、外交官としてワルシャワ、パリ、ブダペスト、モスクワ、プラハの大使館に勤務するかたわら、各地で好きな文学を読み漁り、美術館・博物館巡り、観劇、映画や音楽、とりわけオペラの鑑賞にいそしんだ。これほど広範に世界中で生の文化・芸術に接することのできた作家はラテンアメリカにも珍しい。同時に、ブームが沸騰しつつあった時期にメキシコやラテンアメリカの同時代文学と距離を取ることができたおかげで、時流に囚われることなく、独自の創作理念を育むことができた。

　ラテンアメリカでは、文学といえば誰もが英米やフランス、そしてブームの作家たちに目を向けていたこの時代、ピトルが極めたのは、ポーランドを筆頭とする東欧の作家たちや、十九世紀以来のロシア文学、さらにはロシア・フォルマリズムの文学理論であり、やがて気づいてみれば、ピトルはメキシコ文学随一のエキセントリック作家になっていた。この第二期に書かれた短編集『ブハラ夜想曲』（一九八一、後に『メフィストのワルツ』と改題）と長編二作、『フルートの鳴る音』（一九七二）と『文芸コンクール』（一九八二）は、この時期にメキシコで書かれていた文学とは、テーマ的にも文体的にも完全に一線を画している。八八年の帰国以後は、豊富な知識を支えに、洗練された文体を駆使して文化論的エッセイの執筆に取り組み、『フーガの技法』（一九九七）、『ウィーンの魔術師』（二〇〇五）といったラテンアメリカ文学史に残る名作を残している。晩年は脳梗塞の後遺症で満足に言葉を話せなくなったが、それでも亡くなる直前までオペラ熱は冷めなかったという。

**推薦作**

**『愛のパレード』**
(*El desfile del amor*, 1984)

長期にわたって、主にメキシコ以外を舞台とする物語を書いていたピトルが、一九四二年という時期に注目して、現代メキシコ史にスポットを当てた本作は、権威あるエラルデ賞受賞作となり、小説文学としてはピトルの最高傑作と言っていいだろう。由緒あるローマ区の古い建物を中心に、推理小説仕立ての構成のなかで、歴史家、似非作家、老夫婦など様々な人物を交錯させる手腕は、技法的修練の賜物だった。ピトルの文学には珍しい直接話法による会話体の導入は、本人曰く、ファルス（笑劇）の調子を全体に散りばめることで可能になったという。こうして発話を重ねることで、謎が謎を呼ぶ迷宮が作品内にできあがっていく。

【邦訳】大西亮訳、現代企画室、二〇一一年

# マヌエル・プイグ

## Manuel Puig（アルゼンチン・1932-1990）

【略歴】

一九三二年アルゼンチンの田舎町ヘネラル・バジェガス生まれ。幼少から映画に親しみ、四六年にブエノスアイレスへ出た後、英語や文学を学ぶ。五六年からローマで映画を勉強し、ロンドン、ストックホルム、ニューヨークなどに滞在。六八年発表の処女長編『リタ・ヘイワースの背信』で注目され、ホモセクシュアル作家としてその後も斬新な形式の長編を書き続ける。七六年発表の『蜘蛛女のキス』が映画版（一九八五）とともに大成功。九〇年メキシコで急死。

生粋の映画監督には文学に手を出した映画作家と見なされ、生粋の小説家には映画監督崩れの作家とあしらわれたのがマヌエル・プイグだった。サバトやサエールに露骨に軽蔑され、バルガス・ジョサにはコリン・テジャードに比肩する「軽い」作家と評されたほか、代表作『赤い唇』（一九六九、邦訳集英社文庫、一九九四年）がボルヘスによって「マックスファクターのCM」呼ばわりされるなど、ラテンアメリカ文学の王道を行く作家たちからはしばしば厳しい評価を受けている。ホモセクシュアルを公言していたことも重なって、そのマイナーぶりがかえって共感を呼ぶことがあり、とりわけ『蜘蛛女のキス』が成功を収めた後は、ラテンアメリカ文学の新たな反逆児と目されることもあったが、映画と小説の融合をはかるその形式を継承する作家は少なく、現在では次第に忘れ去られつつある感は否めない。とはいえ、プイグの小説は、映画が小説の地位を脅かし始めた時代の文学観を如実に反映しており、メディアミックスによって新たな創作の境地を切り開く試みに注目すれば、興味深い読み方も可能になるだろう。

プイグは文学より先に映画に親しんだ作家であり、三歳から故郷の田舎町で毎日のように映画館に通って銀幕に接した後、青春時代から本格的に世界文学の名作を読み始めたが、最初は映画化された作品の原作ばかり読んでいたという。映画の趣味は通俗的で、ハリウッドを中心とする外国映画を好み、リタ・ヘイワースやグレタ・ガルボといった女優は、彼の小説のタイトルにも入っているとおり、創作にも足跡を残している。五一年からブエノスアイレス大学で文学を学んだが、やはりプイグが好んだのは映画であり、五六年には、ネオレアリスモ全盛のローマへ渡って実験映画学校で学んだ。ヨーロッパ各地の映画に親しみながら修行を積んだものの、俳優に対する厳しさに欠ける彼は監督業に向いておらず、五七年以降は、パリ、ロンドン、ストックホルムなどで、語学教師や皿洗いの仕事をこなしながら、少しずつシナリオなどを書く迷走の日々が続いた。

六〇年代初頭にようやく祖国で映画監督の助手などを務めるようになり、故郷の思い出を題材とする映画のシナリオを書き始めたところから、プイグはキャリアの転機を迎える。ニューヨークに拠点を移して執筆を続けるうちに構想は膨らみ、結果的にこれが処女長編『リタ・ヘイワースの背信』（邦訳国書刊行会、二〇一二年）となった。審査員だったバルガス・ジョサの反対でビブリオテカ・ブレベ賞の受賞こそならなかったものの、シナリオ形式に始まって、独白、日記、書簡の挿入とともに展開する月並みな恋物語は新鮮で、難解な文学に食傷気味だった読者を惹きつけた。同じく架空の田舎町コロネル・バジェホスを舞台にする『赤い唇』は、テレビドラマのパロディとも言える斬新な構成で、見栄っ張りなブルジョア一家の切ない物語を紡ぎ出しており、批評家からも一定の評価を受けた。

一九七三年刊行の『ブエノスアイレス事件』（邦訳白水社、一九八二年）が祖国で発禁処分となり、政治組織から脅迫まで受けると、プイグはメキシコへ逃れて亡命生活に入った。『蜘蛛女のキス』の成功後、『天使の恥部』（一九七九、邦訳国書刊行会、一九八九年）もベストセラーとなり、キャリアの絶頂期に入った彼は、アメリカ合衆国などで人気作家として執筆を続けたが、スペイン語圏では「通俗作家」の評価を最後まで拭えなかった。九〇年にメキシコで急死した際には、死因はエイズという説が流れたが、これはまったくの誤報であり、実際の原因は手術前後の不適切な措置にすぎない。

推薦作

**『蜘蛛女のキス』**

(*El beso de la mujer araña*, 1976)

ブラジルの映画監督エクトル・バベンコによる映画版の成功ともあいまって、マヌエル・プイグの名を世界に知らしめたヒット作。ほぼ全編が獄中における二人の男の会話であり、未成年への性的暴行で逮捕されたホモセクシュアルのモリーナが、ゲリラ組織に属する政治犯バレンティンに、様々な映画のストーリーを要約して聞かせながらその気を引こうとする。二人は結ばれるものの、政治問題に巻き込まれたモリーナには、悲惨な運命が待ち構えている。アルゼンチンの軍事政権を背景としており、一九七〇年代には発禁処分となっている。文学と映画の融合から新たな小説形式を模索したプイグの残した一つの成果と言えるだろう。

【邦訳】野谷文昭訳、集英社文庫、二〇一一年

# サルバドール・エリソンド

## Salvador Elizondo（メキシコ・1932-2006）

【略歴】
一九三二年メキシコシティの生まれ。父は著名な映画プロデューサー。第二次世界大戦前のドイツで少年時代を過ごし、カリフォルニアの軍人学校で三年間学んだ後、メキシコシティ、オタワ、ケンブリッジ、パリなどの大学で芸術学を専攻。一九五〇年代から映画撮影や翻訳を手掛けながら創作を始め、一九六五年発表の長編『ファラベウフ』で一躍有名になった。その後も短編や評論を中心に執筆を続け、大学での教歴も多数。二〇〇六年メキシコシティで没。

サルバドール・エリソンドは、一九六〇年代から七〇年代にわたるメキシコ小説の黄金時代を支えた通称「半世紀世代」のなかでも、群を抜いて芸術的素養に恵まれた作家だった。それどころか、才能に恵まれすぎた作家だったと言えるかもしれない。ドイツで少年時代を過ごし、カリフォルニアの高校で学んだ後、メキシコ国立自治大学、ケンブリッジ大学、ソルボンヌ大学、ペルージャ大学などで学問として文学や芸術を研究したのみならず、様々な芸術分野でクリエイティヴな才能を発揮している。父の影響で少年時代から興味を持っていた映画では、五〇年代から自ら短編作品の撮影に乗り出し、絵を描かせれば本職に劣らぬデッサン力を見せつけ、そして文学でも、エズラ・パウンドの詩を翻訳するかたわら、自らも技巧派の詩を書いた。

批評においてもその鋭い鑑識眼は冴え、六三年刊行の『ルキーノ・ヴィスコンティ論』を皮切りに、有力新聞・雑誌に次々と論考を発表したほか、『スノッブ』、『新映画』といった文化雑誌の創刊にも関わった。六〇年代初頭から、文壇でも学術界でもその能力は高く評価され、メキシコ作家センター、コレヒオ・デ・メヒコ、フォード財団、グッゲンハイム財団など、奨学金の授与を通して彼の研究や創作を支えた機関は数知れない。作家としての名声を獲得した七〇年代以降は、『プルラル』や『ブエルタ』といった名門雑誌に寄稿を続け、長らくメキシコ国立自治大学で教鞭を執ったほか、七六年には四十代の若さでメキシコ言語アカデミーに加わった。九〇年には国民文学賞を受賞、二〇〇六年の死に際してはメキシコ国立芸術院でオマージュを受けるなど、エリソンドの生涯は最後まで栄誉に包まれていた。ちなみに、娘の一人はガルシア・マルケスの長男ロドリゴ・ガルシア・バルチャと結婚している。

だが、その高すぎる知的レベルが時に創作の足枷となったことも否定できない。難解な前衛芸術に通じていた反面、ベストセラー小説やワールドカップに伴うサッカー熱（七〇年の開催国はメキシコ）など、大衆文化には露骨な軽蔑を示し、ルルフォやフエンテスなどメキシコ文学の先達には敬意を表しながらも、リアリズム文学や心理小説にはまったく興味を示さなかった。写実的要素や劇的物語を拒むエリソンドの小説は、理論的考察と手法的・言語的実験の組み合わせと化し、当然ながら難解で読みにくい。エイゼンシュタインのモンタージュ理論と、コレヒオ・デ・メヒコで学んだ中国語の言語理論を土台とする代表作『ファラベウフ』は、作者自ら「小説」の冠を外したとおり、何も起こらない「本」であり、長編第二作『秘密の地下墳墓』（一九六八）は、言語的・手法的実験の過剰で一部批評家以外に理解不可能となった。それでも、実験小説の隆盛を背景に、難解な小説を持て囃していた当時のメキシコ文壇は彼の試みに好評価を与え、オクタビオ・パスのお墨付きとともに、エリソンドは一時メキシコ新小説の旗手と目された。

だが、実生活からも想像力からも題材を取らずに長く創作を続けられるはずはなく、理論と実験だけで書いた二作が専門家の評価を受けると、遊戯的な短編や詩作を除いて、エリソンドは文学の創作をやめてしまった。それどころか、インタビューや講演の場で無理解な大衆にあてつけるように皮肉な態度を取り、文学の社会的機能を否定するなど、知的懐疑論の殻に閉じこもることも多かった。全盛期のメキシコ文壇においてその存在は貴重だったかもしれないが、後世まで名が残るかは定かでない。

**推薦作**

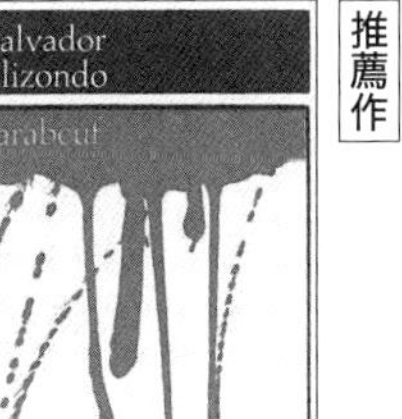


### 『ファラベウフ』

(*Farabeuf*, 1965)

一九六五年に権威あるビジャウルティア文学賞を受賞し、その後数年間でヨーロッパの主要言語のほとんどに翻訳された本作は、二〇一五年に刊行五十周年を記念した豪華装丁批評版がメキシコで出版されるなど、現在ではメキシコ小説の「古典」として扱われている。具体的イメージだけでいかにして抽象的概念を表現するか、この問いを出発点に、中国における拷問の写真に、実在するファラベウフ博士の外科手引書をぶつけることで「詩的効果」を引き出した実験小説と評することができよう。その内容自体はともかく、ヌーヴォー・ロマンの影響下で手法的実験が持て囃された六〇年代の文学的状況を知るには絶好の書かもしれない。

【邦訳】田澤耕訳、水声社、一九九一年

# エレナ・ポニアトウスカ

## Elena Poniatowska（メキシコ・1932- ）

【略歴】
一九三二年パリの生まれ。父はポーランド王室の血を引き、母はメキシコ貴族の娘。四一年からメキシコに移り住み、四九年から五二年までフィラデルフィアのカトリック系寄宿学校で学んだ後、五三年からメキシコでジャーナリズムに従事。インタビュー記事を多数残しているほか、『また会う日まで』（一九六九）といった小説風伝記や『トラテロルコの夜』（一九七一）などのルポルタージュを発表。現在も執筆活動を続けている。二〇一三年にセルバンテス賞受賞。

「ラテンアメリカ文学のミューズ」、エレナ・ポニアトウスカほどこの名にふさわしい作家はいない。亡命貴族の娘として生まれ、パリで優雅な少女時代を過ごした後、アメリカ合衆国の「お嬢様学校」で学んだ才女となれば、左翼の多いラテンアメリカ作家の反感を買ってもまったく不思議ではないが、その反カトリック的言動や社会主義への共鳴、さらには持ち前の洗練された立居振る舞いやかわいらしいルックスに助けられて、現在に至るまで、半世紀以上にわたり、老若男女、ありとあらゆる作家や芸術家、歌手や俳優、様々な文化人の寵愛を受け続けている。彼女がインタビューを取った作家の名を挙げてみるだけでも、ロムロ・ガジェゴス、ボルヘス、カルペンティエール、ルルフォ、フエンテス、バルガス・ジョサ、ガルシア・マルケス、コルタサル、その他錚々たる顔ぶれが並ぶ。しかも、インタビューに応じるとなると、誇張や嘘八百を盛り込む作家も多いなか、彼女を前にすると、誰もが不思議なほど本音で応じるのだから、それもまた驚きだ。愛らしい性格によるところも大きいだろうが、その驚くほどの知識とウィットが醸し出すオーラがポニアトウスカの権威を支えていることも間違いない。

世紀が変わって以後は、二〇〇一年のアルファグアラ賞を皮切りに、ロムロ・ガジェゴス賞、ビブリオテカ・ブレベ賞、セルバンテス賞など、スペイン語圏の作家に与えられうる名誉を総なめにし、彼女に名誉博士号を授与した大学は世界に数知れない。にもかかわらず、講演など公の場に出てくる彼女は、若い頃と変わらぬお茶目な振る舞いで場を和ませ、その態度に驕りや気取りはいささかも感じられない。

ただ、ポニアトウスカがいかんなくその文才を発揮したのは、いわゆるフィクションとしての小説ではなく、ルポルタージュや取材日記に基づく小品、小説風に綴った伝記においてだった。彼女が想像力をはためかせるためには、史実の枠組みが不可欠だったようだ。『フロール・デ・リス』（一九八八）やアルファグアラ賞受賞作『空の皮』（二〇〇一）など、自伝的要素を盛り込んだ小説は、作者の思い入れが強すぎるせいか、甘ったるく冗漫な印象を免れないが、一九六八年の学生運動弾圧事件にまつわる証言を集めた『トラテロルコの夜』（邦訳藤原書房、二〇〇五年）や、八五年のメキシコ大地震の被害者への取材に基づく『何も、誰も――地震の声』（一九八八）における彼女の筆は冴え、女流写真家ティナ・モドッティの生涯を小説風に再現した『ティニシマ』（一九九二）や、鉄道労働者組合リーダーのデメトリオ・バジェホをモデルにした『最初に列車が通る』（二〇〇五）、そしてとりわけ『レオノーラ』（二〇一一）は、本領発揮という感じがする。

やはり彼女の本分は、一九五〇年代から従事するジャーナリズムにあり、想像力によって物語を生み出すところにはない。だが、この弱点のおかげでかえって同僚からライバル視されることが少なく、おかげで多くの作家に愛されたとも言えるだろう。新聞や雑誌を主たる活動の場とするジャーナリズムは、一過性の文章を生み出すことに終始しがちであり、往々にして忘却に飲まれるものだが、ポニアトウスカのジャーナリズム作品は、現在も色褪せることなく、時代ごとの貴重な証言を伝えている。一九九一年から二〇〇二年にかけて全七巻で刊行された『メキシコ大全』や、著名文化人とのインタビュー集『交錯する言葉』（二〇一三）などは、ラテンアメリカ文学の裏側を伝える資料として、今読んでも大変興味深い。

推薦作

**『レオノーラ』**
(*Leonora*, 2011)

ポニアトウスカの手掛けた伝記的小説のなかでは至上の出来栄えだろう。シュルレアリスムの画家マックス・エルンストの愛人だったことでも知られる女流画家レオノーラ・カリントンの生涯を、イギリスでの幼年時代から、亡命先のメキシコで過ごした晩年まで、鮮やかに再現している。巻末に参考文献が添えられているとおり、かなり徹底した文献的裏付けを支えにしているが、その範囲内でポニアトウスカは想像力を飛躍させており、抜群の読みごたえを誇っている。老齢の作家の手によるとは思えないほど溌剌とした描写は、カリントンに興味がない読者さえ引きつけずにはおかない。二〇一一年度ビブリオテカ・ブレベ賞受賞作。
【邦訳】富田広樹訳、水声社、二〇二〇年刊行予定

# エベルト・パディージャ

## Heberto Padilla（キューバ・1932-2000）

【略歴】
一九三二年キューバのピナール・デル・リオ生まれ。ハバナ大学で法学やジャーナリズム、外国語を学んだ後、五〇年代後半はアメリカ合衆国に滞在。キューバ革命勃発とともに帰国し、様々な新聞・雑誌で要職をこなす。詩集『オフサイド』で六八年にフリアン・デル・カサル賞を受賞したものの、革命に批判的な言動で当局にマークされ、七一年に一時拘束されて公の場で自己批判を強いられた。八〇年に亡命し、不遇のまま二〇〇〇年にアラバマで没した。

キューバ革命によって才能を挫かれた最たる例と言える詩人がエベルト・パディージャだろう。若くから世界文学に親しむとともに、英語のみならず、フランス語、ドイツ語、ロシア語、イタリア語などに通じていた彼は、一九五〇年代にニューヨークやマイアミに滞在したことで英米詩の知識を深め、独自の文学観を磨き上げていた。革命勃発直後に帰国して『レボルシオン』紙の編集部に抜擢されると、その文才をいかんなく発揮して示唆に富む記事で革命の機運を盛り上げ、その一方で、六二年に発表した詩集『まさに人道の時』によって、国内外の作家・批評家の注目を浴びた。六二年から六四年まで、フィデル・カストロの肝いりで創刊された新聞『プレンサ・ラティーナ』の在ソ連特派員に起用されたという事実は、パディージャがいかに未来を嘱望された文筆家だったかを窺わせる。だが、二年間キューバを離れて革命政府の動向と内情に疎くなったことが、後々彼のキャリアに高くついた。

教養豊かで頭も切れたパディージャは、ウィットと皮肉に富む発言で周りを笑わせる剽軽者であり、詭弁で有力者を煙に巻くこともあれば、軽口で女性を口説くこともあった。だが、作家仲間の評判はよくても、軽薄と紙一重の彼の振る舞いは政治家の神経を逆撫ですることがあり、また、舌鋒鋭い彼の発言が革命政府に向けられると、当局もこれを無視することができなくなった。キューバ危機以来、アメリカ合衆国の脅威に晒されて国内の引き締めをはかっていたカストロにとっても、かつてハバナ大学で学友だったこの詩人が目の上のタンコブのごとき存在となった。それでも、ウィリアム・ブレイクを筆頭とするイギリス詩を手本として、スペイン語の刷新を目指すパディージャの韻文は高い評価を受け続け、一九六八年、ホセ・レサマ・リマらの強い推薦を受けて、キューバ作家芸術家協会が、当局の意向を無視する形で『オフサイド』にフリアン・デル・カサル賞を与えると、政治家と作家の緊張はいっそう高まった。キューバ革命の「イデオロギーに反する」という注意書きを添えて受賞作が刊行されるという異常事態にもかかわらず、パディージャはこの後も挑発的な態度を続け、外交官としてハバナに派遣されてきたチリ人の盟友ホルヘ・エドワーズとともに、酒盛りと文学談義を繰り返すに及んでは、革命政府にとって絶好の生贄となった。

　一九七一年三月二十日、パディージャは妻ベルキスとともに「反逆行為」の嫌疑で逮捕され、三十八日間にわたって拘束された。出所後、彼は公開の場で自己批判を行い、これまでの作品と行動を悔い改めるとともに、レサマ・リマらを含む親交の深い作家たちの「反革命的」態度まで糾弾した。こうした言論弾圧に対して、キューバ国外から非難の声が上がり、サルトルやコルタサルを含む名だたる作家たちがカストロに公開書簡を宛てる事態となったが、依然としてキューバの未来に期待を寄せる左翼作家がラテンアメリカには多く、次第に批判の声は沈静化していった。その一方でパディージャは、公職を失ったばかりか、仲間の多くを事件に巻き込んだことで孤立無援になり、亡命を切望するようになった。七九年にようやく出国が認められ、八一年には長編小説『私の庭で英雄たちが草を食む』がある程度評価を受けたものの、合衆国とスペインで送った亡命生活は、人目ばかり気にする辛い日々だったようだ。公の場に出ればいつもながらの軽口で周りを笑わせていたというが、そのあまりに仰々しい態度は、カブレラ・インファンテの目には「自殺志願者」そのものと映ったという。

推薦作

**『悪い記憶』**

(*La mala memoria*, 1989)

五〇年代からハバナ大学でフィデル・カストロと議論を交わし、類まれな文才を誇ったパディージャが、熱狂と抑圧の入り乱れる革命政府の裏側を暴き出した回想録。五〇年代後半をアメリカ合衆国で過ごし、六〇年代前半は特派員としてソ連に二年間滞在した彼は、キューバの内側と外側に跨るコスモポリタンな視線を発揮して、冷静な目で革命の推移を分析している。見どころはやはり「パディージャ事件」の真相に触れた部分だが、ホセ・レサマ・リマ、ギジェルモ・カブレラ・インファンテ、ホルヘ・エドワーズといった作家たちをめぐる思い出話も興味深い。『ペルソナ・ノン・グラータ』と併せて読みたい一冊だろう。

【邦訳】二〇一九年十二月現在未邦訳

# ホルヘ・エドワーズ

## Jorge Edwards（チリ・1931- ）

【略歴】
一九三一年チリの首都サンティアゴで、有力政治家などを多数輩出するイギリス系の名家に生まれる。一九五〇年代から創作を手掛け、六〇年代以降は、外交官として重要な役職をこなしながら、数多くの長編小説やルポルタージュ、回想録などを発表している。ガルシア・マルケスやバルガス・ジョサなど、ラテンアメリカ文学の黄金時代を担った作家との親交も深く、現在までブームの生き証人として執筆を続けている。九九年にセルバンテス賞受賞。

「作家のなかでは最高の外交官、外交官のなかでは最高の作家」、ラテンアメリカの文学関係者にはこんな皮肉な言葉でホルヘ・エドワーズを評する者もいる。しばしば同業者のやっかみの対象となるのは、彼がいつも特権的地位を享受しているように見えるからだろう。チリ屈指のエリート一族に生まれて、幼少から豊かな教養を身に着け、若くして、アレハンドロ・ホドロフスキー、エンリケ・リン、ホセ・ドノソら、一流の作家、芸術家と交際した後、早くも一九五二年には処女短編集『中庭』を発表した。息子の文学かぶれを嫌う父親との確執はあったものの、しばらく国際政治を学んだ後にプリンストン大学に留学し、六二年には、在フランス・チリ大使館の秘書官として、順風満帆の外交官キャリアをスタートさせた。この間も短編集や処女長編小説『夜の重み』（一九六二）といった作品を発表していたほか、六七年まで滞在したパリでは、裕福な外交官兼作家として、マリオ・バルガス・ジョサ、ガブリエル・ガルシア・マルケス、フリオ・コルタサルらと友情を育んだ。ブルジョア階級出身ながら左翼に共感し、キューバ革命を支持したほか、社会党と共産党に支持されたサルバドール・アジェンデ政権成立後も外交職を続けた。八十代後半に差し掛かった現在でも、エドワーズはラルフ・ローレンのシャツにレイバンのサングラスをさりげなく着こなしているが、六〇年代の彼は、軽妙な話しぶりで女性を口説くダンディそのものだった。

そんな彼にとって衝撃の体験となったのが、一九七〇年十二月から翌年三月にわたるキューバ滞在だった。アジェンデ大統領の命を受け、職務への責任感とともに、社会主義革命への漠然とした希望を抱いてハバナへ乗り込んだものの、すでに当局からマークされていた詩人エベルト・パディージャやホセ・レサマ・リマと親しかったエドワーズは、到着直後から関係者に白い目で見られており、様々な嫌がらせに遭った。親友のパディージャが反革命分子として拘束されると、エドワーズは窮地に追い込まれ、ついには職務を解かれてパリのチリ大使館（当時の大使は詩人パブロ・ネルーダ）へ左遷されることになった。この体験を綴ったルポルタージュ『ペルソナ・ノン・グラータ』（一九七三）は、皮肉にもクーデターによるアジェンデ政権崩壊の直後に発表され、一部に支持の声は上がったものの、親カストロ派左翼の多かったラテンアメリカ文学界に猛烈な反発を引き起こした。キューバに入れ込んでいたコルタサルは、この後エドワーズと口を利くのも嫌がったという。

　この後外交職からいったん身を引いた彼は、まずスペイン、そして七八年以降はピノチェト軍事政権下のチリで創作活動に専念し、代表作とされる長編『石の招客』（一九七八）を筆頭に、『蠟人形の館』（一九八一）、『ホスト』（一九八七）、『世界の起源』（一九九六）など、現在に至るまで、定期的に作品を発表し続けているが、同じチリ出身のドノソの作品や『ペルソナ・ノン・グラータ』と較べると、どれも迫力に欠ける印象を免れない。とはいえ、多くの作家、政治家と親交を結び、激動の時代を生き抜きながら創作を続けてきたエドワーズの存在感は大きく、二〇一四年、最後の外交職となったフランス・チリ大使の職を退いてマドリードに引退した後も、多様な役回りをこなしている。現在も、これまでの人生を振り返る壮大な回想力を準備中であり、二〇一三年に発表された第一部『ワインの飲み跡』に続いて、ブームの時代を描き出した第二部『スローガンの奴隷』が二〇一八年に刊行されている。

**推薦作**

**『ペルソナ・ノン・グラータ』**
(*Persona non grata*, 1973)

一九七一年のパディージャ事件以来、キューバ問題をめぐって内紛を起こし始めていたラテンアメリカ作家たちの決裂を決定づけた衝撃のルポルタージュ。七〇年にチリ共和国大統領に就任したばかりのサルバドール・アジェンデから直々に依頼を受けて、同年十二月七日に外交官としてキューバに赴任したホルヘ・エドワーズは、盗聴器やスパイ網によって「ペルソナ・ノン・グラータ（要注意人物）」を厳しい監視下に置く革命政府の闇の部分を目撃する。人間不信寸前まで追いやられた状態で、フィデル・カストロを相手に、革命の現状と未来について一対一の激論を交わした後、エドワーズは職を解かれて出国する。

【邦訳】松本健二訳、現代企画室、二〇一三年

# フアン・ヘルマン

## Juan Gelman（アルゼンチン・1930-2014）

【略歴】

一九三〇年ブエノスアイレスの生まれ。ウクライナ系ユダヤ移民の息子。四八年からブエノスアイレス大学で化学を専攻するが、政治・文学活動のため退学。五五年から共産党系の友人たちとともに詩作に取り組む。七五年にゲリラ組織の命を受けて出国した直後にクーデターが勃発、長い亡命生活に入る。二十以上の詩集を刊行したほか、ジャーナリズムにも寄稿し、軍事政権の糾弾を続けた。二〇〇七年セルバンテス賞受賞。二〇一四年にメキシコシティで没。

フアン・ヘルマンが、「詩という仕事」というタイトルの詩で「他人の痛みがこの仕事を続けさせる」と述べたのは、彼が共産党系の詩人グループ「固いパン」に参加して、まだ政治色の強い詩を書いていた一九六一年のことだが、後に自分自身が途方もない痛みを背負い込むことになろうとは、その時夢にも思っていなかったことだろう。

六二年、タンゴをもじったタイトルの詩集『ゴタン』で、ユーモアや不条理を盛り込むとともに、大胆に話し言葉を用いた詩作を打ち出して以来、ヘルマンは「固いパン」と完全に訣別し、言語的実験による詩の刷新に乗り出した。いっそう斬新な言葉の組み合わせを追求した『怒り雄牛』（一九六五）で、ジョン・ウェンデルやヤマノクチ・アンドなど、架空の詩人の翻訳という体裁で詩を書いた彼は、シドニー・ウェストの名を冠に据えた『翻訳集3――シドニー・ウェスト詩集』（一九六九）でも、奇抜な造語やアクロバティックな韻文配置による言語的刷新の試みを継続している。

痛みがヘルマンにのしかかってきたのは、七六年のクーデターにより、アルゼンチンが軍事政権下に置かれて以降のことだった。前年にゲリラ組織の命を受けて出国していた彼は、帰国の道を閉ざされたばかりか、七六年八月、息子マルセロ・アリエルと妊娠中のその妻クラウディアが軍部に拉致されたという知らせを受ける。その後長く夫婦の行方はまったくわからず、メキシコで亡命生活を送るヘルマンのもとには、クラウディアが獄中で子供を産んだという以外、何の情報も入って来なかった。八三年の民政移管を経て、九〇年に息子の消息が知れたものの、その姿は無残で、項（うなじ）に銃弾を撃ち込まれて殺された後、ドラム缶にコンクリート詰めにされて川底に沈められていたのだった。

断固として軍事政権の糾弾を続け、民主的政権に対して軍部関係者の責任追及を求め続けたヘルマンにとって、唯一の救いとなったのは、粘り強い調査の結果、息子夫婦の娘で、隣国モンテビデオで一般人の養女として育てられていたマリア・マカレナの居所を突き止め、二〇〇〇年に再会できたことだった。軍政下で行方不明となった人々の親族にとって、長年にわたる痛みに耐えて戦いを続けたヘルマンは抵抗の象徴的存在であり、現在まで多くのアルゼンチン人の心の支えであり続けている。

この間も決して詩作をやめなかった彼の作品には、特に八〇年代以降、行方不明者の安否を思う苦悩と亡命生活の悲しみがしばしば影を落としているが、ヘルマンは安易に感情にばかり流されている詩人ではない。むしろ、最も大きな変化は、詩そのものに対する向き合い方に現れていると言ったほうがいいだろう。スラッシュを多用して韻文を区切ることで独特のリズムを生み出したり、スペイン古典、とりわけサンタ・テレサ・デ・ヘススやサン・フアンの神秘主義にインスピレーションを求めたり、セファルディ語で詩を書いてみたりと、相変わらず様々な試みで詩文を磨き上げながら、詩人を導く営み、詩人の生活環境を形作る創作行為としての詩のあり方を突き詰めていった。これは現実逃避などではなく、むしろ、自分なりの詩作を貫き通すことこそ政治権力に対する最大の抵抗となる、という認識に根差す態度だった。特に二〇〇〇年以降にヘルマンが書いた詩は、「詩の唯一のテーマは詩であり、だからこそ詩にはすべてが可能なのだ」という強い信念に支えられている。二〇一四年にヘルマンは惜しまれつつ他界したが、今も彼の詩人魂はラテンアメリカ各地で受け継がれている。

**推薦作**

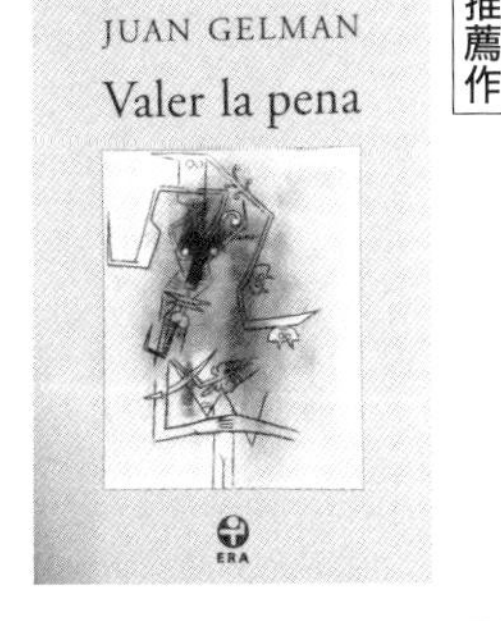


**『価値ある痛み』**
(*Valer la pena*, 2001)

モンテビデオで孫娘との劇的対面を果たした直後の二〇〇一年に発表されたこの詩集は、スペイン語圏全体に大きな反響を呼び、現在もヘルマンの最高傑作の一つに数えられている。一九九六年から二〇〇〇年までに書かれた一三六編の詩を収録しており、軍事政権に惨殺された息子マルセロ・アリエルの思い出や、拷問の舞台となった秘密収容所に言及した深刻な内容の作品もあれば、妻マラとの対話から生まれた日常生活の素朴な断片も含まれている。中心テーマは「痛み」であり、苦悩に満ちた闘いと悲壮な思いが透けて見えるが、同時に、詩や詩作そのものをめぐる思索も多く、痛みを乗り越える手段としての詩のあり方が窺える。

**【邦訳】** 寺尾隆吉訳、現代企画室、二〇一〇年

# フリオ・ラモン・リベイロ

## Julio Ramón Ribeyro（ペルー・1929-1994）

【略歴】

一九二九年ペルーのリマ生まれ。四六年からペルー・カトリック大学で文学・法学を専攻、五二年に奨学金を得てスペインへ渡り、後にパリのソルボンヌ大学で文学博士号取得を目指すも挫折、ドイツやベルギーで放浪生活を送りながら短編小説を書いた。六〇年代からは外交職に就き、金銭的には不自由のない暮らしで創作を続けた。四九年発表の「灰色の人生」以来、亡くなる直前まで定期的に作品を発表し、計八七編の短編を残している。九四年にリマで没。

フリオ・ラモン・リベイロほど生涯気ままに執筆を続けることのできた作家は珍しい。一九四九年に最初の短編を雑誌に掲載して以来、作家として原稿料だけで生計を立てることこそ一度もできなかったものの、暮らしに不自由することもなく、短編を筆頭に、長編、戯曲、エッセイなどをコンスタントに書き続けた。彼の誕生時には多少落ちぶれていたとはいえ、リベイロはリマの名家の出身であり、私立の高校と大学で一流の教育を受けた。マドリードのコンプルテンセ大学やパリのソルボンヌ大学に留学しながら、生涯学位とは無縁だったが、若くから作家としての将来を嘱望されていた彼には、学歴など不要だった。

五〇年代後半はドイツやベルギーで、荷物運びや印刷用具の販売、ホテルマンなど、様々な職を転々としながら放浪生活を送っており、その間の苦労をことさらに強調する批評家もいるが、これとて、祖国に作家としての名声と家族の後ろ盾があったからこそできた「贅沢」にすぎない。現に、五八年に帰国したリベイロは、すぐに好条件で大学教員の職を得ている。

一九六一年にパリへ戻って以降は、フランス・プレスに一時勤務した後、在フランス・ペルー大使館文化担当官、ペルー・ユネスコ大使をはじめとする外交職に就き、生活は安泰となった。日記などには、職務の煩わしさを嘆く記述も見えるが、軍事独裁政権やポピュリズム政権に媚を売ってまで彼が外交職にしがみついていたことは、親交の深かったバルガス・ジョサが自伝『水を得た魚』で証言しているとおりだ。温厚な人柄で敵も少なく、『喫煙者のためだけに』（一九八七）というタイトルの短編を出すほどの愛煙家（死因は肺癌）でもあり、独特の振る舞いと寛容さで人を魅了できたことも、彼の作家人生にはプラスに作用したようだ。

「私は短編小説の形で現実を知覚し、それ以外の形で自分を表現することができない」と本人自ら認めているとおり、リベイロは長編や戯曲を書く構想力には恵まれておらず、彼が才能を発揮したのはもっぱら短編においてだった。初期にはカフカ風の幻想的短編も書いたが、彼の本分はリアリズムにあり、とりわけ、急速に都市化の進行するリマに生きる中流・下流市民のうらぶれた生活を描いた作品が高い評価を受けている。出世作となった短編集『羽のないハゲタカ』(一九五五)は、「第一歩」に描かれているとおり、金がなければ味気ない人生しか送れない都会で、服がないために「行けなかったパーティーや二度と会えなかった女」を悔やみながら、「現実を想像力の高みまでもたげようと」悪戦苦闘する庶民の物語であり、悲劇でしかありえない結末は読む者に悲痛な思いを掻き立てる。祖父に命じられてゴミを漁る兄弟を描いた表題作などは、鬼気迫るものがある。次作『環境作品集』(一九五八)になると、「巡回中の警官への説明」のように、ユーモアのある作品も見えるが、背後にある悲惨な生活のことを考えると笑うに笑えない。

　五〇年代後半まで地方部を舞台とした「大地の小説」が中心だったペルー文学において、リマの周縁部に生きる人々の苦悩を赤裸々に暴き出した物語は新鮮であり、多くの読者の共感を呼んだ。その意味では、ベネデッティの『モンテビデオの人々』にも通じる作品群だが、リベイロのほうがいわゆるネオレアリズム色が濃いと言えそうだ。六〇年代後半以降になると、リベイロは「フェニックス」のように多少形式的に凝った作品も書いているが、やはり彼の最大の魅力は素朴な力強さにつきるだろう。

**推薦作**

**『短編集』**
(*Cuentos*, 1999)

リベイロの『短編全集』にはいくつかの版があるが、似たようなテーマが頻出するうえ、陰鬱な結末の作品が多いため、最初から全集で読もうとすると退屈してしまうかもしれない。その意味では、マリア・テレサ・ペレスの編集したこのカテドラ社の批評版は入門として最適と言えるだろう。処女短編集『羽のないハゲタカ』から晩年の『サンタクルス物語集』まで、まんべんなくリベイロの代表作を拾っている。平易な文体で書かれた素朴な物語が多く、気楽に楽しめるところがありがたい。哀愁に満ちた調子の向こう側に、政情不安と不況に晒されたペルー社会をその辺境から力強く生き抜く庶民の実態を存分に堪能できる。

【邦訳】二〇一九年十二月現在未邦訳

# ギジェルモ・カブレラ・インファンテ

## Guillermo Cabrera Infante（キューバ・1929-2005）

【略歴】

一九二九年キューバ東部オリエンテ州の小村ヒバラの生まれ。四一年にハバナに移り、四〇年代末から本格的に創作に乗り出す。五〇年代は文芸雑誌に映画評を寄稿、五九年の革命勃発直後から『レボルシオン』文学別冊の編集長となる。六〇年に処女短編集『平和のときも戦いのときも』を発表するも、その後革命政府と対立し、六五年に亡命を決意、六七年以降はロンドンに居を定めた。処女長編『TTT』（一九六七）で世界的注目を浴び、『亡き王子のためのハバナ』（一九七九）などの長編小説や、エッセイ集『メア・クーバ』（一九九二）などで名声を博した。九七年セルバンテス賞受賞。二〇〇五年ロンドンで没。

　ユーモアと言葉遊びで数多の難局と辛い亡命生活を乗り切ったキューバ人作家、それがギジェルモ・カブレラ・インファンテだった。革命勃発直後には、公的機関紙『レボルシオン』の編集部に起用されて、週刊文学別冊『ルーネス（月曜日）』の創刊に関わったほか、映画の知識を買われて国立文化評議会にも要職を与えられ、六〇年には早くも処女短編集を発表するなど、三十歳にして順風満帆で作家のキャリアに乗り出したカブレラ・インファンテだったが、六一年に弟サバが監督したドキュメンタリー『PM』に協力したことで当局に睨まれて以降、作家・芸術家との対決姿勢を次第に強めていくカストロ政権下、彼の作家人生は受難の連続となった。公的文壇から完全に追放され、六二年に、本人曰く「シベリア送り」も同然の形でベルギーのキューバ大使館に左遷された後、不自由な生活のなかで、一時は比較的落ち着いて創作に励むことができたものの、六五年、母の死去に伴ってキューバへ一時帰国したところから、革命政府の裏工作に再び翻弄され始める。ベルギーへ戻る飛行機に乗り込む直前に外務省から呼び戻された彼は、様々な妨害によって出国の道を阻まれ、親友アルベルト・モラの尽力で最終的にはなんとか出国したものの、ハバナの惨状と政府の堕落ぶりに完全に失望して、祖国からの亡命を決意する。

　六八年、アルゼンチンの有力雑誌『プリメラ・プラナ』に掲載されたインタビューで初めて公然と反カストロの姿勢を明白にすると、革命賛成派のキューバ人から裏切り者呼ばわりされたばかりか、キューバ革命に肩入れしていた多くのラテンアメリカ人作家・知識人から罵声の集中砲火を浴びた。それまで親しく書簡を交換していたフリオ・コルタサルは、これを機に彼を避けるようになり、また、彼の処女長編小説『ＴＴＴ』を六七年に刊行していたセイス・バラル社の名物編集者カルロス・バラルも、あけすけな憤慨をぶちまけて彼と絶交した。

世界中が「ラテンアメリカ文学のブーム」に沸いていた七〇年代、バルガス・ジョサ以外との交流を断って文壇から完全に孤立したものの、カブレラ・インファンテは持ち前のユーモアと諧謔の精神を駆使して独自の創作を貫き、フィデル・カストロに、そしてブームの主人公たちに辛辣な批判を向け続けた。『ＴＴＴ』以後、物語文学の分野でこれを超える作品は書けなかったものの、後に『メア・クーバ』に収録される論考を中心に、ラテンアメリカ文学史に残る傑出したエッセイを残している。

六五年に始まって二〇〇五年に亡くなるまで、四十年に及ぶ長い亡命生活の大半を過ごす拠点となったのは、イギリス文学愛好家だったカブレラ・インファンテにはおあつらえ向きのロンドンだった。フランコ独裁政権下のスペイン政府に亡命の受け入れを拒否され、途方に暮れていた一九六六年、夏のイギリスを訪れた彼は、「スウィンギング・ロンドン」に魅せられ、家族とともにロンドンに移ることを決める。しばらくは困窮生活を強いられたものの、映画関係の仕事に食い扶持を見出し、G・ケインの名でシナリオを担当した映画『バニシング・ポイント』（一九七一）が成功を収める頃から、彼の亡命生活はようやく安定してきた。美人女優だった二人目の妻ミリアム・ゴメスの内助の功と、愛猫「オッフェンバック」の癒しにも支えられ、再び小説創作に取り組むこともできるようになった。

七二年に、マルカム・ラウリーの小説『火山の下』の映画版のシナリオを任された際には、締め切りへのプレッシャーと主人公への入れ込みすぎが原因で神経衰弱になり、一時電気ショック治療を受けるまでになったが、その後も彼は事あるごとに映画産業と関わっており、何度もハリウッドを訪れている。そもそも、一九五〇年代のキューバでカブレラ・インファンテが文壇に名を知られたのは、『ボエミア』、『カルテレス』といった文化雑誌に「カイン」のペンネームで連載していた映画評によってであり、思春期にハバナという「メトロポリス」で映画館通いに目覚めて以来、映画は彼にとって単なる娯楽や金稼ぎの副業ではなかった。九七年に発表されて、四カ月で八版を重ねる予想外のヒット作となった映画論集『映画かイワシか』に示されているとおり、彼は卓越した鑑識眼と独自の映画哲学を備えており、九四年には、カンヌ映画祭の審査員としてタランティーノ監督の『パルプ・フィクション』をパルム・ドールに選んでいる。

とはいえ、やはり作家カブレ

ラ・インファンテの本分は、一九四六年、十七歳にして、高校の先生に「ウィルスをうつされた」という文学にある。以来、野球にも増して読書に打ち込むようになった彼は、翌年、ミゲル・アンヘル・アストゥリアスの代表作『大統領閣下』の一部を読み、「これが作家だというなら、僕だって作家になれる」という思いを胸に、初の短編「思い出の海」を書き上げた。本人は「恐ろしいほど凡庸な短編」と評価しているものの、『ボエミア』に掲載されて高評価を得たこの作品は、作家カブレラ・インファンテの誕生を告げる記念碑となり、「アストゥリアスへの文学的冗談」だったはずの創作が、以後次第に「オブセッション」として彼の頭に根を下ろすことになる。

五〇年代は、バティスタ独裁政権に投獄を受け、その後政権転覆に向けた非合法活動に従事したほか、雑誌『カルテレス』の映画評に忙殺されていたため、本格的な執筆活動に取り組むことはできなかったが、五八年、政府の圧力を感じて雑誌への寄稿をやめたのを機に、後に『平和のときも戦いのときも』（邦訳国書刊行会、一九七七年）に収録されることになる短編小説を書き始めた。

敬愛するヘミングウェイの影響が色濃く見えるこの短編集は、国内での評判も高く、六三年にはフランスとイタリアで翻訳が出版されるなど、カブレラ・インファンテの名を国外に広めることになったが、彼の世界的名声を確立することになるのは代表作『ＴＴＴ』にほかならない。この奇抜な作品の出発点となったのは、上映禁止処分を受けた『ＰＭ』の続編として、ハバナのナイトライフに焦点を当てて書き始めた断章『彼女の歌ったボレロ』だった。六一年から革命政府の冷遇を受けたカブレラ・インファンテは、腹を括ってこの物語に言語能力と博識のすべてを注ぎ込み、その結果完成した『熱帯の夜明けの景観』は、六四年に当時スペイン語圏で最も権威ある文学賞の一つだったビブリオテカ・ブレベ賞を受賞した。亡命に伴うトラブルで推敲が進まず、なかなか出版には至らなかったが、キューバとの絆が切れたことで、政治的要素を排除して「完全に芸術的な」部分だけを残す決心がつき、作品の完成度はいちだんと高まった。スペインのフランコ政権による検閲で官能的部分がかなり削除されたものの、六七年、最終的に『ＴＴＴ』とタイトルを変えて出版された本書は、スペイン語圏で大成功を収めた後、七一年に英語版とフランス語版が刊行され、フランス語版はその年最高の翻訳小説に選ばれた。九〇年以降は、削除部分を再現した完全版が流通しており、スペイン語の限界を極めた文学作品として、現在まで何度も増刷、再版を重ねている。

推薦作

## 『TTT』

(*Tres tristes tigres*, 1967)

スペイン語版『フィネガンズ・ウェイク』と評されることもあるとおり、言語的実験に満ちたカブレラ・インファンテの代表作。タイトルは文字通り訳せば「三頭の寂しい虎」だが、これは有名なスペイン語の早口言葉の冒頭部。一九五八年、革命前夜のハバナ、華やかなエル・ベダード区のなかでもとりわけ賑やかな繁華街、夜も眠らぬラ・ランパで官能と歓喜の物語が展開する一方、特異な才能を備えた奇人ブストロフェドンが、百科事典的なスペイン語の知識を駆使して言葉遊びや回文、著名作家のパロディなどを繰り出す。シルベストレとアルセニオが車でハバナの街を回りながら展開する対話は知的諧謔に溢れ、抱腹絶倒の場面も多い。

【邦訳】寺尾隆吉訳、現代企画室、二〇一四年

推薦作

## 『メア・クーバ』

(*Mea Cuba*, 1992)

タイトルは、ラテン語で「私の過ち」を意味するMea culpaのもじりで、スペイン語では「キューバが小便する」の意味に取れる。現在では「メア・クーバ」「読むための人生」「付録」の三部から成る完全版が流通している。ここでもカブレラ・インファンテの言語能力は存分に発揮されており、彼の文学論や、反カストロに貫かれた政治論が堪能できる。革命政権下で苦悩する作家たちの系譜を辿った「髭ワニの噛みつき」や、カストロ体制下での自殺をめぐる論考「歴史と無の間」のほか、カルペンティエール、レサマ・リマといった作家の伝記などが珠玉の出来栄えであり、深い考察とユーモアが矛盾しないことを証し立てている。

【邦訳】二〇一九年十二月現在未邦訳

# カルロス・フエンテス

## Carlos Fuentes（メキシコ・1928-2012）

【略歴】

一九二八年外交官の息子としてパナマシティに生まれる。アメリカ大陸各地で少年時代を過ごした後、四四年にメキシコに帰国、五一年から五二年までジュネーヴに留学し、ヨーロッパ各地を旅行。帰国後文学に転じ、五四年に処女短編集『仮面の日々』を発表。五八年に長編『澄みわたる大地』で衝撃を与えた後、『アルテミオ・クルスの死』（一九六二）、『脱皮』（一九六七）などの問題作で「ブーム」を牽引。文芸雑誌の創刊や出版社の設立に関わったほか、在フランス・メキシコ大使などの外交職や大学教員の職にも就いた。二〇一二年にワシントンDCで没するまで、旺盛な執筆意欲を発揮して小説や評論を刊行している。八八年にセルバンテス賞受賞。

ラテンアメリカ文学を世界に広めた最大の功労者はカルロス・フエンテスだろう。外交官の息子として、父に導かれるままに、幼少からラテンアメリカ各地で知識人や芸術家（一九四〇年代初頭にはチリのサンティアゴで亡命中の画家シケイロスに会っていたという）と交流し、十六歳でメキシコに帰国した後も、アルフォンソ・レジェスやオクタビオ・パス、ルイス・ブニュエルらと親睦を深めたフエンテスは、五二年以降、豊かな芸術的感性と持ち前の人脈、そして軽快なフットワークを駆使して、現代メキシコ文学に新風を吹き込んだ。五三年創刊の『メディオ・シグロ』を皮切りに、『ウニベルシダッド・デ・メヒコ』や『エル・エスペクタドール』など、多くの新聞雑誌の創刊・編集に関わり、シグロベインティウノ社など出版社の創設に尽力したばかりか、公的なシンポジウムや私的なパーティーを頻繁に主催して、文化人に交流の場を提供した。優れた才能を持つ作家に対する彼の寛容さは無尽蔵であり、ドノソやガルシア・マルケスを筆頭に、フエンテスからエージェントや出版社を紹介されて成功への一歩を踏み出した作家は枚挙に暇がない。それまで世間一般に流布していた作家のステレオタイプを完全に覆す作家であり、気さくな人柄、お洒落な服の着こなし、マンボを踊る鮮やかなステップ、スマートな女性の口説き方（五七年に結婚した最初の妻は有名女優リタ・マセード）、どんな話題にも持論を繰り出す立て板に水の話しぶり（後にレイナルド・アレナスを震え上がらせることになる）など、多くの文化人を魅了する特質を備えていたことも大きかった。

そんなフエンテスが、まず『澄みわたる大地』、続いて『アルテミオ・クルスの死』で国境を超える成功を収め、ブームの先陣を切ったことは、ラテンアメリカ文学にとって願ってもない幸運だったと言えるだろう。この成功で得た国際的名声を頼みに、彼は亡くなるまで生涯ラテンアメリカ文学のプロモーターという役回りを立派に務め上げた。

その反面、死後七年以上過ぎた現在から振り返ると、少なくとも物語文学の創作においてフエンテスは、六〇年代の前半ですべてを出し切ってしまった感が拭えない。上に挙げた二作の壮大な長編はもちろん、現代のメキシコシティにもつきまとうインディオ文明の亡霊を浮き彫りにした短編「チャック・モール」(短編集『仮面の日々』所収)や、『雨月物語』の映画版に刺激されて書いたという中編『アウラ』(一九六二、邦訳岩波文庫、一九九五年)などの小品でも、技法的探求と幻想的物語が見事にかみ合った作品世界を展開していた。だが、六〇年代後半からフエンテスは、いたずらな手法的実験に走り始め、作品を不自然に「神話化」しようと躍起になるあまり、内面から迸り出るような自発的創作を失った。その端緒となったのは、メキシコの名女優マリア・フェリックスの肖像にユリシーズの神話を重ね合わせた長編第四作『聖域』(一九六七、邦訳国書刊行会、一九七八年)であり、フランスでは好評を得たものの、ラテンアメリカでは一部専門的研究者に評価されるだけで、作家や一般読者の反応が概ね否定的だったという事実が、この路線の限界を如実に物語っていた。

古代文明のピラミッドを埋めた山の上に教会が建つ伝説の地チョルーラを舞台にした『脱皮』(邦訳集英社、一九八四年)は、権威あるビブリオテカ・ブレベ賞受賞作となったものの、錯綜したストーリーは意味不明と紙一重で、一部作家から強い批判を浴びたほか、一般読者からも敬遠された(フエンテスの父もこれを読んで怒り心頭だったという)。ロムロ・ガジェゴス賞受賞の八百ページ近い大作『テラ・ノストラ』(一九七五、邦訳水声社、二〇一六年)にしても、カトリック両王時代のスペインから二十世紀末のアメリカ大陸に至る壮大な歴史の枠組みに、哲学、科学、神話、文学などから膨大な要素を取り込んでメタフィクションにまとめ上げた労作だが、不要に難解な部分が極めて多く、「労多くして功少なし」の読後感を免れない。

邦訳された『遠い家族』(一九八〇、邦訳現代企画室、一九九二年)や『老いぼれグリンゴ』(一九八五、邦訳集英社文庫、一九九四年)を経て、八七年に自らの小説世界を「時間の年代」という同語反復にも聞こえる名称の枠組みに整理し直したフエンテスは、このサイクルを完成させるべく、『クリストバル・ノナト』(一九八七)、『ラウラ・ディアスとの歳月』(一九九九)など、コンスタントに小説作品を発表し続けたが、いずれもそれなりの面白さで話題を呼んだとはいえ、最後まで初期の作品を越えることはなかったというのが多くの作家・批評家に共通する見解だろう。むしろ六〇年代末以降の彼が冴えを見せたのは評論・エッセイにおいてであり、とりわけ、『イスパノアメリカの新しい小説』（一九六九）や『セルバンテスまたは読みの批判』（一九七六、邦訳水声社、一九九一年）、『勇敢な新世界』（一九九〇）に代表される文学論と、『メヒコの時間』（一九七一、邦訳新泉社、一九九三年）や『埋められた鏡』（一九九二、邦訳中央公論社、一九九六年）に代表される歴史的・文明論的考察、この二つの分野において、広く深い知識と明晰な洞察力を存分に発揮している。文学論の集大成となった『偉大なるラテンアメリカ小説』（二〇一一）では、征服から二十一世紀に至るまでのラテンアメリカ小説から主要作品をほぼ完全に網羅して論考を付しており、フエンテスがラテンアメリカ文学に注いでいた並々ならぬ情熱が伝わってくる。また、「愛」、「ブニュエル」、「小説」、「死」、「革命」、「メキシコ」など、アルファベット順に自らの重視する項目を並べて論じたエッセイ集『これを信じる』（二〇〇二）には、ベテラン作家の経験に裏打ちされた叡智が凝縮されており、なかでも、二人目にして生涯の伴侶となった妻に捧げる「シルビア」は、個人的感情を普遍的な家族愛にまで昇華させた傑作エッセイと言えるだろう。

　このほか、二〇〇六年に『家族すべて幸せ』を発表するなど、晩年のフエンテスが家族愛に執着するようになったのは、身内に不幸が続いたこととも大きく関連している。六〇年代後半以降、パリ、ロンドン、ブエノスアイレス、バルセロナ、ニューヨークなど、世界の主要都市を頻繁に往来し、在フランス・メキシコ大使のほか、コロンビアやケンブリッジなど世界各地の有名大学で客員教授職をこなし、ブームの渦中にあったスペイン語圏の作家はもちろん、フランソワ・ミッテランやビル・クリントンといった世界の有力政治家と親交し、そのうえ、八八年のセルバンテス賞を筆頭に、膨大な数の文学賞と勲章を受けたフエンテスは、その華やかなキャリアと朗らかな外見の裏側で、大きな悲しみを背負って生きていた。生まれつきの血友病患者だった長男カルロスは、九九年に二十五歳の若さで他界、二〇〇五年には、長女ナターシャまでメキシコの貧民街テピートで変死体となって発見された。

　長年多くの作家の羨望の的であり続けたせいだろうが、小説作品のマンネリ化が目立ち始めた九〇年代以降、ノーベル文学賞欲しさにロビー活動をしているなどと心ない揶揄を飛ばされることもあった彼の作品の最良部分を、今一度冷静な目で振り返る必要があるだろう。

推薦作

## 『澄みわたる大地』

(*La región más transparente*, 1958)

「ラテンアメリカ文学のブーム」の幕開けを告げた本書は、現在でもまったく新鮮な輝きを失っておらず、二〇〇八年に刊行半世紀を記念した豪華版が刊行されるなど、スペイン語圏の読者に広く親しまれている。インディオの魂を受け継ぐ謎の男イスカ・シエンフエゴスを中心に、成金企業家フェデリコ・ロブレス、作家くずれのロドリゴ・ポラ、没落貴族の娘ピンピネラ・デ・オバンドなど、百名を超える登場人物が、メキシコ革命やその後の政治経済改革を経てPRI体制下で拡張を続けるメキシコシティの歴史と、一九五一年の時点における現状、未来に向けての展望を織りなしていく。試行錯誤に満ちた手法的実験にも要注目だろう。

【邦訳】寺尾隆吉訳、現代企画室、二〇一二年

推薦作

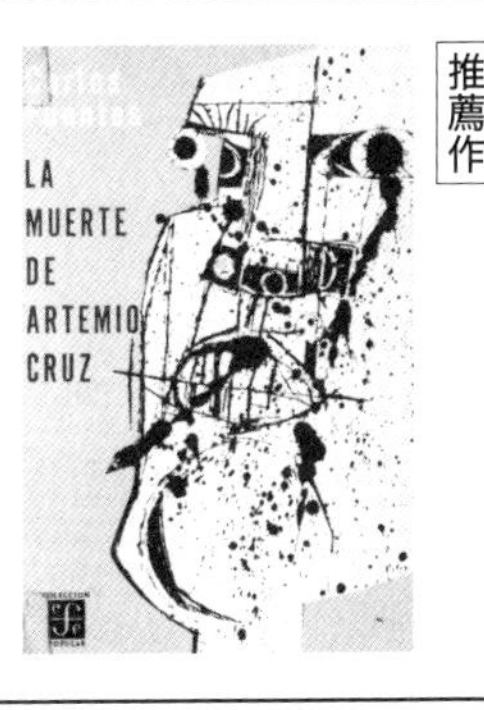


## 『アルテミオ・クルスの死』

(*La muerte de Artemio Cruz*, 1962)

多くの批評家・研究者が一致してフエンテスの最高傑作と評価するのが本作。『澄みわたる大地』では過剰すぎて混乱を引き起こすこともあった手法的実験は抑えられ、一人称現在、二人称未来、三人称過去、三つの語りを組み合わせた構成は洗練の粋を極めている。極貧農家の生まれながら、革命戦争を巧みに切り抜けた後、違法ぎりぎりの土地投機に成功して実業界のトップに躍り出たセルフメイド・マンの生涯を辿りながら、失われゆくメキシコ革命の理想と、腐敗に満ちた政財界の内情を暴き出していく。ホセ・ドノソの羨望をかきたてるなど、後世の作家たちへの影響は絶大で、その手法は現在まで創作の指針となっている。

【邦訳】木村榮一訳、岩波文庫、二〇一九年

# ホルヘ・イバルグエンゴイティア

## Jorge Ibargüengoitia（メキシコ・1928-1983）

**【略歴】**
一九二八年メキシコのグアナファト生まれ。母子家庭に育ち、母の願いで最初はエンジニアを志したものの、中退してメキシコ国立自治大学で文学を専攻、ロドルフォ・ウシグリに師事して劇作を手掛けた。六〇年代に長編小説の執筆に乗り出し、『八月の閃光』（一九六四）と『ライオンを殺せ』（一九六九）の成功で国内外に名を知られる。問題作『死んだ女たち』（一九七七）や『二つの犯罪』（一九七九）の発表を経て、七〇年代末にパリへ移り住む。八三年に飛行機事故で死去。

　いわゆる「ブーム」の時代からラテンアメリカ文学に親しんできた読者は、一九八三年十一月二十七日に起きたラテンアメリカ文学史上最も痛ましい飛行機事故のことをよく覚えているだろう。コロンビアのボゴタで文学関係のシンポジウムが催されるというので、ヨーロッパ在住のラテンアメリカ人作家・批評家が招待を受け、そのうち数名がこの日パリのシャルル・ドゴール空港からアビアンカ社のボーイング７４７で飛び立った。ところが、バラハス空港に着陸する直前に異常が発生し、飛行機はマドリード郊外に墜落した。犠牲者一八一名に含まれていたのは、ウルグアイの批評家アンヘル・ラマ、その妻でコロンビア人作家マルタ・トラーバ、ペルー人作家マヌエル・スコルサ、そして最後までシンポジウムへの参加を渋っていたのに最後に決意を翻したホルヘ・イバルグエンゴイティアだった。これでメキシコ文学はその重要な担い手の一人を失い、数年前から彼がパリで準備を進めていたという、皇帝マクシミリアンと王妃シャルロットに関する小説の草稿も、この事故とともに失われた。

　イバルグエンゴイティアの代名詞といえば、その辛辣な風刺とユーモアだろう。一九五〇年代に工学部を退学し、メキシコ国立自治大学で文学を専攻して以後の彼は、劇作家ロドルフォ・ウシグリの指導のもと、劇作でその批判精神を発揮しようと試みた。同世代の作家の例にたがわず、彼もメキシコ作家センターから奨学金を得て修業を積んだものの、何度も演出家と対立して自作の上演を阻まれるなど、劇作の分野で彼のユーモアが開花することはなかった。六二年に発表した戯曲『襲撃』は、翌年カサ・デ・ラス・アメリカス賞（演劇部門）を受賞したが、生来の天邪鬼らしく、彼はこれを機に劇作に見切りをつけ、小説の執筆に乗り出した。そして書かれた長編第一作『八月の閃光』は、軍上層部の権力闘争を暴き出した風刺小説であり、「メキシコ革命小説」のパロディとして国内外から高い評価を受け、またもやカサ・デ・ラス・アメリカス賞を射止めた。これで華々しくメキシコ文壇にデビューしたイバルグエンゴイティアは、ジャーナリズムにエッセイなどを寄稿しながら、『ライオンを殺せ』、『君の見るこの廃墟』（一九七四）、『死んだ女たち』、『二つの犯罪』と、数年おきに長編小説の刊行を続けた。

イバルグエンゴイティアは実生活でも辛辣な批判を口にすることが多かったようだが、文学作品や新聞・雑誌の記事でも、容赦なく政治家や文化人をコケにしている。それにもかかわらず恨みを買うことが少なかったのは、まさにユーモアのなせる業であり、聞く者、読む者が思わず声を上げて笑ってしまうからだった。一九五〇年代末にメキシコ国内を騒然とさせた売春婦の連続殺人事件を扱った『死んだ女たち』などは、下手をすれば冒瀆とすら取られかねないストーリーをユーモアの力で巧みに和らげ、それでいて愚かしい人間の振る舞いに痛烈な批判を浴びせている。六九年から七六年まで新聞に寄稿した記事を集めた『メキシコ生活指南』（一九九〇）を読むと、歴史、国民性、教育問題を鋭い切り口で論じる彼の視点が、いまだに新鮮さを失っていないことに驚かされる。

『ライオンを殺せ』や『二つの犯罪』など、映画化された彼の作品は多いうえ、現在でも、メキシコのホアキン・モルティス社だけでなく、スペインの有力出版社RBAが彼の主要作品の大部分を再刊するなど、今後もイバルグエンゴイティアの批判精神はスペイン語圏全体で長く受け継がれていくことだろう。

**推薦作**

**『ライオンを殺せ』**
（*Maten al león*, 1969）

一九七〇年代半ばのラテンアメリカ文学を賑わせた三大独裁者小説の先駆的作品と言えるだろう。カリブに浮かぶ架空の小国アレパで、終身独裁を視野に五回目の大統領選挙に乗り出す独裁者「老ライオン」の暗殺計画が持ち上がったところから、政治のドタバタ劇が始まる。イバルグエンゴイティアの文学を特徴づけるユーモアと風刺はここでもいかんなく発揮されており、腐敗と背信、日和見主義と利害心に毒されたラテンアメリカ政治の実態が暴き出されている。短くわかりやすい物語であり、お決まりといえばお決まりのパターンを辿ってはいるが、時に抱腹絶倒を引き起こす語りの技法は見事としか言いようがない。

【邦訳】寺尾隆吉訳、水声社、二〇一八年

# ガブリエル・ガルシア・マルケス

Gabriel García Márquez（コロンビア・1927-2014）

【略歴】

一九二七年コロンビアの小村アラカタカ生まれ。母方の祖父母に育てられる。四七年からコロンビア国立大学で法学を専攻するも、翌年のボゴタ暴動を機にカルタヘナへ逃れる。五〇年からバランキージャで記者修行をした後、五四年に有力新聞の記者となる。五八年にカラカス、五九年にハバナで記者生活を送った後、六一年にメキシコへ移る。六二年に長編小説『悪い時』でエッソ文学賞受賞、六七年刊行の『百年の孤独』で「ブーム」の先頭に立つ。その後バルセロナやカルタヘナで執筆を続け、『族長の秋』（一九七五）、『コレラの時代の愛』（一九八五）などの長編で常に文壇の話題をさらった。八二年にノーベル文学賞受賞。二〇一四年にメキシコシティで没。

ガブリエル・ガルシア・マルケスは二十世紀最高のラテンアメリカ作家であり、二十世紀後半に限定すれば、世界最高の小説家だったと言っても過言ではあるまい。ジョイスの『ユリシーズ』を筆頭に、傑作と評価される二十世紀の小説には手法的実験を駆使した難解な作品が多いが、『百年の孤独』は、冒険と情熱に溢れる物語に独創的手法を溶け込ませ、文学としての質を落とすことなく読みやすさを維持した稀有な例だと言えるだろう。地域性と普遍性の両立という点でも『百年の孤独』は傑出した作品であり、世界に向けてラテンアメリカ世界の本質を象徴的な形で示しながら、同時にラテンアメリカ人に新たな自己認識を促すという離れ業を見事にやってのけた。バルガス・ジョサが文学評論の傑作『ガルシア・マルケス――神殺しの物語』で述べているとおり、ガルシア・マルケスの特異な才能は、実話をもとに面白い逸話を作り上げる卓越した想像（＝創造）力にあり、これが文学作品のなかで発揮されると、現実世界の思いもよらぬ側面を暴き出す象徴的挿話を次々と生み出していく。逆に、日常生活における彼は、父に「嘘つき」呼ばわりされるほどの鉄面皮になることがあり、講演集『ぼくはスピーチをするために来たのではありません』（二〇一〇、邦訳新潮社、二〇一四年）や、日本語でもいくつか出版されたインタビューや講演における彼の発言には、デタラメも多く確認されており、少なくとも研究者が真に受けていい性質のものではない。

ガルシア・マルケスが無意識のうちに「語り部」の才に目覚めたのは、母方の祖父母とともに故郷アラカタカで過ごした少年時代のことだった。祖父ニコラスはコロンビアの内戦「千日戦争」を生き抜いた退役大佐であり、戦時中の驚異的体験を孫に語り聞かせると同時に、辞書と言葉への偏愛を植えつけた。祖母トランキリーナは迷信深い女で、日常生活のあちこちに予兆を見出し、幽霊や怪物も含めた超自然的現象を平然とした口ぶりでいつも話していたという。二人との生活で得た知識が『百年の孤独』の執筆においておおいに活かされたことは、二〇〇二年発表の回想録『生きて、語り伝える』(邦訳新潮社、二〇〇九年)を読めば明らかだ。

　首都近郊のシパキラと首都ボゴタで過ごした中学から大学初年度にかけての数年間に、生まれ故郷のカリブ地域に対するノスタルジーを深めていたガルシア・マルケスは、四八年のボゴタ暴動を機に、まず伝統の港町カルタヘナ・デ・インディアスへ、次いで五〇年に新興工業都市バランキージャへ移り、それまで磨き上げてきた文才を武器に、まさに水を得た魚の状態でジャーナリズムに臨んだ。『百年の孤独』の後半に登場する四人組の一員となったガブリエル青年は、仲間たちやカタルーニャ人書店主ラモン・ビニェスに刺激を受けながら、本格的に文学の道を志すようになり、カフカ、フォークナー、ヘミングウェイ、ヴァージニア・ウルフなどを愛読した。五四年に『エル・エスペクタドール』紙の記者に抜擢されてボゴタへ移ってからは、六一年にメキシコシティに落ち着くまで、様々な新聞・雑誌に所属を変えながら、ローマ、パリ、カラカス、ハバナ、ニューヨークなど、転々と拠点を移す不安定なジャーナリスト生活を送るが、この間も、処女長編『落ち葉』(一九五五、邦訳新潮社、二〇〇七年)や傑作中編『大佐に手紙は来ない』(一九六一、邦訳集英社文庫、一九八二年)を執筆し、彼の語り部の才能は少しずつ成果を残していた。

　メキシコ到着後数年間は、盟友アルバロ・ムティスやカルロス・フエンテスの支援を受けて糊口を凌ぐ生活を送っていたが、六五年、アカプルコへ向かう車中で啓示が訪れ、ガルシア・マルケスは語り部の才を完全に開花させることになる。それまで彼は、後に『百年の孤独』となる小説の構想を長年温めていながらも、その語り口が見出せずにいたが、この時、どんな超自然的事件もすんなりと取り込む小説構造を思いつき、思う存分奇想天外な逸話を盛り込むことができるようになった。その後の約十八カ月間、彼はほぼずっと書斎にこもりきりでタイプライターを打ち続けた。出版前から様々な雑誌に一部が出版されて作家・批評家の絶賛を受けた『百年の孤独』は、六七年五月にブエノスアイレスのスダメリカーナ社から刊行されると、直後から期待以上の大成功を収め、年内だけで売り上げは二十万部に達した。翌年に入っても売れ行きは落ちず、世界中で翻訳が始まったことでガルシア・マルケスの名声は広がり、講演などによる副収入の増加も重なって、以後彼は「副業」に煩わされることなく創作に専念できる環境を手にする。六七年からはバルセロナに拠点を移し、バルガス・ジョサやコルタサル、ドノソらと友情を育みながら、これも以前から構想を温めていた独裁者小説『族長の秋』の執筆に取り組んだ。

七五年に『族長の秋』が刊行されて高評価を受け、さらに、七六年のパンチ事件で以前からイデオロギー的確執のあったバルガス・ジョサと絶交したこともあり、身軽になったガルシア・マルケスは、これ以後、無責任と紙一重の態度で政治活動に乗り出すことになる。コノスールの軍事政権を糾弾するかと思えば、ペルーの左翼的軍事政権を支持するばかりか、すでに国際世論の批判に晒されていたキューバ革命政府を擁護し、ニカラグアでゲリラが勝利するや、サンディニスタ政府とソ連の仲介に奔走した。ガルシア・マルケスほど政治家への接近を求める作家は珍しく、七〇年代末にフィデル・カストロと蜜月関係に入ると、八〇年代以降、ノーベル文学賞作家の肩書を盾に、オマール・トリホス、フランソワ・ミッテラン、フェリペ・ゴンサレスなど、様々な政治家と友情を結んでいる。こうした親交の記録は時に新聞・雑誌への寄稿に現れ、『報道ノート』（一九九九）などに収録された記事にその痕跡を辿ることができるものの、創作にはあまり活かされていない。また、八六年にキューバで映画学校の設立に関わり、『エレンディラ』（一九七二、邦訳筑摩書房、一九八八年）など自作の映画化も含め、様々な映画制作に協力しているが、『公園からの手紙』（一九八八）など、多少の反響を得た作品はあれ、いずれも彼の小説作品の高みには遠く及ばない。

文学作品については、老境の愛をテーマにした『コレラの時代の愛』（邦訳新潮社、二〇〇六年）を経て、ラテンアメリカ解放の父シモン・ボリバルの実像を探った歴史小説『迷宮の将軍』（一九八九、邦訳新潮社、二〇〇七年）が最後の本格的長編となった。短編集『十二の遍歴の物語』（一九九二、邦訳新潮社、二〇〇八年）や『生きて、語り伝える』には読み応えのある部分もあるが、『愛その他の悪霊について』（一九九四、邦訳新潮社、二〇〇七年）は文才の衰えを露呈し、九九年のリンパ癌発症以来は、文章を書くことさえままならなくなった。川端康成の『眠れる美女』に覚えた羨望を出発点に、その「カリブ版」として取り組んだ『わが悲しき娼婦たちの思い出』（二〇〇四、邦訳新潮社、二〇〇六年）はなんとか書き終えたものの、総じてまったく不評だった。晩年はアルツハイマーを発病して記憶力に支障をきたし、持ち前の「嘘つき」の才さえ発揮できなかったという。

推薦作

## 『百年の孤独』

(*Cien años de soledad*, 1967)

ラテンアメリカ文学の最高峰であり、ブームの頂点を極めた記念碑的名作。豚の尻尾を持つ子供の誕生を恐れて駆け落ちした従兄妹とともに伝説の町マコンドは拡大を続け、ブエンディーア一族をめぐって次々と起こる奇想天外な出来事の舞台となる。描写にあたる部分は皆無であり、幼少期に作者が親しんだ祖父母の話しぶりを基調にした語りから繰り出される事件の波に流されるうちに、超自然と自然、ファンタジーと現実が溶け合った魔術的リアリズムに読者は飲み込まれる。幼少期から青年期にわたってカリブ地域で実際に経験した逸話をラテンアメリカ史の象徴的事件に変えていくガルシア・マルケスの想像力を堪能できる。

【邦訳】鼓直訳、新潮社、二〇〇六年

推薦作

## 『族長の秋』

(*El otoño del patriarca*, 1975)

ラテンアメリカ文学に脈々と流れる独裁者小説の最高傑作。準備期間にスペイン語圏の様々な独裁者伝を読み漁ったガルシア・マルケスは、ここでも卓越した想像力を発揮して驚愕の事件を次々と生み出している。同時期に刊行されたロア・バストス『至高の我』(一九七四)やカルペンティエール『方法異説』(一九七四)と較べても、裏切った腹心を料理して晩餐で部下に振る舞い、累積債務の返済に海を丸ごと売り飛ばす族長のスケールは群を抜いている。偽の魔術的リアリズムを振りかざす独裁者に、真の魔術的リアリズムを盾に立ち向かい、やがてこれを打ちのめしていく作者の姿を物語の展開とともにまざまざと見ることができる。

【邦訳】鼓直訳、集英社文庫、二〇一一年

## 【コラム】「ラテンアメリカ文学のブーム」回顧

二〇一四年に発表されたシャビ・アイエンの大著『ブーム、あの年月』（RBA社）は、バルセロナ出身のジャーナリストが、綿密な取材やインタビュー、広範な読書と文献調査をもとに書き上げた「ラテンアメリカ文学のブーム」の年代記であり、一部に事実誤認や誇張が指摘されたものの、初めて暴き出される真実も多く、大きな反響を呼んだ。本文だけで八百ページ近い大作ながら、一九年に別の出版社から再版されるほど売れ行きも好調で、「ブーム」が残した遺産の大きさを雄弁に物語っている。特筆すべきはその網羅ぶりであり、「ブームの五人衆」（ガブリエル・ガルシア・マルケス、マリオ・バルガス・ジョサ、フリオ・コルタサル、カルロス・フエンテス、ホセ・ドノソ）のみならず、アルバロ・ムティスやセルヒオ・ピトルなどの脇役、文学代理人のカルメン・バルセルス、さらには編集者のカルロス・バラルや文芸批評家のエミール・ロドリゲス・モネガルについてまで詳しい情報を提供している。ドノソの『ブームの個人史』（一九七二）を筆頭に、アンヘル・ラマ「ブームの展望」（一九八〇）等、ブームを論じた著作は多いが、情報量において本書はその集大成と言ってもいいだろう。本書の特徴は、第一に著者の出身地バルセロナに記述の中心を置いている点、そして第二にブームの終わりを一九七六年二月十二日の有名な「パンチ事件」（メキシコの国立芸術院でマリオ・バルガス・ジョサがガルシア・マルケスの顔面を殴った）としている点にある。

多くの批評家に共通する見解に従えば、ブームの諸段階とは、その予兆がフエンテスの『澄みわたる大地』（一九五八）、始動がバルガス・ジョサの『都会と犬ども』（一九六三）、頂点が『百年の孤独』（一九六七）であり、ブームの中心地は、メキシコシティ、ブエノスアイレスを経て、一九六〇年代末、ガルシア・マルケスとバルガス・ジョサの到来とともにバルセロナに落ち着く。アイエンも指摘するとおり、有力出版社と新聞・雑誌社が集うバルセロナへのブーム上陸は、ラテンアメリカ文学にとって願ってもない幸運であり、この地からスペイン語圏全体、さらにヨーロッパ各地、アメリカ合衆国へと情報が発信されたおかげで、ブームは世界中に広がった。五〇年代末からラテンアメリカの大都市に形成されつつあった新興知的読者層の要求に応えたのも、セイス・バラル社を中心とするバルセロナの出版社であり、六〇年代半ば以降、有力作品の発行部数を万単位に引き上げることで文学市場を刺激するとともに、作家たちの印税収入を格段に引き上げた。フエンテスは、ブーム世代の特徴を「多くの限界を乗り越えた」ところに見出し、技法的・言語的探究、想像力の飛躍、個性的な文体が結合して、ブーム以降の小説が「現実の反映」から「現実の創造」に移行したことを指摘しているが、文学がそこまで成熟できたのは、収入の安定によって作家が創作に専念できる環境が整ったからこそだった。

その一方で、ブームの終わりをいつとするかについては、これまで様々な見解が打ち出されている。例えばドノソは一九七〇年の大みそか(バルセロナでの晩餐にブームの主役が顔を揃えた)、多くの批評家は七一年の「パディージャ事件」(キューバ革命政府による詩人エベルト・パディージャへの弾圧)としているが、近年までタブーの話題となっていた「パンチ事件」をブームの終焉とするアイエンの見解は、文学的・商業的・社会的側面よりも、作家たちの連帯を重視した結果と言えるだろう。確かに、新しい文学を生み出す意欲と、キューバ革命に端を発する社会革命熱を糧に、世界各地で友情を育んできた作家たちの絆は、バルガス・ジョサのパンチで完全に崩れたと言っていい。大作家二人の喧嘩という衝撃の事件でブームを締め括ろうとするのはいかにもジャーナリストらしい叙述だが、文学研究の観点からすれば、これは卑俗すぎる結末に見えてしまう。七〇年代後半になっても、フエンテスの言う「限界を乗り越える」創作はまだ続いており、七八年にはドノソの傑作『別荘』、八一年にはバルガス・ジョサの大作『世界終末戦争』が刊行されている。他方、作家を取り巻く環境は急速な変化の真っただ中にあった。端的に言えば、作家が「スター化」し始めていたのであり、作家同士の喧嘩が新聞紙上を賑わすこと自体がその明白な兆候にほかならない。文学市場の拡大とともに、七〇年代以降、作家のテレビ・ラジオ出演や新聞・雑誌上のインタビュー、公開対談や講演は急速に増え、作家の社会的存在感は俄かに高まった。ブームの五人衆はもちろん、相当に年配のホルヘ・ルイス・ボルヘスまでマスコミに祀り上げられてスターとなり、世界中から引っ張り凧となった。こうした状況に目をつけて、売り上げ部数を万単位から十万単位まで引き上げようと目論む出版社は、ますます宣伝広告にスターを巻き込み、売り上げに直結する作品を求めて、作家に無言の圧力をかけ始める…。

このように考えてくると、実はブームとは、文学黎明期からベストセラー時代に移行する過渡期だったのであり、一部知識人の愛好する「芸術品」だった小説が、大衆社会に組み込まれて「消費財」となるための橋渡し役を果たしたと考えられる。この観点から見れば、ブームの象徴的な終焉は、『世界終末戦争』の翌年に発表されて、ラテンアメリカ初の大ベストセラーとなったイサベル・アジェンデの『精霊たちの家』かもしれない。

# ホセ・ドノソ

## José Donoso（チリ・1924-1996）

【略歴】

一九二四年チリの首都サンティアゴでブルジョア家庭に生まれる。四五年、名門私立校在学中に羊飼いとしてパタゴニアを放浪、翌年ブエノスアイレスに至るも、病床に伏してサンティアゴに連れ戻される。四七年にチリ大学に入学、四九年から五一年までプリンストン大学で英米文学を学んだ。帰国後創作に乗り出し、五七年に処女長編『戴冠』を発表。六四年にメキシコを訪れて以来、八一年までスペインやアメリカ合衆国各地を転々としながら創作を続ける。七〇年刊行の大作『夜のみだらな鳥』の大成功で「ブーム」に合流した後、七八年刊行の『別荘』も高く評価された。チリに帰国後は創作教室などで後進の指導にあたる。九六年にサンティアゴで没。

「ホセ・ドノソのすべてがいつも文学だった」、このバルガス・ジョサの言葉の重みが真に理解されることになるのは、ドノソの死後十年以上経過した後のことだった。一九九七年、『夜のみだらな鳥』の再版に伴って死後出版されたエッセイ「妄想の鍵」にも、この大作の知られざる内幕が暴露されており、文学愛好家や研究者を驚かせたが、二〇一〇年に養女ピラール・ドノソが名門アルファグアラ社から出版したドノソ伝『分厚いベールの向こう』がラテンアメリカ文学関係者に引き起こした驚愕はこの比ではなかった。ドノソ夫妻に近しい人々は知っていたとはいえ、そもそもピラールが養女だったこと自体初耳という人が大半だったうえ、そこに暴き出された養父母の破滅的夫婦関係、さらにはホセ・ドノソの同性愛趣味は、ドノソ文学全体の再考を促すほど衝撃的だった。

その余波も冷めやらぬ二〇一一年十一月、ピラールは四十四歳という若さで、サンティアゴの自宅で服毒自殺する。伝記を書くために彼女が参照した父ドノソの創作ノートや日記には、未完となった新作の構想が記されており、その内容とは、作家である男の死後、遺された秘密の日記を読んだその娘が自殺を決意する、というものだった。ドノソの遺した日記には、娘の愚鈍さや醜さを嘆く部分も少なからずあった。

二十世紀のラテンアメリカ文学を見渡しても、ドノソほど深い文学的見識を備えた作家は少ないが、同時に彼ほど屈折した性格の持ち主も珍しい。人前に出る時こそ自制していたものの、家族や親しい者の前では、劣等感、猜疑心、妬み、虚栄心、その他教養人の美徳とは縁遠い側面を曝け出すことがあり、日記にもこれが如実に反映されている。屈折の根源は、ブルジョア出身でありながらブルジョアを忌み嫌い、それでいてブルジョアの快適な生活を求めずにはいられなかったところにある。

　出自に最初の抵抗を試みたのは思春期のことであり、イギリス系の名門私立グランジ校在学中から、快適な家を出て、まずパタゴニア、続いてブエノスアイレスを放浪したが、坊ちゃん育ちの彼が羊飼いやルンペン生活に耐えられるはずはなく、体を壊して両親にサンティアゴへ連れ戻された。その後、大人しくチリ大学へ入学し、奨学金を得て三年間プリンストン大学で英米文学を学んだものの、帰国後、同じくブルジョア出身のホルヘ・エドワーズらと親交するうちに、文学によるブルジョア批判を画策し、五五年に処女短編集『バカンスその他の短編集』、五七年に処女長編『戴冠』を発表する。本人曰く「動脈硬化の祖母と、同じく動脈硬化のメイドたちについての小説」という『戴冠』は、後に開花する猟奇的世界にはまだ程遠いとはいえ、独自の批判的リアリズムをしっかりと打ち出しており、六三年にアメリカ合衆国のクノップフ社が英語版を手掛けるなど、ドノソの世界進出の第一歩となった。

　五八年には、旧態依然としたブルジョアに牛耳られたチリ社会に「窒息しそうになって」、またもやブエノスアイレスへ逃亡するが、この時は、ボルヘスを読んで衝撃を受け、ロア・バストスら、ラテンアメリカ出身の作家と交流するなど、実りの多い滞在となった。これでラテンアメリカ文学の現状に開眼したドノソは、六一年にカルロス・フエンテスの処女長編『澄みわたる大地』を読み、これが彼の作家人生を劇的に変える。グランジ校でドノソの姿を見ていたというフエンテスは、六二年にチリのコンセプシオンで開かれた知識人会議でドノソに声を掛け、『戴冠』の売り込みを買って出たばかりか、六四年には、メキシコのチチェンイツァーで開かれた作家会議に彼を招待した。

　フエンテスとの親交によって偏狭なチリ社会を抜け出し、スペイン語圏全体へ視野を広げて創作する必要を痛感したドノソは、後に『夜のみだらな鳥』となる作品に着手するものの、執筆は遅々として進まず、メキシコシティのフエンテス邸に居候を始めたところで、『夜のみだらな鳥』の一部となる予定だった挿話を土台に、中編小説を書いてみようと思い立つ。六六年に『境界なき土地』（邦訳水声社、二〇一三年）のタイトルでメキシコの有力出版社ホアキン・モルティスから刊行されたこの小説は、同じ年にチリで発表された中編『この日曜日』（邦訳筑摩書房、一九七六年）とともに、概ね好評を博し、これで一息つくことができたドノソは、いよいよ『夜のみだらな鳥』の執筆に専念しようと意気込んだ。

　六四年から八一年まで続く海外生活では、メキシコシティ、アイオワ、リスボン、スペインではポレンサ、バルセロナ、カラセイテ、シッジェス、マドリードと目まぐるしく転居を繰り返しながら、二作の巨大長編、『夜のみだらな鳥』と『別荘』のほか、回想録『ブームの個人史』（一九七二、邦訳東海大学出版会、一九八三年）、短編集『三つのブルジョア小説集』（一九七二、邦訳集英社文庫、一九九四年）、そして二作の中編、『隣の庭』（一九八一、邦訳現代企画室、一九九六年）と『ロリア侯爵夫人の失踪』（一九八一、邦訳水声社、二〇一五年）などを執筆し、バルガス・ジョサやコルタサル、ガルシア・マルケスとの友情にも支えられて、着々と世界的名声を高めていったが、度重なる体調不良と妻のヒステリー、娘の養育問題と金銭的不安に苛まれ続けたドノソは、この間に何度も崖っぷちの状態まで追い込まれている。六九年には胃潰瘍の手術で二十五キロも体重を失い、『夜のみだらな鳥』の出版に際しては、編集者のカルロス・バラルと大喧嘩して数日間寝込み、作品の宣伝や原稿料をめぐってエージェントのカルメン・バルセルスと口論を繰り返し、七四年以降は何度も妻と別居状態に陥り、ブームの同志たちの成功を羨み、親友だったはずのエドワーズが小説を発表すれば妬みに身を捩らせるなど、心の休まる暇もなかったようだ。

ようやく状況が好転し始めたのは、七八年発表の『別荘』が権威あるスペイン批評賞を受賞するなど、大成功を収めて以後のことであり、これを機にマドリードに居を定めたドノソは、妻との関係の修復に努め、比較的安定した生活に入った。それでも、同僚や出版関係者に対する妬みや不信感は変わらなかったようで、八〇年代初頭までは、事あるごとにバルセルスに難題を突き付けていたという。

だが八一年、軍事政権に睨まれることもなく、ブームの一翼を担った世界的作家として大歓迎で祖国に迎え入れられると、次第に虚栄心も満たされたのか、家族とともに静かな日々を過ごすようになった。同年からは、公的支援を受けた創作教室で後進の指導にあたった（門下生にカルロス・フランツがいる）ほか、八四年にアメリカ合衆国の大学を幾つか回った折には、自作について笑顔でその裏話を語り、その後も『絶望』（一九八六）、『象の死に場所』（一九九五）といった佳作の執筆を続けるなど、若い頃から髭を伸ばしてまで年配作家に見られようと努めていた作家にふさわしい晩年を送っている。作品の売り上げも好調だったうえ、九〇年のチリ国民文学賞、九五年のスペイン大十字勲章など、様々な栄誉を受けた後、九六年にサンティアゴで亡くなっている。生前彼を悩ませた妻マリア・ピラールが亡くなったのはそのわずか三カ月後のことだった。

推薦作

## 『夜のみだらな鳥』

(*El obsceno pájaro de la noche*, 1970)

一九六二年八月から六九年十二月まで、七年以上の歳月を経て書き上げられた大作であり、魔術的リアリズムの傑作として現在まで世界中で文学通を唸らせ続けている。サンティアゴ市街で見かけた不気味な小人（「ボーイ」のモデル）、老婆がうろつく廃墟同然の寺院（エンカルナシオン修道院のモデル）、怪物インブンチェを含む家族伝説、この三つが「核融合」を起こして生まれた物語であり、チリの名門家アスコイティア一族の断末魔を中心に、怪物が次々と増殖される不条理な世界が出来上がっていく。これこそ退廃して出口なしの状況に追い込まれていたチリ・ブルジョア階級の隠喩であり、未来への恐ろしい予言が見て取れる。

【邦訳】鼓直訳、水声社、二〇一八年

推薦作

## 『別荘』

(*Casa de campo*, 1978)

一九七三年九月十一日のピノチェト将軍によるクーデター勃発に触発されて着手された寓話的物語。植民地時代から続く名門ベントゥーラ一族総勢四十九名が、所領の金山に近い平原に聳える別荘で過ごす毎年恒例のバカンスを舞台に、多数の使用人や「食人種」とされる原住民を巻き込んで、奇想天外な物語を繰り広げる。大人たちが子供たちを厳しく監視することで維持されていた秩序が、大人たちだけで企画した景勝地へのピクニックをきっかけに崩壊し、別荘には混乱の嵐が吹き荒れる。アジェンデ大統領やピノチェトと重なる人物も現れ、十九世紀から軍政に至るまでのラテンアメリカ史の隠喩をそこに見出さずにはいられない。

【邦訳】寺尾隆吉訳、現代企画室、二〇一四年

# アルバロ・ムティス

## Álvaro Mutis（コロンビア・1923-2013）

【略歴】
一九二三年コロンビアのボゴタ生まれ。二歳でベルギーへ移り住み、ブリュッセルで初等教育を受ける。九歳で帰国、宗教学校へ進むが、大学への進学は断念し、独学で本を読み漁る。四二年にラジオ局の職を得て以来、マスコミや広告関係に勤めながら、詩作に着手。五六年以降メキシコに拠点を移し、広告代理店の重役として多くの文化人をサポートした。小説では『マクロル・エル・ガビエロ・サーガ』の七作が特に有名。二〇〇一年セルバンテス賞受賞。二〇一三年にメキシコシティで没。

ラテンアメリカ文学でもアルバロ・ムティスほど実務に長けた作家は珍しい。「私にとって文学は辛い隷属だ」と語ったことすらある彼の生涯を振り返ってみると、創作より広告関係の実務をこなしている時のほうが気楽だったのではないかとさえ思えてくる。一九四二年にボゴタのラジオ局「ムンド・ヌエボ」（今のカラコル・グループの母体）に職を得て、「文学の現在」という番組を担当するとともに、作家や評論家との付き合いを得て、自らも詩作に着手する。だが、文学では決して生計を立てられないとよくわかっていた彼は、ラジオ局の仕事を続け、四六年からは保険会社の主催する通俗的雑誌の編集長を務めた。五〇年代には広告業に舞台を移し、いくつか有力会社に勤務した後、五四年には石油会社エッソの宣伝部門責任者に就任している。人付き合いもよく、とりわけ金払いのいいムティスは、誰からも愛される存在であり、広告業には向いていたようだ。だが、この地位を利用して、大量の金を無謀な文化事業につぎ込んだせいで、背任の容疑をかけられ、五六年にメキシコへ逃れたものの、五九年にはインターポールに拘束されて、悪名高いレクンベリ刑務所で一年三カ月を過ごすことになった。この時の辛い体験をもとに書かれた中編小説『レクンベリの日記』（一九六〇）は、今でもムティスの代表作の一つと見なされている。

挫折にもかかわらず、出獄後またもや広告業で如才ない働きぶりを見せた彼は、二〇世紀フォックスとコロンビア映画に相次いで営業マンとして抜擢され、後者には八八年に定年退職するまで所属していた。六〇年代半ば以降の彼は、まさに文化人の金蔓であり、ルイス・ブニュエルやカルロス・フエンテス、オクタビオ・パスと親交して様々な文化活動をサポートしたほか、当時不遇だった同国人ガルシア・マルケスにも実入りのいい広告業の仕事を斡旋した。ガルシア・マルケスとはこれ以後生涯固い友情で結ばれることになり、名作『迷宮の将軍』を捧げられている。

　ムティスが作家としてラテンアメリカに名を知られる出発点となったのは、六五年にメキシコの名門エラ社から刊行された詩集『失われた仕事』だった。それまで散発的な形でしか発表されていなかった彼の作品がこれで体系的に知られるようになり、斬新なイメージを駆使した詩作は有力批評家から高い評価を受けている。そして、彼の名声を一気に高めることになるのが、当初は詩に登場していた奇抜な船乗り「マクロル・エル・ガビエロ」を中心人物に据えた、『提督の雪』（一九八六）に始まる七作の連作中編であり、この成功でムティスは、ガルシア・マルケスと並ぶ魔術的リアリズムの作家と見なされるようになった。九七年にアストゥリアス皇太子賞、二〇〇一年にはセルバンテス賞を受賞するなど、九〇年代以降のムティスは数々の栄誉に包まれたが、多くの作家・批評家に敬愛されていたため、彼の文学作品が過剰評価を受けたことには留意しておくべきだろう。

　現在も一般読者に強く支持され続けているビジャウルティア賞受賞作『雨とともにやってくるイローナ』（一九八八）も含め、彼の小説作品はいずれも詩作の延長線上にあり、物語の展開自体よりは、言葉の組み合わせから生まれる独特の雰囲気にその面白さがあるだけで、王道の魔術的リアリズム文学に比肩するものではない。ムティスは生涯詩人だったのであり、無理して彼の作品に象徴性やメッセージを求めるのではなく、表面的な文章の美しさをそのまま味わうほうが理に適っていると言えるだろう。

**推薦作**

**『雨とともにやってくるイローナ』**
(*Ilona llega con la lluvia*, 1988)

『マクロル・エル・ガビエロ・サーガ』の第二作で、アルバロ・ムティスの最もよく知られた小説。奇想天外な物語の語り手で船乗りのガビエロは、後に自殺する船長ウィトとともにパナマのクリストバルへ流れ着く。職もなく、一文無しになっていたところに、かつての愛人イローナが現れ、女性全員がスチュワーデス姿で男を迎える奇抜な売春宿開店の話を持ちかける。商売は繁盛し、そろそろ店仕舞いしようとしていたところに、嵐の女ラリサが現れて二人の運命を変える。他愛もない物語と言ってしまえばそれまでだが、繊細なタッチで詩的イメージを積み上げていく文体は美しく、ムティスの手腕を堪能できる一作だろう。

【邦訳】二〇一九年十二月現在未邦訳

# アウグスト・モンテローソ

## Augusto Monterroso（ホンジュラス・1921-2003）

【略歴】

一九二一年ホンジュラスの首都テグシガルパ生まれ。五歳の時に家族とともにグアテマラシティへ移り住む。肉屋に勤務しながら古典文学を読み始め、一九四〇年頃から創作を始める。一九四四年にメキシコへ亡命、五六年以降は様々な教育機関に職を得て創作を続け、有力新聞・雑誌に短編小説や書評などを寄稿した。『全集（その他の物語）』（一九五九）、『黒い羊その他の物語』（一九六九）で好評を博して以降、二〇〇三年に没するまで多岐にわたる文章を書き続けた。

二〇〇〇年、アウグスト・モンテローソはその文学的功績を称えられてアストゥリアス皇太子賞を受賞したが、いまだかつて、この権威ある勲章が小学校中退の人物に与えられたことがあっただろうか。作家としての彼のキャリアは実に奇抜であり、ホンジュラスに生まれてグアテマラに居を移した後、十一歳にして小学校を自主退学、でたらめに図書館の本を読み漁っていたが、雇われた肉屋の主人に勧められて、セルバンテスやシェイクスピア、ユーゴーといった古典的作家を多少は体系的に読むようになった。

とはいえ、あくまで独学で文学を齧っただけであり、一九四〇年に、作家や芸術家を志す友人たちと同人誌を立ち上げた後も、最初は「我流」で苦労して創作に臨むことしかできず、長い間劣等感を抱き続けたようだ。だが、独学を貫いたことでモンテローソは、独自の視点と唯一無二とも言える文学観を育み、これが後々まで創作の支えとなった。グアテマラ時代に発表した作品にもその才能の片鱗はすでに見えているが、その文学的素養が存分に開花するのは、一九四四年にメキシコへ亡命して以降のことだった。国立大学における文学部の創設や、アルフォンソ・レジェスのような文化人の尽力によって、文学の制度化が進みつつあった当時のメキシコで、モンテローソのように異彩を放つ独学の士は貴重な存在だったようだ。セルヒオ・ピトルやホセ・エミリオ・パチェーコ、カルロス・フエンテスなど、文学通として知られる作家たちの多くが彼の特異な文学観に惹かれたという事実は、とりわけ興味深い。

祖国の政情不安の煽りを受けて、彼のメキシコ生活は安定せず、チリやボリビアでの滞在を余儀なくされた時期もあったが、その間も書き続けた短編やエッセイは次第に作家や評論家の目にとまり、その才能が認められて一九五六年にメキシコ国立自治大学やメキシコ芸術院の庇護を受けてからは、創作も完全に軌道に乗った。そして五九年、それまで書きためた短編集をまとめて『全集（その他の物語）』というタイトルで出版すると、メキシコ内外から絶賛の声が上がった。六九年発表の『黒い羊その他の物語集』（邦訳書肆山田、二〇〇八年）では、モンテローソらしい風刺と諧謔にいっそう磨きがかかり、聖書や神話や動物寓話、哲学や科学を自由自在に翻意して、笑いとペーソスに満ちた物語を生み出している。エッセイとも短編とも区別のつかぬ雑文集『恒久運動』（一九七二）が、その年にメキシコで発表された「最高の書」という評価を受けると、六二年のキューバ訪問を皮切りに、六〇年代後半から七〇年代半ばにかけて、モンテローソが断続的にアメリカ大陸各地やヨーロッパ各国を回って講演会や朗読会を行っていたこともあり、彼の名声は一気に世界中に広がった。

長編小説こそほとんど手掛けることがなかった（七八年発表の『あとは沈黙』のみ）ものの、晩年に至るまでモンテローソはコンスタントにエッセイや短編の執筆を続け、ジャーナリズムや講演会、創作教室などの場でも持ち前の鬼才を発揮し続けた。九〇年代以降は、フアン・ルルフォ賞（一九九六）、ミゲル・アンヘル・アストゥリアス賞（一九九七）、アストゥリアス皇太子賞など、数々の栄誉をうけるなかで、回想録風の文章を多く残している。遺作となった『イスパノアメリカの鳥たち』（二〇〇二）は、「奇人」エルネスト・カルデナルを筆頭に、親しかった作家三十六人に捧げたオマージュであり、「愛されキャラ」だった彼らしい逸話が随所に散りばめられていて、読む者の心を慰める。

**推薦作**

AUGUSTO MONTERROSO
*Obras completas (y otros cuentos)*

**『全集（その他の物語）』**

(*Obras completas (y otros cuentos)*, 1959)

デビュー作がこのタイトルというあたりがモンテローソの諧謔を象徴していると言えるだろう。新人作家なのに全集？　全集なのに、「その他の物語？」首を傾げてページを紐解いてみれば、何のことはない、「全集」というタイトルの短編小説が収録されている。おそらく彼の最も有名な短編「恐竜」は、「目を覚ますと、恐竜はまだそこにいた。」という一文だけで完結する。「牛」もわずか十行ほどしかない。他にも、「ミスター・テイラー」「コンサート」「百周年」など、あっと驚く仕掛けで見事に読者の期待と予想を裏切る短編が揃っている。常識的見方を覆された後には、笑いと不安の交錯する心地よい余韻が残る。

**【邦訳】**服部綾乃・石川隆介訳、書肆山田、二〇〇八年

# マリオ・ベネデッティ

## Mario Benedetti（ウルグアイ・1920-2009）

【略歴】

一九二〇年ウルグアイの小村パソ・デ・ロス・トロスの生まれ。ドイツ人学校で中等教育を受けた後、三年間のブエノスアイレス滞在を経て四一年に帰国し、ウルグアイ「四五年世代」の旗手となる。五四年には名門雑誌『マルチャ』で文学部門の責任者を任され、以後『オフィス詩集』（一九五六）、『休戦』（一九六〇）など多くの詩集、長編小説、短編集、評論集を残している。キューバ革命に共鳴し、二〇〇九年に没するまで革命派知識人の立場を貫いた。

ラテンアメリカにおいて詩の社会的ステータスは高く、時には詩集が万単位の売り上げ部数を記録することもあれば、詩人自らによる朗読を録音したCDが発売されることもあり、詩のリサイタルともなれば、数百人収容の会場が満席になることもある。とりわけキューバ革命やニカラグア革命を支持する左翼系の詩人は、若者のロマン主義的気質を刺激するらしく、熱烈な支持を受けることがある。マリオ・ベネデッティは、ニカラグアのエルネスト・カルデナルと並び、一九六〇年代以降、ラテンアメリカ各地で若者を中心に熱狂的な追随者を獲得した詩人の一人だった。出世作『オフィス詩集』にすでに見られるとおり、ベネデッティの詩は概して素朴で覚えやすく、これが激情的政治活動家としての彼のイメージとあいまって、その人気を高めている。「きっと君を好きになる、何も訊かなくても／きっと僕を好きになる、何も答えなくても」（『他人の詩集』（一九七四）所収「ようこそ」）、「君と会う恐怖／必要／希望／不安」（同「その逆も」）といった詩文は、現在でもラテンアメリカの若者が女性を口説く時の定番となっているほか、愛の詩だけを集めたアンソロジーも多数編纂されている。

とはいえ、彼が散文の分野でも優れた作品を残し、ラテンアメリカ文学のブームにも大きな貢献を果たしたことを看過すべきではあるまい。実存主義の影響も垣間見える彼の都市小説集、とりわけ短編集『モンテビデオの人々』（一九五九）と長編『休戦』は、「南米のスイス」と呼ばれたウルグアイの首都で、物質的繁栄を享受しながらも倦怠と未来への不安を抜け切れない小市民たちの単調な日々から、巧みに悲喜劇を引き出しており、ラテンアメリカ全体で広く読まれたほか、数カ国語に翻訳されている。また、五四年から彼が編集に加わった週刊誌『マルチャ』は、フアン・カルロス・オネッティやアンヘル・ラマといった優れた協力者を得て、六〇年代にはスペイン語圏全体に発信力を持つ有力雑誌となり、ベネデッティ自身も、政治や文学に関する話題を中心に、鋭い論考を精力的に発信した。『混血大陸の文学』（一九六七）や『至高の族長異説』（一九七九）などの文学評論は、ブームの世代を筆頭に、同時代のラテンアメリカ文学を積極的に取り上げており、若手作家への後押しにもなった。

同世代のラテンアメリカ作家の例にたがわず、彼もキューバ革命には熱烈に賛同したが、いわゆる「パディージャ事件」を機に、七〇年代以降、明確に革命政府への失望を表明する者や、口先だけ革命的言説を弄して左翼のおいしい部分だけをせしめていく者も多く現れるなか、ベネデッティほど頑強にカストロ体制支持を貫いた作家は少ない。六八年に、革命政府最高の文化機関カサ・デ・ラス・アメリカスの指導部に抜擢されて以来、キューバ国内で様々な出版・文化活動に関わったほか、七一年四月に祖国で「三月二十六日独立派運動」を立ち上げて政治活動に乗り出して以降も、窮地に差し掛かっていたキューバへの支援を惜しまなかった。また、七三年にウルグアイが事実上軍事政権に入り、『マルチャ』が廃刊に追い込まれるとともに、ベネデッティも亡命を余儀なくされると、七六年からは一時キューバに居を定めている。

ソ連崩壊後も社会主義への信奉を崩さなかった彼は、左翼系機関から様々な文学賞や叙勲を受けた反面、やっかみもあってか、その激情的すぎる政治姿勢を批判されることもあったが、彼が最後まで理想を貫き通した闘士であった事実に疑いの余地はあるまい。

**推薦作**

**『休戦』**
(*La tregua*, 1960)

定年を目前に控えた商社マンで、二十年以上も前に妻に先立たれた主人公サントメが、約一年にわたって書き続ける日記の体裁で物語が展開する。一見平凡なサラリーマン生活の描写から、責任の重い中間管理職、目前に迫る有閑生活、同性愛を告白する次男、様々な問題をめぐる苦悩が浮かび上がる。やがてサントメは、部下のうら若きOLと恋に落ち、最初は歳の差にとまどいながらも、やがて正面から関係を受け入れていくが…　急速な都市化を背景に、単調な生活の裏に潜む激動のドラマを描き出したこの小説は、七四年に映画化されるほどのヒットとなり、現在までラテンアメリカ各地で「古典」として読まれ続けている。

【邦訳】二〇一九年十二月現在未邦訳

# フアン・ホセ・アレオラ

## Juan José Arreola（メキシコ・1918-2001）

【略歴】
一九一八年メキシコのサポトラン生まれ。十代から印刷所に出入りして独学で文学を学び、三〇年代からグアダラハラの雑誌・新聞に短編を寄稿。十八歳で首都へ出て、四五年にパリに滞在。帰国後文化機関などで要職を歴任。『創作あれこれ』（一九四九）と『共謀綺談』（一九五二）で短編作家として評価を受け、六三年に長編『市』、七六年にコラム集『目録』を発表。メキシコ作家センターなどで教鞭を執り、後進の指導にも尽力した。二〇〇一年グアダラハラで没。

　独学独歩の作家で一国の文学にこれほど重要な貢献を果たしたケースは、フアン・ホセ・アレオラをおいてほかにあるまい。裕福とは言えない家庭の出身で、十四人兄弟の四番目、しかも幼少期がクリステーロ戦争（一九二六～二六）と重なったこともあり、一時修道院学校に入れられたほかは、ほとんど義務教育すら受けることもなかったアレオラだが、十代から独自の趣味でボードレール、ダンテ、ホイットマン、パピーニ、シュオブらの作品を読んで文学的感性を磨き、一九三七年には、グアダラハラの新聞『エル・ビヒア』に初の短編「歌人」を発表している。後に『ペドロ・パラモ』でメキシコ文学を刷新するフアン・ルルフォや、著名文学研究家となるアントニオ・アラトーレと、生涯続く固い友情を結ぶきっかけとなったのは、グアダラハラでともにこなした新聞・雑誌の編集作業だった。少年時代からアルバイトで印刷所に出入りしていたこともあって、アレオラは出版に関わる仕事を生涯愛し続け、書籍の編纂、雑誌の編集、原稿の校正など、面倒を伴う作業も厭うことなくこなしていたようだ。

　三七年に首都へ出ると、ハビエル・ビジャウルティアやロドルフォ・ウシグリに師事して演劇を学び、俳優として舞台に立つこともあったほか、当時隆盛を極めていたラジオドラマにも端役で出演している。四五年には、グアダラハラを訪問中だったフランスの名優ルイ・ジューヴェと知り合い、彼の助けでパリ行きの機会を得た。フランスの気候が合わず、苦い経験となったようだが、本人によれば、「人生を二つに分ける」決定的な滞在だったという。後に自ら寸劇の執筆も手掛けているとおり、演劇界での経験は創作の肥やしとなり、とりわけ、限られた語数で最大限の効果を引き出して観客をひきつける術を会得したことが、後に短編小説の執筆に活かされた。本人自ら「だらだらした発育より発芽のほうがいい」と何度も述べているとおり、アレオラは基本的に短編小説作家であり、とりわけ、二、三ページのなかに劇的効果を凝縮する極小短編を得意としている。処女短編集『創作あれこれ』、『共謀綺談』、『動物寓話集』（一九五八）から成る三部作には、「メキシコのボルヘス」と評されたアレオラの手腕と文学的教養の粋を結集した快作が揃っており、現在もその輝きはまったく失われてはいない。

長編小説というよりは断片的な独白の集合体に近い『市』や、新聞『メキシコの太陽』に掲載したコラムを集めた『目録』など、その後もアレオラはいくつか著作を発表しているが、文学作品を通しての文壇への貢献は、短編集三部作でほぼすべてだったと言っても過言ではない。盟友ルルフォと同じく、内側からの欲求に突き上げられて創作に着手するだけで、名声欲とも商業的文学ともまったく無縁だったアレオラは、書きたくもないことを小銭稼ぎや雑誌の穴埋めに書くことを頑なに拒み、沈黙を貫き通した。だが、その姿勢がかえって作家たちの共感と称賛を呼び、文豪アルフォンソ・レジェスを筆頭に、大作家の信頼を受けることになる。

一九五〇年代以降は、メキシコ作家センターやメキシコ国立自治大学などで、後進の指導にも手腕を発揮した。広い教養と鋭い知性を支えに、優れた文学を見分ける鑑識眼は生涯衰えを知らず、アラトーレの計らいで一九四〇年代末に名門出版社フォンド・デ・クルトゥーラ・エコノミカ社に職を得て以来、フリオ・コルタサル、カルロス・フエンテス、ホセ・エミリオ・パチェーコ、ホセ・アグスティンなど、数多くの著名作家を世に送り出している。

**推薦作**

Confabulario
por
JUAN JOSE ARREOLA
letras mexicanas
FONDO DE CULTURA ECONOMICA

**『共謀綺談』**

(*Confabulario*, 1952)

短編小説作家アレオラの真骨頂とでも言うべき短編集であり、メキシコ文学新時代の到来を告げた名作として現在まで長くスペイン語圏全体で読まれ続けている。本人のお気に入りでもあったようで、同じタイトルで何度か短編集を編み直している。余計なものをすべてそぎ落とし、最小限の言葉でエッセンスだけ抽出して表現する彼のスタイルが、しばしば読者に強烈なパンチをお見舞いする。メキシコにおける鉄道会社の惨状を出発点にした名作短編「転轍主」を筆頭に、「奇跡のミリグラム」、「ベイビーHP」、「広告」など、作者が独特のアイロニーを込めて社会風刺を打ち出した作品に傑作が多い。

**【邦訳】**安藤哲行訳、松籟社、二〇一八年

# アウグスト・ロア・バストス

## Augusto Roa Bastos（パラグアイ・1917-2005）

【略歴】

一九一七年パラグアイのアスンシオン生まれ。十五歳でチャコ戦争を経験。四五年にジャーナリストとしてイギリスに滞在。四七年に帰国するも、独裁政権の迫害を受けて亡命、九六年までアルゼンチンとフランスで亡命生活を送った。六〇年発表の長編小説『汝、人の子よ』でスペイン語圏に名を知られた後、独裁者小説『至高の我』（一九七四）が高く評価された。八九年にセルバンテス賞受賞後も、長編の執筆を中心に創作を続けた。二〇〇五年アスンシオンで没。

アウグスト・ロア・バストスの創作を支える二本の柱は、スペイン文化とグアラニー文化の融合、そして独裁者への糾弾だった。人口の大半がスペイン語とグアラニー語のバイリンガルというパラグアイにあって、首都の白人系家庭出身ながら田舎町イトゥルベで育ったロア・バストスも、幼少から二つの言語を不自由なく使いこなしていた。

思春期の彼にとって衝撃の体験となったのは、自ら志願して乗り込んだチャコ戦争（一九三二〜三五）であり、その後長期にわたってこの時に見た悲惨な光景の記憶に悩まされることになった。同じようにこの戦争を生き延びた主人公を語りの中心に据え、グアラニーの魂を吹き込んだ叙事詩的スペイン語で、チャコ戦争に至る二十世紀前半のパラグアイ史を民衆の目から再現しようとする試みが、彼の処女長編『汝、人の子よ』（邦訳集英社、一九八四年）であり、ロサダ社の主催する文学賞を受賞した本作とともに、作家ロア・バストスのキャリアが本格的に始まった。

他方、パラグアイは独立以来絶えず独裁政権の危機に晒され続けた国であり、ロア・バストスも何度か迫害に遭っている。その最初はイギリスから帰国した直後の一九四七年であり、共産主義者の嫌疑をかけられて国家警察に追われた彼は、三日間水道タンクに隠れた後にブラジル大使館へ逃れ、最終的にブエノスアイレスへ亡命した。ロア・バストスはこれで独裁者への憎念を心に植えつけられたが、七六年まで続くブエノスアイレス時代には、保険会社に勤めたこともあるなど、時に生活苦はあれ、エルネスト・サバトやトマス・エロイ・マルティネスといった親友に恵まれたこともあり、亡命のおかげで文学的には大きな実りを手にしている。

五〇年代末以降、映画のシナリ

オ書きをこなしながら創作活動を続けたロア・バストスは、六〇年代に四冊の短編集を刊行した後、六八年に大作『至高の我』に取り掛かった。七四年に刊行されたこの独裁者小説は、折からのラテンアメリカ文学のブームに後押しされて、批評面でも売り上げ面でも大成功を収め、彼の名を世界に知らしめることになった。

だが、七六年にアルゼンチンでクーデターが起こって軍事政権が始まったことで、彼のブエノスアイレス生活は終わりを告げる。独裁者ビデラから『至高の我』の発売を止められたロア・バストスは、トゥールーズ大学から招聘を受けたのを機に、アルゼンチンから去る決意を固め、九六年まで大学教員としてラテンアメリカ文学やグアラニー語を講義することになった。祖国パラグアイでは、五四年からストロエスネルが長期独裁体制を敷いており、八二年にロア・バストスは監視の目をかいくぐって一時帰国したものの、当局に見つかって国外追放処分となり、市民権まで剥奪された。だが、こうした迫害はかえって彼の名声を高めたようで、直後にスペイン市民権、フランス国籍を与えられたばかりか、八九年のセルバンテス賞を筆頭に、亡くなるまでヨーロッパとラテンアメリカの各地で様々な栄誉に輝いている。また、七十代に差し掛かっても創作意欲は衰えを知らず、コロンブスを中心に据えた歴史小説『眠れぬ提督』（一九九二）や、独裁者小説の続編として、奇抜なストロエスネル暗殺計画を描いた『検事』（一九九三）など、晩年までスケールの大きな作品を書き続けた。九六年に国民の大歓迎を受けて帰国を果たした後は、新聞のコラムなどを担当しながら静かに余生を送った。二〇〇五年、自宅での転倒が引き金となって心臓発作を起こし、そのまま他界している。

**推薦作**

**『至高の我』**
(*Yo el Supremo*, 1974)

ガルシア・マルケスの『族長の秋』、カルペンティエールの『方法異説』と並んで、ラテンアメリカ三大独裁者小説の一つに数えられるパラグアイ文学の最高傑作。主人公は、十九世紀前半のパラグアイに「永久独裁」体制を敷いて国民を鎖国状態に繋ぎ止めたホセ・ガスパール・ロドリゲス・デ・フランシアであり、ロア・バストスは二万点を越える文献を参照して独裁者の独白と様々な登場人物の声を再現している。歴史を恣意的に書き換えながら時間の進行を止め、人々の記憶を操作することで神話になろうとする独裁者の企みと、恐怖のなかで必死に生き永らえていく市民の姿が、複雑な物語構成の内側から浮かび上がってくる。

【邦訳】二〇一九年十二月現在未邦訳

# フアン・ルルフォ

Juan Rulfo（メキシコ・1917-1986）

【略歴】
一九一七年メキシコ・ハリスコ州サユラの生まれ。幼くして天涯孤独となり、グアダラハラの孤児院で少年時代を過ごす。三四年にメキシコシティへ移って以降、内務省やタイヤ会社に勤務しながら短編の創作を始め、五三年発表の短編集『燃える平原』で注目を浴びる。五五年、メキシコ文学の最高傑作と後に評される長編『ペドロ・パラモ』を発表するが、その後事実上断筆した。八三年アストゥリアス皇太子賞受賞。八六年メキシコシティで没。

これほど寡作ながら、これほど大きなインパクトをラテンアメリカ文学に与えた作家はフアン・ルルフォをおいてほかに見当たらない。映画のシナリオとして書いた「黄金の鶏」（一九八〇）を除けば、彼が残した文学作品は短編小説集『燃える平原』（邦訳水声社、一九九〇年）と名作『ペドロ・パラモ』の二作しかない。一九五〇年代こそ大きな反響を呼ぶことはなかったものの、ラテンアメリカ文学のブームが世界に広がった六〇年代以降、その先駆と見なされた二作の評価はうなぎのぼりを続け、カルロス・フエンテスを筆頭に、ガルシア・マルケス、バルガス・ジョサ、オネッティ、ロア・バストス、ホセ・マリア・アルゲダス、アンヘル・ラマ等、ルルフォに絶賛を送った作家・批評家の数は計り知れない。当然ながら次回作の刊行を熱望されたにもかかわらず、ルルフォ自身は、何か書いているような素振りを見せるだけでいつも話をはぐらかし、とうとう何も公表することなく亡くなった。同じく寡作で有名な盟友フアン・ホセ・アレオラは、ジャーナリズムへの寄稿やインタビューなどで公の場に顔を見せることがよくあったが、ルルフォは講演やインタビューの依頼に応じることもほとんどなく、公私を問わず控え目で寡黙な人物だった。彼の作品に心酔していたオネッティとカフェで顔を合わせた際には、二時間以上もコカ・コーラを飲むだけでじっと黙っていたという。

沈黙の起源は幼少時代にある。ルルフォの生まれ育ったハリスコ州は、メキシコ革命の余波を受けて勃発したキリスト教徒の反乱「クリステーロ戦争」で最も深刻な被害を受けた地域であり、父が暗殺されたほか、親類の大半を十歳までに失って、最後は州都グアダラハラの孤児院に入れられている。「葬式の名人」と呼ばれた川端康成同様、ルルフォは生涯死の影につきまとわれた作家であり、彼の描く小説世界は、絶えず死のオブセッションにつきまとわれた陰鬱な主観的世界の反映にほかならなかった。

とはいえ、その埋め合わせというわけではないが、最愛の妻クララとの結婚生活は平穏で、四人の子宝を授かったばかりか、友人に恵まれ、文壇の力強い後押しで世俗的成功を手にしたことも事実だった。三四年にメキシコシティに移って以来、メキシコ内務省やタイヤ会社のグッドリッチ・エウスカディに職を得てメキシコ国内を旅しながら、その合間を縫うようにして短編小説を執筆していたが、「マカリオ」のような短編が四〇年代半ば頃から首都の文芸雑誌に掲載されていたとはいえ、アレオラらの導きがなければ、ルルフォの才能は世に知られることのないまま埋もれていたかもしれない。オクタビオ・パスなどの刺激を受けて活性化していた五〇年代のメキシコ文壇にあって、ルルフォは、五一年に創設されたメキシコ作家センターから創作支援の奨学金を受け、短編集の完成と長編小説の執筆に専念することができた。『燃える平原』と『ペドロ・パラモ』は、二作ともメキシコ最大手のフォンド・デ・クルトゥーラ・エコノミカ社から廉価版で発売され、当時の目の肥えた作家や読者、批評家たちから絶賛を浴びたことで、次第に国全体に浸透していった。また、文芸批評や講演会などの場で事あるごとにルルフォに言及して、国外に彼の名を広めるのに一役買ったのは、「ブームの牽引車」と呼ばれたカルロス・フエンテスだった。英語版だけで百万部以上売ったという『ペドロ・パラモ』の世界的成功は、その意味でもメキシコ文学の粋を結集した成果だったと言えるのかもしれない。

**推薦作**

**『ペドロ・パラモ』**
(*Pedro Páramo*, 1955)

架空の田舎町コマラと町を牛耳るボスの姿に死のヴィジョンを凝縮した本作は、半世紀以上の歳月を経てもメキシコ人の心の拠り所であり続け、ブームに先行するラテンアメリカ文学の傑作として現在までスペイン語圏で広く読まれ続けている。死んでも死にきれない霊魂となった町人たちのささやき（物語は七十の「ささやき」から成り立っている）を通して、愛する女の心を掴み切れぬまま復讐心を募らせたペドロ・パラモがコマラの町を廃墟へと追いやる過程が再現される。父ペドロ・パラモを訪ねてやって来たというフアン・プレシアードの後を追ってコマラに入る読者は、混沌のなかに出来上がる死の世界に飲み込まれる。

【邦訳】杉山晃・増田義郎訳、岩波文庫、一九九二年

# エレナ・ガーロ

## Elena Garro（メキシコ・1916-1998）

【略歴】
一九一六年メキシコのプエブラ州生まれ。三七年にオクタビオ・パスと結婚、翌年内戦下のスペインで反ファシズム知識人会議に参加。五〇年代後半から戯曲を手掛け、六三年発表の長編小説『未来の記憶』で高い評価を受けた後、短編集『七色の一週間』（一九六四）などを執筆。五九年にパスと離婚して以後、不幸な境遇に置かれ、六八年の学生運動弾圧に際し密告の嫌疑をかけられる。七〇年代は一人娘とともにアメリカ合衆国で極貧生活を送り、九八年クエルナバカで没。

エレナ・ガーロは、「オクタビオ・パスの元妻」という肩書に生涯つきまとわれた作家だった。彼女にとって、一九三七年から五九年までのパスとの夫婦関係は、人生最大の幸福であり、同時に、人生最大の不幸でもあった。結婚当初十七歳の大学生だったガーロは、バレリーナに憧れ、演劇の勉強をしていたが、六歳年上のパスはすでに新進気鋭の詩人としてメキシコ国内で名を馳せており、当然ながら彼女は教え子の役回りを演じることになった。

四〇年代を通じて、パスに付き添ってアメリカ合衆国やインド、フランスを回った彼女は、夫の助言を受けながら創作の道を模索し、ジャーナリズムへの寄稿も行った。とはいえ、両者の関係は一方向的ではなく、時にはガーロのほうがパスに有益な示唆を与えることもあったようだ。やがて一人娘のエレナが生まれ、夫婦揃って次第に文壇で名声を高めていったが、順風満帆に見えた理想の生活は長続きしなかった。四〇年代末、パスは女流画家ボナ・ティベルテッリと関係を持ち始め、その面当てとばかり、ガーロはアルゼンチンの既婚作家ビオイ・カサーレスと猛烈な恋に落ちた。五〇年代に入り、夫婦関係の破綻は誰の目にも明らかだったが、深い精神的絆のなせる業か、二人はなかなか離婚に踏み切れず、それが互いへの憎念を深めた。最終的には、五九年、パスがガーロに一方的に離婚を突きつける形になったが、両者の心には深い傷が残り、どうやらガーロの傷は生涯完全に癒えることがなかったようだ。

パスはその後もガーロへの経済的支援を続け、彼女の文学作品への称賛を惜しまなかったが、彼女の抱いた怨念は激しく、深い愛の裏返しとも取れるこの憎しみがその後の人生の原動力にまでなった。晩年のガーロは、「彼に逆らうために生き、勉強し、愛人を作り、書き、インディオを擁護した」と語り、「私の人生すべては彼への反発であり、私の生涯たった一人の宿敵、それはオクタビオ・パスだ」とまで断言していた。

執筆活動において、こうした反骨精神は、女性やインディオ、貧民といった弱者への共感となって表出し、権力の横暴に虐げられる人々の内面を繊細なタッチで描き出す小説作品を生み出すことになった。彼女の代表作『未来の記憶』と『七色の一週間』は、演劇の世界で育んだ想像力を糧に、独特の幻想的な雰囲気のなかで、権力の腐敗、裏切り、暴力といった、メキシコ革命小説以来受け継がれてきたテーマを取り上げており、現在までメキシコ文学で異彩を放ち続けている。

だが、憎念を糧として政治活動にまでのめり込んだことが、彼女にとっては命取りとなった。一九六〇年代半ば、農民運動に共鳴して改革派のカルロス・マドラソを支持したことで、政府与党PRIに目をつけられた彼女は、政治家たちの邪な陰謀に操られてスパイのレッテルを貼られた。そして六八年、トラテロルコにおける学生運動弾圧に際して、その責任をカルロス・モンシバイスやレオノーラ・カリントンといった左翼知識人に押しつけたことで、ガーロはメキシコシティの文壇から総スカンを喰った。メキシコに居場所がなくなった彼女は、一人娘を連れてアメリカ合衆国やスペイン、フランスなどを点々としたが、その暮らしぶりは決して楽にはならなかった。

最終的に、九三年にようやく帰国を果たすものの、名誉の凱旋とは程遠く、相変わらずパスへの恨みを噛みしめ続ける日々だった。九八年、パスの死からわずか四カ月後、ガーロはクエルナバカの自宅でひっそりと息を引き取っている。

**推薦作**

**『未来の記憶』**

(*Los recuerdos del porvenir*, 1963)

メキシコの片田舎にある架空の村イステペックが、罪深い恋により石になった登場人物イサベルの上に腰掛けて自らを見下ろしながら、独裁権力の横暴に血塗られた村の歴史を振り返る、という奇抜な設定の作品。オクタビオ・パスの口添えもあって名門ホアキン・モルティス社から出版され、ビジャウルティア文学賞を受賞した。魔術的リアリズムの系譜を汲む傑作として、現在までメキシコ内外で読まれ続けている。村の実権を握ったロサス将軍が失恋を機に村人の弾圧に乗り出すという設定は、『ペドロ・パラモ』とも共通するが、ガーロは被害者の視点を一層鮮明に打ち出して、悲痛な物語を作り上げている。

【邦訳】冨士祥子・松本楚子訳、現代企画室、二〇〇一年

# ホセ・レブエルタス

## José Revueltas（メキシコ・1914-1976）

【略歴】
一九一四年メキシコ北部ドゥランゴの生まれ。二〇年に家族とともにメキシコシティへ移り住んだが、二五年に中学校を中退。直後に共産党に加盟し、三四年にスト扇動の罪でマリアス諸島の監獄に収監されたほか、生涯三度の投獄を経験している。四一年に獄中生活をもとにした長編『水の壁』で好評を得て、四三年発表の『人間の喪』で国民文学賞を受賞。これ以後、共産党とは生涯確執を続ける。七六年にメキシコシティで没するまで様々な問題作を発表し続けた。

ホセ・レブエルタスほど、創作と政治的イデオロギーを両立させることの困難を雄弁に物語る作家は少ない。十代で共産党に入党し、二十歳にして投獄を経験するほど党の活動にのめりこんでいたにもかかわらず、二十代後半で作家として成功すると、不寛容なスターリン主義の路線に疑問を抱き始め、やがて党と対立して除名処分を受けた。後に復党を認められるものの、すぐにまた対立して離党、六〇年代後半にはトロツキー主義に傾倒するなど、七六年に没するまで、生涯続いたイデオロギー的葛藤は、文学作品にも暗い影を落としている。

ホセ・レブエルタスはメキシコでも指折りの芸術家一家の出身であり、兄シルベストレはナショナリズム台頭期のメキシコ音楽を代表する作曲家、もう一人の兄フェルミンはアヴァンギャルドに与した画家、姉ロサウラはアメリカ映画にまで出演した女優、おまけに、ホセの娘オリビアはピアニストとして現在まで活躍を続けている。ホセ自身も鋭い芸術的感性を備えていたようで、ドストエフスキーやマルローの小説を愛読するかたわら、映画や絵画、演劇に親しみ、ショパンを中心にクラシック音楽を愛好した。そんな彼にとって、絶好の文学的修練の場所を提供したのは、皮肉にも監獄だった。マリアス諸島での獄中生活は、処女長編『水の壁』の土台となったばかりか、過酷な政治活動を離れて読書と執筆に専念する貴重な時間となったようだ。この体験を糧に、当時としては大胆な語りの技法を駆使して書き上げた長編第二作『人間の喪』は国民文学賞受賞作となり、有力批評家ホセ・ルイス・マルティネスに高く評価されたほか、同世代の詩人オクタビオ・パスに絶賛を受けている。共産党の同志たちも概してこの成功を好意的に受け止め、作家として、そして党員として、レブエルタスは順調なスタートを切ったかに見えた。
　だが、自由と批判を重んじる彼の精神が、スターリン主義の硬直したイデオロギーに凝り固まった共産党の指針と両立するはずはなかった。四九年、党の公式路線に対する批判を込めた長編『地上の日々』を発表すると、レブエルタスは党主導部や左翼知識人の猛烈な批判に晒され、後に自ら公式にこの作品を否定して、発売を差し止めねばならなくなった。その後、共産党との対立に引き裂かれた彼の小説作品は思索的になり、信条表明が先行して物語からドラマ性が失われていった。同じ時期に書かれた様々な政治的・哲学的論考と同じく、『地上の日々』から『過ち』（一九六四）に至るまでの彼の長編小説は、共産主義思想に縁のない読者にとっては退屈以外の何物でもないだろう。
　レブエルタスの面目躍如となったのは、若者に交じって参加した六八年の学生運動だった。五十代に入っても活力を失わず、官憲を恐れることなく政府に批判を叩きつける姿勢は若者の共感を呼び、ホセ・アグスティンやグスタボ・サインスなど、いわゆる「オンダの世代」にも影響を与えた。同年十一月に拘束されて、メキシコシティのレクンベリ刑務所で生涯三度目の収監生活に入ったレブエルタスは、この体験をもとに、獄中で中編『エル・アパンド』（一九六九）を書いた。イデオロギーを排して、非人道的環境に置かれた若者たちのすさんだ姿を中心に、厳しい刑務所生活を生々しく再現したこの小説は、『水の壁』を超える彼の代表作として現在まで評価され続けている。どうやらレブエルタスにとって、共産党とのイデオロギー的確執とそれに伴う葛藤から逃れて純粋に文学を追究するための場所は、監獄しかなかったようだ。

**推薦作**

**『人間の喪』**
(*El luto humano*, 1943)

メキシコ革命に伴う政府事業の一環として設立された実験農場エル・システマ・デル・リエゴは、束の間の繁栄を経た後、ストへの突入をきっかけに、指導者を失って崩壊の一途をたどる。わずか数名が残るばかりとなったこの地に激しい雨が降り注ぎ、洪水とともに全員が一家の屋根に孤立無援の状態で取り残される。一人また一人と力尽き、ハゲタカが頭上を旋回する下で、登場人物それぞれが苦難の人生を振り返り始める。ルルフォに受け継がれる「死のリアリズム」を鮮明に打ち出すとともに、フラッシュバックや内的独白といった現代小説の技法を駆使してメキシコ文学に新たな一ページを開いた画期的作品。

【邦訳】二〇一九年十二月現在未邦訳

# アドルフォ・ビオイ・カサーレス

## Adolfo Bioy Casares（アルゼンチン・1914-1998）

【略歴】
一九一四年裕福な農園主の一人息子としてブエノスアイレスに生まれる。恵まれた環境で文学的才能を育み、三二年にボルヘスと知り合った後、彼の指導下で本格的に創作に取り組む。四〇年発表の長編小説『モレルの発明』で国内外から注目され、その後も『脱獄計画』（一九四五）や『英雄たちの夢』（一九五四）が好評を博す。四〇年に作家シルビナ・オカンポと結婚。九〇年セルバンテス賞受賞。晩年は回想録の編纂に尽力している。九八年ブエノスアイレスで没。

古き良きアルゼンチン貴族の申し子とでも言うべきアドルフォ・ビオイ・カサーレスは、経済面でも社交面でも恵まれた作家であり、ヨーロッパ人も羨むほど最高の創作環境を生涯失うことがなかった。遡れば十六世紀のスペイン人征服者まで行き着くという名門家の農園主だった両親は、一人息子が大学を放棄して農園に引きこもっても文句ひとつ言わず、世界文学の名作を読み耽って作家を志す彼に、出版費用も含めて最大限の支援を与えた。

それだけなら単なる道楽になっていたかもしれない文学に真剣な態度で向き合うきっかけを作ったのは、ヨーロッパ帰りの大先輩詩人ホルヘ・ルイス・ボルヘスであり、一九三二年にビクトリア・オカンポ邸で知り合った二人は、直後から女主人を辟易させるほど会話に熱中して、二人だけの世界を作り上げたという。それまで、後に自ら再版を拒否するほど完成度の低い短編小説しか書いていなかったビオイは、同じ機会に知り合ったシルビナ・オカンポ（ビクトリアの妹）とともに、ボルヘスを師と仰いで幻想文学の研究にのめり込んだ。その最初の成果が、三人で世界の幻想文学の傑作を選りすぐって（芥川龍之介の「仙人」まで含まれている）共同編集した『幻想文学アンソロジー』（一九四〇）であり、その序文でビオイは、幻想文学の分類やその手法の分析を試みている。

一九四〇年は彼の人生にとって重要な年であり、この年シルビナと正式に結婚したのみならず、出世作『モレルの発明』を上梓している。この成功から本格的に創作に乗り出したビオイは、四〇年代を通じて、仏領ギアナの監獄島を舞台に大規模な知覚実験を行うSF小説『脱獄計画』（邦訳現代企画室、一九九三年）や、代表的短編「パウリーナの思い出に」を含む短編集『空の構想』（一九四八）を刊行したほか、シルビナとの共作短編集『愛する者は憎む』（一九四六）、ボルヘスと共同執筆した推理小説集『ドン・イシドロ・パロディ　六つの難事件』（一九四二、邦訳岩波書店、二〇〇〇年）を発表するなど、まさに順風満帆の作家生活に入った。五〇年代以降も、ブエノスアイレスの場末に生きる若者たちを主人公にした美しい恋愛小説『英雄たちの夢』や、老人と若者の対決を描いた『豚の戦記』（一九六九、邦訳集英社、一九九四年）といった話題作が売り上げ面でも批評面でも成功を収め、折から沸き上がっていたラテンアメリカ文学のブームとともに、彼の名声は世界に広がっていった。

　ボルヘスとの友情は彼が亡くなる八六年まで続き、ブストス・ドメックのペンネームで短編の共作を残しているほか、自らの日記からボルヘスに関連する部分を選んで編纂する作業をビオイは亡くなる直前まで続けた（二〇〇六年に『ボルヘス』のタイトルで死後出版）。とかくボルヘスの影のように見なされがちなビオイだが、二人の創作を決定的に隔てたテーマは愛だった。オクタビオ・パスも指摘したとおり、ビオイの創作においては愛は重要な役割を果たしており、ボルヘスと違って、愛と幻想文学を結びつけることができたことが彼の大きな成果だったと言えるだろう。

　余談ながら、実生活でも女性に情熱的な恋心を捧げることの多かったビオイは、シルビナとの結婚後も、複数の女性（その一人が当時オクタビオ・パスの妻だったエレナ・ガーロ）と愛人関係を結び、二人の婚外子をもうけている。シルビナと娘マルタ（ビオイと愛人の娘をシルビナが実子同然に育てた）に先立たれた後、回想録の編纂に取り組む晩年のビオイを支えたのは、六三年生まれの婚外子ファビアンだった。

**推薦作**

**『モレルの発明』**

(*La invención de Morel*, 1940)

ボルヘスをして「完璧な作品」と呼ばしめたアルゼンチン幻想文学の傑作であり、色褪せることのない永遠のラブストーリーとして愛好する読者も多い。三面鏡の作り出す画像の反復から、寸分の狂いもなく立体的に人間を複写して投影することのできる機械を考案したビオイは、映像と化した集団の滞在する太平洋の小島に、政治的迫害を受けたベネズエラ人を送り込むところから、「愛」を原動力に物語を展開していく。アルゼンチンの国内情勢が厳しさを増すなか、現実世界に代わる避難場所をフィクションに求めた知的エリート層の憧憬を具現した小説であり、世界中の作家・研究者から高い評価を受け続けている。

**【邦訳】**牛島信明・清水徹訳、水声社、一九九〇年

# フリオ・コルタサル

## Julio Cortázar（アルゼンチン・1914-1984）

【略歴】

一九一四年ベルギーのブリュッセル生まれ。一八年に家族とともにアルゼンチンへ移り、ブエノスアイレス郊外に落ち着く。高等師範学校を卒業後、大学へ進学するも、家計を支えるため退学、三七年に地方都市で中学教師を始める。四五年に首都へ戻り、翻訳や創作に着手。五一年に処女短編集『動物寓話集』を発表。同年パリへ移り、ユネスコの翻訳官をこなしながら創作を続ける。五六年刊行の『遊戯の終わり』と五九年刊行の『秘密の武器』で短編小説作家として知られる。六三年、長編『石蹴り遊び』が世界的成功を収めて「ブーム」に合流、その後『すべての火は火』（一九六六）、『八面体』（一九七四）などの短編集を発表。八四年にパリで没。

盟友セルヒオ・ラミレスによれば、コルタサルは「老いることのない若者」、「決して成長をやめなかった男」であり、詩人・批評家のサウル・ユルキエビッチによれば「永遠の子供」だった。少年時代には本当に成長が止まらず、身長は一九〇センチを軽く超えたが、五十歳を超えた後も仕草に子供っぽいところがあり、童顔で二十代に見えることさえあったという。五六年にパリのカフェでガブリエル・ガルシア・マルケスが見かけたという（真偽は定かでない）コルタサルは「いたずらっ子の顔をした、想像を絶するほど背の高い男」であり、また、六四年に初めて対面したカルロス・フエンテスは、目の前に現れた男が彼の息子だと勘違いした。二十才以上も年下のバルガス・ジョサとパリで対等に話していたばかりか、短編「シルビア」（『最終ラウンド』一九六九年に収録）に描かれているとおり、子供の輪に苦も無く溶け込むことも多かった。初期の「殺虫剤」や「遊戯の終わり」（ともに『遊戯の終わり』）から晩年の「ずれた時間」や「夜の学校」（『ずれた時間』一九八二、邦訳白水社、一九九〇年）まで、少年少女を主人公にした傑作をコルタサルが多数残しているのは偶然ではない。「子供は誰でも芸術家だ」と言ったのはピカソだとされるが、コルタサルはまさに子供のまま大人になったような作家であり、成長しても失われることのない純真さと遊び心が創作の支えだった。

アルゼンチン人作家ということで、ホルヘ・ルイス・ボルヘスや同い年のアドルフォ・ビオイ・カサーレスと並び、ラプラタ幻想文学の代表的作家と評されることの多いコルタサルだが、作風がまったく趣を異にしていることは一目瞭然だろう。エリート階級の出身で生活苦とはほぼ無縁だったビオイやボルヘスが、現実世界と接点のない自律したフィクションの世界を理想の逃げ場として追い求めたのに対し、中産階級の出身で、働いて家族を養わねばならなかったコルタサルは、日常生活における実体験をしばしば創作に取り込んだ。「パリへ発った婦人宛ての手紙」（『動物寓話集』）や「夜仰向けにされて」（『遊戯の終わり』）のように、突飛とも見える事件の起こる幻想的短編でも、前者は友人のアパートに短期間だけ住んだ際に覚えた体の異常を、後者はパリでヴェスパに乗っている時に起こした交通事故を、それぞれ出発点としている。ボルヘスのように始めからフィクションとしてのフィクションを書くのではなく、現実を出発点として内側からその限界を打ち破り、現実世界の対岸へ至ろうとするのがコルタサル流の幻想文学だった。文体についても、ボルヘスやビオイの整然とした理知的なスペイン語と違って、コルタサルの言語表現は自由闊達であり、しばしばピリオドやコンマを省略して息の長い文章が続く。ジャズ・マニアらしくアドリブも好きなようで、突発的に口語表現を取り込んだり、突如文章を切ったりして、独特のリズムを生み出していく。とりわけ短編小説に取り組む時の彼は、インスピレーションに取りつかれて、結末も見えぬまま一気に最後まで書いてしまうタイプであり、自分自身が「短編小説になりきってしまう」というほどその世界に没頭するため、言葉が内側から迸り出てくるようだ。

　作家コルタサルの成長の軌跡をたどると、そこには幾つか重要な転機が指摘できる。まずは一九五一年のパリ出発であり、この街に気に入られたことを確信した彼は、幼少期からエドガー・アラン・ポーなどを読んで培ってきた文学的感性と、シュルレアリスムに触発された探求心を存分に開花させることができた。五二年に発表された短編「アホロトル」（『遊戯の終わり』）はその最初の成果と言えるだろう。次の転機は五五年、ジャズ・サックス奏者チャーリー・パーカーの死に衝撃を受けて、彼の伝記などを読み漁ったコルタサルは、異色の中編「追い求める男」（『秘密の武器』）に着手する。現実の壁を破ることばかりでなく、現実の壁を破ろうとする人間にも興味を惹かれた彼は、以後形而上学的探求を深め、独自の死生観を磨き上げていく。コルタサルの名を世界に広めることになる長編『石蹴り遊び』（邦訳水声社、二〇一六年）は、こうした探求に、文学の因襲を破壊するための手法的実験を盛り込む試みであり、本人が認めているとおり、「追い求める男」の延長線上にある作品だった。

　そして六三年、コルタサルの人生を大きく変えたのがキューバ滞在だった。それまでほぼ完全に「ノンポリ」を貫いていた彼が、バルガス・ジョサの導きもあってキューバ革命に興味を示し、実際にカストロとチェ・ゲバラの指導のもとで未来へ進む人々に接して感動を覚える。六八年、研ぎ澄まされた審美眼で夫を支えていた妻アウローラ・ベルナルデスと別れ、熱心な共産党シンパのウグネー・カルヴェリスと同棲を始めると、コルタサルの政治熱は一気に沸騰した。パリ五月革命で学生に混じってビラを撒いた彼は、七一年のパディージャ事件を機にバルガス・ジョサら盟友が次々とキューバ支持を撤回した後も、カストロに追従の言葉を並べてまでキューバに肩入れを続けた。そればかりか、コノスールの軍事政権に抗議する集会を開き、ニカラグアのゲリラを支援し、ラッセル法廷でガルシア・マルケスとともに軍事政権の人権蹂躙を糾弾し、帝国主義反対の漫画パンフレットを制作するなど、執筆の時間を犠牲にしてまで政治活動にのめり込んだ。だが、相変わらず子供のまま、幼稚な政治思想だけを頼りに動く彼の姿は、実際のところ滑稽と紙一重だった。キューバ擁護に固執するあまり、バルガス・ジョサやホルヘ・エドワーズ、ギジェルモ・カブレラ・インファンテら、カストロ体制に反対するかつての盟友と口も利きたがらなくなったというのだから、いかに大人げない態度で政治に臨んでいたかわかるだろう。七九年のサンディニスタ革命で再沸騰したコルタサルの政治熱は、白血病で亡くなるまで冷めることはなく、セルヒオ・ラミレスやエルネスト・カルデナルとの友情を頼みに、病に蝕まれた体に鞭打って何度もマナグアを訪れたほか、八四年一月に書いた生涯最後のエッセイでも、アメリカ合衆国のニカラグア侵攻を厳しく批判している。

政治に入れ込んだことで創作のペースは落ち、無理に政治的テーマを盛り込んだ短編「合流」（『すべての火は火』邦訳水声社、一九九三年）や長編『マヌエルの書』（一九七三）のような駄作を残したとはいえ、晩年に至るまでコルタサルは、内側から込み上げてくる自然発生的創作からしばしば往年の冴えを取り戻し、「リリアナが泣く」（『八面体』邦訳水声社、二〇一四年）や「ずれた時間」など優れた作品を残している。政治問題と彼の目指す文学的探求が合致する珍しい瞬間もあり、その結果生まれたのが晩年の最高傑作「グラフィティ」（『愛しのグレンダ』一九八〇、邦訳岩波書店、二〇〇八年）だった。持ち前の遊び心も生涯忘れることはなく、最後の伴侶となったキャロル・ダンロップとともに、度重なる体調不良をおして強行したマルセイユからパリに至る高速道路探検の記録『宇宙高速の運転飛行士』（一九八三）は、まさに生涯最後の真剣な遊び、彼にとっての「遊戯の終わり」だった。

推薦作

**『動物寓話集』**

(*Bestiario*, 1951)

刊行当初はまったく売れなかったものの、記念すべきコルタサルの処女短編集として、本書は現在まで全世界で高い評価を受け続けている。全編がブエノスアイレスかその近郊を舞台としているが、現実と幻想、正気と狂気、外面と内面が交錯するスタイルはすでに確立しており、表題作「動物寓話集」や「奪われた家」のように、底知れぬ恐怖を湛えた作品も目立つ。「パリへ発った婦人宛ての手紙」や「偏頭痛」、「キルケ」などは、肉体的・精神的不調を克服するためのセラピーとして書かれた作品だという。傑作はナイトクラブを舞台にした「天国の扉」であり、生と死の境界を打ち破る手段としての小説のあり方が見える。

【邦訳】寺尾隆吉訳、光文社、二〇一八年

推薦作

**『セレモニー』**

(*Ceremonias*, 1968)

これこそコルタサルの神髄を存分に味わうことのできる一冊だろう。「夜仰向けにされて」のように夢と現実がひっくり返る作品もあれば、「遊戯の終わり」のように子供の遊びから生まれる超然的美を描き出した作品や、「誰も悪くはない」のようにあっと驚く幕切れの作品もあり、内容もバラエティに富んでいる。現実世界の限界を超えてその向こうへ歩み出そうという指向はいっそう顕著に見えており、「アホロトル」や「母の手紙」などにその成果が見える。現実の向こうへと歩み出す芸術家に自分自身を重ね合わせた「追い求める男」は、『石蹴り遊び』へと繋がる形而上学的探求の出発点として興味深い。

【邦訳】木村榮一訳『遊戯の終わり』『秘密の武器』岩波文庫、二〇一二年

# オクタビオ・パス

## Octavio Paz（メキシコ・1914-1998）

**【略歴】**

一九一四年メキシコシティの知的エリート家庭に生まれる。中学時代から政治と詩への関心を深め、三三年に処女詩集『野生の月』を発表。四三年にアメリカ合衆国に渡り、四六年から外交官としてパリに滞在。四九年刊行の詩集『言葉のもとの自由』と五〇年刊行のメキシコ論『孤独の迷宮』でスペイン語圏に名を知られる。五三年に帰国して文壇を盛り上げたが、六二年に在インド・メキシコ大使として再び出国、六八年に職を辞した後も長く欧米に滞在した。七一年に『プルラル』、七六年に『ブエルタ』と相次いで文芸雑誌の創刊に関わり、活発な創作活動を展開。八一年セルバンテス賞、九〇年ノーベル文学賞受賞。九八年にメキシコシティで没。

「私は自分の言葉に投げ出された影」、一九七五年に発表されたオクタビオ・パスの自伝的長編詩『明確な過去』はこんな言葉で締めくくられている。愛と詩を同一視し、そこに世界を変える潜在能力を見出していたパスにとって、詩的言語の探求は創作の生命線であり、常に自らの詩作の限界を超えるべく、生涯彼は言語的研鑽を重ね続けた。自分の言葉さえ作り上げることができれば、詩人はその影に成り果ててもかまわない、そんな決意が見て取れる詩文だろう。詩人が詩を追い求めるのではなく、詩が詩人を急き立ててくると考える者にとって、詩を書く者は言葉のしもべでしかないのかもしれない。

詩人パスの研ぎ澄まされた言語感覚の出発点となったのは、幼少期の体験だった。メキシコ革命の動乱が続いていた一九一六年、サパタ派だった父がロサンゼルスに派遣されたことで、オクタビオ少年は幼稚園の約二年間を異国の地で過ごすことになった。言葉が通じず、仲間からいじめられた経験は後々までトラウマとなったようだが、帰国して小学校へ入学すると、今度はメキシコ人から「グリンゴ」（アメリカ人の蔑称）呼ばわりされ、これも苦い思い出となって彼の頭に残った。

父方の祖父は作家、父は農地改革推進派の弁護士という、裕福で知的な進歩主義的一家だったおかげで、オクタビオ少年はまずフランス系、後にイギリス系の学校に通って知性と感性を育み、中学・高校時代からすでに文学的才能の片鱗と高い政治意識を見せ始めた。二九年にはバスコンセーロスの大統領選挙立候補に共鳴し、カタルーニャ出身の若者ファン・ボッシュにアナーキズムの思想を吹き込まれると、労働者・農民支援学生連合の活動を熱心にこなすようになった。翌年には、メキシコシティの優秀な子女が集うサン・イルデフォンソ国立予科学校に入学、政治思想をさらに深めるとともに、当時の前衛的文学雑誌『コンテンポラネオス』でT・S・エリオットの名作『荒地』を読んだことで、詩作にも開眼した。パスの内側で革命と詩が結びつき始めるのはこの頃からだった。

三一年に文芸雑誌『バランダル』の創刊に関わり、三三年に処女詩集『野生の月』を発表した後、ラファエル・アルベルティに影響されて政治的テーマを詩に持ち込んだパスは、スペイン内戦勃発に刺激されて、『奴らを通すな』(一九三六)など、共和国支持を明確に打ち出す作品を残している。三七年には、反ファシズム作家会議に招待されて、パリ、バルセロナ、バレンシア、マドリードを訪れ、セサル・バジェホ、パブロ・ネルーダ、アントニオ・マチャード、イリア・エレンブルクら、名だたる作家と親交を持ったことで、パスはいっそう真剣に詩作に打ち込むようになった。三八年に帰国後は、共和国支持の使命を負って政治記事を書く傍ら、『タジェール(工房)』、『イホ・プロディゴ(放蕩息子)』など文芸雑誌の創刊に関わりながら、積極的な創作活動を展開したものの、マルクス主義に掲げられた革命と、愛の探求を目指す詩作を整合させることができず、四〇年以降、次第に閉塞感に打ちのめされた。

四三年にグッゲンハイム奨学金を得て実現したカリフォルニア滞在は、パスにとって絶好の転地療養となり、さらに、四五年に外交職を得て以降は、四六年から五一年までパリ、五二年からインド、五三年に日本と、世界各地を回ることができたおかげで、世界文化についての見識が深まったのはもちろん、祖国と自らの詩作をじっくり見つめ直すことができた。この間、詩集『言葉のもとの自由』と評論『孤独の迷宮』を並行して書き進めていたことからもわかるとおり、この頃からパスは、「詩作」と「思索」、二つの探求を同時に進めることで創作のバランスをとるようになり、無理に詩を書こうといたずらに労力を費やすことなく、インスピレーションの到来を待てるようになった。彼の詩作にとって大きな意味を持ったのは、パリでシュルレアリストのグループ、とりわけアンドレ・ブルトンと結んだ親交であり、全面的に彼らの美学に共感したわけではないものの、詩を通して現実の向こう側への到達を目指す姿勢はパスの創作にしっかりと根づいた。

五一年にスターリン主義との訣別を明確にしたことで、政治的イデオロギーの呪縛を逃れ、自由に創作に臨めるようになったことも重要なステップであり、以後彼にとって、芸術活動の自律性は不可侵の原則となる。こうして固まってきた「詩作」をめぐる「思索」は、五六年刊行の詩論『弓と竪琴』(一九五六、邦訳岩波書店、二〇一一年）として結実し、その後も『泥の子供たち』（一九七四、邦訳水声社、一九九四年）や、様々な詩人論の執筆を通して深められていった。五三年に帰国したパスは、世界的成功を収めた英雄的詩人として文壇に迎えられ、『レビスタ・メヒカーナ・デ・リテラトゥーラ（メキシコ文学雑誌）』などの雑誌から積極的に詩やエッセイを発表した。壁画運動を筆頭とする過度な文化的ナショナリズムにも、芸術を政治的イデオロギーに従属させる社会主義リアリズムにも反対し、独自の路線を貫く彼の姿勢に共鳴する作家は多く（その筆頭がカルロス・フエンテス）、その意味では、自由な議論を保障するメキシコ文壇の確立に大きく貢献したと言えるだろう。

　この間も外務省に協力を続けていたパスは、五九年に再びパリへ出国、六二年には在インド・メキシコ大使としてニューデリーに赴任し、西欧文明とかけ離れた東洋の文明に接して、その視野をさらに広げることになる。六四年には、フランス人マリー・ジョー・トラミニと二度目の結婚を果たし、六八年には、フリオ・コルタサル夫妻を大使公邸に迎えるなど、私生活も充実していた。また、詩作では神秘主義に傾倒し、エッセイではクロード・レヴィ＝ストロース論やマルセル・デュシャン論を手掛けるなど、創作はさらに深みと広がりを増した。

　六八年、政府によるトラテロルコの学生運動弾圧に抗議して大使職を辞し、アメリカ合衆国での教員生活を経て、七一年に帰国したパスは、同年に文芸雑誌『プルラル（複数）』を創刊、その廃刊を受けて七六年に『ブエルタ（回帰）』を創刊し、文学、芸術、歴史、政治、社会問題、様々なテーマを股にかけて、またもや活発に発信を始めた。詩作のペースこそやや落ちたものの、八〇年代後半に至っても彼の創作意欲は衰えを知らず、八二年にメキシコ植民地時代の再考から女流詩人の生涯と作品を分析した大作『ソル・フアナ・イネス・デ・ラ・クルスあるいは信仰の罠』（邦訳土曜美術社、二〇〇六年）、八三年に自由と民主主義の擁護を鮮明に打ち出した政治論『くもり空』（邦訳現代企画室、一九九一年）を刊行した後も、様々なテーマでエッセイを残している。

　ノーベル文学賞受賞以後のパスは、メキシコ文壇のご意見番的存在となり、九八年に没するまで、臆することなく持論を展開し続けた。彼の死とともに雑誌『ブエルタ』は廃刊したが、これを受けて創刊された『レトラス・リブレス（自由文学）』は、知識人層にとっての「良識の府」として、現在でもスペイン語圏で強い影響力を持ち続けており、影となってまでパスが言葉に込めた魂が脈々と受け継がれている。

推薦作

## 『孤独の迷宮』

(*El laberinto de la soledad*, 1950)

一九四三年に留学先のカリフォルニアで目にした「パチューコ」のブームを出発点に、異国の地で祖国へ思いを馳せながら完成したメキシコ人論の最高峰。現実の裏側を見透かす鋭い批評眼と長い海外生活を通して培ったコスモポリタン的視点を支えに、歴史、風俗、習慣、言語、政治、その他様々な側面からメキシコ人の性格と心理を分析している。メキシコのアイデンティティをめぐる探求と文化活動が盛り上がっていた時期に発表されたこともあり、カルロス・フエンテスを筆頭に、当時の作家・知識人から絶大な支持を受けた。七〇年に追加収録された『ポスダータ』は、パスの政治理念を知るうえで欠かせない論考。

【邦訳】高山智博・熊谷明子訳、法政大学出版局、一九八二年

推薦作

## 『太陽の石』

(*Piedra de sol*, 1957)

キャリアの絶頂期を迎えていたパスが残したこの壮大な長編詩は、一九一〇年代に端を発するメキシコ詩の刷新運動を集大成する金字塔となった。「太陽の石」とはアステカの暦であり、五八四行の詩文は、アステカの神ケツァルコアトルの化身たる金星の公転周期と重なる。古代ギリシアからアステカ文明へ、ヨーロッパ近代へと移ろう循環構造のなかで、悪態も辞さない奔放な言葉遣いに編み上げられていく美しいイメージは、世界のなかにメキシコを位置づけながら原点を求めて詩的冒険を続けるパスの足取りそのものと言えるだろう。詩の生み出す愛の言葉が世界を変えうる、この信念に支えられた詩文は今なお読み応え十分。

【邦訳】阿波弓夫・伊藤昌輝訳、文化科学高等研究院出版局、二〇一四年

# ブラウリオ・アレナス

## Braulio Arenas（チリ・1913-1988）

【略歴】

一九一三年チリのラ・セレナ生まれ。二九年に首都サンティアゴへ移る。三二年にタルカで詩人グループと接触した後、三五年からビセンテ・ウイドブロと親交。シュルレアリスムに賛同し、三八年に前衛雑誌『マンドラゴラ』創刊に加わる。後にシュルレアリスムから離れるものの、多くの詩集と『パースの城』（一九六九）などの長編小説を残している。七三年のクーデターではピノチェトを支持した。八四年に国民文学賞を受賞。八八年にサンティアゴで没。

一九二〇年代から三〇年代にかけて、ヨーロッパでのダダ・シュルレアリスムの隆盛を受けて、ラテンアメリカ各地でアヴァンギャルドの動きが起こり、雑誌を中心に作家たちが徒党を組むことも多くなった。彼らの提起した美学には後のラテンアメリカ幻想文学と通じる部分も多く、その後の作家たちに与えた影響は看過できないが、その一方で、文学史に名前だけは残っているものの、その作品も生涯もほとんど顧みられなくなった作家も多い。強固な詩の伝統を誇るチリは、ラテンアメリカのなかでも例外的にシュルレアリスムが深く根付いた国だが、現在ではその詩の多くが忘却の彼方にあり、一時はシュルレアリスムの旗手と持て囃されたブラウリオ・アレナスも、数年前まではその危機に晒されていた。ピノチェト将軍による七三年のクーデター以降、一貫して軍事政権支持を表明し、国民文学賞まで受けたことで、進歩主義的作家から疎まれ、ただでさえ社会問題ともエロティシズムとも縁の薄い彼の詩作は軽蔑されたのだ。だが、ラテンアメリカ全体でアヴァンギャルド再考の動きが進むなか、二〇〇九年にプフェイフェル社からアンソロジーが刊行されたことで再び彼の作品に注目が集まっており、『パースの城』のような作品には国外でも根強いファンが多い。

ブラウリオ・アレナスをチリ文学の伝説的雑誌『マンドラゴラ』と切り離して論じることは難しい。地方都市タルカの高校で、盟友テオフィロ・シッドとエンリケ・ゴメス・コレアと知り合った後、新時代の詩について熱く議論を交わした彼は、やがてシュルレアリスムに傾倒し、自らの詩的美学を表明する雑誌の創刊を望むようになる。そしてこの時期の彼に決定的な影響を与えたのが、当時すでに「クレアシオニスモ」を唱えてヨーロッパでもラテンアメリカでも高い評価を得ていた詩人ビセンテ・ウイドブロだった。三五年に知り合って以来、二人は毎日のように顔を合わせるようになり、ウイドブロは、シュルレアリスムの技法そのものには懐疑的だったものの、スペイン語詩の刷新に燃えるアレナスに支援を惜しまなかった。

アヴァンギャルド系雑誌の例にたがわず短命だった『マンドラゴラ』は、三八年に創刊されて四一年の六号で廃刊になり、その後創刊された『ライトモチーフ』（一九四一～四二）も長続きはしなかったが、生粋のアヴァンギャルド的精神に溢れていたアレナスは、過激な言動で物議を醸しながら文壇に名を広めていった。四〇年には、チリ大学で演説中の詩人パブロ・ネルーダから原稿を奪い取り、その面前で破り捨てることまでであったという。四一年にチリ国立図書館で開催されたシュルレアリスム展は盛況で、この前後に発表されたアレナスの詩集も順調に売り上げを伸ばすことになった。

だが、五九年にそれまでの詩作をまとめて『詩集　一九三四―一九五九』を発表して以降のアレナスは、シュルレアリスムとは距離を置いて独自の創作を進めるようになり、詩的散文を駆使した長編小説を書くようになった。多くの女に愛された田舎少年の死を描く『さらば、家族』（一九六一）を筆頭に、詩的技巧に富む彼の小説作品の多くは、本人も認めているとおり、一般受けするようなものではなく、概してミニマリズム的傾向の強い作風は多くの読者にとって退屈だろうが、『パースの城』のような作品では、往年の想像力と詩的文体の冴えが存分に発揮されている。また、軍政時代には、体制派の作家として栄誉を受けながら、盟友ウイドブロの思い出を綴った回想録やチリ文学論など、様々なエッセイや文学研究も手掛けている。

推薦作

**『パースの城』**

(*El castillo de Perth*, 1969)

ゴシック小説にカフカを混ぜたような雰囲気を漂わせるこの幻想的物語は、小説というより、イメージを連ねた長編散文詩と解釈したほうが適切かもしれない。冒頭にルイス・キャロルの一節を引用しているとおり、『鏡の国のアリス』と通じるところもあり、物語は一九三四年のチリから一一三四年のイギリスへと移っていく。城壁に囲まれた「あの町」に住む想像力豊かな少年ダゴベルトが、首都へ発った仲良しの女友達ベアトリスの死というニュースに衝撃を受けたところから、悪夢とも取れる冒険の旅が始まる。夢と現実のはざまで、妖艶なイサベル伯爵夫人や大胆な娘ファニーと出会いながら、不気味な地獄めぐりの旅は続く。

【邦訳】平田渡訳、国書刊行会、一九九〇年

# ビルヒリオ・ピニェーラ

Virgilio Piñera（キューバ・1912-1979）

【略歴】

一九一二年キューバのカルデナス生まれ。三〇年代後半から詩作を手掛け、四〇年にハバナに移った後、『オリヘネス』などの雑誌に協力。四六年から五八年まで三度にわたりブエノスアイレスに滞在し、ボルヘスを筆頭に多くの作家と親交を持つ。五二年に長編小説『レネーの肉』を発表した後、戯曲を手掛ける。キューバ革命勃発とともにハバナに戻り、創作や文化活動に尽力するものの、六〇年代前半から革命政府に冷遇され、不遇のまま七九年に没した。

キューバ革命政府の抑圧が作家に吹き込んだ「恐怖」に最もひどく打ちのめされた作家の一人がビルヒリオ・ピニェーラだった。革命勃発当初こそ、熱烈にカストロ政権を支持し、『革命の月曜日』をはじめとする雑誌に短編小説や記事を寄せたほか、文学出版社の編集長まで任される（この出版社から『戯曲全集』を一九六〇年に刊行）など、革命の恩恵も受けたピニェーラだったが、六一年十一月、風紀の引き締めをはかる警察に、同性愛者という理由で拘束されて以降、かつては自らキューバ文学の「獰猛な狼」と名乗るほど威勢のよかった彼の人生は、恐怖との闘いになった。代表作の一つとされる中編『圧力とダイヤモンド』（一九六七）でも、SF小説の凝った仕掛けの裏側に恐怖が透けて見えている。「パディージャ事件」で「反革命作家」のレッテルを貼られてからは、出版や海外脱出の道を完全に断たれ、何度も当局の尋問を受けて原稿没収の憂き目に遭うなど、不遇な「国内亡命」の生活を送った。七九年に亡くなった際の死因は心臓麻痺とされているが、その直前に、こっそり海外へ原稿を送り出そうとして当局から厳重注意を受けており、これが大きく関係したとも言われている。

一九五〇年代までのピニェーラは、短編小説や戯曲で持ち前のウィットと諧謔を存分に発揮し、文学でも政治でも、権威に楯突く反逆児だった。キューバ中部の極貧農家の出身で、二十歳にしてようやく中等教育を終えた彼は、四〇年にハバナ大学哲文学部に入学するものの、文学はほぼ独学で身につけねばならなかった。えてしてこうした作家はスケールの大きな長編小説には向かないが、中短編や戯曲、エッセイなどでは、常識にとらわれない自由な発想で斬新な作品を生み出すことがある。その意味では、ピニェーラはアウグスト・モンテローソと似たところのある作家だった。

三〇年代に詩作でファン・ラモン・ヒメネスやホセ・レサマ・リマに認められた後、四二年発表の「葛藤」を皮切りに、断続的に奇抜な短編小説を発表し続けた彼は、有力雑誌『オリヘネス』の中枢メンバーとなり、世界的に名を知られるようになった。だが、作家としてのキャリアにおいてさらに重要な意味を持ったと思われるのは、四六年から五八年にかけて、計三度、九年にわたるブエノスアイレスでの滞在だろう。ボルヘス、マセドニオ・フェルナンデス、ビオイ・カサーレス、ラモン・ゴメス・デ・ラ・セルナなど、この地で彼が親交を持った作家は数知れず、ポーランド人作家ゴンブローヴィッチの名作『フェルディドゥルケ』のスペイン語訳に協力し、五二年には中編小説『レネーの肉』を発表するなど、精力的な執筆活動を展開した。といっても、ピニェーラはブエノスアイレスの作家たちにひれ伏していたわけではなく、同僚に対しても時に辛辣な批判を向けることがあり、当時の思潮をリードする雑誌『スール』にまで楯突くことがあった。とりわけ実り豊かだったのは、五五年から五八年にかけての三度目のブエノスアイレス滞在であり、レサマ・リマと喧嘩別れした後に創刊した雑誌『シクロン』(一九五五〜五九)への寄稿や、現在も代表作として評価の高い『冷たい短編集』(一九五六)の刊行は、創作の絶頂期にあったピニェーラの真骨頂だったと言えるだろう。

一九九〇年代以降、ピニェーラの代表的中編や短編集は、アルファグアラやトゥスケッツといったスペインの有力出版社から刊行され、高い評価を受けている。世紀が変わる頃からキューバでも進んだ「雪解け」により、現在では国内でも彼の主要作品が流通している。

推薦作

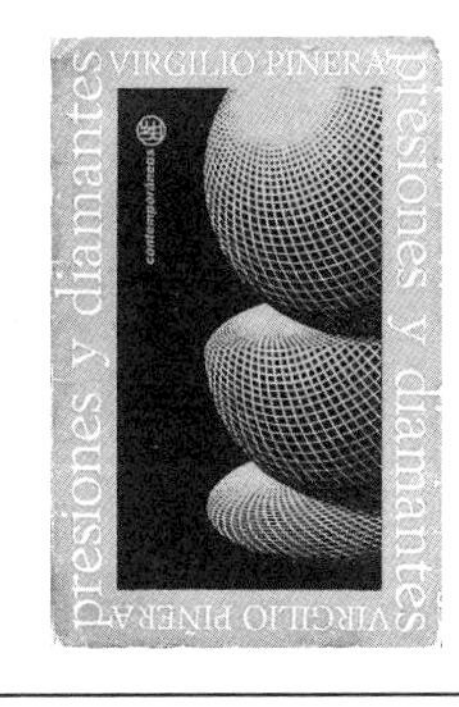


**『圧力とダイヤモンド』**
(*Presiones y diamantes*, 1967)

SF的要素とピニェーラらしい「不条理」を組み合わせた傑作中編。革命勃発以前に作品の大枠はできあがっていたようだが、「フィデル」をひっくり返した名前のダイヤモンド「デルフィ」が登場する(これがカストロの不評を買い、この小説は刊行直後に発禁となった)など、革命後に付け加えられた要素も多い。冒頭から、「圧力」による陰謀を中心に、謎めいた物語世界が展開し、圧力から逃れるために人々が凝らす様々な工夫が列挙された後、八百万の人々がナイロン膜の乗り物で地球を逃れ、残された主人公は様々な憶測を巡らせる。ザミャーチンの名著『われら』に比肩すべき共産主義ディストピア小説と言えるだろう。

【邦訳】山辺弦訳、水声社、二〇一七年

# エルネスト・サバト

## Ernesto Sabato（アルゼンチン・1911-2011）

【略歴】
一九一一年アルゼンチンの田舎町ロハスに生まれる。二九年からラプラタ大学で物理学を専攻、三八年から四〇年までパリのキュリー研究所へ留学。四三年に科学者の道を断念して文学に専念、四八年発表の『トンネル』で注目を浴びる。六一年発表の『英雄たちと墓』でラテンアメリカ文学のブームに合流。八三年から八四年には軍事政権時代の行方不明者の調査にあたり、長大な報告書を刊行した。八四年セルバンテス賞受賞。二〇一一年サントス・ルガーレスで没。

ラテンアメリカにも堅物と言われる作家は多いが、エルネスト・サバトほど偏屈なまでに一途な信念を貫き通した作家も珍しい。「作家は書いたことばかりでなく書かなかったことからも評価される」という見地から、気に入らない作品の原稿はすべて焼き捨て、三作の長編小説や数編のエッセイ集以外、一切草稿を後世に残そうとはしなかった。今やラテンアメリカ現代文学の傑作と評される『英雄たちと墓』でさえ、本人が焼却処分にしようとしていたところ、妻マティルデに説得されてようやく出版社へ持ち込んだというのだから、その徹底ぶりが窺い知れるだろう。現代世界の危機を直視しない文学や、金稼ぎのために書かれたベストセラーを露骨に軽蔑し、読者への迎合や自分に対する妥協を許さぬサバトの厳しすぎる創作理念には、反発を示す作家も少なくないが、現在でも多くの賞賛が寄せられ続けている。

創作の自律性を保つためなら銀行強盗でもしろと言ってのけた彼の文学論の神髄は、六三年発表のエッセイ集『作家とその亡霊たち』（邦訳現代企画室、二〇〇九年）にまとめられており、珠玉のボルヘス論「二人のボルヘス」など、鋭い批判精神に満ちた論考を堪能することができる。創作における自分への厳しさとは裏腹に、私生活ではかなり虚栄心の強い人物だったようで、食事会などの場で自分の作品が話題にのぼらないと、苛立ちを露わにすることもあったという。

サバトは類稀な頭脳を備えた作家であり、物理学の分野では、パリのキュリー研究所から招聘されるほど未来を嘱望されていた。しかしながら、本人によれば、生まれつき文学や哲学に向いた気質であり、科学的研究は、世界への不安に怯えて絶対確実な体系にすがるための避難場所にすぎなかったという。そして、科学にも救いの道はないことを痛感した彼が、人間の持つ闇に大胆に踏み込んで書き上げた作品が、愛する女を殺す殺人鬼を主人公にした処女中編『トンネル』（邦訳国書刊行会、一九七七年）だった。

　その後サバトは、ドストエフスキーからハイデガーを経てサルトルに至る実存主義哲学の継承者を自任し、機械文明のもたらす疎外に脅かされた社会に常に危機感を抱きながら、限界状況を生きる人間の絶望のむこうに希望を追い求め続けた。代表作『英雄たちと墓』や、斬新な形式のなかに作者の信条表明を盛り込んだ『皆殺しのアバドン』（一九七四）が描き出すあまりにどす黒い黙示録的世界は、ボルヘスに敬遠され、コルタサルにも拒絶されるなど、時に反発を引き起こすこともあったが、ヨーロッパでは現在まで高い評価を受け続けている。

　意に反することを書きたがらなかったサバトが、アルフォンシン大統領の命を受けて軍事政権下の行方不明者の調査に乗り出し、『二度と繰り返さない』（一九八五）のタイトルで、五百ページ近い報告書を書き上げることができたのは、かつては左翼思想に共鳴しながらも、迫害を受けることなくアルゼンチンの危機的時代を生き抜いた作家としての責任感に支えられていたからだろう。書きたくもないことを書かされ、九千人近い行方不明者の悲惨な命運を目の当たりにした彼は、以後悲痛な思いに塞ぎ込み、なかなか立ち直れなかったという。その後も再版されるたびにこの報告は物議を醸しているが、その内容の裏側に、人間の醜さを思い知った作家の苦々しい嫌悪感を読み取らないわけにはいかない。二〇〇四年以降、ほとんど人前に出ることのなくなったサバトは、こよなく愛していたサントス・ルガーレスの自宅で、二〇一一年にひっそりと息を引き取っている。

推薦作

**『英雄たちと墓』**

(*Sobre héroes y tumbas*, 1961)

アルベール・カミュに賞賛されたアルゼンチン実存主義文学の傑作。上流階級の娘アレハンドラ・ビダル・オルモスと、彼女に恋い焦がれた下層階級出身のフェルナンドの関係を起点に、百五十年にわたるビダル・オルモス家の盛衰が語られた後、アレハンドラの父フェルナンドが残した不気味な手記「盲人に関する報告」が添付される。ペロン時代末期のブエノスアイレス（一九五五年に起きた動乱が簡潔に描き出されている）で、時代に翻弄されて自己を見失った孤独な登場人物たちが足掻き苦しむ姿に、サバトは自らの精神的探求と思索のすべてを注ぎ込んだ。絶望のなか、結末にはわずかながら未来への希望が垣間見えている。

**【邦訳】**安藤哲行訳、集英社、一九八三年

# ホセ・マリア・アルゲダス

## José María Arguedas（ペルー・1911-1969）

【略歴】
一九一一年ペルーのアンデス地域アンダワイラスの生まれ。中流の白人家庭に生まれたが、家庭の事情で幼少時代をインディオに囲まれて過ごし、スペイン語とケチュア語のバイリンガルになった。一九三一年、大学入学とともに首都リマへ移って以来、教員や公務員の職をこなしながら執筆を始め、短編集『水』（一九三五）や処女長編『ヤワル・フィエスタ』（一九四一）を発表。その後インディオ文化の普及にも尽力した。一九六九年にリマの勤務先の大学でピストル自殺。

ホセ・マリア・アルゲダスは、ヨーロッパ文化とインディオ文化、スペイン語とケチュア語、アンデス地域と海岸部、支配者層と貧困層、様々な対立に引き裂かれた悲劇の作家だった。冒頭から自殺をちらつかせた遺作『上の狐、下の狐』（一九七一）は、まさに彼の遺書であり、作品内に挿入された日記には、様々な矛盾に苦悩する作家の絶望が如実に映し出されている。若い頃から神経が繊細で、不眠症やうつ病に悩まされていたうえ、女性関係も含めて人付き合いが苦手だったせいで、二度の結婚生活を通じて心労が絶えなかったアルゲダスだが、彼の衝撃的なピストル自殺の原因は、私生活にばかりあったわけではない。

アルゲダスの抱えた葛藤の起源はその幼少期にある。父が弁護士という、アンデス南部の小都市では典型的な白人中産階級に生まれたホセ・マリアは、三歳になる前に母を失い、これが最初の心の傷となった。小都市プキオで教育を受け始めたものの、後妻を迎えた後に公職を失った父の生活は安定せず、サン・フアン・デ・ルカナスで過ごした少年期の三年間（一九一八～二一）に味わった苦悩が彼の生涯を決定づけた。頻繁に家を空ける父につけこんで、継母はホセ・マリア少年に重労働を押しつけ、乱暴で傲慢な田舎者だった腹違いの兄は、ただ彼をいじめるだけでは飽き足らず、自分の男ぶりを見せつけるためだけに、インディオ女を強姦する場面に彼を立ち会わせたりもした。彼にとって憩いの場は、インディオ使用人たちとの虱まみれの共同作業であり、八歳にして彼は、スペイン語よりケチュア語を自由に話すようになった。

一九二一年、彼は実兄とともにサン・フアン・デ・ルカナスを逃れ、親類の経営する農園でインディオ共同体に身を寄せた。以後二年間、アルゲダスは内側からインディオの世界観や信仰、伝統的な習慣や儀式に親しむことになり、この体験が、処女短編集『水』(邦訳彩流社、二〇〇三年)を端緒とする創作の支柱となる。だが、白人でありながらインディオに同化し、自然との共生や利他的精神といった美点を身にしみて感じたことが、後に苦悩の種となった。

一九三一年に首都リマでサン・マルコス大学に入学して以来、アルゲダスは断続的にインディオ世界の民俗学的研究を続け、神話・伝説集の編纂、ケチュア語からスペイン語への大衆歌や民話の翻訳のほか、ペルー文化に関する論考を多く残している。だが、インディオ文化とペルー社会の現状について研究を深めれば深めるほど、幼少時代に知った理想郷と理論的考察の矛盾は深刻になった。内面の葛藤は文学作品に噴出し、土着化した闘牛をめぐる白人とインディオとチョロ(混血)の相克を浮き彫りにした処女長編『ヤワル・フィエスタ』(邦訳現代企画室、一九九八年)にも、学問的図式では捉えきれない複雑な社会に生きる苦悩が映し出されている。

葛藤に拍車をかけたのが社会革命派の台頭であり、特にキューバ革命以降、社会主義によるインディオ問題の解決に賛同しない者は裏切り者の誹りを免れなかったペルー知識人層にあって、アルゲダスは、マルクス主義の理念とインディオ共同体の理想が相容れないことは十分に承知していながらも、これに同調せざるを得なくなった。木に竹を接いだ彼の創作は、ペルーの階級社会の再考を試みた失敗作『すべての血』(一九六四)を経て、六〇年代後半には袋小路に入っていた。彼の自殺は、根の深い矛盾と目に見えない緊張を抱えたペルー社会の反映であり、彼の味わった生き地獄を踏まえずしてアルゲダス文学の正確な理解はあり得ない。

**推薦作**

JOSÉ MARÍA ARGUEDAS
LOS RÍOS PROFUNDOS
NOVELA
EDITORIAL LOSADA, S. A.
BUENOS AIRES

**『深い川』**

(*Los ríos profundos*, 1958)

ホセ・マリア・アルゲダスの名と新しいインディヘニスモ小説の存在を世界に知らしめた自伝的小説。父とともにアンデス各地を転々とする流浪生活を終えて、アバンカイの宗教学校に寄宿生として入学した十四歳の少年エルネストが、キリスト教の偽善と少年たちの暴力に支配された学校生活に耐えながら、平和な少年時代を過ごしたインディオ共同体での生活を懐かしむ。繊細な感性を備えた少年は、アンデスの動植物や風景、そしてインディオたちの奏でる音楽に愛情を寄せながらも、白人、インディオ、混血が交錯する社会の矛盾を見逃さない。ケチュア語の息吹を吹き込んだ独特の詩的スペイン語も味わい深い。

【邦訳】杉山晃訳、現代企画室、一九九三年

# ホセ・レサマ・リマ

## José Lezama Lima（キューバ・1910-1976）

【略歴】

一九一〇年キューバのハバナ生まれ。軍人の父とともに一八年にアメリカ合衆国へ転居するが、翌年父が死去し、帰国。二九年にハバナ大学法学部入学。三〇年代後半からエッセイや詩を雑誌に発表し、多くの文芸雑誌に関わった後、四九年に伝説的雑誌『オリヘネス』を創刊。六六年発表の長編『パラディソ』で世界的に名を知られ、キューバ革命政府から要職を与えられたが、パディージャ事件以後冷遇され、七六年にハバナの自宅で寂しく息を引き取った。

　ホセ・レサマ・リマは、教養豊かな作家が揃うラテンアメリカ文学にあって、ボルヘスと並ぶ博識を備えた詩人だった。ボルヘスと違って、国外へほとんど出ることのなかった彼は、貪欲な知的好奇心を「知のエロス」のレベルまで高め、美しい長編詩として結実させた。名門軍人家の生まれながらも、幼少から喘息に悩まされ、満足に外で遊ぶことができなかったホセ少年は、母と祖母に見守られながら読書の楽しみを覚え、十歳にして『ドン・キホーテ』を読んだ。その後もギリシア古典からドイツロマン派へと彼の興味は広がり続け、大学時代にはマチャード独裁政権に反対して学生運動に参加したものの、旺盛な読書欲は衰えを知らなかった。

　彼の蔵書は、現在までハバナのレサマ・リマ記念館や国立図書館に保管されているが、これを見ると、日本文学も含め（晩年には「トコノマ」というタイトルの詩も書いている）、世界中の芸術文化に彼が深い興味を示していたことがよくわかる。ブリタニカ百科事典まで隅から隅まで読み通したというのだから、いかに知に飢えていたかが窺い知れるだろう。

　三〇年代半ばから創作を手掛けた彼を詩作へと強く後押ししたのは、スペインの詩人ファン・ラモン・ヒメネスとの友情であり、五〇年代末までレサマ・リマは断続的に詩を発表し続けている。また、彼の活動において特徴的なのは、文芸雑誌の刊行に異常なまでの執念を見せたことだろう。三七年創刊の『ベルブム』（同じ年に休刊）に始まって、三九年に『銀の拍車』（〜一九四一）、四二年に『神の美のノート』（〜一九四四）を主宰した後、四九年創刊の『オリヘネス（起源）』（〜一九五六）で、雑誌編集長としての彼のキャリアは頂点を極める。キューバの詩を中心に、世界の文化動向を紹介したこの雑誌は、まさにハバナから世界へ開かれた文学の窓であり、国外でもかなりの反響を呼んだ。

こうした功績もあって、四五年から文部省に要職を得ていた彼は、五九年にキューバ革命が成功した直後から、文学出版部門のトップに抜擢され、古典から現代キューバ文学まで、様々なコレクションの編集を任されることになった。革命政府の主要文学機関カサ・デ・ラス・アメリカスを介してハバナへ招聘されるラテンアメリカ作家たちの応対にも積極的に関わり、なかでもとりわけ深い友情を結んだのは、親しみと敬意を込めて彼を「宇宙的肥満児」と呼んでいたフリオ・コルタサルだった。

四九年に冒頭部だけ『オリヘネス』に発表された後、六六年に刊行された『パラディソ』は、同僚たちの期待を裏切らぬ傑作であり、これでレサマ・リマは名実ともにラテンアメリカ文学のブームに合流した。だが、バルガス・ジョサやロドリゲス・モネガルといった一流の作家・批評家に絶賛され、国外での彼に対する評価がうなぎのぼりとなる一方で、キューバ国内では、レイナルド・アレナスやビルヒリオ・ピニェーラと同じく、同性愛者だったレサマ・リマへの風当たりは強くなっていた。七一年のパディージャ事件はまさに痛恨の一撃であり、反革命作家と名指しされた彼は、公職を解かれ、ほぼ完全に出版の道も断たれた。七二年には、イタリアで『パラディソ』が前年に刊行された最高の翻訳小説という栄誉に輝き、出版社から授賞式への招待状が届いたものの、政府から出国許可は下りなかった。最終的に彼は、憧れのヨーロッパへ赴くこともなく、一九二九年以来住み続けたトロカデロ通りの（肥満体の彼にとってはなおさら）狭いアパートで、孤立無援のまま七六年に亡くなっている。

推薦作

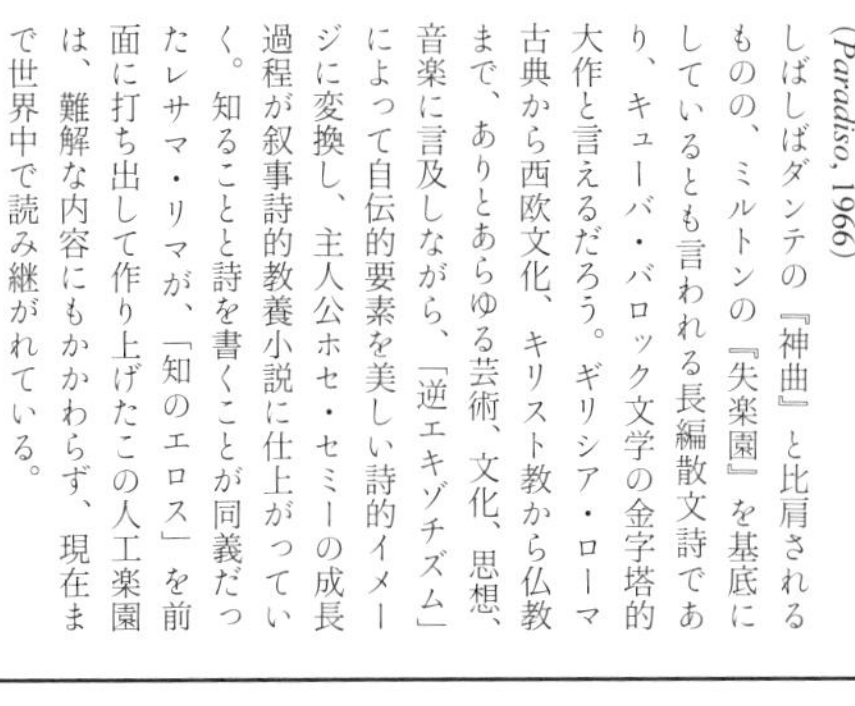

**『パラディソ』**
(*Paradiso*, 1966)

しばしばダンテの『神曲』と比肩されるものの、ミルトンの『失楽園』を基底にしているとも言われる長編散文詩であり、キューバ・バロック文学の金字塔的大作と言えるだろう。ギリシア・ローマ古典から西欧文化、キリスト教から仏教まで、ありとあらゆる芸術、文化、思想、音楽に言及しながら、「逆エキゾチズム」によって自伝的要素を美しい詩的イメージに変換し、主人公ホセ・セミーの成長過程が叙事詩的教養小説に仕上がっていく。知ることと詩を書くことが同義だったレサマ・リマが、「知のエロス」を前面に打ち出して作り上げたこの人工楽園は、難解な内容にもかかわらず、現在まで世界中で読み継がれている。

【邦訳】二〇一九年十二月現在未邦訳

## 【コラム】ラテンアメリカの新聞・雑誌と創作活動

二十世紀半ばまで文学が制度として社会に根づかなかったラテンアメリカにあって、作家が生計を立てるのは極めて困難であり、モデルニスモを代表する二人の詩人、ホセ・マルティとルベン・ダリオに始まって、二十一世紀の小説を牽引する若手世代に至るまで、新聞や雑誌への寄稿から副収入を得る作家は多い。長い伝統を持つ『ラ・ナシオン』（アルゼンチン、一八七〇年創刊）や『エル・ウニベルサル』（メキシコ、一九一六年創刊）、ガブリエル・ガルシア・マルケスを世に出した『エル・エスペクタドール』（コロンビア、一八八七年創刊）を筆頭に、アルゼンチン最大の発行部数を誇る『クラリン』（一九四五年創刊）、マリオ・バルガス・ジョサら著名作家を執筆陣に抱える『エル・パイース』（スペイン、一九七六年創刊）など、スペイン語圏各地の有力新聞は文芸欄も充実しており、作家に貴重な収入源を提供すると同時に、書評やインタビュー記事の掲載で書籍の売り上げにも貢献している。他方、概して財政基盤の脆弱な文芸雑誌は短命に終わる場合が多く、一九七〇年代から現在まで続くメキシコの『ネクソス』や、オクタビオ・パスが創刊した『ブエルタ』の継承誌『レトラス・リブレス』など、一部の例外を除いて社会的反響に乏しいのが現実だが、発行部数や継続年数だけでは測ることのできない文学的重要性を持つケースも少なくはない。

文芸雑誌が俄かに脚光を浴びたのは、ラテンアメリカにアヴァンギャルドが飛び火した一九二〇年代のことだった。先陣を切ったのは文学先進国のアルゼンチンであり、スペインから「ウルトライスモ」を持ち込んだホルヘ・ルイス・ボルヘスが二二年に『プロア』を創刊し、文芸雑誌隆盛の流れを作り上げた。その主要な役割は、ダダやシュルレアリスムの先例に倣って自らの詩的美学を「マニフェスト」として提起することにあり、『プロア』の反響を受けて二四年に創刊された『マルティン・フィエロ』には、オリベリオ・ヒロンドが、「時代錯誤」と「模倣主義」に対抗して「新たな感受性」と「新たな理解力」を掲げた「マルティン・フィエロ宣言」を寄せている。同じ頃、メキシコではマヌエル・マプレス・アルセが「エストリデンティスモ」を提起し、『アクトゥアル』という名のビラに、旧来のメキシコ文学を挑発する宣言文をしたためて、同時代の知識人に文化の刷新を呼び掛けた。彼に同調するメキシコの詩人たちの一部は、その後いくつか薄命の雑誌を発行し、二八年には、アヴァンギャルドの美学を結集する形で登場した記念碑的雑誌『コンテンポラネオス』に加わった（一九三一年に廃刊）。ラテンアメリカ各地で六〇年代まで続くこのようなマニフェスト雑誌は、社会的影響力こそ限定的ではあれ、美意識や文学潮流の変化を如実に示していたばかりか、後に文壇をリードする作家を輩出することも多く、文学研究においてその存在を看過することはできない。ノーベル文学賞詩人オクタビオ・パスも、修行時代には薄命の文学雑誌『タジェール』（一九三八～四一）において自らの詩学を極めた。

その一方で、ビクトリア・オカンポが私財を投げうって刊行を続けた伝説的文芸雑誌『スール』は、特定の美学を前面に打ち出すことなく、広く世界から最新の文化潮流をアルゼンチン市民に紹介することに重点を置いていた。ヨーロッパに広い人脈を持っていたビクトリアの戦略は功を奏し、一九四〇年代までに『スール』は、アルゼンチンを超えて広くラテンアメリカの知識人に支持される啓蒙雑誌の地位を手にした。四〇年代にキューバでこの動きを継承したのは、雑誌を「世界に向けて開く窓」と位置づけたホセ・レサマ・リマであり、彼が創刊に関わった『オリヘネス』（一九四四～五六）には、独特の感性で世界文学から選び抜かれた文学作品が掲載された。五〇年代以降、国民の美的感性を育もうとする啓蒙文化雑誌はラテンアメリカ全体に広がり、カルロス・フエンテスも創刊に関わった『メディオ・シグロ』（メキシコ、一九五三～五七）や、詩人ホルヘ・ガイタン・ドゥランが指揮を執った『ミト』（コロンビア、一九五五～六二）は、都市の新興読者層の形成に重要な役割を果たし、「ブーム」の到来にも貢献している。

一九六〇年代にブームを盛り上げた文芸雑誌は多いが、とりわけ注目に値するのは、キューバ革命政府の文化機関が刊行する『カサ・デ・ラス・アメリカス』（一九六〇～）、『百年の孤独』の成功を後押しした『エコ』（コロンビア、一九六〇～八四）、ウルグアイの有力批評家エミール・ロドリゲス・モネガルが主宰した『ムンド・ヌエボ』（フランス、一九六六～六八）の三誌だろう。『カサ・デ・ラス・アメリカス』が社会革命に寄与する文学という旗印のもとにラテンアメリカ作家の団結を促し、パリに拠点を置く『ムンド・ヌエボ』がラテンアメリカ文学を世界に向けて売り込む一方、独自の路線を貫く『エコ』は、地味ながらも文学通から高い評価を受け続け、二四年にわたって二七二号を刊行するという、文学に特化した雑誌としては驚異的な数字を叩き出している。

ベストセラー時代の到来とともに、文芸雑誌は新聞の文芸欄にその役割を奪われた感があるものの、ラテンアメリカ各地で独立系文学雑誌の創刊は今も続いており、今後も時代をリードする作家を輩出する可能性は十分にあると言えるだろう。

# マヌエル・ムヒカ・ライネス

Manuel Mujica Láinez（アルゼンチン・1910-1984）

【略歴】

一九一〇年ブエノスアイレスの名門家に生まれる。二三年に一家でパリへ転居し、フランスの美術や文学に親しむ。二五年にロンドンに滞在後、二六年に帰国、二八年にブエノスアイレス大学法学部に入学するが、読書と創作に専念。三二年からは有力紙『ラ・ナシオン』の記者となり、海外渡航歴多数。三八年刊行の処女長編『ブエノスアイレスのドン・ガラス』以降、長編・短編を数多く執筆し、公職も多くこなしている。八四年コルドバ州の自宅で没。

ボルヘスやコルタサルを筆頭に、とかく短編小説作家にばかり注目が集まりがちなアルゼンチン文学にあって、多くの傑出した長編小説を残したマヌエル・ムヒカ・ライネスの存在は異彩を放っている。といっても、作風が奇抜というわけではなく、マレチャルの『アダン・ブエノスアイレス』やコルタサルの『石蹴り遊び』といった斬新な実験小説が注目を浴びるなか、彼の作品の大半は古めかしいまでにオーソドックスな形式で書かれている。

アルゼンチン屈指の名門家の出身で、父から祖国愛、母から文学愛を受け継ぎ、幼少期からフランス、イギリスで古典文学や芸術に親しんだ後に、有力紙『ラ・ナシオン』で文化欄を担当したムヒカ・ライネスは、広く深い知識と豊かな文学的素養を備えた骨太の作家であり、そのせいか、フロリダ通りの屋敷（『屋敷』一九五四）や飼い犬（『セシル』一九七二）を語り手に据える程度の手法的工夫はあれ、いたずらに前衛的実験に走ることはなかった。彼の得意分野は歴史小説であり、いつも丁寧に歴史を調べ上げたうえで、実在の人物と架空の人物を織り交ぜて面白い物語を書き上げているが、その作品全体に通底していたのは、二十世紀の進行とともに失われゆくアルゼンチン貴族階級の文化的伝統に向けたノスタルジーだった。

作家としてのキャリアは、アルゼンチンの歴史を題材とする前期と、中世からルネサンス期にかけてのヨーロッパ史から着想を得た後期に大きく分けられる。出世作となったのは、ブエノスアイレスの創設から二十世紀にわたる約四百年のアルゼンチン史を四十二の短編で概括した『ブエノスアイレスの神秘』（一九五〇）であり、そこには、史実とフィクションの交錯、流麗で洗練された文体など、彼の文学作品を特徴づける諸要素がすでにはっきりと見えていた。これに続く四作――『偶像』（一九五三）、『屋敷』、『旅人たち』（一九五五）、『楽園の招待客』（一九五七）――は、いずれも二十世紀のブエノスアイレスを舞台とする物語であり、「ポルテーニョ・サーガ」の名で現在まで読者の支持を集めている。雑誌『スール』のグループを中心に、アルゼンチン文壇との付き合いも緊密になり、五〇年から五三年までは、ボルヘスのもとでアルゼンチン作家協会副会長を務め、五六年にはアルゼンチン文学アカデミーの会員にも選ばれて、公的任務をこなすことも頻繁になった。

この後、アルゼンチン的テーマをいったん離れたムヒカ・ライネスは、『ラ・ナシオン』の特派員や公的使節の一員として何度も欧米を旅したせいもあり、作品のテーマをヨーロッパ大陸に移して、ルネサンス期のイタリアを舞台にした『ボマルツォ公の回想』（一九六二）、中世フランスを舞台にした『ユニコーン』（一九六五）、フェリペ二世時代のスペインを舞台にした『迷宮』（一九七四）の長編三部作と、アメリカ大陸征服を扱った『奇跡と憂鬱』（一九六八）、そして短編集『王室年代記』（一九六七）を発表している。折からのラテンアメリカ文学のブームにも助けられて、彼の作品はとりわけヨーロッパで高い評価を受け、六〇年代にはフランスやイタリアから叙勲を受けるまでになった。六九年、三十年以上も勤めた『ラ・ナシオン』紙から身を退いたムヒカ・ライネスは、ブエノスアイレスを離れて、内陸部のコルドバ州にある邸宅「エル・パライソ（楽園）」で創作に専念することを決め、相変わらずストイックな態度で『七悪魔の旅』（一九七四）のような長編に取り組んでいる。八四年、長編『南の本』を完成できぬまま、肺水腫によりエル・パライソで亡くなった。

**推薦作**

**『ボマルツォ公の回想』**

(*Bomarzo*, 1962)

五八年と六〇年の二回にわたるイタリア旅行でボマルツォを訪れて感銘を受けた作者が、三年の歳月を費やして完成させたこの大作は、六二年に名門スダメリカーナ社から出版されて国内外で大きな成功を収めた。ボマルツォ公の継承者となった実在のイタリア貴族ピエル・フランチェスコ・オルシーニを主人公とする歴史小説であり、彼の回想によって甦る様々な歴史的人物が、綿密な時代考証とムヒカ・ライネスらしい荘厳な文体に支えられて、愛憎入り混じる重厚なフレスコ画を作り上げている。ミケランジェロの誕生、カルロス一世の戴冠、レパントの海戦といった史実への言及も多く、作者の打ち出す歴史観も興味深い。

**【邦訳】**土岐恒二・安藤哲行訳、集英社、一九八四年

# フアン・カルロス・オネッティ

## Juan Carlos Onetti（ウルグアイ・1909-1994）

【略歴】
一九〇九年ウルグアイのモンテビデオ生まれ。高校中退後、様々な職を経て二十一歳でブエノスアイレスに渡り、短編小説などの執筆を開始。三九年に中編『井戸』を発表。四〇年代半ばまでアルゼンチンとウルグアイを往来しながら創作を続ける。五〇年長編『はかない人生』を発表。五五年にモンテビデオに落ち着き、閑職を得て本格的長編に取り組む。『造船所』（一九六一）と『屍集めのフンタ』（一九六四）でブームに合流。七四年軍事政権に投獄を受け、翌年マドリードへ亡命。八〇年代以降はアルコール依存症でほぼ寝たきりになったが、九四年に没するまで『あの当時』（一九八七）などの秀作を書き続けた。八〇年にセルバンテス賞受賞。

「バルガス・ジョサは文学と結婚しているが、自分は文学と不倫しているだけだ」、このオネッティの言葉は両者の違いを実に鮮明に表している。バルガス・ジョサのように、毎日一定の執筆時間を必ず取り、盤石の方法論に基づいて創作を進める作家と違って、オネッティはインスピレーションにとりつかれた時だけ机に向かって夢中で文章を書き進める。難解ではあれ形式的にも文体的にも論理的整合性のあるバルガス・ジョサの作品と較べ、オネッティの小説は摑みどころのない曖昧模糊とした文体と形式で書かれており、作者の主観を前面に打ち出した内容も、一読して簡単に理解できるものではない。

　バルガス・ジョサが文学部の卒業で、作家として文壇にデビューして以降も多くの文学論を残しているのに対し、オネッティは完全に独学の作家であり、中等教育すら終えておらず、作家になる前にこなした仕事といえば、タイヤ販売、左官屋、サッカー・スタジアムのチケット販売等、およそ文学と無縁な職ばかりだった。それでも一九三〇年代からブエノスアイレスでジャーナリズムの仕事をこなし、三九年にウルグアイの有力雑誌『マルチャ』、四一年には通信社のロイターに職を得たのだから、どれほどの文才を備えていたか想像できるだろう。極貧生活に喘いでいた三〇年代からすでに、「もう一人のバルディィ」（一九三六）や「夢が叶う」（一九四一）といった短編、中編『井戸』（邦訳集英社、一九八四年）など、優れた作品を多く手掛けており、同じく独学の作家ロベルト・アルルトに一目置かれるなど、独特の文学的才能の片鱗は見えていた。

　独学の作家にありがちなように、オネッティは推敲もゲラのチェックもまともにしないほど原稿に無頓着であり、出版された作品の宣伝にも無関心だったため、せっかく『はかない人生』（邦訳集英社、一九八四年）のような傑作をアルゼンチンの有力出版社スダメリカーナから刊行しても、知名度は上がりようがなかった。ただでさえブエノスアイレスとモンテビデオの往復を繰り返す不安定な生活だったうえ、女好きと酒浸りがたたって三度の結婚はいずれもうまくいかず、特定の友人を除いて作家との交流を好まなかった彼は、一九五〇年代前半まで、文壇における名声とはまったく縁遠い変わり者だった。オネッティの人見知りは後に文壇の語り草となったほどで、内心は尊敬していたバルガス・ジョサやカルロス・フエンテスに辛辣な皮肉を飛ばし、大好きなフアン・ルルフォと初対面した時も、二時間ずっと黙ったままだったという。

そんなオネッティを五〇年代半ばから支え、その成功を後押しした二人の人物が、四五年にブエノスアイレスで知り合って五五年に正式な妻となったヴァイオリン奏者ドロテア・ミュール（通称ドリー）、そして、同じく五五年にオネッティと知り合って固い友情を結んだ有力政治家ルイス・バッジェ・ベレスだった。『はかない人生』のストーリーまで変えたというドリーは、夫の度重なる浮気と飲酒にもかかわらず、モンテビデオとマドリードで自堕落なオネッティの生活を最期まで支え続け、現在も彼の作品の普及に尽力を続けている。他方、政治家を数多く輩出する名門家の出身で、四七年から五一年までウルグアイの大統領まで務めたバッジェは、政治にまったく興味を示さないオネッティに深い理解を示し、五七年、モンテビデオ市図書館長という、仕事が少ないわりに給料のいい閑職を世話した。同じ五七年、オネッティはブエノスアイレスの文芸雑誌『フィクシオン』に傑作短編「この恐ろしい地獄」を発表するが、ふられた腹いせに自分の露わな姿を写真にして元恋人に送りつける女という、この物語のネタを提供したのは、ほかならぬこのバッジェだった（「君のように不純な男には、この話を小説に変えることはできまい」と挑発したという）。

閑職に就いて執筆時間を確保した後も、ウィスキーを片手に自宅と愛人（詩人のイデア・ビラリーニョ）宅を往復する（わずか二ブロックほどしか離れていなかった）日々を過ごしていたオネッティだったが、オブセッションにとりつかれた時の旺盛な創作意欲は相変わらずで、五〇年代末には、老いさらばえた娼婦ばかりを食い物にする「屍集め」ことラルセンを主人公にした連作、『造船所』と『屍集めのフンタ』（邦訳現代企画室、二〇一一年）に着手する。『はかない人生』で初めて構想され、「この恐ろしい地獄」で物語の舞台となった架空の町サンタ・マリアで展開するこの二作は、後に「サンタ・マリア・サーガ」と呼ばれる作品群で重要な位置を占めている。どちらも有力出版社から刊行されたわけではなかったが、ラテンアメリカ文学が世界的注目を浴び始めていた時期と重なったこともあって、文学通の間で二作は評判を呼び、『屍集めのフンタ』は、六七年のロムロ・ガジェゴス賞でバルガス・ジョサの『緑の家』に次ぐ高評価を受けている（次点となったオネッティは、「同じ売春宿を舞台にした小説でも、向こうにはオーケストラが付いているからね」と言って笑い飛ばしたという）。七〇年には、それまで発表した長編や短編の大部分を収録した全集がメキシコのアギラール社から刊行されるなど、「ブーム」の盛り上がりとともに、オネッティの評判は地味ながら着実にスペイン語圏全体へ浸透していった。

　その後も七四年に小品『死と少女』を発表するなど、相変わらず気紛れな創作を続けていたが、この年、『マルチャ』の主催する文学賞に反体制的作品が選ばれたという理由で、審査員だった彼に嫌疑がかかり、オネッティの作家人生は大きな岐路を迎える。七三年から事実上の軍事独裁体制を敷いていたボルダベリー政権から投獄を受けた彼は、その後様々な友人たちの尽力によって釈放されたものの、七五年に、祖国を捨ててマドリードに亡命する道を選んだ。

　この後オネッティは、文学イベントにひょっこり顔を出したり、来客やインタビューを受けたりすることはあったものの、アメリカ通りのアパートから外出することは稀になり、ほとんどベッドから起き上がることもないまま、読書（大半は推理小説）と煙草とウィスキーに耽るばかりとなった。そんな状態でも、折に触れて発揮される爆発力は壮絶で、一九七八年、珍しく軍政批判を創作に取り込んだ傑作短編「存在」を発表したかと思えば、翌年には大作『風に語らせる』（一九七九）でサンタ・マリア・サーガを締めくくり、アルコール依存症の悪化と体調不良が伝えられて、誰もこれ以上の作品を期待していない頃になって、往年を偲ばせる佳作『あの当時』を刊行して読者を驚かせた。亡くなる一年前に発表された中編『どうでもいい時』（一九九三）では、再び架空の町サンタ・マリアを取り上げている。

　ドリーの証言によれば、無愛想なイメージとは裏腹に、親族や親友に接する時のオネッティは優しく剽軽で、文学作品内で多くの自殺者を描き出してはいても、人生をこよなく愛する純朴な男だったという。一見ペシミズムに満ちた彼の小説は、現代社会に生きる人間の絶望と孤独を前面に打ち出しているが、その奥に秘められた人間への希望と信頼をしっかり読み取りたいものだ。

推薦作

## 『別れ』

(*Los adioses*, 1954)

オネッティが生涯「恋人のように愛している」と言ってやまなかったこの中編小説は、時に文章が難解で、とっつきにくい印象を与える彼の小説世界への入門にはぴったりだろう。アルゼンチン山間部にあるサナトリウムの町を舞台に、結核の治療を終えた語り手「私」が、治療にやってきた元花形バスケットボール選手をめぐってあれこれ想像を巡らせるところから、見かけとその奥に隠れた現実のずれが浮き彫りにされる。作者の巧みな語りと視点操作に翻弄される読者は、最後に現代社会の孤独と疎外を突きつけられる。日本語版に収録された短編「この恐ろしい地獄」は、バルガス・ジョサが「絶対的傑作」と評した名作。

【邦訳】寺尾隆吉訳、水声社、二〇一三年

推薦作

## 『造船所』

(*El astillero*, 1961)

発表時期は前後するが、『屍集めのフンタ』の続編となる物語であり、売春宿の開店を目指して奮闘した末にサンタ・マリアを追われたラルセンが、廃墟同然の状態にあった造船所の再建を任されて、またこの町に戻ってくる。半ば気の触れた所長の娘に言い寄り、うらぶれた二人の職員と向き合いながら、ラルセンは人生最後の救いに必死ですがりつくが、始めから幻にすぎない任務に未来はなく、次第に袋小路に嵌まり込んでいく。「サンタ・マリア・サーガ」の中核を成すこの小説には、現代世界へ向けてオネッティが放つ絶望と愛の声が凝縮されており、フエンテスやベネデッティ、バルガス・ジョサから絶賛を浴びた。

【邦訳】二〇一九年十二月現在未邦訳

# ミゲル・オテロ・シルバ

## Miguel Otero Silva（ベネズエラ・1908-1985）

【略歴】

一九〇八年ベネズエラの地方都市バルセロナの生まれ。高校時代にロムロ・ガジェゴスに師事し、ベネズエラ中央大学工学部在学中からジャーナリズムに寄稿。二八年にゴメス独裁政権転覆運動に加担して亡命。翌年共産党入党。三九年に処女長編『熱』を発表。四〇年代はジャーナリズムに専心し、四三年に父とともに新聞『エル・ナショナル』を創刊。『泣きたい時に泣かず』（一九七〇）といった政治小説のほか、歴史小説も残している。八五年カラカスで没。

ラテンアメリカ文学において、ミゲル・オテロ・シルバといえば、誰もが思い浮かべるイメージは「裕福な共産主義者」だろう。チェ・ゲバラを筆頭に、エリート層の出身であるがゆえに過激な革命思想にかぶれた知識人はラテンアメリカに多いが、彼もその典型だった。このイメージを定着させるのに一役買ったのが、ガルシア・マルケスの短編集『十二の遍歴の物語』に収録された「八月の幽霊」であり、この物語は、一九六〇年代にオテロ・シルバが実際に所有していたアレッツオの古城を舞台に展開する。七〇年代以降は、執筆を続けるかたわら美術品収集に精を出し、ロダンのバルザック像まで所有したというから、その豪勢な暮らしぶりが想像できるだろう。その一方で、一九三〇年代にスペインとフランスで共産党に入党して以来、生涯頑強な左翼思想を貫き、ガルシア・マルケスやパブロ・ネルーダらと協力しながら、キューバ革命政府の支援や軍事独裁政権転覆運動への資金提供を惜しまなかった。一九八〇年には、レーニン平和賞を受賞している。

恵まれた環境で教育を受けたオテロ・シルバが思春期に大きな影響を受けたのが、ベネズエラを代表する文人ロムロ・ガジェゴスであり、同じく彼に師事して民主主義と文化の重要性を叩き込まれた若者たちとともに、後に「二八年世代」とも呼ばれるグループを形成することになる。父の勧めでベネズエラ中央大学工学部へ進学したものの、血の気の多い彼の興味は政治・社会問題にあり、在学中から専門の勉強はそっちのけでジャーナリズムに精を出した。二八年には、アルトゥーロ・ウスラル・ピエトリやアントニオ・アライスらとともに、薄命の前衛的文芸雑誌『バルブラ』の創刊に名を連ねるとともに、ゴメス独裁政権反対の学生運動を積極的に展開した。

多くの同志が投獄を受けるなか、キュラソーへ逃れたオテロ・シルバは、現地で同志を募って、翌年には奇抜な独裁政権転覆作戦に乗り出すものの、政府軍に撃退され、コロンビアへの亡命を余儀なくされた。民政移管後、一時ベネズエラに帰国したが、過激な言動がたたって常に政権からマークされ、三九年まで、メキシコ、アメリカ合衆国、キューバ、内戦下のスペイン、フランスなどを転々とすることになる。

　帰国後、二八年の学生運動を脚色した小説『熱』を書き上げ、これが彼の処女長編となる。四〇年代は、本分のジャーナリズムに戻り、様々な雑誌・新聞に寄稿していたが、父の援助で印刷機を手に入れると、自ら全国規模の新聞を創刊しようと思い立った。同志アライスを編集長に迎えて、オテロ・シルバが主筆として四三年八月三日に第一号が発売された新聞『エル・ナショナル』は、やがて『エル・ウニベルサル』を抜いて発行部数全国一を誇る新聞にのしあがり、ラテンアメリカの左翼を代表する新聞となった（現在も発行中）。

　ジャーナリズム活動が安定すると、今度は小説の執筆に戻り、現在まで彼の代表作とされる『死の家並』（一九五五）によって、スペイン語圏全体で有望株として名を知られるようになる。五〇年代末以降のオテロ・シルバは、ヨーロッパとアメリカ大陸を股にかけ、気前のいい「ブームの脇役」として、執筆、ジャーナリズム、政治活動（国会議員まで務めたことがある）などに精力的に取り組んだ。石油問題を扱った『一番事務所』（一九六一）や、『泣きたい時に泣かず』といった政治色の強い小説のほか、伝説の探検家ローペ・デ・アギーレを主人公にした『自由の王』（一九七九、邦訳集英社、一九八三年）のような歴史小説も残している。

**推薦作**

**『死の家並』**

(*Casas muertas*, 1955)

一九五〇年代に入り、政治活動やジャーナリズムに嫌気がさしていたオテロ・シルバが、グアリコ州のジャノ（平原地帯）に隠棲して創作に専念したところから生まれた秀作。アリスティデス・ロハス賞と国民文学賞を同時受賞した。石油景気とともに一時は繁栄を謳歌した架空の田舎町オルティスが、独裁政権の抑圧と暴力に次第に苦しめられ、最終的に疫病によって廃墟と化していく様子を独特の詩的文体で再現している。亡霊のような登場人物と出口のない鬱屈した雰囲気は『ペドロ・パラモ』にも通じるものがあり、地方部の過疎化が深刻となっていった一九七〇年代以降も、スペイン語圏各地で広く読まれ続けた。

【邦訳】二〇一九年十二月現在未邦訳

# ホルヘ・イカサ

## Jorge Icaza（エクアドル・1906-1978）

【略歴】
一九〇六年エクアドルの首都キトの生まれ。三歳の時に父が病死し、翌年母方の叔父を頼って山間部の農園に住む。二四年からキト大学で医学を専攻するも中退。二八年に初の戯曲『余所者』を発表した後、短編・長編小説の執筆を開始し、『ワシプンゴ』（一九三四）の成功でラテンアメリカ全体に名を知られる。『チョロ』（一九三七）、『ワイラパムシュカス』（一九四八）、『独りよがりのロメロとフローレス』（一九五八）等、社会抗議の作品を残している。一九七八年にキトで没。

エクアドル出身で世界的に名を知られる作家は数少ないが、その一人として真っ先に名を挙げられるのがホルヘ・イカサだろう。今やすっかり色褪せて過去の遺物となった感は否めないものの、彼の代表作『ワシプンゴ』は、発表直後から国境を超えて大きな反響を呼び、現在でもラテンアメリカ文学史の授業などで取り上げられる作品となっている。エクアドルのインディオ政策に大きく影響したことが指摘されているほか、六〇年代にボリビアで農村ゲリラが起こった際には、この小説の結末部を朗読してから出撃することもあったというし、ラテンアメリカの変革を進める原動力の一つになったと言えるかもしれない。

自由主義的な改革が一段落し、ロシア革命の影響下、各地で共産党結成の動きが見え始めた一九二〇年代以降、ラテンアメリカ作家の社会的意識は急速に高まり、三〇年代以降は、各地でいわゆる「社会主義リアリズム」に触発された告発の小説が書かれている。エクアドルもその例外ではなく、当時の文壇をリードしていた「グアヤキル・グループ」の旗手デメトリオ・アギレラ・マルタが三〇年に発表した短編集『去る者』を端緒に、ヒル・ヒルベルトの『ユンガ』（一九三二）、ホセ・デ・ラ・クアドラの『竃』（一九三二）など、社会の不正を告発する赤裸々なリアリズム小説が相次いで刊行された。そのなかで『ワシプンゴ』だけが世界的名声を勝ち得たのは、ひとえにインディヘニスモの要素を取り込んでいたからだろう。

イカサは、経済活動の自由と世俗教育を掲げる自由主義改革の恩恵を最も受けた都市中産階級の出身であり、同様の境遇で育った同世代の若者の多くと同じく、社会の不平等に敏感で、いっそう徹底した改革を求めて社会主義、共産主義の思想にかぶれていた。特にイカサの場合、四歳から数年間叔父の農園に預けられ、そこで働くインディオたちの悲惨な生活実態を直接見ていたことが後の創作に大きく影響したと言われている。幼少期に父を失った後、再婚した母から冷たくあしらわれ、不幸な家庭環境で育った彼は、弱者に寄せる思いが人一倍強く、首都の大学で医学を専攻したのもその顕れだったようだ。

　いずれにせよ、それまでインディヘニスモの文学といえば、純真なインディオ男女の恋愛とそれを踏みにじる白人という構図のなかで、インディオたちに憐憫の情を寄せる、という形を取ることが多かった（アルシデス・アルゲダス『青銅の人種』がその代表例）が、イカサは、帝国主義と農園主の結託によるインディオの搾取を作品の前面に押し出した。結果として作品からは恋愛や風景描写など牧歌的要素がほぼ完全に消え、悲惨な生活実態の赤裸々な描写や、時に吐き気を催すほど醜悪な逸話ばかりが連なることになったが、その分読者に与えるインパクトは強烈だった。アルゼンチンの雑誌『レビスタ・アメリカーナ』の主催する小説コンクールで特賞となり、まずエクアドルの国営出版社から刊行された後、ブエノスアイレスの名門ロサダ社から再版されたこの小説は、ラテンアメリカの社会改革派知識人から絶大な支持を受け、何度も増刷されるヒット作となった。

　このほかにもイカサは、様々な社会問題を取り上げて短編・長編を書いているが、『ワシプンゴ』ほどの成功を収めることはなかった。それでも彼は、その名声を頼みに、エクアドル革命作家協会会員、エクアドル作家・芸術家組合総書記といった職を歴任し、雑誌の編纂、インディヘニスモ会議への参加など、様々な活動を通してエクアドル文化に大きな貢献を果たし続けた。

**推薦作**

**『ワシプンゴ』**
(*Huasipungo*, 1934)

ラテンアメリカ文学でも過去の遺産となりつつある告発文学の王道と言うべき小説。ケチュア語に語源を持つ「ワシプンゴ」とは小作地のこと。石油に手を伸ばす帝国主義者と借金に苦しむ農園主が、神父や官僚と結託してインディオの搾取に乗り出す、というお決まりの構図のなかで、インディオの反乱とそれに続く冷酷な鎮圧の様子を生々しく描き出している。知的・美的快楽を求める読者には耐えられない代物だろうが、旧ソ連で高く評価されるなど、四十カ国語以上に翻訳されたほどインパクトのある物語から、文学と社会変革を直接結びつけようとした作者の熱い思いを推し測ってみるのも悪くはあるまい。

【邦訳】伊藤武好訳　朝日新聞社、一九七四年

# アルトゥーロ・ウスラル・ピエトリ

## Arturo Uslar Pietri（ベネズエラ・1906-2001）

【略歴】
一九〇六年ベネズエラの首都カラカス生まれ。独立以来何度も政権を支えてきた名門軍人一家の出身。ベネズエラ中央大学法学部を卒業後、一九二九年にゴメス独裁政権の公式使節団の一員としてパリへ渡り、三四年まで滞在。三一年に処女長編『赤い槍』を発表。四五年に政権と対立して亡命するまで政府の要職に就く。五〇年代から七〇年代にかけては上院議員も務める。『エル・ドラードへの道』（一九五〇）などの歴史小説やエッセイ多数。二〇〇一年カラカスで没。

アルトゥーロ・ウスラル・ピエトリは、文学事典などでは「魔術的リアリズム」の創始者の一人として紹介されることが多いが、実際には彼の文学作品はこの潮流と縁遠い。一九二九年から三四年にかけてのパリ滞在でシュルレアリストと接触し、ミゲル・アンヘル・アストゥリアスやアレホ・カルペンティエールから刺激を受けたのは確かだが、三一年発表の『赤い槍』は、古風と言えるほど王道を行く歴史小説であり、超自然的要素は皆無に等しい。本人は文芸批評においてRealismo mágicoという用語を最初に使ったのは自分だと主張し、パリ時代の思い出を綴ったエッセイでは、開祖としての自らの役割を声高に強調しているが、実際には四八年に発表した文学史的論考に偶発的にこの言葉が出てくるにすぎない。ブームとともに「魔術的リアリズム」に注目が集まるまで、彼がこの議論を深めようとした形跡はまったくない。むしろ評価すべきは、「ラテンアメリカ人」というアイデンティティの形成に重要な役割を果たしたとされる彼の歴史小説や、数多の文明論的エッセイだろう。

独裁者ゴメスとも親しいエリート軍人の家系に生まれたウスラル・ピエトリは、若くからその文才を開花させ、すでに大学入学以前からジャーナリズムへの寄稿を行っていた。二八年には、伝説的文芸雑誌『バルブラ』の創刊に関わり、それまで雑誌などに発表してきた短編をまとめて、『バラバスその他の物語』というタイトルで刊行している。三〇年代後半以降は、三度も大臣職に起用されるなど、政治に忙殺されることが多かったが、その合間を縫って短編やエッセイの執筆を続けた。三六年七月、ゴメス死去の直後には、石油資源の浪費に警鐘を鳴らし、オイルマネーを国民の教育・文化レベルの向上に充てる必要性を論じ上げたエッセイ「石油を蒔く」を発表して、論客として国中の注目を浴びた。

四五年からは政権と対立してアメリカ合衆国に亡命するが、これが彼にとっては絶好の知的探求期間となり、十六世紀の伝説的探検家ロペ・デ・アギーレを主人公にした長編第二弾『エル・ドラードへの道』を発表したほか、大学で教鞭を執りながら文芸評論の執筆に精を出した。この時期の研究を土台にして書かれた『ベネズエラの文学と人』（一九四八）や『イスパノアメリカ小説小史』（一九五五）などは、現在でもラテンアメリカの大学生に広く読まれている。

帰国後もやはり政治活動から離れられず、ペレス・ヒメネス独裁政権崩壊後の五八年から上院議員を務め、六三年には大統領選挙に出馬して敗北したものの、再び上院議員に選出されて、七四年までその任にあったほか、カルロス・アンドレス・ペレス政権下の七五年から七九年までユネスコ大使をこなしている。この後、政治を引退して執筆業に専念したウスラル・ピエトリは、再び歴史的テーマを扱った長編小説や、深い見識に満ちた文化論的エッセイを手掛けるとともに、『エル・ナショナル』紙を中心に政治批判を続け、激動期に差し掛かっていた「ベネズエラの良識」を体現する文化人としての評価を高めていった。

長編『ロビンソンの島』（一九八一）で国民文学賞、『時への訪問』（一九九〇）では念願のロムロ・ガジェゴス賞を受賞し、アストゥリアス皇太子賞（一九九〇）、レジョン・ドノール（一九九〇）など、晩年の彼に捧げられた勲章や栄誉は数知れない。二〇〇一年にカラカスで長い生涯を閉じたが、最期まで持ち前の洞察力は健在で、チャベス政権に辛辣な言葉を向け続けていた。

**推薦作**

**『赤い槍』**

(*Las lanzas coloradas*, 1931)

一九二〇年代末に書かれ、三一年にスペインで刊行されたウスラル・ピエトリを代表する歴史小説。舞台は、一八一一年に始まる独立戦争において、「悪魔」と呼ばれたスペインの将軍ホセ・トマス・ボベスが凄惨な殺戮を展開したジャノ（平原地帯）。タイトルは、反乱軍の将軍が兵士に向けて放った演説にちなんでいる。フランス革命思想を吹き込まれたアラグアのクリオーリョ荘園領主と、スペイン軍に徴集される同じ農園のムラート執事を中心に、独立戦争の展開に沿って愛憎の物語が進んでいく。白眉は最後の二章に描かれた壮絶な合戦であり、二人は敵同士となって衝突した後、相次いで戦場で命を落とす。「大河ドラマ」のような迫力に富む佳作。

【邦訳】二〇一九年十二月現在未邦訳

# アレホ・カルペンティエール

## Alejo Carpentier（キューバ・1904-1980）

【略歴】

一九〇四年スイスのローザンヌ生まれ。二〇年にハバナ大学に入学するものの二年で退学、二四年から雑誌『カルテレス』編集部に加わる。二七年にマチャード独裁政権反対運動に加担して投獄され、翌年パリへ逃れて、シュルレアリストと親交。三九年に帰国後、カリブ各地を調査旅行。四五年から五九年まではベネズエラのカラカスでラジオの仕事などをしながら執筆活動に入り、『この世の王国』（一九四九）と『失われた足跡』（一九五三）の長編二作で世界的名声を手にする。キューバ革命勃発後は、革命政府で要職をこなし、六六年からはパリのキューバ大使館に勤務しつつ執筆を継続。八〇年パリで没。

兵役逃れ（ドノソ、ガルシア・マルケス）や結婚（バルガス・ジョサ）を理由に、一時的に履歴を詐称する作家はラテンアメリカにも少なからずいるが、アレホ・カルペンティエールほど見事に出生にまつわる嘘を貫き通した例は珍しい。生涯rの音をフランス語風にしか発音できなかった彼は、両親がヨーロッパ人であり、パリで中等教育を受けたことは認めていたものの、ハバナの生まれで、幼少期から黒人農夫と親しくしていたことをインタビューなどの場で繰り返し強調していた。ところが、一九九一年、実はスイスのローザンヌで生まれたことを示す出生証明が発見され、宿敵カブレラ・インファンテがこれをすっぱ抜いたところから、世界的に大騒ぎが始まった。ハバナにあるカルペンティエール財団のホームページは、二〇一八年まで「一九〇四年ハバナ生まれ」という公式見解をなぞっていたが（現在は修正済）、ローザンヌ生まれ説を裏づける別の証拠が二〇〇三年にも見つかっており、その他様々な情報を総合しても、この事実に反駁の余地はないということで、すでに多くの研究者が見解の一致をみている。しかも、芸の細かいカルペンティエールは、自分の出生地として、ハバナの中心街に近いマロハ通りの名前を挙げており、二十一世紀に入って、レオナルド・パドゥーラが生み出した架空の探偵マリオ・コンデは、「こんな無名だがいかにもハバナらしい通りを選んで生粋のハバナっ子になりすます（カルペンティエールの）創造力」に感服している。

これだけでも十分わかるとおり、カルペンティエールがインタビューや回想的エッセイなどで述べている履歴は信用できず、彼の伝記には多くの謎が残っている。両親がいつどのような理由でハバナへやって来たのかもわかっていないし、どういういきさつがあってパリで中等教育を受けたのかもはっきりわかってはいない。

一九二〇年にハバナ大学建築学部へ入学して以降の足取りは比較的よく知られており、ジャーナリズムへの寄稿、雑誌『カルテレス』編集部への参画、アヴァンギャルドへの共鳴と音楽活動の展開、マチャード独裁政権反対運動への協力とその後体験した獄中生活などについては記録が残っているが、二八年のキューバ出国になると、これまた怪しい逸話が出てくる。本人曰く、まだ出獄直後で自由に出国できなかったため、ハバナ滞在中のシュルレアリスト、ロベール・デスノスにパスポートを借り、別人になりすましてパリまで行ったというが、カブレラ・インファンテも指摘するとおり、これもなんとも出来すぎた胡散臭い話であり、この一件をめぐるカルペンティエールの発言が二転三転していることを見ても、文学的創作の一部だと考えたほうがよさそうだ。四五年から始まるカラカス滞在時代に広告業に従事したこともあるカルペンティエールは、こうした伝説めいた逸話で読者の興味を引く術を心得ており、巧みな自己PR戦略が後の世界的名声獲得に一役買ったことは指摘しておいていいだろう。

とはいえ、これはカルペンティエール文学の芸術的価値をいささかも減ずるわけではなく、とりわけ、十四年に及ぶ実り豊かなカラカス時代に執筆された『この世の王国』と『失われた足跡』は、ラテンアメリカの土着的世界に根差した文学によってヨーロッパ世界を震撼させる、という彼の目論見を十分に達成する迫力を備えている。二八年から三九年にわたるパリ生活で、彼はシュルレアリスムに接触すると同時に、ミゲル・アンヘル・アストゥリアスらラテンアメリカの同朋とも議論を重ね、外から新たな視点で見つめ直すことにより、自らのルーツを再発見する。前述の二作は、ラテンアメリカの生の現実に再び触れることでカルペンティエール流の土着主義が結実した成果であり、『この世の王国』ではアメリカ大陸の「驚異的現実」にこだわりすぎるあまり矛盾を露呈したものの、ヨーロッパ的視点を中心に据えた『失われた足跡』は、主人公の内側からラテンアメリカ世界の潜在能力を見事に引き出していた。五六年に英語訳とフランス語訳が刊行されたこの小説は、スペイン語圏を越えて世界的に高い評価を受け、名優タイロン・パワーが映画化を企画する事態にまでなった。

この成功を機に、カルペンティエールの小説は、新作がスペイン語で刊行されるたびに、即座に英語、フランス語に訳されるようになり、その意味でカルペンティエールは、存命中に世界文学の仲間入りを果たした初のラテンアメリカ小説家だったと言えるだろう。『失われた足跡』に続く中編『追跡』（一九五六、邦訳水声社、一九九三年）や短編集『時との戦い』（一九五八、邦訳水声社、二〇二〇年）、長編『光の世紀』（一九六二、邦訳水声社、一九九〇年）は、いずれも名声に恥じぬ良作であり、これで彼は首尾よく「ブーム」の世代にも合流した。

一九五九年、キューバ革命の行方を見定めたうえで帰国を決めたカルペンティエールの人生は、ここで新たな段階に入る。六二年以降、文化省や出版関係の要職から文化政策に協力した彼は、世界的作家としての名声を頼みに、バルガス・ジョサやコルタサル、フエンテスといったラテンアメリカの作家はもちろん、イタロ・カルヴィーノやフアン・ゴイティソーロなど、ヨーロッパ人作家の協力も取りつけ、革命の雰囲気を側面から盛り上げた。ハバナをラテンアメリカ文学の重要な拠点の一つに押し上げ、ブームの興隆に大きく貢献した半面、事務仕事とカストロ体制への忠誠心に縛られて創作の時間が大幅に制約されたことは否定できず、政府と作家の対立が鮮明になり始めていた六六年、在フランス・キューバ大使館の文化担当としてパリへ追いやられて以降も、なかなか集中して執筆に取り組むことはできなかった。ちなみに、ロンドン在住のバルガス・ジョサがロムロ・ガジェゴス賞を受賞するというニュースを受け、革命政府の指示で彼に賞金をベネズエラのゲリラ組織に寄付するよう説得に赴いたのも、同じ六六年のことだった（バルガス・ジョサは応じなかった）。

カルペンティエールが文学的復活を果たすのは、一九七四年、三大独裁者小説の一つに数えられる『方法異説』（邦訳水声社、二〇一六年）と、ヴィヴァルディのオペラ『モテズーマ』に触発されて書き上げた中編『バロック協奏曲』（邦訳水声社、二〇一七年）を相次いで発表した時のことだった。とりわけ前者は大きな反響を呼び、同じ年に刊行されたフランス語版が批評家に高い評価を受けるなど、直後に出版されたガルシア・マルケスの『族長の秋』との相乗効果もあって、商業面でも大きな成功を収めている。

この後のカルペンティエールは、革命礼賛の行き過ぎた『春の祭典』（一九七八、邦訳国書刊行会、二〇〇一年）や消化不良に終わった『ハープと影』（一九七九、邦訳新潮社、一九八四年）など、往年の名作には遠く及ばぬ作品しか残すことができず、念願のノーベル文学賞受賞もならなかったものの、七七年にセルバンテス賞を受賞し、愛するパリで栄誉に満ちた人生の幕を閉じている。大使館へ出勤の際は、最寄りの地下鉄駅までタクシーで行き、いったん降りてから歩いて入館することで地下鉄通勤する「庶民派」を装うなど、生涯自分のイメージ作りには余念がなかったという。

推薦作

## 『この世の王国』

(*El reino de este mundo*, 1949)

ハイチ独立を題材にした歴史小説だが、カルペンティエールが「アメリカ大陸の驚異的現実」論を実践した作品として知られ、魔術的リアリズムの代表作と位置づけられることも多い。「アメリカ大陸には日常的に驚異的事件が起こる」という理念に基づいて、動物に変身する能力を備えた奴隷の英雄マッカンダールや、牛の血をモルタルに練り込んで難攻不落の城を築いた黒人王クリストフといった歴史的人物を取り込み、次々と超自然的現象を繰り出していく。結末には綻びが見えるものの、シュルレアリスムを出発点に、ラテンアメリカの潜在能力によってヨーロッパ文化を凌駕しようとした作者の意気込みが伝わってくる。

【邦訳】木村榮一・平田渡訳、水声社、一九九二年

推薦作

## 『失われた足跡』

(*Los pasos perdidos*, 1953)

ベネズエラ滞在中に行った二度のオリノコ旅行に着想を得て、セルバの奥地へ踏み込む音楽家「私」（＝語り手）の冒険を描き出したこの物語は、「驚異的現実」論の矛盾に直面したカルペンティエールの「失望の書」でもあった。同じくセルバ探検を扱ったホセ・エウスタシオ・リベラの『渦』とともに、アンドレ・マルローの『王道』を下敷きにしているという指摘もある。セルバの奥地に分け入って自分の内面を見つめ直した「私」は、現地女性とともに始めた未開生活に刺激されて壮大な交響曲を手掛けるが、すぐに「紙」という文明的物資の不足に直面する。これこそ作者が抱えていた矛盾の象徴だったと言えるだろう。

【邦訳】牛島信明訳、岩波文庫、二〇一四年

# パブロ・ネルーダ

## Pablo Neruda（チリ・1904-1973）

【略歴】
一九〇四年チリのパラル生まれ。本名はナフタリー・レジェス。テムコで高校を卒業後、首都サンティアゴでフランス語を学ぶ。二〇年からパブロ・ネルーダの名で詩作を発表、二四年刊行の『二十の愛の詩と一つの絶望の歌』で注目を集める。世界各地で外交職を務め、共産党員として活動をこなしながら詩作を続けた。五〇年に大作『大いなる歌』で世界中から評価される。七一年にノーベル文学賞受賞。七三年のクーデター直後にサンティアゴで没。

パブロ・ネルーダは間違いなくラテンアメリカ史上最も成功した詩人だろう。早熟な詩人であり、十四歳で初めて文芸雑誌に詩を寄稿して以来、一九二三年刊行の『黄昏集』から、亡くなる直前に発表された『ニクソン殺しに向けた扇動とチリ革命礼賛』（一九七三）まで、膨大な数の詩を書き続けたうえ、チリ国民文学賞（一九四五）、レーニン平和賞（一九五三）、ノーベル文学賞など、受賞歴は数知れない。『二十の愛の詩と一つの絶望の歌』の成功もあって、二〇年代末にはすでに国外で名を知られ、三〇年代末には選集などの形で作品が世界の主要言語に翻訳され始めた。そして、五〇年に『大いなる歌』が刊行される頃には、世界各地から詩の朗読会を依頼されるほどの人気詩人になっていた。ラテンアメリカ文学のブームが沸騰した六〇年代には、ガルシア・マルケスやバルガス・ジョサといった主役たちの尊敬を一身に集め、ホセ・ドノソやホルヘ・エドワーズら、チリ人作家たちには指南役と崇められた。

ネルーダにとって、詩作においても政治活動においても重要な転機となったのはスペイン内戦だった。三三年にブエノスアイレスで知り合い、三四年にはマドリードで親交を深めたフェデリコ・ガルシア・ロルカが、三六年に内戦に巻き込まれて暗殺されると、ネルーダはスペインの惨状を描いた『心のスペイン――戦う人々の栄光に捧げる賛歌』（一九三七）の執筆に取り掛かるとともに、パリからセサル・バジェホと協力して共和派の支援に乗り出した。共和派の敗北が決定的になった三九年には、外交官としてチリへの亡命者受け入れに奔走している。オクタビオ・パスと親交を結んだのもこの頃であり、政治問題に起因する対立は何度かあったものの、「親愛なる宿敵」として、二人の友情はネルーダが亡くなるまで続いた。『心のスペイン』は、スペインで三度も再版されるヒット作となったほか、ルイ・アラゴンが序文を寄せたフランス語版が刊行され、戦闘的詩人というネルーダのイメージを定着させることになった。以後ネルーダは共産党員として、よりいっそう積極的に政治活動に関わるようになったばかりか、政治的テーマを詩作に取り込むようになり、四二年には「スターリングラードへの愛の歌」（一九四二）というプロパガンダ的作品を朗誦している。

四五年には上院議員にも選出されたが、「アカ狩り」の余波がチリにも及ぶと迫害を受け、逃亡生活の末、四九年にアンデス山脈を越えて出国を余儀なくされた。以後、共産主義諸国との結びつきを強めたネルーダは、ソ連を筆頭に、ポーランド、チェコスロバキアなどを次々と訪れ、詩集の翻訳が進むにつれて、彼の名声は東欧諸国にまで広がっていった。五二年にチリ政府から訴追を撤回されて以降の彼は、チリの顔として、そしてラテンアメリカ最高の詩人として、時に政府や教育機関の職務をこなしながら世界を飛び回って詩作を続け、諸方面に友情の輪を広げている。

詩の人気もうなぎのぼりで、五七年に初めての全集がロサダ社から刊行されて以来、数えきれないほどの全集・選集がスペイン語圏各地で刊行されている。六九年には共産党からチリ大統領候補に指名されたものの、人民連合結成のためサルバドール・アジェンデの支援に徹し、選挙戦に勝利した後は、一九二七年のビルマ以来、世界各地で何度もこなしてきた外交職にパリで復帰した。これが彼にとって最後の海外赴任となり、七二年にチリへ帰国後、クーデターの余波も冷めぬ七三年九月二十三日、サンティアゴの自宅で亡くなっている。

**推薦作**

**『大いなる歌』**
（*Canto general*, 1950）

ネルーダにとって十冊目の詩集であり、代表作とされる本作は、十五のセクションに分かれた二三一篇の詩から成り立っており、完成に十年以上の歳月を要した。初版にはディエゴ・リベラとシケイロスが挿絵を寄せた。「レベルにはばらつきがある」という評価もあるとおり、短絡的に見える作品や難解すぎる作品も含まれているが、全体としては、現代から先スペイン時代に遡るアメリカ大陸の歴史とその自然に捧げられた壮大な叙事詩であり、詩人ネルーダの神髄を堪能できる。白眉はインカの遺跡に向けて詠まれた「マチュピチュの高み」であり、後にチリのロックバンドによるオマージュ演奏まで行われた。

【邦訳】松本健二訳、現代企画室、二〇一八年

# アグスティン・ヤニェス

Agustín Yáñez（メキシコ・1904-1980）

【略歴】

一九〇四年メキシコのグアダラハラ生まれ。法学校で学んだ後、メキシコ国立自治大学で哲学を専攻。一九三〇年代から中央政府や州政府の役職をこなす。四〇年代から短編小説の創作を手掛け、四七年発表の長編『嵐がやってくる』で批評家の注目を浴びた。その後本格的に政界に進出し、ハリスコ州知事（一九五三〜五九）を経て、文部大臣まで務める（一九六四〜七〇）。その間も『創造』（一九五九）、『痩せた土地』（一九六四）などの小説を発表。八〇年にメキシコシティで没。

マリアノ・アスエラからファン・ルルフォへ、さらにメキシコ革命小説から魔術的リアリズムへの橋渡し役となった作家、これがアグスティン・ヤニェスに対するオーソドックスな文学史的評価だろう。ジョン・ドス・パソス風に複数の場面を同時並行する構成の技法と、ウィリアム・フォークナー風の内的独白を組み合わせた代表作『嵐がやってくる』は、メキシコ文学のみならず、ラテンアメリカ文学新時代の到来を告げる画期的作品として、現在まで文学研究者の高い評価を受け続けている。とはいえ、その文学史的価値とは裏腹に、難解な文章とそのヴォリュームのせいか、ヤニェスの小説作品は概して一般読者には敬遠されがちだ。『嵐がやってくる』にしても、一九四七年の発表直後から、専門家にこそ熱狂的に迎え入れられたものの、売れ行きは芳しくなく、第二版の刊行は五五年、第三版は六二年まで待たねばならなかった。現在でも、国内の大学で現代メキシコ文学などの授業があれば課題図書とされることの多い一冊だが、大半の学生が義務感だけを支えに何とか読み終える、というのが実情かもしれない。

公式のプロフィールでは、出身はハリスコ州の州都グアダラハラとされているが、同じ州の小さな町ヤウアリカの生まれとする説もある。いずれにせよ、両親の生まれ育ったこの保守的な町をヤニェスは幼少時代から何度も訪れており、『嵐がやってくる』に描かれた陰鬱な町のモデルとなったことは間違いない。彼がこの町に並々ならぬ愛着を抱いていたことは、同名のエッセイを刊行している（一九四六）ところからも窺うことができる。ハリスコ出身の人々はメキシコでも郷土愛の強いことで有名だが、ヤニェスもその例外ではなく、メキシコ国立自治大学で学んで以後、中央政府の文部省で役人として重用されるようになってからも、地元との絆を大切にしており、一九五三年から五九年まではハリスコ州知事まで務めている。まず法学を修め、後に哲学、とりわけメキシコ思想史を専攻した彼は、小説作品やエッセイの執筆で文才を発揮した。そのうえ、極めて実務能力にも長けていたようで、作家が大臣職や外交職に起用されることの多いメキシコにあって、実に見事に二足の草鞋を履きこなしていた。

政治家としての評価も作家としての評価に劣らず高く、六四年から七〇年まで務めた文部大臣在職中には、国民の識字率を劇的に改善したほか、高等教育の拡充においても大きな成果を上げた。いずれにせよ、『嵐がやってくる』で成功を収めた後のヤニェスは、作家として得た名声を頼みに重要ポストに就き、政治家としての地位と特権を作品の売り込みに利用して、巧みに両者を組み合わせていたことも事実だった。

『嵐がやってくる』以外の作品で注目に値するものとしては、随所に自伝的要素を散りばめながら、近代化とともに失われゆくハリスコ地方の伝統にノスタルジーを捧げた『古き遊びの花』（一九四二）のような短編集のほか、長編小説『創造』と『痩せた土地』が挙げられる。『創造』の主人公は、『嵐がやってくる』に登場する鐘つき少年ガブリエルであり、首都へ出た彼が音楽家を目指して修業する過程を描き出している。多少冗漫な部分はあれ、作者ヤニェスの芸術観や、創作に対する姿勢を知る資料としては興味深い。また、革命後の一九二〇年代を背景に、封建的地主の横暴に苦しめられながら、痩せた土地を相手に悪戦苦闘する貧しい農民の実態を内側から描き出した『痩せた土地』は、ルルフォの文学世界に連なる系譜の作品と言えるだろう。

**推薦作**

**『嵐がやってくる』**
(*Al filo del agua*, 1947)

革命勃発を間近に控えたハリスコ州の小さな町を舞台に、様々な登場人物の内面を交錯させながら、厳格なキリスト教的価値観に押し潰されて鬱屈した暮らしを強いられた人々の葛藤を浮き彫りにしていく。作品の出発点は、複数の場面を同時に進めるジョン・ドス・パソスの技法を内的独白の形で田舎の町に応用する試みだったという。都会育ちの娘ミカエラや旅人ダミアンが変化を予告し、広場でのコンサートやガブリエルの鳴らす鐘が人々の心を揺らした後、革命軍とハレー彗星の到来が閉鎖的な町の扉をこじ開ける。カオスに晒されて途方に暮れる人々の姿は、『ペドロ・パラモ』の登場を予告しているようにも見える。

【邦訳】二〇一九年十二月現在未邦訳

# ホセ・デ・ラ・クアドラ

## José de la Cuadra（エクアドル・1903-1941）

【略歴】
一九〇三年エクアドルのグアヤキル生まれ。法学を専攻した後、二五年にグアヤキル人民大学の創設に関わる。この頃から、「グアヤキル・グループ」五人衆の一人として創作を始め、三〇年から三一年にかけて数冊の短編集を発表した後、三四年に代表作『サングリマ一族』を刊行。エクアドル社会、とりわけ海岸地域に関する社会学的論考を残しているほか、三九年からは上級公務員としてインディオや農業労働者の保護に尽力した。四一年に故郷で急逝。

ラテンアメリカ各地で、いまだ知られざる自国の現実を小説の形で国民に伝えようとする地方主義文学の動きが起こっていた一九二〇年代、エクアドルでも、「現実を、ただ現実だけを」というスローガンを掲げた「グアヤキル・グループ」が胎動しつつあった。その中核を担ったのは、デメトリオ・アギレラ・マルタ、アルフレド・パレホ・ディエスカンセコ、ホアキン・ガジェゴス・ララ、エンリケ・ヒル・ヒルベルト、そしてホセ・デ・ラ・クアドラの五名だが、今日までスペイン語圏全体で読まれ続けているのはデ・ラ・クアドラだけだ。その彼にしても、同じエクアドル出身で、戦闘的インディヘニスモ小説『ワシプンゴ』の著者、ホルヘ・イカサに較べれば随分影が薄い。同じ三四年に発表されたデ・ラ・クアドラの代表作『サングリマ一族』は、今でこそ『ワシプンゴ』より高い評価を受けることがあるものの、コロンビアの名門ノルマ社から批評版で再刊され、フランスの批評家ジャック・ジラールによって『百年の孤独』の先駆的作品と見なされる九二年まで、エクアドル国外ではほとんどその名を知られていなかった。デ・ラ・クアドラが忘却の彼方から蘇ることができたのは、彼の小説が「現実だけ」の枠内にとどまらず、一部に「魔術的リアリズム」と評されることもある独特の幻想的雰囲気を備えていたからだった。

デ・ラ・クアドラが四一年に急逝し、その後グアヤキル・グループが雲散霧消したこともあって、彼の人物像については、信頼に足る文書や証言がほとんど残っておらず、その生い立ちに関しても不明な点が多い。大学で法学を専攻したというが、どこの大学かは特定されておらず、グアヤキル人民大学の設立に関わり、二〇年代後半に同大学で教鞭を執ったと言われているものの、これについても詳しいことはまったくわかっていない。

作家としてのデ・ラ・クアドラの名が初めて公式の場に現れるのは、一九二三年、グアヤキル市の主宰する文学コンクールで彼の短編「偽の母」が金賞を射止めた時のことだった。翌二四年九月には、短編「太陽の金」がグアヤキルの地方新聞『テレグラフォ』に掲載され、二五年には二冊の短い回想録『ライラック色の真珠』と『オルガ・カタリーナ』が、やはりグアヤキルの小出版社から刊行されている。盟友パレハ・ディエスカンセコによれば、グアヤキルで港湾労働者のストライキが勃発した二二年十一月から、軍部内で若手の反乱があった二五年七月にかけての約三年間は、エクアドル社会の近代化とエクアドル文学の刷新が始まった重要な時期であり、これがデ・ラ・クアドラの精神形成に決定的な意味を持ったという。旧態依然とした封建的社会の重荷を引きずるエクアドル社会の刷新を望みながらも、過激な暴力に与することを是としなかったデ・ラ・クアドラは、二〇年代から三〇年代にかけて、良識ある穏健左翼知識人の代表として、貧困対策やインディオ保護に関する政策の実現に尽力した。三九年からは、正式に公務員や外交官として政府に協力し、亡くなるまで様々な社会活動に従事している。

残念ながら、『サングリマ一族』やいくつかの短編集として結実した彼の創作活動については、詳しいことはほとんど何もわからないし、また、デ・ラ・クアドラがどのような文学を愛好していたのかもよくわかってはいない。ルルフォやガルシア・マルケスに通じる独特の文学世界がいかにして生まれたのか、まったく知ることがないまま彼の小説を読む可能性が残されているのは、読者にとって実は幸運なことかもしれないが。

**推薦作**

**『サングリマ一族』**
(*Los Sangurimas*, 1934)

エクアドル海岸部の平原地帯モントゥビオに君臨するサングリマ一族の盛衰を一本の木に準えて語ったピカレスク的物語。アメリカ人と農家の娘の私生児として生まれたニカシオ・サングリマは、父を殺された怨念を晴らすべく、持ち前の度胸と才知を発揮してモントゥビオのボスにのし上がる。すべてを思いのままに動かし、何人もの女を力ずくでものにするボスの支配下で、暗殺、強姦、誘拐、近親相姦、様々な悲劇的物語が繰り広げられる。だが、傍若無人のボスでも、永久に封建的体制下にこの地を繋ぎ止めておくことはできず、近代化の到来とともにその支配は崩れていく。『ペドロ・パラモ』に連なる地方主義小説の傑作。

【邦訳】二〇一九年十二月現在未邦訳

# シルビナ・オカンポ

## Silvina Ocampo（アルゼンチン・1903-1993）

【略歴】

一九〇三年ブエノスアイレスの貴族的家庭に生まれる。六人姉妹の末娘（長女はビクトリア・オカンポ）。一九〇八年に初めて渡欧、二〇年代にはレジェやキリコとともに絵を学ぶ。帰国後、姉の創刊した雑誌『スール』に協力、三二年にビオイ・カサーレス（四〇年に彼と結婚）と知り合った後、文学に専念する。三七年発表の短編集『忘却の旅』以後、詩集や短編集の発表を続け、五四年にブエノスアイレス市文学賞受賞。九三年にブエノスアイレスで没。

遡れば十六世紀のクスコ総督まで行き着くという名門貴族オカンポ家の六姉妹は、いずれもフランス人とイギリス人の家庭教師を付けられて幼少から三カ国語を身に着け、スペイン人とイタリア人の指導を受けて育ったが、とりわけ華やかに芸術的才能を開花させたのが長女ビクトリアと末娘のシルビナだった。アルゼンチンの伝説的文芸雑誌『スール』の創始者としても知られるビクトリアが、長女らしく姉御気質で実業家肌だったのに対し、シルビナは控え目で実務能力を欠いた生粋の芸術家肌だった。ロジェ・カイヨワに「アルゼンチン文学最高の秘宝」と評価されたこともあるとおり、ボルヘスやビオイ・カサーレスやコルタサル、さらには押しの強い姉の影に隠れがちなシルビナは、キャリアを通じて大きなヒット作に恵まれることはなかったもののの、とりわけ短編小説の分野においては、イメージ豊かな美しい散文で、現実と幻想の交錯する特異な文学世界を作り上げている。

一九〇八年に家族とともに初めて渡欧したシルビナが少女時代に打ち込んだのは絵画であり、パリではフェルナン・レジェやジョルジオ・デ・キリコとともにデッサンを学んだという。この時代に知り合った生涯の親友の一人がイタロ・カルヴィーノであり、後年には彼がシルビナの短編集に序文を寄せることもあった。アルゼンチン帰国後は、同じく画家だったボルヘスの妹ノラとともに絵画を続けようとしたシルビナだったが、三二年に十歳以上年下のビオイ・カサーレスと知り合ったことで、彼女の人生は大きく変わった。ボルヘスとビオイに導かれるようにして短編小説を手掛けた彼女は、姉を頼って『スール』に作品を掲載し始め、三七年には二十八編を集めて処女短編集『忘却の旅』を刊行した。大半が二ページにも満たない小品であり、画家の気質をまだ色濃く残していたせいか、風景や建物の描写に終始するだけの作品が目立つものの、豊かな教養を支えにした独特の感性はすでに垣間見えていた。

ボルヘス、ビオイとともに『幻想文学選集』を編纂して研鑽を積み、ビオイとの結婚生活に入った一九四〇年の直後は一時ペースが落ちたものの、シルビナは亡くなるまで定期的に短編小説と詩を書き続けた。浮気性で婚外子まで作った夫との生活は苦悩の連続だったようだが、四六年には夫と共作で推理小説集『愛する者は憎む』を刊行したほか、創作において夫から助言と刺激を受けることは多かったという。

努力と才能が実を結んだのは、『激情』（一九五九）と『招待された女たち』（一九六一）、二作の短編集であり、これが彼女のキャリアの頂点となった。死のちらつく陰鬱な調子が目立つが、現実と幻想を巧みに交錯させながら、描写を抑えた軽快な物語展開のなかで独自の感性を打ち出すスタイルは見事であり、「砂糖の家」や「ポルフィリア・ベルナルの日記」などは、アルゼンチン文学史上に残る傑作と評価できるだろう。

七〇年発表の『夜の日々』以後のシルビナは、夫に捧げた唯一の短編「九匹の犬」（ボルヘスまで登場する）に見られるとおり、自伝的要素に頼りすぎるきらいがあり、とりわけ、後にアルツハイマーを患うことになるのを予感していたかのように、少女時代の思い出に執拗なほど回帰した。混迷を極めるアルゼンチン現代史のなかで、自分の生まれた頃から没落の一途を辿ったアルゼンチン貴族の娘にとっては、少女時代の美しい思い出だけが生きるよすがとなっていたようだ。九三年、ビオイとその婚外子に見守られてシルビナは、自宅で静かに息を引き取っている。

**推薦作**

**『激情』**
(*La furia*, 1959)

シルビナの短編集第三作としてスール社から刊行された本作は、彼女の作品で唯一翌年に増刷されるなど、商業面でも成功を収めた。収録された三十四作の大半が三七年から四〇年の間に書かれたものだが、時間をかけて推敲されたらしく、読みやすいうえに、描写と物語の均衡がとれた作品が揃っている。盟友オクタビオ・パスに捧げられた作品で、謎のフィリピン人女性との接触から始まる悲劇を描く表題作のほか、珍しく政治色の濃い「死刑執行人」や、様々な音楽を取り上げた自伝的短編「創造」など、テーマ的バラエティも豊か。二人の女性のすり替わりを描いた「砂糖の家」をシルビナの最高傑作と評する批評家は多い。

【邦訳】二〇一九年十二月現在未邦訳

# フェリスベルト・エルナンデス

## Felisberto Hernández（ウルグアイ・1902-1964）

**【略歴】**

一九〇二年ウルグアイのモンテビデオ生まれ。九歳でピアノを習い始め、一九四二年まで本職のピアニストとして活動。二〇年代半ばから散発的に短編を発表し、四二年以降、本格的な創作活動に入る。四六年にジュール・シュペルヴィエルの推薦でフランスに渡り、四七年にブエノスアイレスの出版社から短編集『誰もランプをつけていなかった』を刊行。四九年に帰国後、『オルテンシア』（一九四九）など、独特の作風で中編・短編の創作を続けた。六四年モンテビデオで没。

「フェリスベルト・エルナンデスは誰にも似ていない」、このイタロ・カルヴィーノの言葉は見事にフェリスベルトの本質を言い当てている。ラテンアメリカ文学においては、アルゼンチンは「短編作家の国」、メキシコは「長編作家の国」、チリは「詩人の国」、そしてウルグアイは「奇人の国」というステレオタイプがあり、確かにウルグアイは、ロートレアモン伯爵やジュール・シュペルヴィエルまで含め、フアン・カルロス・オネッティ、マリオ・レブレーロ等、数多の奇人作家を輩出している。そのなかでも変わり種なのがフェリスベルトであり、九歳でピアノを習い始め、一九二二年に初めてリサイタルを開いて以来、ウルグアイ、アルゼンチン、ブラジルにまたがって各地でコンサートに出演しているほか、無声映画館のピアノ演奏で日銭を稼ぐこともあったという。一九一五年以来フェリスベルトの音楽的指南役だったクレメンテ・コリングにオマージュを捧げた自伝的中編『クレメンテ・コリングのころ』（一九四二）など、ピアニスト時代の思い出が作品に現れることは多く、響きのいい言葉を好む傾向や、一つのテーマを変奏する物語構成などに、音楽の影響が見られるという指摘もある。

移り気で惚れっぽい男だったフェリスベルトは、四度の結婚にいずれも失敗するなど、その私生活も破天荒な逸話には事欠かず、実際に関係のあった二人の女性を含め、生前の彼を知る者の証言がいろいろ残っている。晩年には、付き合い始めた女性に、職の斡旋をはじめ、さんざん世話になっておきながら、彼女が事故で入院している間に、別の女性と同棲を始めたという。逆に、女に騙されることも多く、初めてパリに旅した一九四三年に知り合い、後に三番目の妻となったスペイン人アフリカ・デ・ラス・エラスは、当人こそまったく気づかなかったようだが、ソ連で訓練を受けた本物のスパイであり、ウルグアイで諜報活動を行う目的でフェリスベルトに接近したことが明らかにされている（レオナルド・パドゥーラの『犬を愛した男』にこの人物が登場する）。彼女との結婚と同時期に傑作中編『オルテンシア』が発表されたこともあって、この作品に登場する人形にその面影が投影されているという指摘があるが、真相は定かでない。

概してこういうタイプは友人に恵まれるものだが、フェリスベルトも例外ではなく、一九四〇年代からモンテビデオの知識人サークルに迎えられた彼は、仲間の一人シュペルヴィエルに導かれてパリでソルボンヌ大学に登壇したほか、作品の出版に際しても様々な便宜をはかってもらった。

ベルグソンやプルーストを愛読したというフェリスベルトの作品は、記憶の断片など、内面世界に残る曖昧模糊とした心象を形にしたもので、いずれも論理的にはまったく捉えどころがない。彼の残した有名なエッセイ「わが短編に関する偽の解説」（一九五五）も、創作のプロセスを草木の成長になぞらえて説明しているものの、文字どおり偽の説明にすぎず、「私の短編に論理的構成はない」という自明の事実以外は何も見えてこない。だが、あらゆる論理を拒む感覚的世界こそフェリスベルトの最大の魅力であり、カルヴィーノを筆頭に、「一九五〇年にフェリスベルトの物語を読んでいなければ、私は今日のような作家になってはいなかった」と言ったガルシア・マルケス、七〇年代にフェリスベルトの作品の普及に尽力したクリスティーナ・ペリ・ロッシ、そしてコルタサルやオネッティなど、彼に絶賛の言葉を捧げる作家・文学者は多く、今も様々なアンソロジーが世界各地で編纂され続けている。

**推薦作**

**『短編集』**
(*Cuentos reunidos*, 2009)

フェリスベルトの作品はどれをとっても独特のタッチに貫かれているが、作者自身が仕上がりに無頓着だったこともあって、その出来栄えにはかなりのムラがあるため、どれか一冊の短編集を選ぶより、アンソロジーで読むほうがいい。ホフマンやビオイ・カサーレスの世界と共通する無生物への愛を描いた「オルテンシア」、オネッティを感服させた自伝的中編「クレメンテ・コリングのころ」、水没した家へと向かう道中が奇妙な雰囲気を作り上げていく「水に沈む家」、フェリスベルトと重なりそうな作家が優雅な聴衆を前に短編小説を朗読する「誰もランプをつけていなかった」などが、彼の神髄を最もよく伝えている。

【邦訳】浜田和範訳、『案内係』水声社、二〇一九年

# レオポルド・マレチャル

## Leopoldo Marechal（アルゼンチン・1900-1970）

【略歴】
一九〇〇年ブエノスアイレスの生まれ。一九一九年にマリアノ・アコスタ師範学校を卒業、教員と図書館員の資格を取得した。二〇年代から雑誌『マルティン・フィエロ』に加わり、前衛詩を手掛ける。何度かパリに滞在した後、三一年に帰国、新聞『エル・ムンド』の創刊に関わった。詩集や短編集などを発表した後、四八年刊行の『アダン・ブエノスアイレス』で高い評価を得る。その後も多くの長編や短編を手掛け、七〇年にブエノスアイレスで没。

ホルヘ・ルイス・ボルヘスも協力したブエノスアイレスの伝説的前衛文学雑誌『マルティン・フィエロ』を通してアルゼンチンの文壇にデビューした作家のなかで、レオポルド・マレチャルは明確にファン・ドミンゴ・ペロンの軍事政権を支持した数少ない一人であり、そのせいで後々までこの呪縛にたたられることになった。そもそも、レオポルド・ルゴーネスを筆頭に、エリート階級出身者が主流を占める前衛文学において、中産階級出身で、師範学校卒の中学教員にすぎなかったマレチャルは、一九二〇年代前半までグループのなかでも比較的地味な存在だった。だが、二六年から三一年の間に二度ヨーロッパへ渡り、モンパルナスでピカソをはじめとする様々な芸術家たちと親交を結んだ後、前衛詩にギリシア古典の息吹を持ち込んだ詩集『男と女のためのオード』（一九二九）がブエノスアイレス市の主催する文学賞を受賞すると、彼は俄かに文壇から一目置かれるようになった。帰国後は、新聞『エル・ムンド』の創刊に加わり、後にロベルト・アルルトと職場を共にする一方で、コンスタントに詩集を発表しながら、後に『アダン・ブエノスアイレス』となる自伝的大作の執筆を続けた。

以前から支持していたペロンが一九四六年に大統領に就任すると、マレチャルは文化・教育関係の要職に抜擢され、五五年のクーデターまで政権を支え続けた。処女長編となった『アダン・ブエノスアイレス』が発表されたのは四八年のことだが、当時アルゼンチンの文壇を牛耳っていた雑誌『スール』のグループは、中核を成すオカンポ姉妹やボルヘスを筆頭に皆反ペロン派であり、大半がこの小説を完全に黙殺したばかりか、ろくに中身を読むこともなく「ジョイスの稚拙な模倣」と断罪する者まで現れる始末だった。

五五年のペロン政権崩壊以降、

危険作家のレッテルを貼られたマレチャルの小説は発禁処分となり、彼自身も一時チリのサンティアゴへ亡命するなど、辛酸を舐めている。文壇からも見放されて孤立無援となった彼は、六〇年代半ばまで「内的オストラキスモス」の状態に置かれ、妻とともにアパートに籠って、出版されるあてもないまま執筆を続けるだけの無為な生活を余儀なくされた。

彼を救ったのは長編第二作『セベロ・アルカンヘロの饗宴』（一九六五）であり、錬金術やカバラ、秘教や神秘主義の飛び交う幻想的晩餐を描いたこの小説は、ペロン寄りの政権下で発表されたこともあって、好調な売り上げを記録した。この直後から、幽閉時代に書き溜めた著作も含め、マレチャルの短編集や詩集が相次いで発表されたほか、長らく入手不可能になっていた『アダン・ブエノスアイレス』もようやく復刊された。ブエノスアイレスで出版された『百年の孤独』の成功とともに、アルゼンチンでもラテンアメリカ文学のブームが沸騰するなか、フリオ・コルタサルやエルネスト・サバトの後押しも手伝って、マレチャルは国内外の作家・批評家から注目を浴び、カサ・デ・ラス・アメリカスに招待されてキューバを訪れるまでになった。

彼自身は、一九七〇年、長編第三作『メガフォン、あるいは戦争』が日の目を見る前に他界し、この作品の評判は決して芳しくなかったものの、六〇年代末から現在まで、ラテンアメリカ文学研究における彼の評価は衰えを知らない。特に『アダン・ブエノスアイレス』は、リカルド・ピグリアが繰り返しエッセイなどで取り上げ、一九九七年に定評ある「コレクシオン・アルチーボス」の批評版が刊行されるなど、アルゼンチン現代小説の金字塔という位置づけが次第に固まりつつある。

**推薦作**

### 『アダン・ブエノスアイレス』

(*Adán Buenosayres*, 1948)

ブエノスアイレスの『ユリシーズ』とも言うべき本作は、作者の政治的イデオロギーが原因で敬遠されたばかりでなく、難解な内容から数多の誤解を引き起こしてきたが、発表当初からその意義を的確に理解していたコルタサルが絶賛の書評を寄せていたことが、後々まで命綱となった。全七巻のうち、最初の五巻は、一九二〇年代の聖週間にブエノスアイレスの街をさまよった主人公の精神的探求であり、残り二巻は主人公の独白となっている。名前こそ変えられているが、『マルティン・フィエロ』に参加した実在の文人が多く登場し（パレダがボルヘスだとされている）、当時の前衛文学の探究が叙事詩的冒険に仕立てられている。

【邦訳】二〇一九年十二月現在未邦訳

# ロベルト・アルルト

## Roberto Arlt（アルゼンチン・1900-1942）

【略歴】
一九〇〇年ブエノスアイレスの貧しい移民家庭に生まれる。十歳で義務教育も終えぬまま素行不良で放校処分となった後、文学と縁遠い職業を転々として糊口を凌ぐ。一九二六年に処女長編『怒りの玩具』で文壇にデビューし、二八年からは『エル・ムンド』紙のコラム「エッチング」を担当して人気記者となる。連作長編『七人の狂人』（一九二九）と『火炎放射器』（一九三一）や、短編集『せむし』（一九三三）などが一部に好評を博すも、四二年に心臓発作で急死。

書店員、ブリキ職人、ペンキ職人、紙の販売員、レンガ工場の従業員、港湾職員。これらはすべて、十歳で放校処分になって以来、ロベルト・アルルトがこなしたことのある仕事であり、概して教育レベルの高いアルゼンチン人作家としては異色のキャリアと言ってもいいだろう。父はプロイセンのポーゼン（現在はポーランドのポズナニ）出身で母語はドイツ語、母はトリエステ出身で母語はイタリア語、両親とも満足にスペイン語を話せない貧しい移民夫婦の間に生まれたロベルト・アルルトは、学校でも家庭でもまともにスペイン語の読み書きを習ったことがなかった。にもかかわらず彼は、印字の悪い廉価版の古本や、図書館から借りた本でポンソン・デュ・テレイユやジュール・ヴェルヌ、さらにはドストエフスキーやゴーリキーまで読み漁って、独学で文学への情熱を育み、下手な文章を駆使して生涯必死に文学作品を書き続けた。

ジャーナリズムに携わるようになってからは、就業時間外に新聞社のタイプライターを使い、編集室の紙をくすねながら書いていたようだが、周囲の証言によれば、うんうん唸るばかりで遅々として執筆ははかどらず、時々頭を上げたかと思えば、「おい、hombre（男）の綴りはhが入るのか入らないのかどっちだ?」などと、小学生のような初歩的質問をすることまであったという。レオポルド・マレチャルやリカルド・グイラルデスといった作家仲間に文章を推敲してもらうこともしばしばだったようだ。

拙いスペイン語で書かれ、内容的にも醜悪な描写に満ちていたアルルトの小説作品は、同時代のエリート作家によって書かれていた洗練されたコスモポリタン文学のアンチテーゼそのものだった。処女長編『怒りの玩具』が発表された一九二六年には、グイラルデスの名作『ドン・セグンド・ソンブラ』が出版されているが、両者の内容と文体には雲泥の差がある。グイラルデスが美しいイメージを散りばめてガウチョ（パンパの牛追い）の生活を理想化したのに対し、アルルトがぎこちない文章で赤裸々に描き出したのは、悪知恵を駆使してその日暮らしを続けるしがない都市労働者の困窮生活だった。だが、実はこれこそが、社会の周縁部に追いやられていた弱者たちの声であり、まさにタンゴの文学版として彼らの気持ちを代弁していた。

二十世紀初頭にアルゼンチンは、牛肉輸出による特需とともに未曾有の繁栄を迎えるが、すでに一九二〇年代後半には、表面的な華やかさの裏側で、輸出経済の失速とともに、貧困と疎外が社会全体に着実に蔓延し始めていた。エリート層はそうした現実から目を背けて遊戯的な幻想文学の世界に避難しようとしていたが、アルルトの小説は、厳しい現実世界の実態を容赦なく読者に突きつけ、破壊と反抗の精神を掻き立てる。「顎へのストレートほどの暴力を秘めた本」を書きたい、これはアルルトが長編第二弾『七人の狂人』の序文に記した言葉だ。この小説の主人公エルドサインは、日常生活における苦悩の末、過激な思想の持ち主「天文学者」に感化され、秘密結社を結成して社会の転覆を目論む。エルネスト・サバトも論じたとおり、これこそ社会の底辺に生きる人間の「形而上学的悪」の表明であり、疎外された者たちの絶望宣言にほかならなかった。

ボルヘスやビオイ・カサーレスばかりがアルゼンチン文学ではない。「アルルトの作品があったからこそ、我々はボルヘスの存在に耐えられたのだ」、このリカルド・ピグリアの重い言葉を何度でも味わい直してみる必要がありそうだ。

推薦作

**『怒りの玩具』**
(*El juguete rabioso*, 1926)

図書館から本を盗み、古書店員として日銭を稼ぎ、空軍学校をクビになり、毎日必死に紙束を売り歩くシルビオ・アスティエル少年は、様々な商売を転々としながら貧乏生活に耐え抜いた作者アルルトの分身にほかならない。洗練されたヨーロッパ風の文学にばかりスポットが当てられるなか、アルルトは汗水たらして働く労働者の泥臭い生活を赤裸々に描き出し、読者にブエノスアイレスの陰惨な現実を突きつけた。ボルヘスですら、この小説の不快だが強烈な力には一目置いていたという。これこそラプラタ幻想文学の裏側で脈々と流れ続けるリアリズム文学の原点であり、その精神は後々まで多くの作家に受け継がれている。

【邦訳】寺尾隆吉訳、現代企画室、二〇一五年

# ミゲル・アンヘル・アストゥリアス

## Miguel Ángel Asturias（グアテマラ・1899-1974）

【略歴】
一八九九年グアテマラシティの生まれ。一九二二年にサン・カルロス大学法学部を卒業し、二四年にロンドンを経てパリへと移る。二五年からソルボンヌ大学でマヤ文明について研究。三〇年発表の『グアテマラ伝説集』でシュルレアリストの注目を集める。三五年に帰国後、様々な公職や教員職をこなすが、五四年から独裁政権を避けて亡命、国外で反帝国主義小説の執筆を続ける。六五年レーニン平和賞、六七年ノーベル文学賞受賞。七四年にマドリードで没。

マヤ・インディオの世界観を基盤にした作品によって魔術的リアリズムの開祖とされるミゲル・アンヘル・アストゥリアスは、現実世界に生きるインディオに対して必ずしも共感を寄せていたわけではない。サン・カルロス大学法学部の学位論文となった「グアテマラ社会学――インディオの社会問題」（一九二三）では、インディオ問題への解決策を白人との混血に求めているばかりか、インディオを劣等人種と見下すような差別的見解まで唱えている。ヨーロッパへ渡った後、ソルボンヌ大学でジョルジュ・レイノー教授の指導のもと、アストゥリアスが開眼したのは文化人類学的研究の成果としてのマヤ文明であり、『ポポル・ブフ』などに記されたその特異な神話体系だった。シュルレアリスムの美学にも強く感化されていた彼は、古代マヤの視点から祖国グアテマラの現実を捉え直すことで『グアテマラ伝説集』を上梓し、多くのシュルレアリストやラテンアメリカの作家たちに衝撃を与えた。

その後もアストゥリアスは、『とうもろこしの人間』（一九四九）や『アルアハディート』（一九六一）などで、マヤの神話・伝説体系と口承文化を現代まで継承するグアテマラ人の世界観を探求しているが、それが可能となったのは、短編「リダ・サルの鏡」（一九六七）にも見られるとおり、グアテマラの現実世界と一線を画した架空の無時間的共同体を設定していたからだった。

若い頃から社会問題に強い関心を示し、国会議員や外交職を務めたこともあるアストゥリアスは、魔術的リアリズムの路線と並行して、政治色の濃い小説作品も多く手掛けている。エストラーダ・カブレラ独裁政権時代のグアテマラを描いたとされる『大統領閣下』（一九四六、邦訳集英社、一九八四年）は、七〇年代半ばのラテンアメリカ文学を席巻した独裁者小説の先駆と位置づけられ、『強風』(一九五〇)、『緑の法王』(一九五四、邦訳新日本出版社、一九七一年)、『死者の目』(一九六〇)から成る「バナナ三部作」では、中米にのさばる悪名高い多国籍企業ユナイテッド・フルーツ社の横暴を告発している。ガルシア・マルケスやカブレラ・インファンテに酷評された『大統領閣下』も、露骨な糾弾の目立つバナナ三部作も、現在では専門家の評価を落としているが、こうした社会批判の小説が、「進歩主義的」作家に肩入れしがちなノーベル文学賞受賞を後押ししたことは間違いない。また、キューバ革命勃発直後にブエノスアイレスでフィデル・カストロと知り合って以来、「パディージャ事件」を経た後も、革命政府支持の姿勢を貫き通している。

「自分の運命は亡命者になることだった」と回顧したこともあるとおり、とりわけ五四年にカスティージョ・アルマス独裁政権からグアテマラ国籍を剥奪されて以後の約十年間、アストゥリアスの生活は、亡命とそれに伴う受難の連続だった。六二年には、亡命先のアルゼンチンでも一時身柄を拘束され、ヨーロッパへの逃亡を余儀なくされている。それでも、パリでは盟友ネルーダの支援を仰ぎ、六六年からはペン・クラブの要職を務めるまでになった。六七年にノーベル文学賞を受賞して以後の彼は、世界各地から講演や名誉職に引っぱり凧となり、祖国グアテマラから在フランス大使に任命されたばかりか、翡翠の鷲勲章まで受け、サン・セバスティアン映画祭(一九六八)やカンヌ映画祭(一九七〇)では審査委員長を務めている。惜しまれるのは、一九七一年、インタビューの場で口を滑らせ、『百年の孤独』を、バルザック『絶対の探求』の「劣悪なコピー」と断罪してしまったことだろう。

推薦作

**『グアテマラ伝説集』**

(*Leyendas de Guatemala*, 1930)

アストゥリアスの代表作であり、「魔術的リアリズム」の勃興を告げた名作。フランス語版を読んだポール・ヴァレリーは、絶賛の言葉を並べた手紙を訳者に宛てた。一九三〇年の初版には、マヤの伝説へと読者を誘う二つの詩的序文と五編の伝説が収録されていたが、四八年の第二版から、伝説一つと戯曲風の物語が追加された。マヤ的世界観に基づく風景描写と物語展開により、「何世紀も続いた一日」という無時間的枠組みのなかに、西欧のリアリズムや科学的・合理的思考とかけ離れた神秘的作品世界が出来上がっていく。白眉は「刺青女の伝説」であり、西欧文明の進出に抵抗するマヤ文化の底力が象徴的に描き出されている。

【邦訳】牛島信明訳、岩波文庫、二〇〇九年

# 【コラム】ラテンアメリカ文学の地域差と文学的特色

## 文学活動

スペイン語圏のみに限定するとしても、北はメキシコから南はアルゼンチンまで、一九の国と地域を含むラテンアメリカは、豊かな地理的・人種的・社会的多様性を抱えており、当然ながら文学活動においても地域ごと、国ごとに特徴がある。

まず、出版社の規模や文芸雑誌の発行部数、書店数や文学教育の浸透、朗読会や講演、創作への支援等、制度としての文学の充実度に注目すると、アルゼンチンとメキシコが群を抜いている。ロサダ社やスダメリカーナ社といった国際的発信力のある出版社を一九三〇年代から擁し、人口あたりの書店数は世界一とも言われる首都ブエノスアイレスで作家たちが切磋琢磨するアルゼンチンは、ホルヘ・ルイス・ボルヘスやフリオ・コルタサルを筆頭に、現在まで国際的作家を多数輩出し続けており、目の肥えた読者が活発な創作活動を支えている。メキシコの特色は、半官半民の出版社フォンド・デ・クルトゥーラ・エコノミカ社に象徴されるとおり、公的・私的機関による創作活動への支援が充実している点にあり、五〇年代には若手作家に奨学金を授与する「メキシコ作家センター」が創設されたほか、メキシコ国立自治大学を筆頭とする大学組織が文学活動を刺激するなど、世界的作家の誕生を後押しする環境が早い段階で整備された。二十世紀を通じてブエノスアイレスとメキシコシティはラテンアメリカ各地の作家を惹きつけ、世界的名声を手にした作家の大部分が何らかの形でこの両都市と関わっている。本書に選定された百人のなかで、アルゼンチン人とメキシコ人が群を抜いて多いのは偶然ではない。

両国に続くのは、まずキューバ、そしてコロンビア、さらにチリ、ウルグアイ、ベネズエラ、ペルーであり、それぞれが、規模においては劣るものの、独自の出版社や文芸雑誌、書店を有するとともに、文芸サークルがそれなりの社会的影響力を持っている。また、往々にして文学活動は首都に集中するものだが、一九三〇年代のグアヤキル・グループ（エクアドル）、五〇年代にガブリエル・ガルシア・マルケスが所属したバランキージャ・グループ（コロンビア）等、地方都市から国の文学を刷新する動きが起こることもあるという事実は注目に値する。いずれにせよ、多国籍出版社が文学市場を席巻する今日でも、ラテンアメリカ内部では書籍の流通が十分に機能しておらず、文学的国境の壁が意外に高いため、スペインの大手出版社を経由しなければ隣国の作家の著作を読むことさえできない、という状況は残念ながら解消されていない。

## 文学的特色

地域ごとの文学に注目してみると、際立った対照を成しているのが、キューバを中心とするカリブ地域と、アルゼンチンを中心とするラプラタ地域だろう。セルバ（熱帯雨林）やジャノ（平原地帯）に囲まれて地理的多様性に富み、白人、黒人、先住民が混血を繰り返したカリブ地域には「バロック的」（アレホ・カルペンティエールがとりわけこの言葉を多用した）世界が出来上がったのに対し、先住民が極めて少数で、元来だだっ広い草原だけが広がっていたところに都市を建設したラプラタ地域は、いつも無と向き合う宿命を負った。人種的・地理的条件と創作の関連性をめぐっては様々な議論があるが、前者は、ミゲル・アンヘル・アストゥリアスに始まって、カルペンティエールとガルシア・マルケスに受け継がれる「魔術的リアリズム」を生み出し、後者は、ボルヘスとアドルフォ・ビオイ・カサーレスに代表される「ラプラタ幻想文学」の舞台となっている。一部には両者を混同する議論もあるが、見方によっては両者には正反対とさえ呼べる側面があり、明確に区別しておくほうがいいだろう。カルペンティエールが「驚異的現実」という創作指針を打ち出したところからも明らかなとおり、魔術的リアリズムはあくまでリアリズムであり、現実世界に立脚している。驚異的な事件が小説内で起こるのは、巧みな操作によって語りの視点を非合理的な方向に歪め、舞台となる共同体全体にそれを適応することで、超自然的要素と自然的要素が溶け合う文学世界を作り上げているからだ。他方、ラプラタ幻想文学は、フィクションによる「安住の地」を作り上げて現実そのものを否定しようとする点で、反リアリズム的性格を備えている。架空の書物や人物、夢、機械、様々な仕掛けによって、作家たちは現実とフィクションを転倒させ、現実世界という観念が崩れ落ちる瞬間に救いを見出していた。フアン・カルロス・オネッティを代表とするウルグアイの作家には、反リアリズムの王道から逸れる部分があるものの、現実の観念に対する疑念を共有していた点はアルゼンチン文学と共通している。

このほか、メキシコやアンデス地域など、先住民人口の多い国では、十九世紀末以降、インディオの復権を求める「インディヘニスモ」の潮流が生まれており、グアラニー語（パラグアイ）とケチュア語（ペルー）の言語構造と精神性をそれぞれ小説に吹き込んだアウグスト・ロア・バストスとホセ・マリア・アルゲダスのように、ラテンアメリカ文学に新風を吹き込む作家も現れた。とはいえ、この二人を除けば、インディヘニスモ文学の大半は、旧態依然のリアリズムを引きずった「大地の文学」の変種にすぎず、構成や様式において目新しい要素を打ち出すことができた作家は皆無に等しい。

# ホルヘ・ルイス・ボルヘス

## Jorge Luis Borges（アルゼンチン・1899-1986）

【略歴】
一八九九年ブエノスアイレスの生まれ。母の導きで幼少から文学に親しみ、英語を学ぶ。一九一四年に一家揃ってヨーロッパへ発ち、ジュネーヴに約四年住んだ後、二一年までスペインで過ごす。帰国後、詩集『ブエノスアイレスの情熱』（一九二三）を刊行。三〇年代にはオカンポ姉妹やビオイ・カサーレスと親交し、雑誌『スール』に協力するかたわら、短編小説の執筆を開始。四四年に記念碑的名作『伝奇集』を刊行。視力喪失やペロン政権による迫害といった苦境を乗り越えて短編や詩、文学論の執筆を続け、『エル・アレフ』（一九四九）、『創造者』（一九六〇）といった名作を多数残した。七九年にセルバンテス賞受賞。八六年ジュネーヴで没。

ジョイスやプルーストを筆頭に、ノーベル文学賞を取れなかった大作家は枚挙に暇がないが、アルゼンチン幻想文学の双璧をなすホルヘ・ルイス・ボルヘスとフリオ・コルタサルも賞に手が届かぬまま生涯を終えており、そのため、現在に至るまでこのスペイン語圏随一の文学大国は一人の受賞者も輩出していない。ことボルヘスの場合、物語文学、詩、エッセイ、いずれを取り上げても大半の受賞者よりはるかに優れたレベルにあったが、一説によればアルゼンチンやチリの軍事政権に寛容な姿勢を見せたことが祟って（スウェーデン王立アカデミーのメンバーだったアルトゥール・ルンドクビストがボルヘスの受賞を阻止したとされている）、とうとう受賞はならなかった。確かに、現在でも左翼知識人が強い影響力を持ち続けるラテンアメリカにあって、「現実逃避」の作家としてボルヘスを（少なくとも一時は）敬遠したガブリエル・ガルシア・マルケスを筆頭に、彼の創作態度や政治姿勢を疑問視する作家・批評家は多いが、現実と繋がりの希薄なボルヘス文学の根底を支えていたのは、現実世界への恐怖という極めて人間的な感情であったことも忘れてはなるまい。

そもそもボルヘスは、知的にはエリートであっても、現実世界と接点のとぼしい貴族階級の出身ではない。英語の飛び交う知的家庭環境で、六歳にして『ドン・キホーテ』を読み、九歳にしてオスカー・ワイルドの「幸福な王子」をスペイン語に翻訳し（実際には母がかなり手を入れたようだが）、十五歳にして渡欧、ジュネーヴでフランス文学やドイツ文学の原典に親しみ、二十歳にしてスペインでラモン・デル・バジェ・インクランやホセ・オルテガ・イ・ガセットと交流、そんなキャリアだけ見れば、どれほど裕福な一族かと勘違いしてしまいそうだが、実際のボルヘス家は軍人の流れを汲む中流家庭であり、ホルヘ・ルイス青年とて、職を得ずして食べていくことはできなかった。とはいえ、知識人として一目置かれていた父はブエノスアイレスの文壇に顔が利いた。そのため、アンダルシアの詩人ラファエル・カンシーノス・アセンスやラモン・ゴメス・デ・ラ・セルナに影響されて「ウルトライスモ」の詩作に目覚めていたボルヘスは、二一年の帰国直後から存分にその創作意欲を発揮する場に恵まれた。ちなみに、バルセロナからボルヘス父子を乗せてきたビクトリア・エウヘニア王女号をブエノスアイレス港で出迎えた者の一人がマセドニオ・フェルナンデスであり、ホルヘ青年は父からこの奇人との固い友情を受け継いでいる。

　その後も、レオポルド・ルゴーネスやリカルド・グイラルデスと相次いで親交し、『プリスマ』や『プロア』といった文芸雑誌の創刊に関わるなど、二〇年代半ばには、ボルヘスは着々と文壇で頭角を現し始めていた。大胆なメタファーの使用によって詩的イメージの刷新を目指す、というウルトライスモの美学が向けられた対象はブエノスアイレスの街並みであり、処女詩集『ブエノスアイレスの情熱』（邦訳水声社、二〇〇八年）、『正面の月』（一九二五）、『サン・マルティンのノート』（一九二九）から成る三部作は、故郷の街を詩的に再構築する試みだった。

　金銭的に自由の利かないボルヘスにとって、オカンポ姉妹やビオイ・カサーレスとの交流は願ってもない幸運だったと言えるだろう。とりわけ、大農園主の息子ビオイとは、十五歳の年の差を乗り越えて一九三二年以来固い友情を結び、著作の出版に際して様々な便宜を図ってもらう一方で、作家としてなかなか芽の出ないビオイを有益な助言とともに叱咤激励した。四〇年代以降は、『イシドロ・パロディ　六つの難事件』（一九四二、邦訳岩波書店、二〇〇〇年）や『ブストス＝ドメックのクロニクル』（一九六七、邦訳国書刊行会、二〇〇一年）など、様々な推理小説や幻想的短編小説を二人の共作で発表している。アルゼンチンが「忌まわしい十年」と呼ばれる政治的・経済的・社会的危機に差し掛かっていた一九三〇年代、さらに、ペロニズムの台頭で知的エリート層が迫害された四〇年代を通じて、ボルヘスやビオイ、オカンポ姉妹を中心に、伝説の文芸雑誌『スール』を軸に結束した作家のグループは、現実世界に背を向け、文学活動、とりわけ幻想文学に避難場所を求めるようになった。その探究の一端を示すのが、一九四〇年にボルヘス、ビオイ、シルビナ・オカンポが共同編集した『幻想文学選集』であり、そこには、文学による現実と虚構の転倒を目指す彼らの志向が明確に打ち出されている。さらに一歩踏み込んだボルヘスは、マセドニオの提唱した反リアリズムと反感情主義を幻想文学に持ち込み、百科事典的知識を土台に、書物の世界から物語のプロットを構築して、独特の理知的文学を完成していった。

その成果が二冊の短編集、『伝奇集』と『エル・アレフ』（邦訳岩波文庫、二〇一七年）であり、この成功を機に、一九五〇年にアルゼンチン作家協会会長、五五年に国立図書館長、五六年にブエノスアイレス大学英米文学教授と、次々に有力ポストを与えられるなど、国内におけるボルヘスの名声は高まっていった。しかし、私生活は必ずしも幸福ではなかったようだ。ただでさえ奥手なうえ、「マザコン」と紙一重なほど母に頼り切りだった彼は、女性とうまく関係を築くことができず、六七年に旧友エルサ・アステテと結婚したものの、夫婦生活は最悪だった（七〇年に離婚）。また、作家・愛書家ボルヘスにとって致命的な痛手は、すでに二十歳代から進行していた視力の喪失であり、五十歳代半ばには、両目ともほぼ完全に見えなくなったと言われている。当初は絶望したようだが、創作において失明は彼が詩へ回帰する契機となり、自由詩を離れて、ソネット（十四行詩）など、スペイン語文学に根づいた定型詩に集中することで、新たな境地へと踏み込んでいった。

ボルヘスの名が世界に知れるのは、一九六一年春、サミュエル・ベケットと同時受賞となったフォルメントール文学賞以降のことだった。停滞していた世界文学の救世主となったボルヘスは、それまで四十年近くもラプラタ地域を出ることがなかったにもかかわらず、にわかに世界中から引っぱり凧となり、六一年にテキサス大学から受けた招待を皮切りに、アメリカ合衆国やヨーロッパの各都市を頻繁に訪れるようになった。ラテンアメリカ文学のブームにも乗って、ボルヘスの作品は次々と世界中で翻訳されるようになり、六八年、合衆国の主導で大掛かりな詩の英訳が企画された際には、翻訳者ノーマン・トマス・ディ・ジョヴァンニにボルヘス自らが協力し、充実した日々を送った。

その反面創作は低調となり、詩では往年を偲ばせる作品を残したものの、短編では、「砂の本」などごく一部を除いて、ボルヘスらしさは影を潜めた。とりわけ七〇年代以降、ボルヘスが文学ではなく名声を頼みに現実世界の不安から逃れるようになっていたことは明らかであり、ペロンの大統領復帰から軍事政権の発足、フォークランド戦争勃発と国難が続くなか、世界各地から招待が届いたおかげで、国を支配する恐怖の現実に背を向けるようにして合衆国やヨーロッパを旅して回ることができた。現実逃避と言えばそのとおりだが、そこにフィクションのユートピアを求めた憧憬の裏返しを感じ取らずにはいられまい。

推薦作

**『伝奇集』**

(*Ficciones*, 1944)

一九四一年発表の短編集『八岐の園』に新作数編を加えてエメセー社から刊行されたこの短編集は、発売当初こそほとんど注目されなかったが、六一年の国際的文学賞受賞を機に世界中を驚愕させ、ボルヘスを世界文学の最高峰へと押し上げた。巻頭の「トレーン、ウクバール、オルビス・テルティウス」を筆頭に、現実と虚構を交錯させて読者の世界観を揺るがすエッセイ風短編が十六作収録されている。すさんだ現実世界からの逃げ場を書物に求めていたボルヘスの夢を体現したような「バベルの図書館」や、超人的記憶力を備えた男を主人公に据える「記憶の人フネス」など、ラプラタ幻想文学流知的酩酊の枠を極めた名作ぞろい。

【邦訳】鼓直訳、岩波文庫、一九九三年

推薦作

**『創造者』**

(*El hacedor*, 1960)

十年ほどの期間にわたって書かれた五十五編の短編、エッセイ、詩を収録しており、散文家と韻文家、ボルヘスの両側面を存分に味わうことができる。本人も序文で述べているように、「最も個人的な」著作と言えるだろう。文芸批評家ハロルド・ブルームに絶賛されるなど、世界的に評価も高い。師と仰いでいたルゴーネスとの架空の対面を描いた序文に始まって、名作「ボルヘスと私」まで、知的遊戯で読者の現実感覚を狂わせる手腕は相変わらず見事。小品「夢の虎」や「別の虎」は、視力の喪失を受け入れて想像力を駆使するボルヘスの新たな文学的出発点を刻む。詩では、「天恵の歌」や「アドロゲー」が名作として名高い。

【邦訳】鼓直訳、岩波文庫、二〇〇九年

# マヌエル・ロハス

## Manuel Rojas（チリ・1896-1973）

【略歴】
一八九六年にチリ人夫婦の息子としてアルゼンチンのブエノスアイレスで生まれる。不安定な思春期を過ごした後、一九一二年にサンティアゴに居を定めるものの、定職のない不安な日々が続いた。二〇年代から詩作を中心に創作を手掛け、二九年発表の短編集『犯罪者』で注目を浴びる。五一年発表の『泥棒の息子』に始まる長編四部作で作家としての名声を確立。五七年に国民文学賞受賞。新聞雑誌への寄稿や文学教育にも尽力した。七三年にサンティアゴで没。

マヌエル・ロハスといえば、二〇一二年にチリ国立文化芸術会議が設立したイベロアメリカ小説賞の冠となるほど知名度の高い作家であり、一時は国際的に名を知られていたが、現在チリ以外で彼の小説を手に取る読者は少なくなった。ラテンアメリカ全体で左翼が幅を利かせていた一九八〇年代までは、貧困層の登場人物を取り上げた左翼系作家の小説はそれだけで高く評価される傾向があったが、今やそれも過去の話となり、リアリズムを突きつめた社会派小説は、資料的価値すら失って、忘却の淵へと追いやられつつある。だが、裕福な家庭の出身で、政府系機関等の庇護を受けて安穏と暮らしながら貧民の味方を気取る作家と違い、ロハスは、社会の底辺で様々な仕事（ペンキ職人、電気技師、沖仲仕、革職人、ブドウの収穫、テーラーの見習いなど）をこなした後に、ほぼ独学で作家となった。彼の作品には、本物のその日暮らしを続けていた者にしか書けない生々しさがあり、少なくとも当時のチリ社会の実状を伝える資料的価値だけは失っていないと言えるだろう。アナーキスト的思想の持ち主としても知られているが、彼の場合は気取りやポーズではなく、労働者として辛酸を舐めた末に辿り着いた信念だった。

世紀末のブエノスアイレスで生まれた後、両親とともに一八九九年に一時チリの首都サンティアゴへ移ったものの、一九〇一年に父親を失った後のロハス少年は、困窮する生活で苦労を重ねた。転居の連続で十一歳までしか教育を受けられず、一九二〇年頃までは、アルゼンチンとチリを行き来しながらその場凌ぎの仕事で何とか食い扶持を稼ぐのがやっとという状態だったようだ。二一年以降、少しずつ詩や短編を雑誌などに発表するようになるが、創作に集中できる時間があるわけではなく、なかなか芽は出なかった。

最初のめぼしい成果は、マイナーな文学賞を幾つか受賞した短編集『犯罪者』であり、現在までチリの中等教育などで読まれ続ける「一杯の牛乳」を筆頭に、まさしく牛乳一杯の代金すら持ち合わせていない下層民の生活を描き出したこの小品集は、当時としては衝撃的な内容で読者を驚かせた。その後しばらく小説の創作から遠ざかったものの、五一年発表の長編『泥棒の息子』によって国内外で大評判をとると、自らの苦労体験をふんだんに盛り込んだ連作長編を手掛け、『ワインよりいい』（一九五八）、『塀に映る影』（一九六三）、『燃え盛る暗い人生』（一九七一）と併せて、自伝小説四部作を完成させた。名声を確立した六〇年代からは、まさに大御所作家の待遇で世界各地から招待され、六二年からメキシコシティに約一年滞在した後、スペイン、ポルトガル、フランス、イギリス、ソ連などヨーロッパ諸国を歴訪し、六六年にはキューバのカサ・デ・ラス・アメリカスで文学賞の審査員も務めている。その間も、短編小説の執筆や新聞雑誌への記事・エッセイの寄稿を続けたほか、『チリ文学小史』（一九六四）、『チリ文学マニュアル』（一九六四）といった教科書本を書いており、チリ大学で文学講師として教鞭を執ることもあった。

　一九七〇年に社会党と共産党を母体とする人民連合がサルバドール・アジェンデを担いで政権をとると、アジェンデと親交の深かったロハスの栄誉はますます確実なものとなり、アルゼンチンのスダメリカーナ社やマドリードのアギラール社など、有力出版社が彼の作品を手掛けることになった。アウグスト・ピノチェト将軍によるクーデターの起こるちょうど半年前、一九七三年三月十一日にロハスは亡くなり、その葬儀には、大統領を含め数多くの著名人が参列している。

推薦作

**『泥棒の息子』**
(*Hijo de ladrón*, 1951)

文字どおり「泥棒の息子」アニセト・エビアを主人公とする長編四部作の第一作であり、十カ国語以上に翻訳されたロハスの代表作。バルパライソの刑務所に収監された主人公の回想という形でその生い立ちが語られるが、当時としては斬新なフラッシュバックで過去の事件が挿入されることもある。母の死と父の逮捕で家庭を奪われた主人公は、数多の辛酸を舐めた後に無実の罪で逮捕される。職を転々とした作者の苦労は存分に活かされており、元刑事やペンキ職人、スリの助手など、社会の底辺に生きる者たちの姿が生々しく描かれている。物語自体は冗漫だが、チリの下層社会の現実を伝える貴重な資料と言えるだろう。

**【邦訳】**今井洋子訳、三友社、一九八九年

# セサル・バジェホ

## César Vallejo（ペルー・1892-1938）

【略歴】

一八九二年ペルー中部の高原都市サンティアゴ・デ・チューコの生まれ。両親ともメスティソで、十一人きょうだいの末っ子。一九一五年にトルヒージョ大学文学部卒業。モデルニスモの影響を受けて一〇年代後半から創作を手掛け、一七年以降はリマで様々な職をこなしながら詩集を発表する。一九二三年にパリへ渡り、新聞などに寄稿しながら創作を続けた。処女作『黒衣の使者ども』（一九一九）などの詩集は生前の評価に恵まれなかった。三八年にパリで没。

「大雨の降るパリで私は死ぬのだろう／すでにその日の記憶がある／私はパリで死ぬのだろう――逃げることなく――／おそらく今日と同じ、秋の、木曜日」

　後に「白石に重なる黒石」というタイトルで遺作詩集『人の詩』に収録されることになる詩の冒頭で、セサル・バジェホはこのように詠っていたが、実際に彼が亡くなったのは、四月十五日の聖金曜日、霧雨の降るパリだった。一九二三年、かつてトルヒージョで嫌疑をかけられた放火事件（一時は刑務所に収監された）の訴追を恐れて渡欧を決断して以来、詩作では何度も故国に思いを馳せ、実際に何度か帰国を計画したものの、この前衛詩人がペルーの地を踏むことは一度もなかった。故国で『黒衣の使者ども』と『トリルセ』（一九二二）、二作の詩集を発表し、しばしばヨーロッパ見聞録をペルーの有力新聞に寄稿していたものの、当時の彼は詩人としてはまったく無名であり、パブロ・ネルーダやオクタビオ・パスらと並んで、ラテンアメリカの前衛詩を代表する詩人という評価を受けるのは、死後かなりの年月が経ってからのことだった。

　パリでバジェホと毎日のように会っていたというネルーダは、彼の容姿について、七四年に死後出版された回想録において、「私より背が低く、痩せて骨ばっており」、「もっとインディオらしく」、「疑いようのない威厳によって悲しみを添えられた美しい顔の持ち主」と評し、その詩に対しては、「粗野な肌のように皺だらけで手触りが悪いが、超人間的次元を備えた偉大な詩」と、独特の比喩を用いて賛辞を捧げている。しばしば意味不明と言われるほど読みにくいものの、人間業とは思えぬほど傑出した言語的実験の粋を極め、それでいて人間の魂の叫びを見事に詠い上げる詩に対する評価としては、言い得て妙な表現だろう。モデルニスモの耽美的イメージを出発点としながらも、シュルレアリスムを中心とするアヴァンギャルドに刺激されて、自由奔放な韻文を磨き上げていったバジェホの詩には、確かに「手触りが悪い」ものも多く、なめらかな詩文に慣れ切っていた当時の読者に敬遠されたのは、当然と言えば当然かもしれない。だが、同時代に人気のあった古風な詩人たちの大半が今やほとんど読まれもしないのに対して、スペイン語の詩文を刷新した彼の「超人間的次元」の詩が後のラテンアメリカ文学に与えた影響は絶大だった。

　ネルーダや、同時代の詩人の多くと同じく、バジェホも一九二〇年代後半から共産主義にのめりこみ、二度もモスクワを訪れたほか、二八年にはペルー共産党の立ち上げにも関わっている。プロパガンダのためにいくつか戯曲を執筆し、いわゆるプロレタリア文学として『タングステン』（一九三一）という小説を残しているものの、いずれも大詩人の作としては極めて凡庸で、面汚しにも等しい出来と言っていいだろう。スペイン内戦の勃発とともに、共産党の主導する「第二回文化防衛のための国際作家会議」に、ネルーダやパス、ヘミングウェイやマルローと並んで出席するなど、彼はいっそう深く政治活動にのめり込んでいくが、詩人としての輝きは決して失わず、散文での失敗を補って余りある見事な詩集を、四十六年という短い生涯の最後に残した。一九三七年末の三カ月、物に憑かれたように詩作に打ち込んだバジェホは、後に『人の詩』（一九三九）と『スペインよ、この杯を我から遠ざけよ』（一九三九）として死後出版されることになる一連の作品を書き残し、死の直前まで何度も推敲を重ねたこの二作によって、天賦の詩人であったことを証明している。

推薦作

POESÍA COMPLETA
César Vallejo
fontamara

**『セサル・バジェホ全詩集』**

二〇一三年にリマで出版された初の本格的全詩集であり、『黒衣の使者ども』、『トリルセ』とともに、遺稿となった『人の詩』と『スペインよ、この杯を我から遠ざけよ』を含め、バジェホの詩作を完全に網羅した決定版。わかりにくい比喩や実験的造語を駆使した『トリルセ』が有名なせいか、難解な詩人というイメージが強いバジェホだが、『人の詩』には、感情を直接的に表現した作品も多く収録され、入門にはもってこいだろう。また、スペイン内戦の勃発とゲルニカの悲劇を受けて書かれた一連の詩集は、詩人の熱い政治的情熱を伝える資料としても興味深い。スペイン語表現の限界に挑んだ邦訳のおかげで、今ではこの傑作を日本語で堪能することができる。

【邦訳】松本健二訳、現代企画室、二〇一六年

# ビクトリア・オカンポ

## Victoria Ocampo（アルゼンチン・1890-1979）

【略歴】
一八九〇年ブエノスアイレスの貴族家庭に生まれる。家庭教師からフランス語教育を受け、後にスペイン語、英語を習得。幼少期からヨーロッパ滞在を経験し、一九〇八年からソルボンヌ大学などで学んだ。一九一〇年代以降、世界の様々な文化人を自宅に迎える一方、三〇年に文芸雑誌『スール』、三九年に文学出版社「スダメリカーナ」の創設に携わり、ラテンアメリカの文芸活動を牽引。膨大な量の証言や日記を残している。七九年にブエノスアイレスで没。

ビクトリア・オカンポの名をラテンアメリカの伝説的文芸雑誌『スール』と結びつけずに論じることはできない。バルガス・ジョサに「三世代にまたがるラテンアメリカ人がどれほど言葉をつくしても称えきれるものではない」、オクタビオ・パスに「アメリカ大陸で誰もなしえなかった偉業」と評されたこのささやかな小冊子は、まさにラテンアメリカから世界文化に向かって開かれた大窓だった。一九三一年一月の第一号に始まり、九二年の三七一号まで発行された雑誌の顧問には、ドリュ・ラ・ロシェル、ウォルド・フランク、アルフォンソ・レジェス、ジュール・シュペルヴィエル、ホセ・オルテガ・イ・ガセットといった錚々たるメンバーが名を連ね、編集部にはホルヘ・ルイス・ボルヘスやオリベリオ・ヒロンド、エドゥアルド・マジェアといったアルゼンチンの一流作家が顔を揃えた。執筆陣も豪華そのもので、約六十年に及ぶ発行期間に、バルガス・ジョサやパスのほか、コルタサル、ガルシア・マルケス、ネルーダ、サバト、オネッティらが何らかの形で原稿を寄せている。ビクトリアは、持ち前の人脈を発揮して世界各地の著名人から原稿を取りつけ、惜しみなく私財を投入して、雑誌の発行と同名出版社の運営に生涯尽力し続けた。

オカンポ家の六姉妹、とりわけビクトリアとシルビナは、十九世紀の末に絶頂を極めていたアルゼンチン貴族の申し子と言ってもいいだろう。牧畜からあがる莫大な富を支えとしたアルゼンチン貴族の特徴は、その浮世離れした優雅な暮らしぶりだけではなく、ヨーロッパの貴族以上に深くヨーロッパ文化に精通しているところにあった。ビクトリアも、幼少から家庭内ではフランス語を話し、家族とともにたびたびヨーロッパの主要都市を訪れながら、新旧の絵画、音楽、演劇、文学を吸収して芸術的感性を磨いていった。高等教育を受けたパリへの愛着はとりわけ深く、後に彼女は自分をパリの「私生児」と位置づけている。そのままならヨーロッパに住み着いてもおかしくないところだったが、第一次世界大戦勃発を機に一家はアルゼンチンへ帰国し、一九一六年にブエノスアイレスでスペインの哲学者オルテガと知り合ったことが重要な転機となった。これ以後、スペイン語とその文学にも目を向けるようになった彼女は、少しずつエッセイや短編などを書くようになり（それでも、一九三〇年以前に書いた文章はほぼすべて、まずフランス語で書いてからスペイン語訳していたという）、様々な文化活動に協力するようになった。二四年にインドの詩人タゴールと出会って以降、「パンパのモナリザ」（オルテガの言葉）は、世界各地からアルゼンチンを訪れる文化人を豪邸「ビジャ・オカンポ」でもてなし、三〇年代以降は、アルゼンチンが政治経済危機に揺れるなか、妹のシルビナやその夫アドルフォ・ビオイ・カサーレスとともに、『スール』と一心同体となって、亡くなるまで貴族的文化と思想の砦を懸命に守り続けた。

　多くの文化人に愛され、晩年は様々な栄誉を受けたビクトリアだが、貴族的な物腰とは裏腹に、四六年のペロン政権成立以後は心労が絶えなかったようだ。五三年には、特に証拠もなく官憲に拘束されて投獄を受け、釈放後も長い間監視下の生活を強いられた。この頃にはすでに収入が途絶えていたにもかかわらず『スール』の発行を続けたせいで、七〇年代にはほぼ破産状態となり、ビジャ・オカンポも手放さざるをえなくなった。最後のクリスマスと新年は、容態の悪いまま一人きりで迎えたという。雑誌『スール』は、アルゼンチン貴族の破産と引き換えに残された二十世紀の文化遺産だったのかもしれない。

**推薦作**

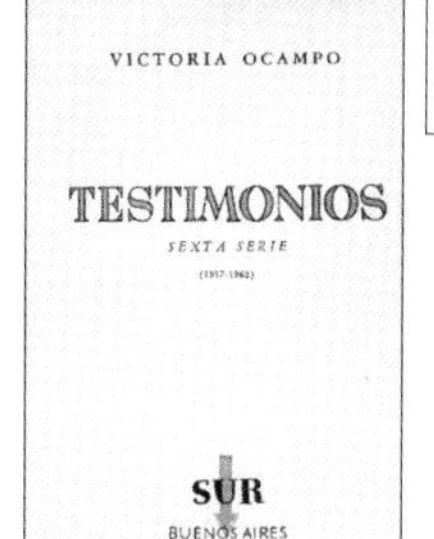


**『証言集』**

(*Testimonios*, 1935 ~ 77)

優れたエッセイや翻訳を多く残したビクトリア・オカンポだが、彼女の真骨頂はなんといっても国内外の多様な文化人との腹を割った付き合いであり、その全貌を鮮やかに伝えるのが、全十巻に及ぶこの『証言集』だ。一九三五年から七七年にわたって断続的に書かれた手記であり、妹シルビナ・オカンポやその夫ビオイ・カサーレスに始まって、ボルヘス、タゴール、オルテガ、ヴァージニア・ウルフ、アンドレ・マルロー、ロジェ・カイヨワなど、様々な人物の思い出やこぼれ話が収録されている。彼女の死後、六巻に分けて出版された『自伝』（一九七九〜八四）と併せて読めば、二十世紀アルゼンチンの知的交流史を隈なく知ることができる。

【邦訳】二〇一九年十二月現在未邦訳

# ホセ・エウスタシオ・リベラ

## José Eustacio Rivera（コロンビア・1888-1928）

【略歴】

一八八八年コロンビアのリベラ州サン・マテオの生まれ。一九一七年、コロンビア国立大学法学部を卒業後、内務省に職を得るかたわら詩作に着手し、二一年に詩集『約束の地』を発表。二二年から二三年にかけて、政府使節団の一員としてベネズエラやペルーとの国境地帯を探険、その経験をもとに長編小説『渦』（一九二四）を書く。その後も官僚職をこなしながらジャーナリズム活動を行ったが、一九二八年に出張先のニューヨークで痙攣を起こして急死した。

二十世紀初頭のラテンアメリカで政治家や官僚として国政に携わる知識人は、大半が首都のエリート階級出身だが、ホセ・エウスタシオ・リベラは地方の比較的貧しい中産階級の家庭に生まれている。奨学金を得て中等教育を終えた後、一九一二年から首都ボゴタのコロンビア国立大学で法学と政治学を学び、卒業前に内務省に職を得た。

十九世紀以来、コロンビアでは詩作が教養人のたしなみとされ、大統領経験者も含め、詩集を発表する政治家や官僚は多いが、その例にたがわず、リベラも学生時代から詩作を手掛けている。地方の詩作コンクールなどで受賞歴があるほか、一九二一年には、モデルニスモの影響を色濃く映した五十五編のソネットをまとめて、『約束の地』というタイトルで出版しており、現在でもコロンビアでは、詩人としてのリベラの才能を高く評価する批評家も少なくない。とりわけ、「子馬」や「絹の羽」など、牧歌的な自然に捧げられた詩は、広く国民に親しまれている。

だが一九二二年、リベラは淡い詩人の幻想を打ち砕く現実に直面する。当時はまだ、コロンビア、ベネズエラ、ペルーの国境線が確定しておらず、国土の開発を急ぐ内務省の命を受けて国境地帯探索使節団の一員となったリベラは、未開のセルバ（熱帯雨林）へ踏み込むことになった。詩人たちが理想化していた牧歌的自然とかけ離れた過酷な世界を前に、リベラの世界観は大きく動揺する。食虫植物が繁茂し、人間に危害を加える動物が無数に生息する自然環境もさることながら、さらにリベラを驚愕させたのは、中央政府の支配と庇護が及ばぬ国境地帯の天然ゴム農園で農業労働者が置かれていた非人間的な生活環境だった。世界的な自動車産業の発展とともに、当時天然ゴムの需要は年々高まっており、南米のアマゾン地域でもプランテーション開発による採取が進んでいたが、目を覆うばかりのその惨状にリベラは愕然とし、政府に宛てた手紙で早急な対策の必要性を訴えた。高温多湿のセルバ地帯で労働者が厳しい搾取に遭っていたばかりか、ペルーからやってきて違法にゴムを採取、強奪していく無法者集団の存在が、コロンビアの国益を危機に晒していたのだ。

一年にわたるこの義憤の経験をもとに、様々な資料を調べたうえで、フィクションを盛り込んで執筆したのが、ラテンアメリカ地方主義文学の古典的名作『渦』であり、官僚というリベラの立場を反映してか、内務大臣に宛ててセルバの惨状を告発する手紙という体裁で全体が書かれている。

『渦』の発表後、リベラは一九二五年に政府の外交植民調査委員会のメンバーに選ばれ、国家事業に尽力を続けるかたわら、様々な政治・外交問題についてコロンビアの新聞に鋭い論考を寄稿し続けた。その中心テーマはやはりゴム生産地帯の惨状であり、労働者の待遇改善と中央政府による監視の強化を常に訴え続けたが、こうした彼の主張を最も強力に後押ししたのは『渦』の成功だった。新聞よりも知識人に広く読まれたとさえ言われるこの小説は、国境地帯への問題意識を広く国民に植え付け、やがて政府も対策に乗り出さざるをえなくなる。リベラ自身もこの小説のプロモーションには積極的で、英訳や映画化の可能性を自ら模索したほか、同じくセルバを舞台にした長編第二弾の構想を練っていたようだが、四十歳の若さで急死したため、最終的に計画は実現しなかった。とはいえ、『渦』が当時の文壇に与えたインパクトは絶大であり、コロンビアのみならず隣国エクアドルやペルーでも、リベラに追随してセルバ小説を手掛ける作家が多数現れている。

推薦作

**『渦』**
(*La vorágine*, 1924)

主人公アルトゥーロ・コバとその恋人アリシアの駆け落ちというロマン主義的恋愛小説の枠組みを取ってはいるものの、実際には国境地帯のジャノ（平原）、さらにはセルバの描写に主眼を置いた冒険小説に仕上がっている。牧歌的な詩人の自然描写を愚弄しながらも、詩的技法を駆使して過酷な自然環境を描き出す文体は当時の読者を惹きつけた。ゴム農園の惨状を赤裸々に告発した内容は、当時としては衝撃的であり、出版後数年間毎年のように版を重ねたほか、一九二八年には英語訳も出るなど、当時としては異例の国境を越えるヒット作となった。ラテンアメリカで政治を動かすに至った最初の小説の一つと言えるだろう。

【邦訳】二〇一九年十二月現在未邦訳

# マルティン・ルイス・グスマン

## Martín Luis Guzmán（メキシコ・1887-1976）

【略歴】

一八八七年メキシコのチワワ生まれ。首都で法学を修めた後、若手知識人の主宰する「アテネオ」に参加し、ジャーナリズムに従事。メキシコ革命勃発後、一九一三年にパンチョ・ビジャの北軍に合流、彼の顧問役を務める。革命政権発足後は、何度も政争に巻き込まれ、二度にわたり亡命生活を送っている。革命戦争を記録した『鷲と蛇』（一九二八）、政治小説『ボスの影』（一九二九）のほか、回想録『パンチョ・ビジャの思い出』（一九五一）などを残している。七六年にメキシコシティで没。

マルティン・ルイス・グスマンは、マリアノ・アスエラとともに「メキシコ革命小説」の双璧を成す作家だが、両者が文学作品を通じて描く世界は好対照をなしている。アスエラが大衆の作家を自称し、民兵や庶民の生活を中心に革命期のメキシコ社会を再現したのに対して、グスマンが描き出したのは、国政の中枢を担う政治家たちの生き様だった。

ポルフィリオ・ディアス独裁政権に仕えた有力将校を父に持つグスマンは、幼少期から特権的な教育を受け、メキシコシティで法学を専攻した後は、硬直した独裁体制の刷新を目指す進歩主義的青年グループ「アテネオ」に参加し、アルフォンソ・レジェスやホセ・バスコンセーロスのような知識人とも親交を持った。また、若くからローマやスペインの古典文学に親しみ、ジャーナリズムの仕事をこなしながら文体的研鑽を重ねた。

メキシコ革命勃発に際してはいち早くマデロ支持を表明し、ウエルタ反革命に抗議の声を上げたが、彼が親近感を抱いたのは、同じくエリート層出身のベヌスティアーノ・カランサやアルバロ・オブレゴンではなく、貧農出身の反乱者、とりわけパンチョ・ビジャだった。大規模な社会改革の達成を革命に期待していたグスマンにとって、その指導者としてふさわしいのは、権謀術数に長けたプロの政治家ではなく、大地に根を下ろして生きる人々の代表者だった。実際にグスマンは、一九一三年二月にビジャと合流し、一五年一月まで文民顧問の役回りを果たすことになる。ビジャの寵愛を受け、時に堂々と彼に楯突くことまで許されたようだが、やはりその粗野な振る舞いに手を焼くことは多かったようで、その苦悩は、約二年に及ぶ革命の動乱を振り返って綴った『鷲と蛇』や『パンチョ・ビジャの思い出』にも如実に映し出されている。

カランサ＝オブレゴンの同盟にビジャ＝サパタの連合軍が敗れて、革命政府から理想主義者が一掃され、現実的で妥協的、時に日和見主義と紙一重の軍人政治家に主導権が渡った後も、グスマンは文民の立場から様々な政治家に働きかけた。後に制度的革命党（ＰＲＩ）を結成する主流派と一線を画していたため、何度も要注意人物としてマークされ、マドリードとニューヨークで、二度にわたり、計十五年以上に及ぶ亡命生活を余儀なくされたが、彼は頑強に自分の信念を曲げず、誠実な政治家の不在を嘆き続けることになった。

一九二九年、非主流派の軍人政治家フランシスコ・セラーノ将軍暗殺事件に触発されたグスマンは、自らの政治体験を脚色して問題作『ボスの影』を上梓し、弱肉強食の原理に支配された革命政府の実態を鮮烈に暴き出した。すでにアスエラの『虐げられし人々』の「発見」と、スペインにおける『鷲と蛇』の成功で盛り上がっていたメキシコの文壇は即座にこの小説を激賞し、革命小説の隆盛を後押しした。興味深いのは、互いにまったく異なる世界——一般大衆と政治指導者——を扱いながら、アスエラとグスマンがまったく同じ悲観的ヴィジョンを革命に投げかけていた点だろう。政治の中枢を担う上層部も、甘い汁を求めて陰謀を張り巡らせ、背信行為や告げ口を繰り返す点で、反乱軍の主流をなす烏合の衆と変わるところがなかったわけだ。

「裏切られた理想」の意識は生涯グスマンにつきまとい続け、『ある人物についての覚書』（一九五四）など、後年の文章にも暗い影を落としている。言語アカデミーの会員に選ばれ、外交・教育の要職についた後も、国の未来に警鐘を鳴らすその姿は、尖鋭な批判的精神を育もうとするメキシコ知識人の手本であり続けた。

推薦作

『ボスの影』
(*La sombra del Caudillo*, 1929)

作者自らも巻き込まれた一九二三年の政争と二七年のセラーノ暗殺事件を下地に、フィクションを織り交ぜて完成された政治小説であり、オブレゴンやカジェスといった政治家に対応する登場人物も登場する。他者を出し抜くことに精を出す軍人政治家たちが繰り広げる醜い権力闘争により、革命の理想は失われていく。元大統領カジェスはこの小説を読んで激怒し、発禁処分まで検討したという。理性も品性も通用しない政治の世界に向けて、グスマンは怒りと絶望の声を放っている。今もメキシコでこの小説が愛読されているということは、政治の世界は変わらないということか。

【邦訳】寺尾隆吉訳、幻戯書房、二〇二〇年刊行予定

# リカルド・グイラルデス

## Ricardo Güiraldes（アルゼンチン・1886-1927）

【略歴】

一八八六年アルゼンチンの首都ブエノスアイレスの生まれ。アルゼンチン屈指の名門家の出身で、幼少から何度もヨーロッパ滞在を経験し、フランス文学を手本に作家を志す。一九一六年に処女長編『ラウチョ』で文壇にデビューし、その後も長編や短編集を発表したほか、二四年にボルヘスらとともに文芸雑誌『プロア』を創刊、後進の指導にもあたった。二六年発表の『ドン・セグンド・ソンブラ』で国民的作家の地位を手にしたが、翌年癌で亡くなった。

牛肉輸出の拡大とともに未曾有の繁栄を手にしつつあったアルゼンチンとともに生まれ、一九三〇年代の「忌まわしい十年」を目にすることなく亡くなったリカルド・グイラルデスは、まさに古き良きアルゼンチンを代表する作家だったと言えるだろう。曾祖父はアルゼンチンの解放者サン・マルティンの親友、祖父は十九世紀の文豪ドミンゴ・ファウスティーノ・サルミエントの友人、父は大農園「ラ・ポルテーニャ」の所有者で芸術愛好家、まさに名門中の名門の家柄に生まれたグイラルデスは、一歳で家族に連れられて渡欧し、四歳で帰国した時には、スペイン語、フランス語、ドイツ語を話していたという。ドイツ語への興味はその後失ったようだが、スペイン語より先に覚えたフランス語には生涯堪能で、作家になってからも、まずフランス語で書いてからスペイン語に直すこともあった。絵画の素養にも恵まれ、執筆そっちのけでデッサンにのめり込むこともあったという。

一八九〇年に帰国してからの一家は、首都の豪邸と「ラ・ポルテーニャ」とを往復しながら生活し、この農園でリカルド少年を惹きつけた一人のガウチョが、後にドン・セグンド・ソンブラのモデルとなるセグンド・ラミレスだった。幼少から優秀な家庭教師をつけられ、西欧文化を中心に幅広い教養を身に着けたものの、恵まれ過ぎた境遇のせいか規律に欠け、正規の学業はまったく手につかなかった。建築や法律を専攻したが、いずれも挫折、仕事にも向かず、一九一〇年までの彼は、本人曰く、「書くこと、読むこと、ヨーロッパへ行くこと、女の尻を追うこと、それだけしか考えていなかった。」

成人してから初めてヨーロッパを訪れたのは一九一〇年のことであり、この時には、スペインやロシアのほか、インドや日本にまで足を延ばしている。晩年のグイラルデスは東洋哲学に魅了され、『ドン・セグンド・ソンブラ』にもその影響が指摘されているが、その起源はここにあったのかもしれない。彼はその後も何度かヨーロッパへ渡航し、フランスでは著名作家との付き合いもあったようで、なかでも、ラテンアメリカ文学に理解のあったヴァレリー・ラルボーとは、後々まで書簡を交わし合うほど親密な仲になった。

　一九一二年、すっかりフランス文学にかぶれてアルゼンチンに帰国したグイラルデスは、ようやく作家になる覚悟を決め、様々な文芸雑誌に短編小説を寄稿しているが、喉から手が出るほど熱望した名声はなかなか得られなかった。一九一五年に発表した二冊の短編集はいずれも不評で、失笑を買った作品さえあり、失意のグイラルデスはすべて廃棄処分にしてしまおうと考えたほどだった。それでも彼は『ラウチョ』、『ロサウラ』（一九二二）、『ハイマカ』（一九二三）といった長編を発表し続けたが、いずれも売れ行きは悪く、『ハイマカ』は、千部刷ったのに七カ月で九十九部しか売れなかったという。

　そんな彼にとって救いとなったのが、ドン・セグンドの存在だった。すでに短編でこの人物を取り上げていたグイラルデスは、二三年から本腰を据えてガウチョ小説に取り組み、雑誌『プロア』の仕事、さらには癌の進行に煩わされながらも、二六年に出版までこぎつけた。愛国的感情をくすぐる『ドン・セグンド・ソンブラ』は、発売直後からベストセラーとなり、文壇の大立者レオポルド・ルゴーネスから大絶賛を浴びた。だが、皮肉なことに、この時すでにパリへ旅立っていたグイラルデスは、名声の恩恵にあやかることもなく、癌との闘病の末、翌年に異国の地で四十一歳の若さで亡くなっている。

**推薦作**

**『ドン・セグンド・ソンブラ』**

(*Don Segundo Sombra*, 1926)

孤児として小さな町の学校で勉強していた十四歳の少年ファビオ・カセレスが、約五年間にわたって、ドン・セグンド・ソンブラとともに牛追いの仕事をこなしながらパンパを巡る教養小説的物語。遺産相続とともにセグンドと別れたファビオは、農園主の地位を手にし、ガウチョたちとの共生を振り返る。グイラルデスは、実際に付き合いのあったガウチョのセグンド・ラミレスをパンパ生活の精神的支柱に仕立て、彼をファビオ少年の指導役に付けることで、失われゆく伝統の牛追い文化にオマージュを贈った。ガウチョ文学の代表作、そしてアルゼンチン国民文学の傑作として、現在まで国境を越えて読み継がれている。

【邦訳】興村禎吉訳、ドン・セグンド・ソンブラ刊行委員会、一九七四年

# ロムロ・ガジェゴス

Rómulo Gallegos（ベネズエラ・1884-1969）

【略歴】
一八八四年ベネズエラの首都カラカスの生まれ。一九一〇年代から教育関係の要職を歴任するかたわら創作を開始、多くの短編・長編小説を残す。二九年発表の『ドニャ・バルバラ』で世界的に名を知られる。三六年に文部大臣を務めた後、政界に進出、四七年には大統領選挙に当選。翌年就任するも、クーデターによって政権は崩壊、亡命生活を余儀なくされた。五八年に帰国し、六四年には彼の名をとった「ロムロ・ガジェゴス文学賞」が制定された。六九年カラカスで没。

二〇世紀前半のラテンアメリカ文学に「専業作家」はごく少数しかいないが、ロムロ・ガジェゴスもその例外ではなく、作家というよりは政治家、さらに言えば、政治家というより教育者だった。彼の書く小説は、芸術作品ではなく、啓蒙活動の一環にほかならない。高校在学中の十七歳から小学校で教鞭をとり始め、後に多くの名門公立学校で校長を務めたばかりか、文部省の高官、文部大臣まで歴任した彼にとって、教育はまさにライフワークであり、執筆活動の主眼は常に、国の未来に対する自らの信条表明に置かれていた。そして彼の教育・執筆活動を支えたのが、西欧を手本とする「文明化」への揺るぎない信念だった。

首都の進歩主義的な家庭に生まれ、ベネズエラ中央大学で法学を学んだ（最終的に家庭の事情により中退）ガジェゴスは、文芸雑誌の編集などを通じてリベラルな若者たちと交流を深め、ヨーロッパ諸国の動向のみならず、アルフォンソ・レジェスを中心とするメキシコの青年知識人グループ「アテネオ」の活動にも大きな刺激を受けた。帝国主義化するアメリカ合衆国の海外進出に伴う脅威が明らかになりつつあった当時、ラテンアメリカ諸国にとって、国土の統一と殖産興業、富国強兵は危急の課題であり、ベネズエラも少しずつ国土の開発を進めていた。だが、合衆国の物質的繁栄を評価しながらも、その精神的貧困に批判を禁じ得ないラテンアメリカの新興知識人にとって、自国に必要なのは単なる物質的豊かさではなく、文化的教養に支えられた豊かな精神生活だった。こうした文脈にあってガジェゴスは、十九世紀から受け継がれてきた「文明か、野蛮か」というサルミエントのテーゼを一歩進め、文明化の理念を基盤にした国土開発に未来への希望を見出したのだった。

一九一三年発表の処女短編集

『冒険者たち』からすでに、ガジェゴスの創作活動は社会問題と密接に繋がっていたが、初めて女性の登場人物を用いてアレゴリー化の操作を実践した長編『トレパドーラ』(一九二五)を経て、二九年発表の『ドニャ・バルバラ』において「文明化小説」の雛形は完成した。ガジェゴスは、三五年発表の長編『カナイマ』でも同じ路線を踏襲し、現在までこの二作がガジェゴス文学の双璧と見なされている。

　それ以前から彼は、未知の国土を首都の知識人に向けて紹介する意図を前面に打ち出していたが、『ドニャ・バルバラ』の舞台となった「ジャノ=平原地帯」と、『カナイマ』の舞台となった「セルバ=熱帯雨林地帯」、資源など潜在的豊かさを秘めてはいながらも、「野蛮」の蔓延により開発が極めて難しいこの両地域の現実に直面して、「文明化」による国土統合の道筋を物語という形で表現することを思いついたのだった。ベネズエラのみならず、ラテンアメリカ全体の進歩主義的知識人の理想を体現した『ドニャ・バルバラ』は、発売直後から大きな反響を呼び、三〇年代以降、ガジェゴスは国際的作家の地位を手にすることになる。

　この後、政治の世界に踏み込んだガジェゴスは、ベネズエラ初の普通選挙で大統領選挙に当選するものの、就任直後に勃発したクーデターによって、キューバやメキシコで長い亡命生活を余儀なくされる。だが、ラテンアメリカを代表する理想主義者は、ヨーロッパやアメリカ合衆国も含め、どこへ行っても大歓迎を受け、むしろ亡命のおかげで彼の文学はいっそう世界的に広まったとすら言えるかもしれない。生涯を通じて文明化の重要性を訴えたガジェゴスは、現在までラテンアメリカの進歩と民主主義の象徴であり続けている。

**推薦作**

**『ドニャ・バルバラ』**
(*Doña Bárbara*, 1929)

一九二七年四月にアプーレ州のジャノを初めて訪れたガジェゴスは、現地で男勝りの豪傑女の噂を聞きつけ、ラテンアメリカ文学史に残る名作『ドニャ・バルバラ』の着想を得た。スペインの文豪ベニート・ペレス・ガルドスの古典的小説『ドニャ・ペルフェクタ』の枠組みを借りながらも、都会育ちの洗練された弁護士サントス、ジャノにはびこる暴力と野蛮を体現するバルバラ、純真な心と無垢な美しさを備えたマリセラの三角関係を見事な象徴体系に仕立て上げ、鮮やかに文明化の理念を打ち出している。技術的な不備が指摘できるとはいえ、何度も映画化、テレビドラマ化された物語自体を素直に味わってみるのがいいだろう。

【邦訳】寺尾隆吉訳、現代企画室、二〇一七年

# アルシデス・アルゲダス

## Alcides Arguedas（ボリビア・1879-1946）

【略歴】

一八七九年ボリビアの首都ラパス生まれ。サン・アンドレス大学で法学と政治学を学びながら、首都の有力新聞に寄稿を始める。一九一〇年に外交官としてパリに赴任し、ルベン・ダリオと知り合う。詩作を始めるとともに、一六年から自由党の国会議員となり、貧困問題に取り組む。一九年発表の『青銅の人種』はインディヘニスモ小説の代表作として高い評価を受ける。その後も国の社会問題や歴史に関して多くのエッセイを残す。一九四六年に白血病で没。

ボリビア文学史上最も著名な作家アルシデス・アルゲダスは、海の喪失という、ボリビア史上最大の屈辱をもたらす太平洋戦争勃発のわずか数カ月後に誕生している。その影響もあり、同時代を生きた多くのラテンアメリカ知識人と同じく、実証主義哲学に根差した国の近代化に熱意を捧げた彼の作品には、いつも陰鬱なペシミズムが影を落としている。崇高なモデルニスモの詩に親しみながらも、ゾラやフロベールのリアリズム文学を手本とし、スペイン「九八年世代」の作家たちを愛読したのも、そうした世界観の反映だったと言えるだろう。

ラパスでも指折りの知的エリート家庭の出身だったアルゲダスは、一八九八年から一九〇三年にわたるサン・アンドレス大学法学部在学時代から『エル・コメルシオ・デ・ボリビア』などの有力紙に記事を寄せ、文学サークルを結成してダリオ風の詩を書くなど、その才能の片鱗を見せていた。〇三年発表の中編小説『ピサグア』には、ラパス社会への厳しい批判が見られ、普段から辛辣な物言いの目立つ反抗的素行ともあいまって、同時代の知識人から糾弾を受けることになるが、これを逃れるため、父の援助を得て同じ〇三年にヨーロッパへ旅立ったことが重要な転機となった。パリ、バルセロナ、セビージャといった町を巡りながら、ゾラ、ベルナール、スペンサー、テーヌ、ウナムーノ、バロハ、様々な作家を読み漁って知見を深めたアルゲダスは、ボリビア社会を刷新する意気込みを新たに翌年帰国すると、早速大学時代の仲間とともに若い作家たちを集めて、「自由な言葉」というグループを結成した。

その後もしばらくは評価を得られず、またもや論敵の攻撃を受けて、一時国外に逃れることもあったものの、仲間たちとの議論を通じて、国の政治社会問題に向けた鋭い視線には磨きがかかり、亡命中の〇九年に発表したエッセイ『病んだ国民』で最初の成功を手にする。ボリビア社会を悩ませる悪の根源を突き止めるという「苦悩に満ちた焦慮」に迫られて、地理、人種、心理、様々な側面から厳しい批判を突きつけた末に、教育政策に解決を求めたこの論考は、ウルグアイの思想家ホセ・エンリケ・ロドーやメキシコの詩人アマード・ネルボ、さらにはスペインの作家ミゲル・デ・ウナムーノにまで称賛され、アルゲダスは一躍ラテンアメリカ思想をリードする存在にのしあがった。

その後彼は比較的落ち着いた生活に入り、一〇年に結婚したことにより性格も多少は丸くなったのか、反政府的な態度を和らげて外交職を引き受けた。かつて敵対した前大統領イスマエル・モンテスとも和解し、彼の協力を得てパリで職務をこなしながら執筆活動に臨んだアルゲダスは、国内外の有力新聞に寄稿を続け、一時はロンドンで歴史研究に従事したこともある。一五年に帰国後、一六年にはモンテスに推されて自由党の国会議員となったものの、文筆活動と気ままな生活に慣れた彼には合わない仕事だったようで、後に左遷同然の形で一時再びヨーロッパへ送られている。〇四年に発表してまったく反響を得られなかった中編小説『ワタ・ワラ』の修正を開始したのはこの頃であり、それまでに蓄えた知識と経験を存分に注ぎ込むとともに、ボリビア社会にはびこる不正の糾弾を前面に打ち出すことで完成したのが、代表作『青銅の人種』だった。

この成功の後、アルゲダスは歴史研究に専念し、『ボリビアの歴史』（一九二二）など興味深い作品を残しているが、そこに往年の冴えは見られず、現在まで彼の名は、『青銅の人種』の作者、インディヘニスモ文学の代表者として歴史に刻まれている。

**推薦作**

**『青銅の人種』**
(*Raza de bronce*, 1919)

一九〇四年発表の中編『ワタ・ワラ』を下敷きにして書かれたアルシデス・アルゲダスのライフワーク的長編であり、一九年に初版が刊行されて以降、四五年の決定版まで作者が何度も修正を加えている。戦闘的インディヘニスモの開祖、ボリビア現代文学の出発点として現代までスペイン語圏各地で読み継がれている。「谷」という地を舞台に、牧歌的生活を送るインディオ娘が白人農園主の横暴に翻弄される姿を通して、暴力と不正のはびこるボリビア農村部の深刻な社会問題を浮き彫りにしていく。いざとなれば激しい爆発を引き起こすインディオの姿を生々しく描き出すことで、作者はラテンアメリカ全体に警鐘を鳴らしている。

【邦訳】二〇一九年十二月現在未邦訳

# オラシオ・キローガ

## Horacio Quiroga（ウルグアイ・1878-1937）

【略歴】
一八七八年ウルグアイの地方都市サルトの生まれ。モデルニスモに憧れて一八九〇年代後半から詩作に取り組み、世紀末のパリでルベン・ダリオと親交した後、ブエノスアイレスに拠点を移してレオポルド・ルゴーネスと友情を育む。一九〇〇年代半ば以降何度かミシオネス州のセルバに滞在。後に短編小説の執筆に転じ、『愛と死と狂気の物語集』（一九一七）と『セルバの物語集』（一九一八）の成功で人気作家となる。一九三七年、胃癌の発覚直後にブエノスアイレスで自殺。

ラテンアメリカでオラシオ・キローガといえば、セルバ（熱帯雨林）と死の短編小説を書いた作家というのが多くの読者に共通のイメージだろう。彼の伝記を紐解いてみると、幼少から絶えず死につきまとわれていたことがよくわかる。父は在ウルグアイ副領事を務める名門家出身のアルゼンチン人だったが、オラシオが生まれて二カ月後に猟銃の暴発で死亡、十一歳の時には、母の再婚相手が猟銃で自殺、一九〇二年には、彼自身が、誹謗中傷の記事を書いた男と決闘に臨む直前に、銃の扱い方を教わっていた友人を誤って射殺、結婚してミシオネス州のセルバに住み着いた際には、最愛の妻アナ・マリアがセルバでの生活に耐えられず自殺、本人も、癌が発覚した後に青酸カリで自殺している。キローガの残した小説の大半は主人公の死で幕を閉じるが、彼自身も死の恐怖に怯えながら生涯の大半を過ごしたようだ。

幼少から病弱だったキローガは、理系の勉強に熱中するかたわら読書にいそしみ、一八九〇年代後半からモデルニスモの詩人に憧れるようになった。一八九八年には、モデルニスモを代表するアルゼンチンの詩人レオポルド・ルゴーネスを訪ね、生涯続くことになる固い友情を結んだほか、一九〇〇年には、当時のラテンアメリカ人の憧れの地パリで、絶頂期のルベン・ダリオとも親交した。こうして勇んで文壇に乗り込んだものの、文才はなかなか開花せず、一九〇一年発表の処女詩集はまったく評価されなかった。

作家としての道が開く契機となったのは、皮肉にも友人への誤射事件であり、これでモンテビデオに居づらくなったキローガは、身内やルゴーネスを頼ってブエノスアイレスへ移り住んだ。そして、ルゴーネスに誘われるままに、アルゼンチン北部ミシオネス州サン・イグナシオへの学術調査旅行に参加し、セルバ生活を体験したことで、彼の人生は決定的に変わった。過酷な自然に魅了された彼は、一九〇五年、自らこの地に農場を建て、後に本格的に定住することになる。

ルゴーネスの後押しもあって、すでにブエノスアイレスの文芸雑誌に短編小説を寄稿していたキローガは、ポー、モーパッサン、キプリングらを手本に語りの技巧に磨きをかけ、「日射病」（一九〇八）や「野生の蜜」（一九一一）など、セルバを舞台とした作品も書くようになった。ラテンアメリカ全体で国土開発が進むなか、セルバのような未開地帯への読者の関心は高く、悲劇的で時にグロテスクではありながらもわかりやすく読み応えのあるキローガの作品は、アルゼンチン内外で次第に注目を浴び始めた。

一九一七年発表の『愛と狂気と死の物語集』と、一八年発表の『セルバの物語集』は、それまでのキローガの創作を集約した短編集であり、批評家の絶賛を受けたばかりか、当時としてはかなりの売り上げを記録したことで、彼は一躍ラプラタ地域を代表する作家にのしあがった。二〇年代を通じてキローガは、『アナコンダ』（一九二一）、『故郷喪失者』（一九二六）など、コンスタントに短編集の刊行を続け、ウルグアイ政府にも重用されるなど、人気作家としての名声を謳歌した。

だが、二〇年代後半になるとマンネリ化は明らかとなり、二七年に発表された創作の指針集「完璧な短編作家の十戒」は、現在まで作家や批評家に言及され続けているものの、こうした型通りの手引きを書くこと自体、想像力の枯渇を如実に示していた。三〇年代に入り、ウルグアイ政府の庇護を失ったキローガは、妻にも見捨てられ、癌の宣告に絶望して自ら命を絶つまで、孤独な晩年を過ごしている。

**推薦作**

**『短編集』**

(*Cuentos*, 2004)

キローガのアンソロジーは多いが、『愛と狂気と死の物語集』を筆頭とする短編小説集などから計三十篇を選んで訳出した日本オリジナル版短編集は佳作。ラテンアメリカで現在まで読まれ続けている短編も多数含まれているほか、「完璧な短編作家の十戒」まで収録されているのはありがたい。都市を舞台にした作品もあれば、セルバで展開する物語もある。少ないページ数のなかで切れ味鋭いストーリーを展開し、登場人物の死が引き起こす恐怖とともに、不気味な後味を残す。いくつも読むと、ワンパターンとも言える物語世界に退屈するかもしれないが、短時間で気軽に読むには適した文学作品だろう。

【邦訳】甕由己夫訳、国書刊行会、二〇一二年

# レオポルド・ルゴーネス

## Leopoldo Lugones（アルゼンチン・1874-1938）

【略歴】
一八七四年アルゼンチンのビジャ・マリア・デル・リオ・セコ生まれ。一八九五年にブエノスアイレスに居を定め、新聞への寄稿や創作を開始。ルベン・ダリオと親交し、九七年発表の詩集『黄金の山並み』でモデルニスモを代表する詩人となる。一九一一年から一四年までパリに滞在、帰国後も詩集、短編集の発表や政治論の寄稿を続け、二六年に国民文学賞受賞。晩年は愛国主義的傾向を強め、軍事政権を支持したが、失望して三八年にブエノスアイレスで自殺した。

レオポルド・ルゴーネスを師と崇めていたホルヘ・ルイス・ボルヘスは、彼について「アルゼンチン最初の作家」、「一人でアルゼンチン文学の流れを総括できる作家」と評し、その死に際しては、美しい追悼文を雑誌『スール』に掲載した。一八九七年発表の詩集『黄金の山並み』によって、ルベン・ダリオ流のモデルニスモを継承する作家として国内で名を知られて以来、『黄昏の庭』（一九〇五）や『感傷陰暦』（一九〇九）といった詩集や、『不思議な力』（一九〇六）のような短編集、さらには新聞への寄稿で大衆レベルにまで知名度を浸透させていったルゴーネスは、文学大国への道を着実に歩みつつあったアルゼンチンにあって、文学を通して得た名声を頼みに社会的・政治的発言力を強めた初めての作家だったと言えるだろう。欧米文学に精通していたばかりか、考古学や数学、生物学（ダーウィニズムに共鳴）や物理学の知識も豊富だった（アルゼンチンにおける相対性理論の紹介者であり、一九二五年にはアインシュタインを自宅に迎えている）彼は、深い洞察力と華麗な修辞を散りばめた文体で人々を魅了し、一九二〇年代には押しも押されぬ大御所作家になっていた。

世俗的成功とは縁遠いマージナル作家だったロベルト・アルルトは、二六年発表の長編『怒りの玩具』において、正規の教育さえ受けられない極貧少年たちに、学校の図書館から『黄金の山並み』を盗み出させているが、この場面は、周りに賞賛と羨望を掻き立てていた当時のルゴーネスの文学的権威を象徴していた。

同時に、ルゴーネスほど何度もその挑発的言動で国民に物議を醸した作家も珍しい。政治的には、反ブルジョアの姿勢を出発点に、まず社会主義、続いてアナーキズムに共鳴したかと思えば、第一次大戦前後からフランス流の民主主義に転じ、二〇年代半ばからは、講演などの場で「剣を手に取る時」が来たと声高に唱えて、国粋主義に傾倒した。最後まで反ユダヤ主義にこそ与しなかったものの、二〇年代末からはファシズムに熱を上げ、一九三〇年、ホセ・フェリックス・ウリブル将軍が急進派のイポリト・イリゴージェン政権をクーデターで打倒して軍事政権を打ち立てると、国民に向かって熱心に支持を呼び掛けた。

また、若い頃は過激なまでの無神論を唱えていたのに、晩年になってカトリックへの帰依を公言したことでも波紋を呼んでいる。一説には、三八年にルゴーネスが服毒自殺した背景には、講演会で知り合った娘との実らぬ恋があったとされるが、三〇年代後半の彼は、軍事政権にも完全に失望しており、イデオロギー的支えを失って、絶望の袋小路に嵌まり込んでいたようだ。

ボルヘスは、「ルゴーネスの本質は形式にある」と述べたうえで、「彼の道理はほとんどいつも過ちだが、修飾語と比喩で過つことはほとんどなかった」と評しているが、やはり彼の文才が最も発揮されたのは、政治的・人種的・宗教的議論に毒されていない文章においてだった。その意味では、イデオロギーと無縁な短編集『不思議な力』や『致命的短編集』（一九二四）が、ラプラタ幻想文学の出発点として、ボルヘスやビオイ・カサーレス、シルビナ・オカンポに受け継がれ、国境を越えて現在まで高い評価を受け続けているのもうなずける。また、晩年になると、韻文にまで過激なナショナリズムが影を落とすことはあったものの、ダリオに刺激されて詩作に着手して以来、ルゴーネスにとって詩は常に形式美の追求手段であり、屈折した性格だった彼の最も真摯な部分を映し出しているとさえ言えるかもしれない。

**推薦作**

**『不思議な力』**
(*Las fuerzas extrañas*, 1906)

一八九七年以降様々な雑誌に掲載された作品など、十二編を集めて一九〇六年に初版が刊行され、二六年に作者自ら手を加えて再版された短編集。科学に魅了されていたルゴーネスらしく、時に細かすぎるほどの科学的記述が現れることはあるが、物語自体はむしろ、日常生活のなかから科学的に説明のつかない怪奇現象を取り上げて紹介している。白眉は、ボルヘスによってアルゼンチンSF文学の先駆と評された「イスール」であり、猿に言葉を覚えさせようと奮闘する主人公の姿はダーウィニズムのパロディにも見える。聖書の逸話を題材にした連作「火の雨」と「塩の像」も、独特の淡々とした文体で驚異的現象を描き上げた秀作。

**【邦訳】**牛島信明訳、『ルゴーネス塩の像』国書刊行会、一九八九年

# マセドニオ・フェルナンデス

## Macedonio Fernández（アルゼンチン・1874-1952）

【略歴】

一八七四年アルゼンチンの首都ブエノスアイレスの名門家に生まれる。一八九〇年代から新聞・雑誌に記事を寄稿。九七年にブエノスアイレス大学から法学博士号を受けたほか、哲学や心理学に興味を持つ。一九二一年にホルへ・ルイス・ボルヘスと知り合ってアヴァンギャルドに合流し、様々な文学活動を企画。二〇年から四七年まで住所不定の生活を送り、文壇の伝説となる。五二年に没したが、代表作『エテルナの小説博物館』（一九六七）のほか、奇抜な作品を残している。

マセドニオ・フェルナンデスは、アルゼンチンに「文学のユートピア」を持ち込んだ最初の作家だった。父ホルへ・ボルヘスに紹介されてマセドニオと知り合ったホルへ・ルイス・ボルヘスを筆頭に、ルゴーネス、ビオイ・カサーレス、ピグリアなど、彼に強く影響されたアルゼンチン人作家は多いが、彼の生涯を知らずにその著作を手に取る読者は、思いもよらぬ内容に面食らってしまうことだろう。一九二九年、ボルヘスの強い推薦を受けて、当時在アルゼンチン・メキシコ大使だったアルフォンソ・レジェスの監修する「クアデルノス・デル・プラタ」シリーズから刊行された著作『新参者の書類』は、様々な文学的テーゼを書きなぐった断章や諧謔的冗談の寄せ集めでしかない。また、一九四一年にチリで刊行された『これから始まる小説』は、決して始まることのない小説の序文集であり、小説の構成にまつわる様々な問題がそこで提起される。代表作『エテルナの小説博物館』も、序文ばかりで肝心の物語はなかなか始まらない。そもそもマセドニオ自身、自作の出版にはまったく興味がなかったらしく、好き放題書き散らすだけで原稿の推敲すら行わず、ゲラのチェックはボルヘスなど彼の友人や親族が担当していたという。

彼の生涯も奇抜そのもので、多くの軍人を輩出した名門家の一族ながら、当時のエリートのステータスとも言うべきヨーロッパ遊学に出ることは一度もなかった。法学博士ながら、法律関係の仕事はそっちのけでショーペンハウエルやスペンサーを読み漁り、ウィリアム・ジェイムズとは生涯書簡のやりとりを続けた。一九二〇年、二十年近く連れ添った妻エレナ・デ・オビエタに先立たれると、四人の子供を放り出して住所不定の生活に入り、四七年まで友人知人（おそらくは娼婦も含む）の家を点々と渡り歩いた。二七年には、共和国大統領就任を目指して、友人たちとともに風変わりな選挙活動を展開した。だが、そんな二〇年代が彼の文学キャリアの絶頂期であり、二一年にヨーロッパから帰国したボルヘスとともに、ブエノスアイレスの文壇を盛り上げている。二二年から二三年までボルヘスと協力して前衛的雑誌『プロア』の編集長を務め、同じく前衛的雑誌『マルティン・フィエロ』にも詩やエッセイを寄稿した。だが、マセドニオがその鬼才を存分に発揮したのは、執筆活動より、カフェでの雑談や夜会においてであり、ウィットに富んだ発言や奇抜な冗談は多くの文化人を魅了した。

こうした一見軽薄とも映る彼の態度の裏側には、とりわけ妻を失って以来深刻化した死と消失への恐怖が常に見え隠れする。マセドニオにとって、この恐怖を逃れる唯一の手段は、小説の登場人物となって自らをフィクション化することであり、彼の執筆活動はそのための模索にほかならなかった。因襲的なリアリズム文学に辟易としていた彼の創作指針は、現実描写や人間らしい感情の徹底的な排除、そして虚構を虚構として提示する物語の構築だった。それを読む読者は自分の存在を疑うようになり、現実世界から切り離された酩酊状態に入ることができる、とマセドニオは言う。しかし、感情やリアリズムを完全に排した小説がそもそも存在しうるのかさえ疑問であるうえ、彼の作品を読んで酩酊に達する読者も皆無であり、その意味では、マセドニオのテーゼは、文字通り「どこにも存在しない」という意味でのユートピアだったと言わざるをえない。だが、これこそボルヘスやビオイに代表されるラプラタ幻想文学の出発点だったことを考えれば、アルゼンチン文学に彼の残した遺産は測り知れない。

**推薦作**

**『エテルナの小説博物館』**
(*Museo de la Novela de la Eterna*, 1967)

奇抜な作品の多いアルゼンチン文学でも、これほど摩訶不思議な「小説」は珍しい。リカルド・ピグリアによれば一九〇四年に書き始められ、四七年にはほぼ現在知られている形になっていたというが、出版されたのはマセドニオの死後十年以上経過した六七年だった。いわゆる「反小説」の理念を掲げる序文が延々と続き、作品の半ばあたりでようやく「小説の家」が提示されて「小説」が始まったかと思えば、物語はなかなか前へ進まず、「大統領」と「エテルナ」を中心とする登場人物の対話も時に意味不明となる。「読者を登場人物に変えようとする」マセドニオのテーゼとその不可能性を味わう、そんな逆説的な読み方が必要だろう。

**【邦訳】**二〇一九年十二月現在未邦訳

# マリアノ・アスエラ

## Mariano Azuela（メキシコ・1873-1952）

【略歴】

一八七三年メキシコ・ハリスコ州ラゴス・デ・モレノの生まれ。州都のグアダラハラで医学を修め、医者となるが、すぐに創作も手掛ける。一九一三年、パンチョ・ビジャを支持する革命軍に軍医として迎えられ、この経験をもとに執筆した長編小説『虐げられし人々』（一九一五）の成功で、メキシコ革命小説を代表する作家となる。貧民街で医療に従事しながら、『新興ブルジョアジー』（一九四一）などの長編を意欲的に発表。五二年にメキシコシティで没。

メキシコ現代文学の出発点となった「メキシコ革命小説」の誕生は、マリアノ・アスエラの存在を抜きにしては考えられない。若くしてグアダラハラで医師の資格を取得した後、開業医をこなしながら、バルザックやゾラを手本として創作を手掛けたアスエラは、生涯を通じて、医者と作家、二足の草鞋を履き続けた。

一九一〇年のメキシコ革命勃発に際しては、即座にフランシスコ・マデロの革命勢力を支持し、地方政府に協力したものの、日和見主義者に牛耳られた革命政府の未来には常に懐疑的だった。そんなアスエラにとって希望となったのは、マデロを追放したビクトリアノ・ウエルタ反革命政府に抗して国内各地で起こった民衆蜂起だった。理想主義者らしく、農民や労働者の活力にあどけない憧れを抱いていたアスエラは、一九一三年、パンチョ・ビジャに追随する反乱部隊の将軍フリアン・メディーナに軍医として迎えられると、喜び勇んで従軍生活を開始する。これがアスエラの人生の大きな転機となったのは当然だが、文才に恵まれた医者が革命戦争の現実を直接目の当たりにしたことで、後にはメキシコ文学の流れまでが決定的に変わった。

とはいえ、革命軍の実態はアスエラの理想とは程遠かった。軍の主体をなす民衆は、革命の遂行に身を捧げる高潔の士などではなく、目先の利益にしか興味のない烏合の衆そのものだった。自由、平等、土地の分配、人間らしく生きる権利、そんな理念は絵空事にすぎず、偽りの友情、妬み、へつらい、告げ口、陰謀、陰口、裏切り、ありとあらゆる悪事のはびこる軍隊の現実を前に、アスエラの幼稚すぎる熱狂は冷め、陰気な失望がこれに代わった。メディーナ将軍の部隊は、ビジャ軍の敗北とともに転落の一途をたどり、北へ敗走を続けた末に、解散を余儀なくされる。アスエラも、一九一五年にエル・パソから国境を越えてテキサスへ逃れたが、従軍中から頻繁にメモをとっていた彼の手元には、後に『虐げられし人々』の三分の二となる紙束がたまっていた。生々しい記憶を頼りに、亡命の地で瞬く間に作品は書き上げられ、まずテキサスのスペイン語新聞『エル・パソ・デル・ノルテ』に掲載された後、翌一六年に同じくエル・パソで単行本として出版された。発売当初こそ反応は鈍かったものの、革命の動乱が落ち着いた二〇年代半ば、新聞紙上の論争をきっかけにこの小説に注目が集まると、大手出版社から再版されてベストセラーとなり、これが「メキシコ革命小説」沸騰の出発点となった。

　この間アスエラは、特権的知識人や先進的作家の間で当時評判を呼んでいたアヴァンギャルドの文学に共鳴し、イメージの連鎖と実験的手法を基盤に、「神秘主義期」と後に呼ばれる新たな創作の境地に踏み込んだ。『蛍』（一九三二）のような秀作は一部に高い評価を受けたが、革命小説の隆盛を受け、この路線は以後完全に放棄した。

　一九三〇年代には文壇の寵児となっていた彼は、相変わらず首都の貧民街で開業医を務めながら、敬愛するゾラの後を追うように「大衆の作家」を自認して創作を続け、自然主義的手法に根差す小説作品を通じて、革命後のメキシコ社会に鋭い批判的考察とペシミスティックな視点を投げかけた。『先鋒』（一九四〇）、『新興ブルジョアジー』、『女商人』（一九四四）といった彼の晩年の作品は、物語としての魅力に乏しく、特殊な状況下で書かれた『虐げられし人々』には及ばないものの、アスエラは一九五二年に没するまで、メキシコ文学の重鎮として発言を続けている。

**推薦作**

**『虐げられし人々』**

(*Los de abajo*, 1915)

「メキシコ革命小説」に分類される作品は数多いが、革命の進行とともにリアルタイムに書かれた小説は、後にも先にもこの一作しかない。おかげでメキシコ文学に類を見ないほどの臨場感に溢れ、戦場の緊張を生々しく読者に伝えている。アスエラの実体験に即して書かれているのは事実だが、『虐げられし人々』は回想録やルポルタージュではなく、作者の鋭い洞察力によってフィクションに仕上げられており、主人公が谷底に石を投げる有名なラストシーンを筆頭に、革命の本質を浮き彫りにする象徴的場面が随所に散りばめられている。フィクションによってこそ表現できる革命の真実、それがこの小説の神髄だった。

【邦訳】高見英一訳、学芸書林、一九七〇年

# ルベン・ダリオ

## Rubén Darío（ニカラグア・1867-1916）

【略歴】
一八六七年ニカラグアの小村メタパ生まれ。少年時代はニカラグアの文化的都市レオンで過ごし、十代から少年詩人として大評判を博す。八六年チリに移ってから本格的に詩作を始め、八八年に詩集『青…』を刊行。九三年から九八年までブエノスアイレスに滞在した後、『ラ・ナシオン』紙の記者としてスペインへ派遣され、以後パリを筆頭にヨーロッパ各地に滞在。その間刊行した詩集でモデルニスモの旗手となる。一九一六年祖国へ凱旋、直後にレオンで没。

今はダリオ市と名を変えたメタパには、ルベン・ダリオの生家が記念館となって残っている。ここを訪れてみると、百年前は今以上に辺鄙な片田舎にすぎなかったこの町のこのあばら家で誕生した詩人が、コスモポリタンな詩作でスペイン語の韻文を刷新し、世界を驚愕させることになるとは想像もできない。後に「モデルニスモ」と呼ばれる彼の詩作は、まず世紀末にラプラタ地域で好評を博した後、一九一〇年頃までにはスペイン語圏全体を席巻し、その後長きにわたって各地に多くの追随者や模倣者を生み出すことになった。その初期こそ、古今東西の珍しい風物誌やきらびやかな幻想的要素をひけらかし、華麗に文体やリズムを刷新することで、表面的な美しさを生み出すことに終始していた感があるが、とりわけ『人生と希望の歌』（一九〇五）以降のダリオは、人間の苦悩や歴史的・社会的問題に取り組み、スペイン語圏における詩人のあり方の模範を後世に残している。

　ダリオが片田舎の家で誕生したのは両親の不和が原因であり、その後、レオンの知識人が頻繁に出入りする大叔父夫妻宅に身を寄せたことで、彼の詩才は磨かれていった。天賦の言語能力に恵まれ、三歳にして読み書きを覚え、六歳にして古典文学を読み始め、すでに十三歳で自作他作の詩をすらすら朗読していたという。詩の朗読が教養人のたしなみとして社交生活に根づいていた当時のラテンアメリカでは、落成式、誕生日、歓迎会、様々な場面で詩の朗読がセレモニーに知的彩りを添えるが、格調高い韻文で場を盛り上げるダリオ少年はあちこちから引っぱり凧で、すぐに国全体に名を知られていった。

　その一方、幼い頃からすでに惚れっぽい性格だったらしく、数多の色恋沙汰の末、一八八二年に十五歳で知り合ったロサリオ・ムリージョに猛烈な情熱を捧げ、見るに見かねた友人たちが強制的に彼を隣国エルサルバドルに送り出したほどだった。皮肉にもこれが詩人ダリオの名声を国外に広める端緒となり、翌八三年に帰国したものの、八六年に失恋の痛みを抱えてチリへ出国して以降は、エルサルバドル、グアテマラ、コスタリカなどを経て、九三年にコロンビア領事としてブエノスアイレスに落ち着くまで（直前にニューヨークで亡命中のホセ・マルティと対面している）、新聞・雑誌に寄稿するかたわら、各地でその美しい韻文を披露し続けた。九〇年に刊行した『青…』（邦訳文芸社、二〇〇五年）の第二版は、スペインの著名作家ファン・バレラが序文を寄せたこともあって好評を博し、九六年にブエノスアイレスで刊行した『俗なる詠唱』には、エキゾチズム、形式美の追求、官能性、造形性など、モデルニスモを特徴づける要素がすべて出揃っていた。

　一八九八年に『ラ・ナシオン』紙の特派員としてスペインに派遣されて以降のダリオは、各地で作家と交友を深めながら、スペイン語圏最高の詩人という栄誉に向かって、（少なくとも表面上は）輝かしいキャリアを登り詰めた。一九〇〇年にパリへ移り、一九〇三年にニカラグア領事に任命されて生活を保証された後は、『人生と希望の歌』の成功に後押しされて、ヨーロッパやラテンアメリカのどこへ行っても大歓迎される詩人となった。

　だが、女癖と酒癖が悪かったせいで、その私生活は幸福とは程遠く、最初の妻ラファエラ・コントレーラスに先立たれ、かつて思いを寄せたロサリオ・ムリージョと無理やり結婚させられて（彼女の弟にピストルを突きつけられた）以降のダリオは、借金まみれのまま、文盲の家政婦を愛人にしてあちこち旅していたという。

推薦作

**『人生と希望の歌』**
(*Cantos de vida y esperanza*, 1905)

一九〇三年からパリでニカラグア領事の職にあったダリオが、盟友ファン・ラモン・ヒメネスの協力を得て、一九〇一年から一九〇五年までに書いた詩を中心に編纂した詩集であり、スペインでの名声を決定づける一作となった。詩人の精神的自伝とすら言えそうな表題作では、「かつての私は／青い詩と俗な歌ばかり詠っていた」と切り出し、表面的な美しさの追求に精を出していた自分を戒めている。世界を股にかけて繰り出す美しいイメージや斬新なメタファーは依然として健在だが、そこに自らを見つめ直す思索が加わり、深みのある詩が生み出された。名作「運命」はガルシア・マルケスが生涯愛し続けた詩として知られる。

**【邦訳】**二〇一九年十二月現在未邦訳

# ホセ・マルティ

## José Martí（キューバ・1853-1895）

【略歴】

一八五三年当時まだスペイン領だったキューバのハバナに生まれる。一八六七年の美術専門学校入学以来、詩の創作に着手し、キューバ独立を支持。六九年に反逆罪で投獄された後、七一年にスペインへ逃れ、法学や哲文学を学ぶ。七八年に一時帰国するも、再度亡命を余儀なくされ、八〇年以降は主にニューヨークで積極的に執筆活動を展開した。多くの詩作のほか、『我らのアメリカ』（一八九一）などの文明論も評価が高い。九五年にキューバ独立戦争に参加して戦死。

「キューバ独立の父」ことホセ・マルティは、死後百年以上経過した現在も国民の崇拝を集めている。かつてフィデル・カストロがこの詩人に心酔していたこともあって、彼の銅像を広場に飾っていない町は、キューバ国内に皆無と言ってもいいほどだろう。首都ハバナの国際空港も、ホセ・マルティの名を冠している。だが、キューバの独立を熱望し続けたことにより、マルティは祖国に居場所を失い、長く辛い亡命生活に耐え忍ぶ不遇な生涯を送ることになった。

両親はともにスペイン人であり、幼少期にはバレンシアに滞在したこともあったが、一八六〇年代末にキューバ独立戦争が本格化すると、美術学校でロマン主義にかぶれていたマルティは、熱烈にこの動きを支持した。そして六九年、政府軍に対する挑発的行為の嫌疑で運悪く家宅捜索を受けた折、キューバ独立に向けた熱い思いを友人に宛ててしたためた手紙を発見されたのが不遇の始まりだった。反逆罪で投獄されたマルティは、ハバナの監獄やピノス島での収監を経て、七一年、国外追放処分に等しい形でスペインへ逃れねばならなくなった。

マドリードやサラゴサの大学で学んだ後、パリ、リバプール、ニューヨークを経由してメキシコへ向かったマルティは、一八七五年にベラクルスで家族との再会を果たす。七八年にメキシコでカルメン・サヤスと結婚した後、グアテマラ滞在を経て、同年八月にキューバへの帰国を果たしたものの、独立の機運が高まるなかで「キューバ革命委員会」を発足させたことで当局にマークされ、七九年八月にサンティアゴ・デ・クーバで起こった反乱を機に、またもやスペインへ追放された。

だが、八〇年以降は、妻子とともに、キューバ革命委員会委員長としてニューヨークに落ち着き、不屈のロマン主義者らしくキューバ独立に向けて様々な活動を続けながら、詩作を含めた執筆活動に本格的に取り組み始めたことで、マルティは後世に残る大きな成果をあげることになった。ニューヨークから、メキシコの『エル・パルティード・リベラル』、アルゼンチンの『ラ・ナシオン』、ベネズエラの『ラ・オピニオン・ナショナル』といったラテンアメリカ各地の有力新聞に鋭い洞察に満ちた記事を送り続けた彼の名は、やがてスペイン語圏全体に知れ渡ることになる。

　詩作はあくまでジャーナリズム活動の息抜きでしかなかったようだが、マルティが天賦の才を備えた詩人であったことは、『イスマエリージョ』（一八八二）や『簡潔な詩集』（一八九一）など、ニューヨーク滞在中に書かれた諸作品を見れば明らかであり、若々しい活力に溢れた彼の詩は「モデルニスモ」の到来を告げていた。また、アメリカ帝国主義の脅威を看破した『我らのアメリカ』など、この時代に彼の書いた文明論的エッセイは、後々までラテンアメリカの知識人に大きな影響を与えている。

　一八九二年にニューヨークでキューバ革命党を結成し、その代表として本格的にキューバ独立戦争に乗り出したマルティは、九三年から九四年にかけてラテンアメリカ諸国とアメリカ合衆国を回って支援を募った後、九五年四月に軍人たちとともにキューバに上陸した。彼としては満を持しての蜂起だったのかもしれないが、情熱に駆られるあまり先走りすぎていたことは否めず、すぐに反乱軍は窮地に追い込まれた。銃の使い方もろくに知らないマルティは、有力な指導者を犬死にさせまいとする将校たちの制止を振り切って最前線に突撃した末、待ち伏せにあって五月十九日に戦死し、キューバ独立戦争の「殉教者（マルティル）」となった。

**推薦作**

JOSÉ MARTÍ.

VERSOS SENCILLOS

**『簡潔な詩集』**

(*Versos sencillos*, 1891)

モデルニスモの開祖として、多くの詩人・批評家に高く評価されたマルティの代表的詩集。「地上の貧者とともに／運試しをしたい／山を流れる小川のほうが／海より心地いい」で始まる詩文は、キューバの大衆歌「グアンタナメラ」の歌詞に使われて人口に膾炙しており、キューバの国民的歌手パブロ・ミラネスは、この詩集から数編を選んでメロディーをつけた。ここに含まれる計四十六の詩編は、いずれもその名のとおり「簡潔」で読みやすく、苦悩の日々を過ごしながらもキューバの未来に夢を託していたマルティの姿が、鮮やかな比喩と明解な象徴体系を通して浮かび上がってくる。

【邦訳】牛島信明ほか訳、『ホセ・マルティ選集一——交響する文学』日本経済評論社、一九九八年

# クロリンダ・マット・デ・トゥルネル

## Clorinda Matto de Turner（ペルー・1852-1909）

【略歴】

一八五二年ペルーのクスコ生まれ。幼少からケチュア語に触れる。荘園主の娘で、名門女子校に通い、医者を志すが、母の死と父の反対で挫折。七一年にイギリス人医師と結婚（八一年に死別）。七六年に『エル・レクレオ』を創刊して以来、『啓蒙ペルー』など文化雑誌の編集に携わり、ジャーナリズム活動に従事。八九年発表の長編小説『巣なき鳥』で大評判をとったが、教会から糾弾を受け、亡命生活へ追いやられた。一九〇九年にブエノスアイレスで没。

クロリンダ・マット・デ・トゥルネルは、十九世紀後半に現れたラテンアメリカの「啓蒙女性第一世代」のなかで最も傑出した存在と言っていいだろう。正式な学校には十六歳までしか通っていないものの、独自に歴史や自然科学、哲学、文学を学び、農業にも親しんだほか、インディオとの接触を通じてケチュア語も独学で身につけている。弁護士の家系を汲むせいか、支配者層に虐げられるインディオに同情の目を向け、国中に蔓延する警察権力や教会の横暴、不平等な社会構造に若い頃から疑問を抱いていたようだ。

一八七一年にイギリス人医師ジョゼフ・ターナー（スペイン語ではトゥルネルと発音）と結婚し、静かな農園生活に入るものの、様々なペンネームを使って、地方雑誌などに詩や時事的論評を寄せた。七六年に自ら雑誌『エル・レクレオ』を創刊し、翌年初めて首都で文学サークルに顔を出して以降、クスコの伝説や田園生活の風物をテーマとした短編小説を中心に、いっそう創作活動に力を入れ、その筆致が次第にペルー各地で認められるようになった。女性が新聞の編集に加わることなど極めて稀だった当時のラテンアメリカにあって、八三年にはアレキパの有力新聞『ラ・ボルサ』の主筆を任され、八六年に首都へ拠点を移すとともに、すぐさま「シルクロ・リテラリオ」や「アテネオ」といった文化機関に顧問として迎え入れられた事実を見ても、クロリンダの文才が当時いかに高く評価されていたか想像できるだろう。そして八九年には、当時のペルーで最も影響力のあった文芸雑誌『啓蒙ペルー』の編集長という大役を任されるに至った。

だが、この年こそ、クロリンダにとっては受難の始まりだった。『啓蒙ペルー』に掲載されたブラジル人作家の短編「マグダラ」と、同じ年にクロリンダが発表した

『巣なき鳥』が、ともにカトリック教会への冒瀆という烙印を押され、彼女は保守派からの激しい糾弾に晒されることになった。当時の有力知識人リカルド・パルマらから支持を受けてはいたものの、聖職者に唆されて暴徒化した信者に自宅を襲撃されるなど、危険はすぐにその身にまで迫った。破門宣告を受けた後、やむなく『啓蒙ペルー』の編集長を辞したクロリンダは、九二年に兄弟たちと協力して「ラ・エキタティーバ」という印刷所を設立し、そこから積極的な政治活動を展開するが、これが更なる苦悩をもたらすことになった。自由主義改革派のアンドレス・カセレス政権擁護を掲げて雑誌『ロス・アンデス』を発行するなど、当初印刷所はうまく機能していたが、ニコラス・デ・ピエロラ将軍の反乱でカセレス政権が崩壊すると、略奪に遭い、印刷機はずたずたにされた。九五年にリマを逃れ、船でチリのバルパライソへ降り立ったクロリンダは、その後二度と祖国へ戻ることはなかった。

　チリのサンティアゴ、アルゼンチンのメンドーサを経て、最終的にブエノスアイレスに居を定めたクロリンダは、九六年に雑誌『ブカロ・アメリカーノ』の創刊に携わるなど、相変わらず積極的な文筆活動を展開した。『ラ・プレンサ』、『ラ・ラソン』、『ラ・ナシオン』といったアルゼンチンの有力新聞のほか、ベネズエラやアメリカ合衆国の新聞にも寄稿するなど、英語訳までされた『巣なき鳥』の高評価ともあいまって、クロリンダの名声は世界に広がっていった。一九〇八年にはヨーロッパ各国を周遊し、マドリードではいくつも講演をこなすなど、晩年はどこへ行っても熱烈な歓迎を受けたようだ。

　一九〇九年にブエノスアイレスで没し、二四年には遺骸がペルーに帰還している。

**推薦作**

**『巣なき鳥』**
(*Aves sin nido*, 1889)

インディヘニスモ小説の開祖と位置づけられることもあるクロリンダの代表作。ロマン主義的な恋物語と、リアリズムに根差す社会不正の糾弾を組み合わせている。風光明媚なアンデス山中にある架空の町キラックを舞台に、警察と教会の横暴で支配階級への隷属を強いられるインディオの生活が暴き出されている。物語の中心を担うのは、白人青年のマヌエルとメスティソ娘のマルガリータであり、二人は永遠の愛を誓い合うものの、両者とも同じ放埒神父の子供であることが判明して、結婚を妨げられる。「巣なき鳥」たちへの憐憫が強すぎて、不自然さの目立つ物語ではあるが、十九世紀末の人道主義を伝える貴重な作品だろう。

【邦訳】二〇一九年十二月現在未邦訳

# ホルヘ・イサークス

## Jorge Isaacs（コロンビア・1837-1895）

【略歴】
一八三七年コロンビアのカリ生まれ。父はジャマイカ出身のユダヤ系イギリス人で、バジェ・デル・カウカにサトウキビ農園を所有。四八年から五二年までボゴタで勉強した後、五四年に初めて反政府武力闘争に参加。経済的に没落して、五〇年代末から創作を始める。六四年に処女詩集を刊行後、六七年発表の『マリア』で成功を収めた。六〇年代末から政治家に転身し、教育問題などの改善に尽力したが、晩年は失意のまま隠遁し、九五年にイバゲーで没。

ホルヘ・イサークスの代表作『マリア』の第二十二章には、『ドン・キホーテ』に現れる有名なシーン、騎士道小説の検閲を思わせる仕方で、主要登場人物のカルロスが主人公エフラインの書斎に踏み入って、その蔵書を「検分」する場面がある。そこに並ぶ本は、定番の聖書や『ドン・キホーテ』、多くのキリスト教神秘主義関連本、『英文法』、カルデロン戯曲集、シャトーブリアンやシェイクスピアやドノソ・コルテスの著作、そしてトクヴィルの『アメリカの民主主義』等々。作者がこうした著作を所有していたことはすでに様々な研究によって確かめられており、『マリア』の支えとなる作者の思想や信仰心、文学観の反映をここに読み取ることができるだろう。とりわけ注目に値するのはシャトーブリアンの存在であり、十九世紀初頭にスペイン語訳されてアメリカ大陸で広く読まれていた小説『アタラ』（一八〇一）は、ベルナルダン・ド・サン・ピエールの『ポールとヴィルジニー』（一七八八）とともに、イサークスが『マリア』の執筆にあたって手本とした文学作品だと指摘されている。

キリスト教を中心に、ヨーロッパの思想と文化に親しみつつも、文学においては激情的な恋愛小説や冒険物語を好み、社会生活においても過激な行動に走ることがある――これは、十九世紀ラテンアメリカのロマン主義者に広く見られる傾向であり、イサークスもその例外ではなかった。一八五四年と六〇年に、独裁政権に抗して武力闘争に乗り出したほか、八〇年にはアンティオキアで革命をもくろんで反乱を起こしている。政治的野心は強かったようだが、感情的すぎて政治活動には向かず、七〇年代にはカリなどの都市で教育政策に尽力したものの、成果は乏しく、八〇年の反乱失敗を機に、完全に政界から追放された。八一年からは、ラファエル・ヌニェス大統領の命を受けて国内の探検生活に入り、砂漠地帯や海岸部も含め、コロンビア各地の地理的調査にあたっている。

　また、主人公エフラインの蔵書からも窺えるとおり、『マリア』執筆以前のイサークスは敬虔なカトリック信徒であり、保守党を支持していたが、一八六九年に突如急進派への転向を公にして、かつての同志や友人から激しい愚弄や罵声を浴びた。教養豊かでありながら実学志向に乏しいこともロマン主義者にありがちな特徴であり、イサークスも商才には欠けていたようだ。農園の運営や商店の経営などにはいずれも失敗、何度も政争に巻き込まれたこともあり、父から受け継いだ財産をすべて食い潰す結果となっている。

　彼の文才が開花したのは、首都ボゴタでつましく商人暮らしをしていた一八六〇年代半ばのことであり、文学サークル「エル・モサイコ」と接触後、コロンビア言語アカデミーの重鎮ホセ・マリア・ベルガラ・イ・ベルガラの支援を得て、六四年に処女詩集の発表にこぎつけている。『マリア』の執筆が始まったのは、それより前の六一年であり、当時イサークスはカリからブエナベントゥーラに至る道路の建設監督を請け負っていた。この仕事中、彼が最も長い時間を過ごした野営地ラ・ビボラがあるのは、ダグア地方の過酷なセルバ（熱帯雨林）地帯であり、穏やかな自然に恵まれた小説の舞台、作者の故郷でもあった美しいバジェ・デル・カウカとは似ても似つかぬ環境にあった。晩年は家族（当時十四歳だった妻フェリサと一八五六年に結婚し、七人の子供をもうけた）とともにイバゲーに隠棲し、歴史小説の執筆に取り組んだが、完成できぬまま、『マリア』執筆中に感染したマラリアが原因で九五年に亡くなっている。

推薦作

**『マリア』**

(*Maria*, 1867)

十九世紀ラテンアメリカ・ロマン主義小説の最高峰として現在まで世界各地で読み継がれる古典的作品であり、一九〇〇年までに五十版以上を重ねたほか、二十世紀中に十回以上映画化されている。バジェ・デル・カウカの美しい自然を背景に、裕福な農園主の息子エフラインとその従妹マリアの牧歌的な恋物語が、繊細な文体で紡ぎあげられる。序文で作者は、読者を泣かせることが「甘く悲しき使命」だと述べているが、悲劇的結末が予告された物語自体は陳腐なメロドラマにすぎない。構造や視点操作に不備が多く、プロットと関係のない挿話が多く盛り込まれているが、それがかえって当時の恋愛観や倫理観を示す貴重な資料となっている。

【邦訳】堀アキラ訳、武田出版、一九九八年

# ホセ・マルモル

## José Mármol（アルゼンチン・1817-1871）

【略歴】
一八一七年ブエノスアイレス生まれ。三二年に母の出生地モンテビデオへ移った後、三五年からブエノスアイレス大学で法学を専攻。三九年に投獄を受けて以降、ロサス独裁政権打倒に乗り出し、四〇年にモンテビデオへ亡命、四三年からはリオデジャネイロへ移った。その間、様々な新聞・雑誌に政治・社会記事を寄せる傍ら、詩の執筆を始める。五一年に連載を開始した『アマリア』の成功でロマン主義小説の代表者となる。七一年にブエノスアイレスで没。

理想を追い求める若き詩人の魂に独裁者への憤りを吹き込んだホセ・マルモルは、小説家としてラテンアメリカで名を馳せた最初のロマン主義作家となった。後にグアテマラのノーベル文学賞作家ミゲル・アンヘル・アストゥリアスは、マルモルの代表作『アマリア』について、独裁政権への抵抗を前面に打ち出した最初のラテンアメリカ小説と評し、現代まで脈々と流れる文学潮流の源泉をそこに見出している。マルモルの創作意欲は、フアン・マヌエル・ロサス独裁政権誕生とともに生まれ、独裁政権崩壊とともに急速に萎んだ。

マルモルが独裁政権との対決姿勢を明確に打ち出したのは、一八三九年、ウルグアイから送られてくる新聞をアルゼンチン国内に流通させた嫌疑で拘束された時からだった。四〇年に警察の監視をかいくぐってモンテビデオへ逃れると、早速ジャーナリズムを通じてロサス反対運動を展開し、四三年には、「ロサスへ、一八四三年五月二十五日」という題で、四十二の四行詩から成る詩文に独裁者への怒りをぶちまけ、戦闘的詩人として名を馳せた。

ロサスの魔の手がモンテビデオにも迫った同年八月には、帝政下のリオデジャネイロに逃れ、しばらく反ロサスの詩を書き続けていたが、この地で、フアン・バウティスタ・アルベルディ、フロレンシオ・バレラといった先輩詩人を介して、バイロンの詩、とりわけ『チャイルド・ハロルドの巡礼』（一八一二～一八）に触れたことが、詩人として大きな転機となった。四五年二月、チリのバルパライソを目指して船出したのを機に（ホーン岬で難破し、五月に帰還）、バイロンに倣って『巡礼者』というタイトルで長編詩の執筆を始め、同じ年から新聞に連載されたこの作品は、当時としては大きな反響を得た。政治的主題も含まれているが、航海日誌、パンパや海の風景描写、祖国の歴史などに託して直接的に思いを表現する詩風には、確かにそれなりの魅力がある。

マルモルは、その後ヴィクトル・ユーゴーやホセ・ソリージャといった詩人に親しみ、時折反ロサス詩（「ロサスへ、一八五〇年五月二十五日」など）を織り交ぜながら情熱的な詩作を続けて、五一年には『ハーモニー』、五四年には二巻本の『詩集』を刊行した。その一方で、亡命の地から政治関係の記事を定期的に寄稿し、『エル・ナショナル』、『エル・コメルシオ・デル・プラタ』などの新聞・雑誌に協力したほか、『エル・アルブム』や『ラ・セマナ』などの創刊にも関わった。また、『マヌエラ・ロサス、伝記的特徴』（一八五〇）というタイトルの小冊子に独裁者の娘の素顔を描き出し、父の横暴ぶりを間接的に描き出すことも行っている。

マルモルの代表作『アマリア』は、一八五一年にモンテビデオの『ラ・セマナ』紙上で連載が始まったものの、ロサス独裁政権崩壊によって彼自身がブエノスアイレスに戻ったことで、五二年二月を最後に中断された。最終的に、この壮大な物語は五五年にブエノスアイレスの出版社から八巻本として刊行されたが、「宿敵」を失うとともにミューズまで失ったとも言えるマルモルは、この頃すでにほぼ完全に文学活動をやめていた。新政権樹立とともに政府に抱き込まれた彼は、国会議員や国立図書館長などの要職を歴任したほか、六五年には、ミトレ大統領の命を受けて、ブラジル、ウルグアイとの三国同盟成立にも尽力している。七一年に黄熱病で亡くなったが、息子のフアンが八九年に父の作品の大部分を収録した本を刊行し、これが彼の名をスペイン語圏全体に広める際に決定的役割を果たすことになった。

**推薦作**

**『アマリア』**
(*Amalia*, 1855)

ロサス政権への憎悪をラブストーリーに託して表現した、ラテンアメリカ十九世紀ロマン主義小説の記念碑的大著。作品の冒頭で知り合ったエドゥアルドとアマリアが、やがて恋に落ちて苦難の末に結婚し、悲劇的結末を迎える、というストーリー展開は、今の読者には陳腐と映るだろう。また、明白すぎる善悪の二項対立、冗漫な風景描写、作者の主張を露骨に繰り出す登場人物など、様々な欠点はあるが、裏を返せばこれほどわかりやすいロマン主義文学の手引きはなく、独裁政権に抗する作家がどのように戦いに臨んでいたかがよくわかる。現代までラテンアメリカで脈々と流れ続ける抵抗の文学の出発点がここにあると言えるだろう。

【邦訳】二〇一九年十二月現在未邦訳

著者プロフィール

**寺尾隆吉**（てらお・りゅうきち）

1971年生まれ。東京大学大学院総合文化研究科博士課程修了（学術博士）。現在、早稲田大学社会科学部教授。専門は現代ラテンアメリカ文学。

主な著書に、『魔術的リアリズム―二〇世紀のラテンアメリカ小説』（水声社、2012年）、『ラテンアメリカ文学入門―ボルヘス、ガルシア・マルケスから新世代の旗手まで』（中公新書、2016年）。

主な訳書に、マリオ・バルガス・ジョサ『マイタの物語』（水声社、2018年）、フリオ・コルタサル『奪われた家／天国の扉　動物寓話集』（光文社古典新訳文庫、2018年）などがある。

**100人の作家で知る　ラテンアメリカ文学ガイドブック**

2020年3月10日　初版発行

著　者　寺尾隆吉

発行者　池嶋洋次
発行所　勉誠出版株式会社
〒101-0051　東京都千代田区神田神保町 3-10-2
TEL：(03)5215-9021（代）FAX：(03)5215-9025

〈出版詳細情報〉http://bensei.jp

印刷・製本　中央精版印刷
ISBN978-4-585-29194-7　C0098